JN161471

崇高点

ブルトン、
André Breton
ランボー、
Arthur Rimbaud
カプラン
Nelly Kaplan

崇高点
すうこうてん

Le Point Sublime

ジョルジュ・セバッグ

鈴木雅雄 訳

水声社

崇高点 ★ 目次

3つの紋切り型　11

第1部　バウーの滝

第1章　バウーの滝　17
第2章　アシュビー　43
第3章　金の白野牛　55
第4章　作者不明のタブロー　71
第5章　幾度も幾度も　89
第6章　ブルトンはヴァシェの夢を見る　101
第7章　銀の筒先のランプ　117
第8章　アストゥ　129

第2部　オートマティックな持続

第9章　オートマティックな持続　149
第10章　持続イメージを奪われたドゥルーズ　159
第11章　映画的持続　165
第12章　メディア化された持続　175
第13章　持続とは何か　187

何よりもまず詩人　227

訳註 231

図版一覧 237
人名索引 243
地名索引 249
日付索引 251

*

ジョルジュ・セバッグへのインタビュー 255
解釈の彼岸――解説に代えて 271

1929

L'épouvantail de la mort, les cafés-chantants de l'au-delà, le naufrage de la plus belle raison dans le sommeil, l'écrasant rideau de l'avenir, les tours de Babel, les miroirs d'inconsistance, l'infranchissable mur d'argent éclaboussé de cervelle, ces images trop saisissantes de la catastrophe humaine ne sont peut-être que des images. Tout porte à croire qu'il existe un certain point de l'esprit d'où la vie et la mort, le réel et l'imaginaire, le passé et le futur, le communicable et l'incommunicable, le haut et le bas cessent d'être perçus contradictoirement. Or c'est en vain qu'on chercherait à l'activité surréaliste un autre mobile que l'espoir de détermination de ce point.

(Second Manifeste du surréalisme.)

1941年，ブルトンは自らの過去のテクストを，1年につき一つずつ選び出し，その一節を手書きの文字で書きなおして，『大鳥籠』という，美しくて不思議な書物を作る。これは『シュルレアリスム第二宣言』（1929年）の，対立するものが矛盾していると見なされるのをやめる精神の一点を話題にした，有名なパッセージの書き写し。

3つの紋切り型が，シュルレアリスム運動をめぐる偽りの伝説をつむぎ出し続けている。強い個性どうしのこの自由な結びつきは，第1次世界大戦という殺戮に対する衝動的な反発から生じたと考えるのが最初の紋切り型だ。それはアヴァンギャルド用の近道を通って，文化的な舞台の前面を占めることになったのだという。次にこの運動の詩的生産物は，フロイトの発見の応用へと還元される。そしてこうした怪しげな道筋に，最後に自動記述や客観的偶然といった決定的な概念を扱うための，よく用いられるやり方がつけ加わる。それらは非合理なものであり，シュルレアリスムの小道具棚に飾っておくのが適当であると，判断されてしまう。ところが客観的偶然の現実性をテストし，ある種の文章のオートマティックな一節から利益を引き出すことも可能なのである。

自動記述の広大な採掘現場から，神託的な価値を持った言表を抽出することはたしかに可能だ。半睡状態のフレーズが，とりわけそれらの最初のものであるという「窓によって2つに切られた男がいる」というフレーズが，こうした言表の原型であると理解するなら，オートマティックなメッセージの通信システムを作り出すこと，いい換えるならシュルレアリストであるにせよないにせよ，さまざまな重要人物たちが交しあった，押し黙った秘密のメッセージを取り集めることは可能であると思える。本来の意味でのオートマティックな言表から夢の記述へ，客観的偶然の証言へ，手紙による告白へ，あるいはポエム＝オブジェへと一挙に移行することが可能だと理解するなら，イメージと音の，場所と日付の，情動と観念の貯水槽から水を汲み出し，すでに公認されている客観的偶然の彼方に，心を乱す偶然の一致や，いまだに真新しい書きこみ，消し去ることのできないメッセージ，燃えるような欲望，要するに我々がここでオートマティックな持続と呼ぶことを提案しようとしているものを読み取り，解読することが可能になるのである。これらの持続は，ショットやシークエンスといった，細かく砕かれた映画の持続と同じほど触知可能で確固としたものであり，明確な形でシュルレアリスム・グループの自伝のなかに伸び広がっているが，過去の何らかの出来事（ニーチェの最後の手紙，ランボーのバウー，1713年という日付）を蘇らせ，映画作家ネリー・カプランの来るべきシナリオを呼び出すことができるように見える。

ブルトンとヴァシェのあいだで交わされたオートマティックなメッセージが死に挑戦するとするなら，ある誕生日が1日ずらされることが可能だとするなら，客観的偶然が，我々をその作用のなかに投げこんでしまうほどに頻発することがあるとするなら，そのとき時間はもはや想像も及ばないものではない。それは声と視線の届く範囲にあるのだ。時間は自動記述のつぶやきのなかに，ある写真のネガの厳密な記録のなかに，偶然の一致のダンスのなかに，知覚できるものとなる。消散するどころではなく，それは無数の持続のなかに反射する。日常の些細な出来事の思いがけないシグナルを書きとめながら，シュルレアリストはその欲望のままに，一連の「時間という不実なブランコ」[1] を復元しようと試みる。現在における湧出に先立って，オートマティックな持続はベルグソンにおけるがごとく，記憶の無数の次元で，あるいは歴史の無数の日付と固有名のなかで屈折を繰り返し，その彼方への延長を，すなわちニーチェにおけるような一種の欲望の永劫回帰を呼び出すのである。オートマティックという語は瞬間の宿命的性格と客観性を強調するが，他方持続という語は主観性の強い関与を表現する。持続は磁力を帯びているのであるから，言葉やものは魔法にかかったように見えるのである。

ブルトンとその友人たちは，日中の生活の身近だが容赦ない持続や，不安を掻き立てる狡猾な夢の持続，舞台上で与えられる演劇的持続や，組み立てられては解体される映画的持続を，あるいはまたニュースで伝えられる細切れだが派手な持続を，そして乾板上に定着された持続や，書かれたものの静止しているとともに徐々に消えていく持続をオートマティックに結びつけることのできるような，敏捷な詩と心的な絵画を夢見た。シュルレアリストたちの主要な介入や待機が見出されるのは，詩と革命の結合という怪しげな問題系以上にそうした場所においてのことだ。まして彼らは文学的ないし政治的なゲームの規則を撹乱してみせたというよりも，持続の個人的で秘められた実践をこそ呼び出したのである。そしてそれらの持続はあからさまに社会生活に適応した，現在のメディア化された持続との著しい対比を差し出している。

第１部　バウーの滝

N° 9. — 21 au 27 Juin 1886.

La Vogue

RÉDACTEUR-ADMINISTRATEUR : M. GUSTAVE KAHN

PRIX : 50 CENTIMES

I. — M. PAUL BOURGET : *Des Fleurs.*

II. — M. JULES LAFORGUE : *Solomé.*

III. — FEU ARTHUR RIMBAUD : *Les Illuminations.*

IV. — M. CHARLES HENRY : *Voyages de Monconys.*

V. — *Les Livres.*

BUREAUX

4, RUE LAUGIER, A PARIS

Rédaction : Jeudi de 4 à 6 heures.

ランボー『イリュミナシオン』が掲載された，『ラ・ヴォーグ』誌第9号（1886年）。

La Vogue. 313

DÉVOTION

A ma sœur Louise Vanaen de Voringhem : — Sa cornette bleue tournée à la mer du Nord. — Pour les naufragés.

A ma sœur Léonie Aubois d'Ashby. Baou — l'herbe d'été bourdonnante et puante. — Pour la fièvre des mères et des enfants.

A Lulu, — démon — qui a conservé un goût pour les oratoires du temps des Amies et de son éducation incomplète. Pour les hommes ! — A madame ***.

A l'adolescent que je fus. A ce saint vieillard, ermitage ou mission.

A l'esprit des pauvres. Et à un très haut clergé.

Aussi bien à tout culte en telle place de culte mémoriale et parmi tels événements qu'il faille se rendre, suivant les aspirations du moment ou bien notre propre vice sérieux,

Ce soir à Circeto des hautes glaces, grasse comme le poisson, et enluminée comme les dix mois de la nuit rouge, — (son cœur ambre et spunck), — pour ma seule prière muette comme ces régions de nuit et précédant des bravoures plus violentes que ce chaos polaire.

A tout prix et avec tous les airs, même dans des voyages métaphysiques. — Mais plus *alors.*

*
* *

『ラ・ヴォーグ』誌に掲載されたランボーの詩篇「帰依」。上から4行目には，「わがレオニー・オーボワ・ダシュビー尼へ。バウー」とある。これに続いて，ルル（Lulu），三ツ星の夫人（Madame***），シルセト（Circeto）の名が現れる。

第1章　バウーの滝

信心の山　　1918年6月18日，ブルトンは10篇の詩を，『信心の山〔＝公営質屋〕』と題された詩集に集めようと考える。そのことをポール・ヴァレリーに書き送るのだが，相手からは次のような解釈が帰ってくるだろう。「『信心の山』〔＝公営質屋〕とはうっとりするようなタイトルですね。――借りのあるあらゆる人々に感謝を……　バウー！」何がほのめかされているかは明らかだ。ランボーの詩「帰依」から，いい換えれば1つの信心の山から抜き出されてきたバウーというパスワードは，感謝の祈り，あるいは賛同への呼びかけを引き出す。明らかに，質屋の借り手であるアンドレ・ブルトンは，かつて賛嘆し，かつ剽窃した人々に対して祈りを捧げている。それはマラルメやジッドであり，ドラン，ヴァレリー，ヴァシェ，そしてもちろん先頭にいるのはアルチュール・ランボーである。

1918年の6月から7月，彼は「ラフカディオのために」という詩を作るが，その最終部は「帰依」の冒頭に接木できるようなものだ。

> 「わがルイーズ・ヴァナーン・ド・ヴォーリンゲン尼へ。――その青い頭巾は北の海を向き。――遭難者たちのために。
> 　わがレオニー・オーボワ・ダシュビー尼へ。バウー――ぶんぶんと音を立て悪臭を放つ夏草。――母親や子供たちの熱病が癒えますように」[1]。
> 「間接税の収税人である
> 　アンドレ・ブルトンが
> 　退職を待ちながら
> 　コラージュにふけっていると
> 　言わせておいたほうがまだましだ[2]」

金の借り手であるコラージュ作家は幾人かの男性の書き手の文章を取り集め，その著者たちにオマージュを捧げるだけでは満足しない。ブルトンはまた，以後ながらく自らにつきまとっていくことになる女性たちにも呼びかける。『信心の山』から死にいたるまで，「帰依」の2人の修道女（スール）に，また彼女らを通し，一連の娘たち，女性たちに助けを求めていくだろう。

すでに1916年年頭の3日間のうちにナントで書かれたソネット「あなただけに」[3]において，また同じく1917年3月23日に完成した詩篇「アンドレ・ドラン」[4]において，ルイーズ・ヴァナーン・ド・ヴォーリンゲンの存在を感じ取ることができる。「妹（スール）よ，と私は言った」，「とがった角笛（コルヌ）の先端」，「彼女の角笛があなたをからかう」，「頭巾（コルネット）のような何かがおどける」，「我が妹（マ・スール）よ」。

ブルトンはしばしば，戦争中に20才になったと繰り返す。20才，それはまた詩人ランボーと冒険家ランボーを隔てる境界線でもある。1916年2月11日，ブルトンはヴァレリーに「詩」とだけ題された詩を送り，子供時代からの脱走を宣言するとともに（「夜明けよ，さらば！　私は幽霊の森を出る」），来るべき年月の耐えがたい陽光を浴びながら，詩への参入をもまた宣言する（「私は灼熱の十字架である道に立ち向かう［……］平坦な道の耐えがたい詩を傷つけよ」）。そして晴れがましくも，自らの20才の誕生日を記念して，詩に1916年2月19日の日付を加え，それを「年齢」[(5)]と題するのである。

だからすべては20才においてなされる。ブルトンはランボーが中断したまさにその時点から出発するのである。『イリュミナシオン』所収の「夜明け」が「夜明けと子供は森のふもとに倒れた」[(6)]と終わっているとするなら，ブルトンは「年齢」のなかでランボーの言葉を延長し，完成する。「夜明けよ，さらば！　私は幽霊の森を出る」。

しかしランボーの継承者の精神のなかでは，「夜明けと子どもが倒れた」森のふもとで，その月桂樹の森につきまとうものとは誰か。それは間違いなく，「母親や子供たちの熱病」を癒すレオニー・オーボワ・ダシュビーである。

1915年のナントでランボーが発揮していた「呪力」を語る『ナジャ』の1ページでは，とりわけ「帰依」が引きあいに出されていた。かつて降りしきる雨のなか，「谷に眠るもの」を朗唱したアニー・パディウーの思い出に，それよりかなりあとの，サン゠トゥーアンの蚤の市における別の少女との出会いが折り重なる。ランボーとニーチェに心酔する，ファニー・ベズノス[(7)]という少女である。

1918年の夏，自らのはじめての書物に『信心の山』というタイトルを選んだとき，ブルトンがランボーの足跡をたどり，「帰依」の精神状態を見出していたことは疑いがない。その精神状態とは，挑発の色あいを帯びたとてつもない高熱である。かくして1918年8月3日，ジャン・ポーランに宛てられたある手紙のなかで，彼はマックス・ジャコブのことが好きだと公言し，続いてアラゴンの口から次のような当意即妙の言葉を語らせている。「というよりも，とアラゴンはいう，彼の方が好きなんだ。誰より好きだって？　他の連中より，高位の聖職者たちよりさ」。この最後の表現は，アラゴンとブルトンが「帰依」を暗記しており，生活上の些細な出来事を評価するにあたっても，自然とランボー語を話すことができたのを証明している。

J'aime Max Jacob. « Mieux,
dit Aragon, je le préfère. A qui?
A d'autres. Et à un très haut
clergé. »

有罪者ランボー　スウィフトからジャリにいたる，『宣言』における15人の先祖の数え上げでは，ランボーは具体的かつ厳格なモラルを体現している。すなわち「ランボーは生の実践その他においてシュルレアリスト」なのである。モーリス・バレスの2つの人生は受け入れがたいが，ランボーのそれは許容されうる。まずは1922年11月17日のバルセロナにおける講演会で，次には1924年8月，『神父服の下の心』の序文[8]において，ブルトンは2度にわたり，カトリックとしてのランボーという解釈に異を唱える。要するに，その人生のどの時点においても「帰依」の著者は否定されないのである。

しかし第一『宣言』と『第二宣言』のあいだで，シュルレアリストたちの生活は動揺を経験する。1930年，グループは炸裂してしまうからだ。除名と破門が相次ぐ。奇妙なことに，『第二宣言』に現れる最初の名前はランボーのそれだ。しかし今回，個人としてのランボーは，被告として法廷に呼び出される。彼が回心したか否かというしつこい問題が再び問われる。代訴人ブルトンは遠慮なしにいう。「もはやランボーについて議論するのは無駄だ。ランボーは間違ったのであり，我々をだまそうとしたのである。彼は自らの思考について，クローデルのそれのような不名誉なある種の解釈を許したことにおいて，それを完全に不可能にはしなかったことにおいて，我々にとって有罪なのだ」。[9] こうして彼もまたシュルレアリスムの離反者と同様に痛罵されるのである。

1930年ブルトンは，「忌まわしいハラール」のランボーと同じく初期ランボーもまた拒否する。しかし彼は暗黙のうちに，「夢」や『イリュミナシオン』の詩篇の限られた何篇かの著者に，ジェルマン・ヌーヴォーの友人に，シュヴァルツバルトでヴェルレーヌを殴り倒すボクサーに，つまりは1874年から75年にかけてのランボーにオマージュを捧げるのである。

『第二宣言』の全体を通じ，ブルトンのアンビヴァレンツを読み取ることができる。一方で彼は，「言葉の錬金術」の結論（「それは過ぎ去った。今日では，ぼくは美に挨拶するすべを知っている」[10]）を正式に失墜させようと試みる。それはかつて詩人によって顕揚されていた見者の力を否認するものだというのだ。断罪がなされる。「きわめてありきたりの卑劣さ」。ブルトンはつけ加える。「事実は牢屋に戻っただけなのに，2度目の逃亡をしたのだと我々に信じさせようとしたことにおいて，ランボーは許しがたい」。[11]同様に彼は，『大いなる賭け』の第2号でランボーに対し，「過度の名誉」が与えられていることをも嘆く。他方ではまた，ランボーの偽の詩篇を作ったロベール・デスノスを批判し，シュルレアリスムのイメージを攻撃するヴィトラックに対し，「あの家族は，一腹（ひとはら）で生まれた犬の群れだ」[12]という「言葉の錬金術」のフレーズを投げつける。このイメージがランボーの母親と，回心という誤ったニュースを流した妹イザベルに当てはまるものと思ってのことに違いない。

1946年の『第二宣言』再版にあたり，ブルトンは1930年におけるランボーへの態度が逸話的なものだったことを認めている。1957年，『魔術的芸術』巻末で〈美〉を定義するにあたり，彼はあらためて「言葉の錬金術」の結論に言及するが，それを『地獄の一季節』冒頭にも関係づける。「〈美〉は，ランボーがそれを苦いものと考えたのちに（しかしそれはおそらく，彼が美を「膝のうえに」など乗せていたからだ）それに挨拶を送っている文章に，どのような意味を与えるべきであるにしても［……］」。[13]

ブルトンがテクストへの入り口（『地獄の一季節』の2つ目のフレーズ）をテクストの出口（「言葉の錬金術」の最後か，あるいは「錯乱II」の最後）に結びつけていることを，ついでに指摘しておこう。

> ある宵私は，〈美〉を膝のうえに座らせた。――そしてそれは苦い味がすると気づいた。――そしてそれを罵った。
>
> それは過ぎ去った。今日では，ぼくは美に挨拶するすべを知っている。[14]

しかしこれらのフレーズにどのような意味を与えるべきなのか。事実ブルトンは1931年，すでにレオニー・オーボワ・ダシュビーによって人格化されたランボーの美に挨拶を送っていた。おそらく彼女は「母親や子供たちの熱病」を癒すために，子供たちを「膝のうえに」乗せたのだろう。

バウーの滝　アンドレ・ブルトン，ポール・エリュアール，ヌーシュ，ヴァランティーヌ・ユゴーがカティア・ティリオンとアンドレ・ティリオンに宛てた1932年8月16日の絵葉書のおかげで，私たちはさまざまな記号の合流点に，現実的なものと想像的なもの，高いものと低いものが矛盾したものとして知覚されるのをやめるまさにその地点に達することができる。1932年8月16日，ブルトンは手紙のなかで，フロイトの『イェンゼン「グラディーヴァ」における妄想と夢』に対する熱狂を語っている。それは1931年3月に，かつてブルトン自身の『失われた足跡』がそうだったのと同様に，ガリマール社の〈青い資料(ドキュマン・ブルー)〉叢書の1冊として刊行されたものだった。ブルトンはティリオンがこの「とてつもない」書物をすでに読んだものと考えている。ティリオンの以前からの友人であり，シャトー街の部屋で同居しているジョルジュ・サドゥールが，イェンゼンの小説の翻訳に手を貸していたからだ。そしてブルトンのグラディーヴァに対する興味は撤回されることはないだろう。彼女の軽やかで至高なる足取りを表現する一文は，『通底器』第1部のエピグラフとして用いられることになる。

1932年8月，共産党の側を選んだルイ・アラゴンおよびジョルジュ・サドゥー

ブルトンと友人たちがアンドレ・ティリオン夫妻に送った，バウーの滝の絵葉書。写真撮影者イジドール・ブランのイニシャル「I. B.」が消され，「L. A.」に置き換えられているのはなぜなのか。

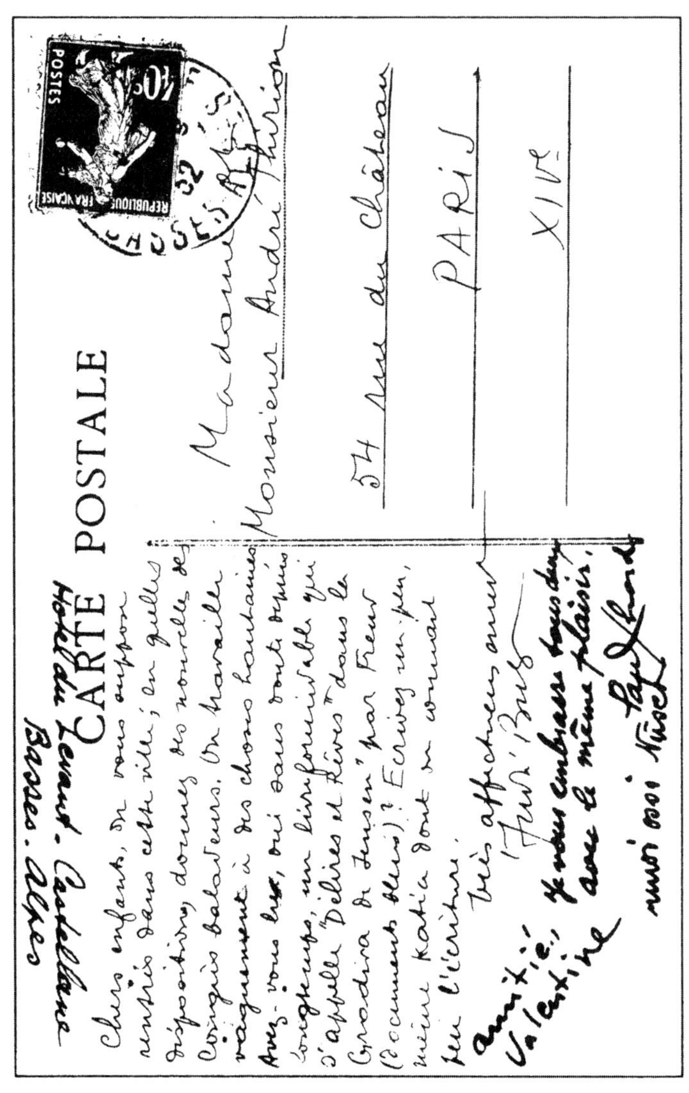
CARTE POSTALE

POSTES
REPUBLIQUE FRANÇAISE

Madame
Monsieur André Thirion
54 rue du Château
PARIS
XIVe

Hôtel du Levant. Castellane
Basses-Alpes

ティリオン夫妻に送った絵葉書でブルトンは，フロイトのあの素晴らしい『グラディーヴァ』論を読んだかと尋ねている。

ルとはすでに仲たがいをしていたが，ブルトンは「漠然とながら高潔なものごとのために働いていた」。事実，彼は『通底器』を執筆しおえたのだった。しかしながら前年にサドゥールを伴って滞在したその同じ場所へと立ち戻ったとき，彼はグラディーヴァという形象につきまとわれていたように感じられる。実際，彼がカステラーヌで「日の出ホテル（オテル・デュ・ルヴァン）」を発見したのは1931年8月22日のことだった。彼が『通底器』の執筆を開始したのも，その書物で長々と分析されている夢を見たのもそこでのことである。

絵葉書のイメージをよく見てみよう。ブルトンは，バウーの滝の写真を撮り，絵葉書に印刷された2行のアレクサンドランを作ってもいるイジドール・ブランのイニシャル〔I. B.〕を消して，1932年の8月には党の滝壺に，「強き同士」の滝壺に落ちてしまっていたルイ・アラゴンのそれ〔L. A.〕を置いてみせた。しかしこの解釈は，もう1つのより深遠な，より奇抜な解釈を隠している。もしバウーの奔流がヴェルドン川に流れこむとするなら，バウーの語はまた，ランボーの詩「帰依」のレオニー・オーボワ・ダシュビーの名前にも接続されているのではないか。このときブルトンはバウーの滝のキャプションに，レオニー・オーボワのイニシャルで署名したのであり，「高いものと低いものが矛盾したものとして知覚されるのをやめる」場所であるシュルレアリスムの聖地を，永遠に告げ知らせたのである。

1931年と1932年の8月にカステラーヌから程遠からぬ場所で，ブルトンは「悪臭を放つざわめいた夏草」に，ランボーのバウーを，レオニー・オーボワのバウーを再発見する。さらに彼は「崇高点（ポワン・シュブリーム）」と呼ばれる，ヴェルドン川がバウーの流れと合流する地点の河床を180メートルの高さから見下ろしている高台から，レオニー・オーボワに呼びかけている。1932年8月16日の絵葉書で，下から見上げられたバウーの滝は，L. A.によって，すなわちレオニー・オーボワによって副署されえた。そしてヴェルドン川とバウー川の合流点のうえに迫り出す「崇高点」がランボーの歌うレオニー・オーボワ・ダシュビーのバウーを指し示すのであるから，バウーは下から，「崇高点」は上から，ともにシュルレアリスム的な場所それ自体に形を与え，オートマティックな持続をもたらすのである。

具体的にいうなら，ヘーゲルの教えに従いつつ，ヴェルドン峡谷に場を定められたランボーのバウーは，それに対してはあらゆる対立が乗り越えられ，包摂される subsumé（あるいはむしろ上から包摂される sursumé），『第二宣言』にいう「精神の一点」に達することを可能にしてくれる。夏，8月には，

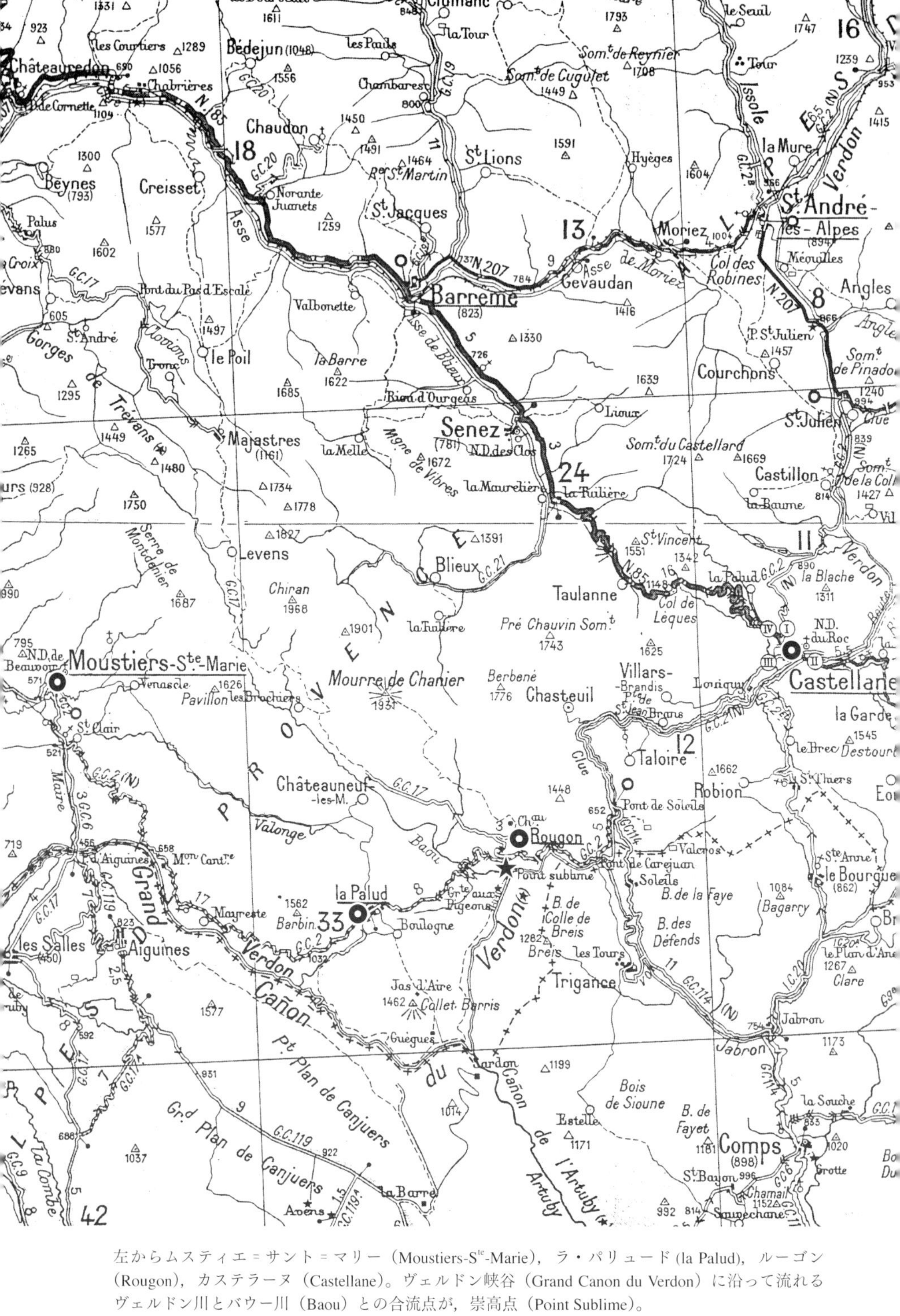

左からムスティエ＝サント＝マリー（Moustiers-Ste-Marie），ラ・パリュード (la Palud)，ルーゴン（Rougon），カステラーヌ（Castellane）。ヴェルドン峡谷（Grand Canon du Verdon）に沿って流れるヴェルドン川とバウー川（Baou）との合流点が，崇高点（Point Sublime）。

GUIDE MICHELIN
RÉGIONAL

CÔTE D'AZUR
HAUTE-PROVENCE

10

Services de Tourisme Michelin
97, Boulevard Pereire, Paris (XVIIe)

Propriétaires-Éditeurs
Michelin et Cie, Fabricants de Pneumatiques, Clermont-Ferrand
R. C. 2.213, Clermont-Ferrand. — R. C. 147.754, Seine.

Tous droits de reproduction et traduction réservés pour tous pays.

Prix du Volume : **30 frs.**

ヴェルドン川流域奥地は，湾曲部の西部一帯がとりわけ驚異的な景観をなしている。E＝A・マルテル氏の表現を借りるなら，そこを訪れるのは「山岳河川地帯での困難な遠征登山」であり，ガイドの助けなしに敢行することはできない（ルーゴンかラ・パリュードで問い合わせる必要があり，ルーゴンなら，E＝A・マルテル氏が最初の探検をしたときの同伴者だった小学校長，ブラン氏に連絡のこと）。遠征では何度も奔流を徒歩で渡り，野宿をしなくてはならない。したがってカポックの救命胴衣，寝具，食糧が必要になる。

いうまでもなくこうした登山では，時期と天候状態がきわめて重要であり，7月15日から9月15日までの晴天の日に限るべきである。雨や嵐のときは浅瀬も混濁し，水量がましてはなはだ危険になる。事実，ヴェルドン峡谷の熱烈な讃美者だったパスカル神父が1928年9月，ラ・メスクラ近くの浅瀬で足を取られ，流れにさらわれたのは，嵐の直後だった。神父の遺体は1年後にしか発見されていない。

だがさいわいなことに，フランス・ツーリング・クラブが1928年以来，毎年巨額を投資してヴェルドン峡谷の観光整備に取り組み，その粘り強い努力によって，今後はラ・パリュードから出発するなら，安全に，かつさほど疲れることもなしに，みごとな見晴らしの展望台に達することができるようになった。そこからは大峡谷の，もっとも素晴らしい，かつもっとも近づきがたかった景観を見下ろすことができる。すなわち「バウー・ベニ」，「アンビュット」，「モーゲ」の景観である。

そこで峡谷はもっとも幅を狭めており――モーゲにおいて川幅は6メートルしかない――，かつ左右の絶壁はしばしば300メートル以上の高さに達する。

また同じくフランス・ツーリング・クラブの努力によって，1930年6月以降，ラ・メスクラ(アルチュビー川とヴェルドン川の合流地点)から上流に向けて，現在は避けられない難所になっている4カ所のトンネルを通らずにさかのぼることも可能になる予定。

以下で紹介する山歩きのコースは，ラ・パリュードを出発してから，懸崖上に新しく作られた経路をたどり，大峡谷の底部に降りていくものである。

バウー川の水かさは増し，「崇高点」を水浸しにするのである。

1924年5月11日，ルイ・アラゴンとアンドレ・ブルトンは2人で「神父服の下の心」序文に署名し，そこでランボーのさまざまな肖像を差し出しているが，とりわけ「上り下りするもの」としての詩人を描き出している。彼らはこのとき，バウー川の上昇と，「崇高点」の下降を予期しているのである。

「あらゆることからして，生と死，現実的なものと想像的なもの［……］がそこからはもはや矛盾したものとして知覚されない精神の一点が存在すると思われる」という，『第二宣言』の冒頭2段落目で与えられている有名な定義が，1931年と1932年の8月のヴェルドン峡谷探索に先立ち，それを告げ知らせているとするなら，バウー川を見下ろす「崇高点」の方は，1936年，『狂気の愛』末尾のエキュゼット・ド・ノワルーユへの手紙，すなわちジャクリーヌ・ブルトンとアンドレ・ブルトンの娘であるオーブへの手紙のなかではっきりと名指されている。

1936年のオーブへの手紙はこうはじまる。「1952年の早春（オー・ボー・プランタン），あなたは16才になったばかりだろう」[15] これは次のようにも読める。「オーブよ，1952年の春（オー・プランタン）に，あなたは16才になったばかりだろう」。するとそれは20年前に書かれた詩，アンドレ・ブルトンの20歳の誕生日である1916年2月19日の日付のある詩「年齢」を思い起こさせる。それはまさに，「夜明け（オーブ）よ，さらば」とはじまる『イリュミナシオン』所収の詩篇「夜明け」を模したものであった。

ブルトンは1931年と1932年の8月，レオニー・オーボワ・ダシュビーを選ぶ。いうまでもなく，山岳地で「崇高点」を水に浸すバウー川の流れのせいだ。ランボーを愛するナントやサン＝トゥーアンの若き女性たち，アニーやファニーに心動かされた彼は，レオニーを選ぶ。1932年8月16日，通り過ぎていったレオナ・ナジャにいまだ呪縛され，『グラディーヴァ』の読後感に浸されていた彼は，バウー川の河床に，「崇高点」の高みに，レオニー・オーボワの幻影を見るのである。

1930-1931年版のミシュランのガイド『コート・ダジュール，オート＝プロヴァンス地方』を見ると，カステラーヌとムスティエ＝サント＝マリーに挟まれたヴェルドンの大峡谷が，その両端において「帰依」のしるしのもとに置かれていることがわかる。出発点において，「崇高点」からの眺めはヴェルドン川とバウーの奔流の合流点を捉えている。そしてその終着点において見出されるのは，バウー・ベニと呼ばれる，ヴェルドンのもっとも驚くべき景色の1つであるが，バウーとベニ［＝祝福された］という2つの語の結びつきを，「帰依」のランボーもまた否認することはないに違い

「崇高点」の光景を捉えた絵葉書。

ヴェルドン峡谷のもっとも驚異的な景観は，バウー・ベニ（祝福されたバウー）と呼ばれている。

ない。ブルトンとエリュアールとヴァランティーヌ・ユゴーがパブロ・ピカソとオルガ・ピカソに，1932 年 8 月 15 日という日付のある絵葉書を送っており，その絵葉書がムスティエ＝サント＝マリーの象徴である，2 つの頂のあいだに張り渡され，1 つの星を吊るした鎖を表わしていることもつけ加えておこう。絵葉書につけられた註釈が，1848 年の革命から 1882 年にいたるまでこの鎖と星が経験することになった艱難辛苦を語っている。何において〈ムスティエの星〉が再び現れた「崇高点」の姿であるのかを，私たちは考えることになるだろう。

レオニー・オーボワ・ダシュビー　「帰依」がいつ書かれたか，あまりよくはわからない。1874 年 8 月，ランボーは北海を臨むスカーボローに滞在していた。海岸から数十キロほど離れたこの地方に，エヴァーリンガムとアシュビーという村がある。詩人はこの 8 月に，エヴァーリンガム／ヴォーリンゲンとアシュビーの 2 人の修道女と出会ったに違いない。

ブルトンが 1947 年，シュルレアリスム国際展の際に，レオニー・オーボワ・ダシュビーに捧げて作った祭壇の写真を調べてみると，バネのなかから突き出たトーテムの足元に，上下逆転したバウーという語の裏側が見える。このキーワードが切り取られていることは，上から見下ろすようにして鏡を使わなければ解読できない。

ブルトンはレオニーへの祭壇を，ライオンと「天上の水」のしるしのもとに置いている。事実ライオンの月，すなわち 8 月に，バウー川の天上の水は「崇高点」を浸すのである。

同じく 1947 年のシュルレアリスム国際展で，マッタはマルセル・デュシャンの《重力の世話人》に祭壇を捧げた。それは《花嫁は彼女の独身者たちによって裸にされて，さえも》の，絵筆で描かれたのではない部分の 1 つである。もっとも驚くべきは 2 つの祭壇を，より正確にいえば，ブルトンによるバネのトーテムとマッタが作った燭台置きのような事物を結びあわせると，デュシャンが《裸にされた花嫁》のためのノートで書きつけていた通りの，重力の操作者の正確な図面が得られるという事実である。重力の操作者あるいは世話人が――「2 つの言葉は補完しあっている」[16]――高いものと低いものの対立を乗り越えるのを可能にしてくれるように，そのときバウー川は崇高点まで上昇し，逆に崇高点はバウーの滝壺へと沈むのである。そして母親や子供たちの熱病を治すレオニー・オーボワは，重力の問題に立ち向かい，めまいから来る変調の看病をするよう指定されている。

1932 年 8 月 16 日，ブルトンはイェンゼンの『グラディーヴァ』とフロイトの分析からなる「1 冊の素晴らしい書物」を読んだ，あるいは読み直したところだった。グラディーヴァは歩いていくとき，あとに残った方の足は地面につま先だけをつけ，踵をほとんど垂直に立てるような姿勢になる。彼女の奇妙な歩き方は重力の法則への挑戦だ。いまだ妊娠（グラヴィッド）していないグラディーヴァ／レディヴィーヴァ＝ツォーエ・ヴォルトガングは，重力と反重力を操作することができる。彼女は紀元79年8月のある日，おそらくは24日，大地の炎すなわちヴェスヴィオ火山に脅かされつつ前進していくのである。

1937年，アンドレ・ブルトンはグラディーヴァ画廊を開くが，その扉はデュシャンによってデッサンされていた。彼はギャラリーの紹介文のなかで，1935年8月16日に『リュ』紙に掲載されたあるハンガリーの小説家のコントを引用している。この日付を書きつけながらブルトンはおそらく，1932年8月16日に，『グラディーヴァ』に熱狂したことを思い出しているのだろうし，あるいはフロイト的無意識が彼に，そう耳打ちしているのである。

1912年から1915年にかけて書かれた《裸にされた花嫁》のためのノートのなかでマルセル・デュシャンは，重力の体制と偶然の一致の体制を，いい換えれば偶然の一致の担当省庁と重力のそれを結びつけている。1921年ブルトンはその『手帳』のなかで，アンドレ・ドランによる，芸術や時間や物理学に関する面食らうような考えを書きとめ，とりわけ「高いものはなく，低いものはない」[17]という謎めいた言葉を喚起している。

1934年，《裸にされた花嫁》のためのノートが出版された折，アンドレ・ブルトンはデュシャンの作品に関する輝かしいテクスト「花嫁の燈台」を執筆した。1947年に組み立てられたバネつきのトーテムは，重力の操作者の軸棒だけでなく，螺旋状の階段を備えた花嫁の燈台をもまた表現していると，認めることができる。事実レオニー・オーボワ・ダシュビーへの祭壇は，「遭難者」たちに救いをもたらす，「北海の方を向いた青い頭巾」を被ったルイーズ・ヴァナーン・ド・ヴォーリンゲンにもまた捧げられている。

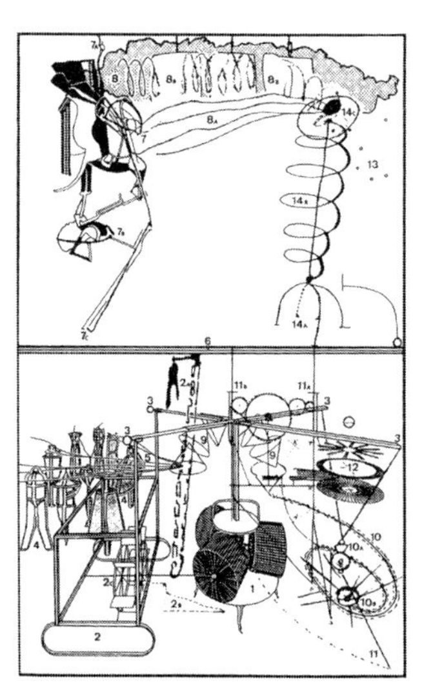

1946年アンドレ・ブルトンは，自らの選文集『野ウサギによりかかった若い桜の木』の表紙デザインをマルセル・デュシャンに委託している。デュシャンはブルトンに自由の女神の姿をさせるが，それはおそらく「花嫁の燈台」を思ってのことだ。そして今度は1947年，ブルトンがレオニーやルイーズやマルセルに，すなわち重力の世話人たち，あるいは花嫁の燈台たちにオマージュを捧げる。重力の世話人に捧げられたマッタによる祭壇についていうと，それははるか沖あいの水平線の方向を

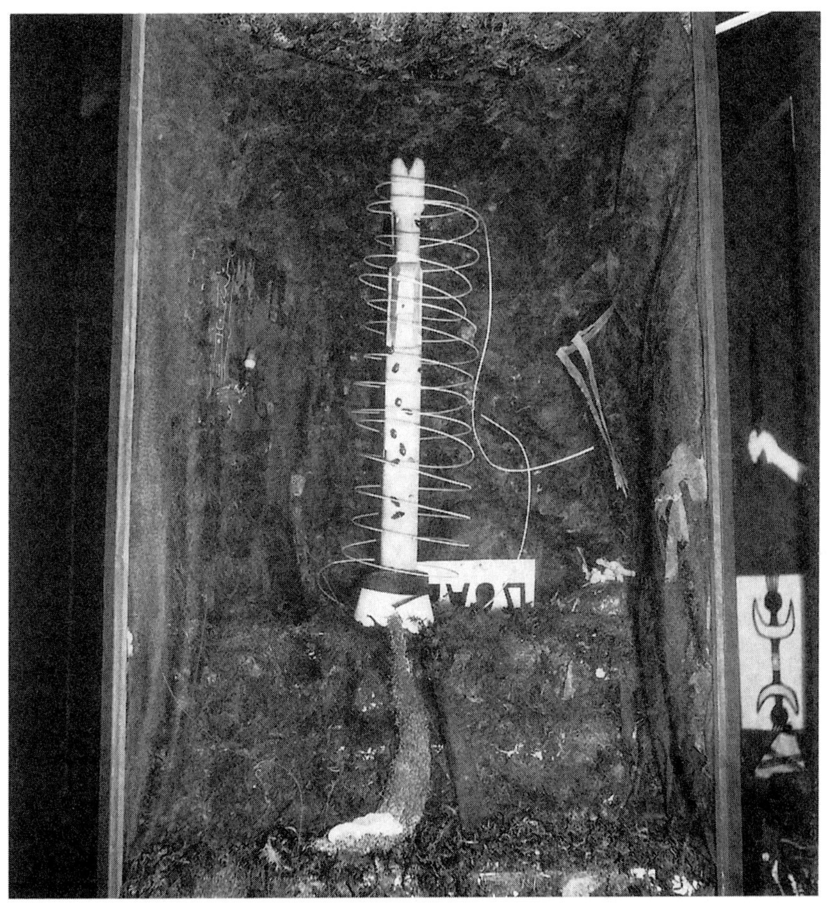

1947 年のシュルレアリスム国際展に際し，ブルトンがレオニー・オーボワ・ダシュビーのために作った祭壇。上下逆転した「バウー BAOU」の文字が見える。

だけ向いているわけではない。その傾いた燭台置きは，レーダーと見紛うばかりなのだが，それは天の高さを，天上の次元を捉える。

1949年の『現行犯』のなかでレオニー・オーボワ・ダシュビーは，「『イリュミナシオン』のなかを通り過ぎていくもっとも謎めいた女性たちの1人」[18]として描き出される。『通底器』第1部の銘句として用いられるイェンゼンの引用もまた，グラディーヴァを通り過ぎていく女性として定義していた。ブルトンはまた『狂気の愛』のなかで，1934年5月29日のジャクリーヌ・ランバとの出会いが，1923年8月26日の日付を持つ詩「ひまわり」のなかに，すでに書きこまれていたことを説明するだろう。[19]詩の冒頭に現れる，爪先立って歩く旅の女性を，1934年5月29日の「通り過ぎる女性」と同一視しないでいるのは不可能だと，彼には思えるからだ。「ひまわり」の「影のない婦人」がグラディーヴァと似て見えることをつけ加えるなら，レオニー・オーボワ・ダシュビーの周囲に一群の「通り過ぎる女性たち」がひしめいているのがわかる。それはジャクリーヌ・ランバであり，グラディーヴァであり，2人のランボー読者，アニーとファニーであり，もちろんレオナ・ナジャであり，ナントで通りすがりに垣間見られた労働者の女性であり，アラゴン，ブルトン，ドランが1922年1月16日，相次いで出会ったチェック柄のスーツの若い女性であり，その他さらに多くの通過者たちである。

バウーとアストゥ　「避雷針」と題された『黒いユーモア選集』の序文によるならば，ランボー最後の詩「夢」に見られる「流出」や「爆発」といった語は，おそらくボードレールから借りられたものだが，ユーモアそれ自体を特徴づけるのだという。ブルトンがニーチェに捧げた註記のなかで，ランボーとこの哲学者を接近させるのも，爆発という記号のもとにおいてのことだ。1889年1月6日，トリノからブルクハルト教授に当てられたニーチェ最後の長文の手紙に見られる「陶酔感」は，「ランボーの詩『帰依』のなかの「バウー！」と対になる，謎めいた「アストゥ」において，黒い星となって炸裂する」。[20]

1940年の『黒いユーモア選集』におけるニーチェの寄与は，1889年1月6日の日付があるトリノからの手紙に集約される。事実この手紙は1937年10月9日，シャンゼリゼ劇場における黒いユーモアについてのブルトンの講演の際，他の13篇のテクストとともに選ばれて，俳優によって朗読された。実は1930年10月，すでにこの手紙は『革命に奉仕するシュルレアリスム』誌に掲載されていたのだが，そこでも「賞賛すべきもの」と形容されているだけでなく，まさしく「アストゥ」というタイトルで提示されていた。

1937年10月9日の講演に際して印刷されたプログラムで，アストゥの語は2度現れる。1月6日の手紙のある断片が，ニーチェという署名を伴って，あるページに掲げられている。「第2の冗談：私は不滅なる40人に名を連ねるドーデ氏に挨拶を送る。アストゥ」。[21] そして黒いユーモアの巨匠たちの写真やイメージを取り集めた，ブルトンの手のこんだコラージュでは，ニーチェは1930年のシュルレアリスムの機関誌から切り取られてきた「アストゥ」というタイトルによって象徴されている。

1937年10月のブルトンのコラージュはきわめて教えるところが多い。「アストゥ」の語は，いい換えるならニーチェその人は，フロイトの顔とランボーの顔のあいだに置かれている。より正確にいうなら，「アストゥ」がフロイトの頭に乗って，狂人用の頭巾となっているのと同様に，ジェルマン・ヌーヴォーの詩のタイトルから取られた「櫛」は，ランボーの蚤を取り除いている。ましてロートレアモンに関わるものとしての1匹の蚤が，フロイトの写真と隣りあっていた。ブルトンが1874年3月25日ごろ，連れ立ってロンドンへと発っていったランボーとヌーヴォーという友人たちを結びつけているとすれば，同様に彼はまた，ニーチェのアストゥをそれと対をなすランボーのバウーと接近させているのである。
「帰依」の2つ目の祈願と1889年1月6日の手紙の「第2の冗談」が，平行的な言葉で書かれていることも指摘しておく価値がある。

わがレオニー・オーボワ・ダシュビー尼へ。バウー……
私は不滅なる40人に名を連ねるドーデ氏に挨拶を送る。アストゥ

レオニー・ダシュビーに呼びかける「私」，アカデミーのメンバーと見なされた人物に呼びかける「私」は，その謙虚なオマージュ，あるいは挑発的なオマージュを，ある謎めいたキーワードで際立たせている。少なくともブルトンはそのように理解しているのである。

ブルトンが『選集』のなかで記しているように，1889年1月6日の錯乱した手紙全体を通じ，ニーチェはちょうどランボーの「私は1人の他者である」と響きあうような形で，自らを「一連の他者」とみなしている。事実ニーチェはブルクハルト教授に，こう打ち明けているのだ。いわく「私はヴィットーリオ＝エマヌエレの名のもとに生まれました」，「私はまたシャンビージュ[22]であり，——同時にまた誠実な犯罪者です」，「結局のところ私は歴史上のあらゆる偉人であるのです」，等々。

1940年12月，マルセイユで書かれた詩「ファタ・モルガナ」のなかで，今度はブルトン自身が誇大妄想にのめりこみ，1889年1月6日の手紙でのニーチェに自己同一化する。
「私は自分が同時にヴィットーリオ＝エマヌエレであり新聞紙上の2人の殺人者であることを理解しはじめたニーチェだ，アストゥ，トキのミイラよ」。[23]

2つの黒い星，ニーチェとランボーから借りられたアストゥとバウーという謎めいた2つの定式は，並べるならばアンドレ・ブルトンのイニシャルにもなるわけだ

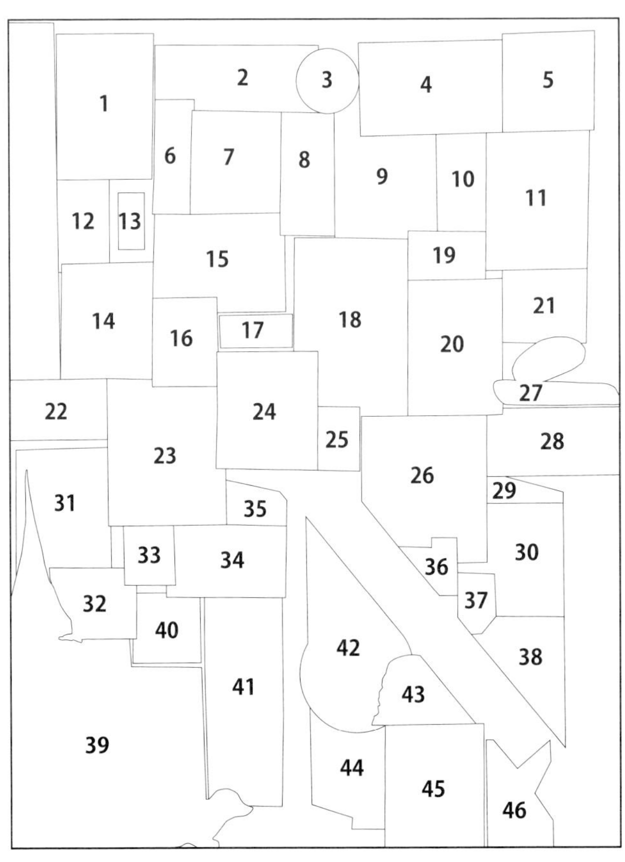

1 ユイスマンス
2 コルビエール
3 アルフォンス・アレ
4 サド
5 ゴヤ
6 プレヴェール
7 ピカソ
8 ルイス・キャロル
9 フォルヌレ
10 ファッティー
11 ボードレール
12 ダリ
13 ラスネール
14 ボレル
15 ヴァシェ
16 リゴー
17 ジッド
18 デュシャン
19 O・ヘンリー
20 ヴィリエ・ド・リラダン
21 ブニュエル
22 ルーセル
23 クインシー
24 ハーポ・マルクス
25 アルプ
26 ジャリ
27 ヌーヴォー
28 ランボー
29 ニーチェ
30 フロイト
31 アポリネール
32 デ・キリコ
33 プラシノス
34 エルンスト
35 ピカビア
36 クラヴァン
37 ロートレアモン
38 シング
39 リヒテンベルグ
40 サヴィニオ
41 クロ
42 スウィフト
43 パンチョ・ビリャ
44 ポー
45 マック・セネット
46 カフカ

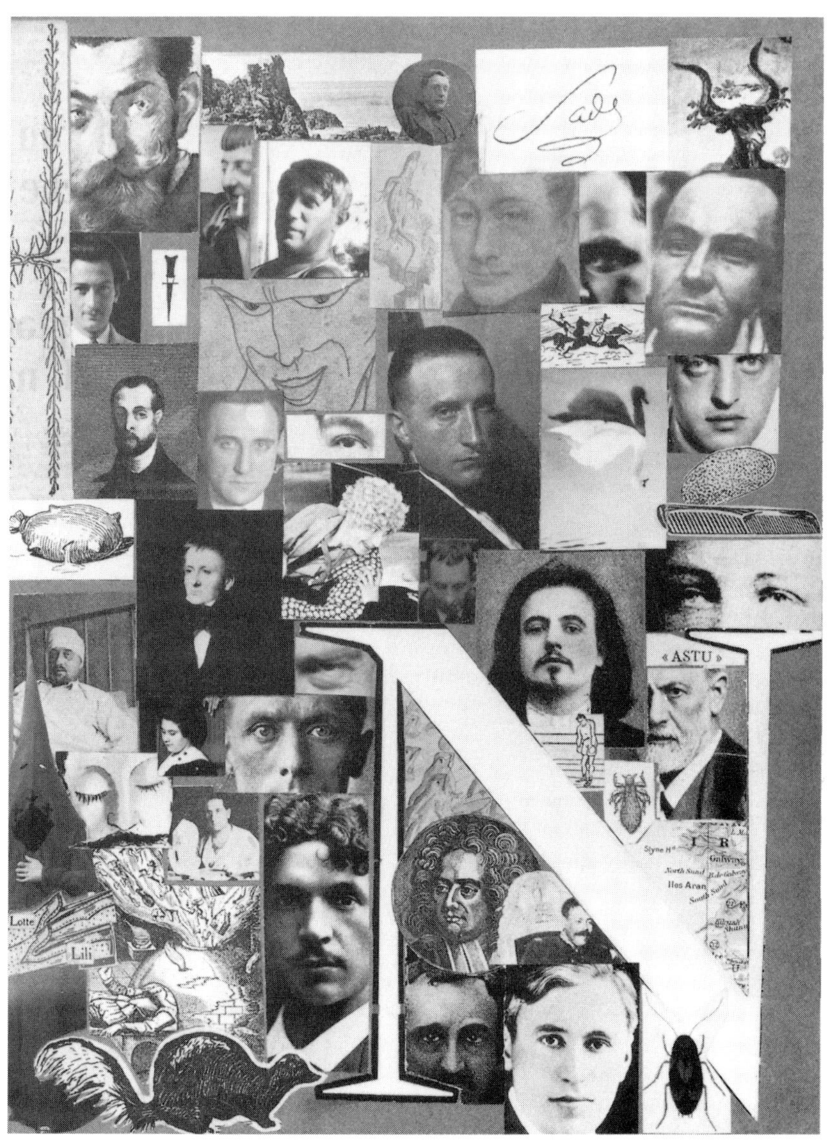

ブルトンが「黒いユーモア」をテーマとしてデザインしたコラージュ。ユーモアの使い手たちは写真や肖像画だけでなく，象徴的な事物も用いて表されている。ロートレアモンはノミによって，ヌーヴォーは櫛によって……

が，崇高点の頂上から，そしてバウー川の位置から見て取ることができ，また聞き取ることもできる。ましてやアストゥ Astu が滝 Saut のアナグラムであるとするなら，1932 年 8 月 16 日のバウーの滝の写真は，アストゥとバウーという 2 つのキーワードの関係づけが真正なものであると証明するのである。

サン＝シルク・ラ・ポピ　ランボーは『第二宣言』のはじめの数ページから，すでに舞台に登場する。ブルトンが『地獄の一季節』の次のような 1 節から，神学的な態度決定を追い払おうとしたからだ。「やれやれ！ 人生の大時計はついさっき止まってしまった。私はもはや世にいない。――神学はあてにしてよい，地獄は間違いなく下にある――そして天国は上にある」。[24]きっぱりと，ブルトンはキリスト教的ならざるものとしてのヘーゲルの立場を選択する。彼は精神のある一点を指さすのだが，1931 年ないし 1932 年，それがまた名所の景観でもあることに気づく。「あらゆることからして，生と死，現実的なもの想像的なもの，過去と未来，伝達可能なものと不可能なもの，高いものと低いものとがもはや矛盾したものとして知覚されることをやめる，そんな精神の一点が存在すると思える」。ランボーがこの世界をあの世と物々交換しようと真剣に考えていたのに対し，ブルトンにとってシュルレアリスムは「人生のなかに根を張っており，またおそらく偶然にではなく，私がこの人生に，空とか時計の音とか寒さとかいった逸話を背負わせなおすや否や，この時代の生活のなかに根を張る」[25]のである。「この世界」という表現を強調した数行あとで，ブルトンは『地獄の一季節』の係争中の 1 節を，まったく逆の意味に理解する。一方にとって「人生の大時計は止まってしまった」のだが，他方にとって「この時代の生活」は「時計の音」とともに充電され直すのである。「私はもはや世にいない」と，ランボーは告白する。「我々は本当に「世界」に属しているかのように振る舞い，続いていくつかの留保を引き出すことが，何としても必要である」と，ブルトンはシュルレアリストたちの名において宣言する。結局のところシュルレアリスム的実践とは，絶望と犯行の烙印を押されているにせよ，まさに「この世界をついに住むことのできるものに変える」ことをこそ，願うものである。

1936 年の秋，ブルトンは『狂気の愛』を閉じるエキュゼット・ド・ノワルーユへの手紙のなかで崇高点に言及している。「私は山のなかにある何らかの「崇高点」について語ったことがある。この崇高点に長く身を落ち着けることは，1 度として考えられなかった。それに，もしそうしたならば，そのときからそれは崇高であることをやめただろうし，この私は人間であることをやめただろう。そこに分別をわきまえて居座ることはできないが，少なくとも私はこれを見失う地点まで，もう指し示せなくなる地点まで遠ざかることは決してなかった」。[26]シュルレアリスムの第一人者は『第二宣言』にいう精神の一点を，ヴェルドン峡谷の〈崇高点〉と同一視する。かくして1929年の終わりから1931年の夏にかけて，精神の一点から〈崇高点〉の発見へと，ヘーゲル論理学の延長線上で，抽象的なものから具体的なものへの移行が実現されるのである。しかしながら娘オーブへの手紙からするなら，ブルトンは「この世界をついに住むことのできるものに変える」使命を諦めてはいないものの，〈崇高点〉のほとりに身を落ち着け，居座ろうとはしない。それは超人的な任務だからである。

1951年9月3日，アンドレ・ブルトンはついにサン＝シルク・ラ・ポピに身を落ち着けたことを明らかにし，そこから次のような言葉を語る。「他のどのような場所にもまして――アメリカやヨーロッパの他のどこより――サン＝シルクは私に対し，唯一の魔法，永遠にそこに居座り続けさせるという魔法をかける。私は他の場所にあることを欲するのをやめた。私が思うに，サン＝シルクのポエジーの秘密とはランボーの『イリュミナシオン』の詩篇いくつかのそれに重なりあうものであり，完全な高低差を持った平面間におけるもっとも稀な均衡の産物なのである」。[27]1931年夏の具体的な普遍に向けた上昇は，1950年にも続行されているのであり，このとき山の斜面に張りついたようなサン＝シルク・ラ・ポピの村が，最初の世界道路開設に参加したばかりのブルトンの眼前に広がる。サン＝シルクとは，ふもとから眺めると，第2の崇高点なのである。

エキュゼット・ド・ノワルーユへの手紙に見出される，「長く身を落ち着けることは，1度として考えられなかった」し，「居座る」こともできなかったという1936年の表現に，「永遠にそこに居座り続けさせる」という，サン＝シルク・ラ・ポピの景観をめぐる1951年9月の表現が響きあう。ブルトンが居座るという動詞を強調しているので，なおさらのことだ。さらにサン＝シルクのポエジーの秘密は「ランボーの『イリュミナシオン』の詩篇いくつかのそれに重なりあう」のであるから，はっきりと「帰依」が，そして〈崇高点〉から見下ろしたバウー川が思い起こされる。ロット川を望むサン＝シルクにせよ，バウー川を望む〈崇高点〉にせよ，どちらにおいても見出されるのは「完全な高低差を持った平面間におけるもっとも稀な均衡」なのである。

たしかにサン＝シルクはロット川に対し，80メートルの高さしかないのに対し，〈崇高点〉の高台は，バウー川との合流点におけるヴェルドン川の河床を，180メートルの高さから見下ろしている。しかしロット川の断崖の灰色の土とオーカーは，大峡谷のそれと同質のものだ。まして，やはりヴェルドン峡谷の入り口に位置するルーゴンの村は，〈崇高点〉の上方180メートルの位置に作られたワシの巣のようだが，それはいわば〈崇高点〉の居住可能なヴァージョンとしての，サン＝シルク・ラ・ポピのレプリカである。しかもバウーの滝の写真を撮影したイジドール・ブランが，1933年3月9日，ちょうど60才の誕生日にサイドカーでの運命の事故

Monsieur

André Breton,

Homme de lettres.

C'est au terme de la promenade en voiture qui consacrait, en juin 1950, l'ouverture de la première route mondiale – seule route de l'espoir – que Saint-Cirq embrasé aux feux de Bengale m'est apparu – comme une rose impossible dans la nuit.

Cela dut tenir du coup de foudre si je songe que le matin suivant je revenais, dans la tentation de me porter au cœur de cette fleur. Merveille : elle avait cessé de flamber mais restait intacte.

Par delà bien d'autres sites – d'Amérique, d'Europe – Saint-Cirq a disposé sur moi du seul enchantement : celui qui *fixe* à tout jamais. J'ai cessé de me désirer ailleurs.

Je crois que le secret de sa poésie s'apparente à celui de certaines *Illuminations* de Rimbaud, qu'il est le produit du plus rare équilibre dans la plus parfaite dénivellation de plans. Ses toits, c'est toi. L'énumération de ses autres ressources est très loin d'épuiser ce secret...

Chaque jour, au réveil, il me semble ouvrir la fenêtre sur les *Très riches Heures*, non seulement de l'art mais de la nature – et de la *vie*.

Saint-Cirq, 3 septembre 1951.

André Breton

サン＝シルク・ラ・ポピの記念サイン帳へのブルトンの書きこみ。サン＝シルクはもう一つの崇高点なのかもしれない。

で命を失うそのときまで，34年間にわたって教鞭を取っていたのはこのルーゴンにおいてであった。

1896年，アルマン・ジャネとルーゴンの村の2人の村人は，帆を張った木の小船でヴェルドン川に乗り出していった。だが流れに翻弄されて，早々に冒険を中断してしまう。1898年にスイスの技師2人がより頑丈なボートで同じ試みをするが，結果は幸運なものではなかった。1905年8月11日から14日にかけて，水文学者であり洞窟学者であるアンドレ゠エドゥアール・マルテルは，ルイ・アルマンと教師イジドール・ブラン，およびポーターである数人のルーゴンの村人を伴って，ときにヴェルドン川を航行し，ときに峡谷の底を進むことで，ヴェルドン峡谷の21キロを踏破する。20年代を通じ，ルーゴンの小学校教員であったブランは峡谷の散策を組織する。1928年から1930年にかけては，フランス・ツーリング・クラブが大峡谷の一部を観光用に整えようと試みる。とりわけルーゴン下方に位置する侵入路は，普通の人間にも，〈崇高点〉の高台に達することを可能にするものだった。同じころ，1929年末にブルトンは，アリストテレス論理学の二元性を乗り越える「精神の一点」を征服しようと出発していた。そして1931年4月21日，『通底器』が報告している通り，サムソンの名がブルトンにつきまとう。多くの意味を担わされたこの名は，ギロチンに，極刑に結びついている。この年の8月，カステラーヌの「日の出ホテル」に逗留しているブルトンは，『通底器』執筆を開始したのであった。おそらく4月にとりつかれたサムソンの名は，サムソン回廊を見下ろす〈崇高点〉の発見によって，ふたたび活性化されたのではあるまいか。

山に刻まれた巨大な割れ目であるサムソン回廊は，きわめて狭い隘路であり，垂直で磨き上げられた岸壁であって，400メートルの高さを持

サン＝シルク・ラ・ポピのブルトンの家で窓から顔を出したシュルレアリストたち。ブルトンやペレの顔が見える。

つ亀裂であるが，〈崇高点〉から，ルーゴンというワシの巣から，あるいはバウー川とヴェルドン川の合流地点から視線を向けるなら，単なる自然の驚異に還元されはしない。それはまたブルトンにとって，魂の，あるいは愛の重大な裂傷を喚起するものだった。『通底器』につきまとうサムソンとダリラという2つの名前は，〈崇高点〉から目にすることのできる2つの刻印ないし2つの巨大な形象に名をつけたものたちに対しても，強い印象を与えていたことになる。ヴェルドン川左岸の400メートルにわたる断崖を支える女像柱（カリアティッド）に，力強いサムソンを認めることができるに違いない。さらに加えてやはり〈崇高点〉からは，〈獅子の頭〉を見分けることができる。この指標は，バウーの滝のオンディーヌであるレオニー・オーボワ・ダシュビーが，シュルレアリスムの聖地の夢幻劇に精力的に関わっていることの証左でもあるだろう。

1966年末，ブルトンの死に心を動かされた画家のピエール・ドーラは，サン＝シルク・ラ・ポピ友の会に宛てて次のような手紙を書き送った。「今年の8月16日，太陽が沈む時刻に，彼［＝ブルトン］は私のイーゼルのそばに立ちどまりました。［……］弔鐘が鳴りわたったのです。アンドレ・ブルトンと私とは，同じ年，同じ日，同じ時刻に生まれていました。私は彼と，サン＝シルク・ラ・ポピへの帰依の感情を共有していたのであり，2人とも同じ景観に対し，一目で恋に落ちたのです」。サン＝シルク・ラ・ポピとの自らの関係，そしてこの土地とブルトンの関係を思い起こすとき，ピエール・ドーラの筆はごく自然に「帰依」という語を書きつける。この語によって，サン＝シルク・ラ・ポピとレオニー・オーボワ・ダシュビーのバウー川とが結ばれるのである。

ブルトンの人生において，彼が生まれた1896年2月19日という日付が持った重要性を考えるなら，ピエール・ドーラの証言が持つ意味の大きさもまた理解できる。ましてピエール・ドーラが回想している最後の出会いの1966年8月16日という日付は，1932年8月16日付けのバウーの滝の絵葉書を，否応なく思い出させるに違いない。

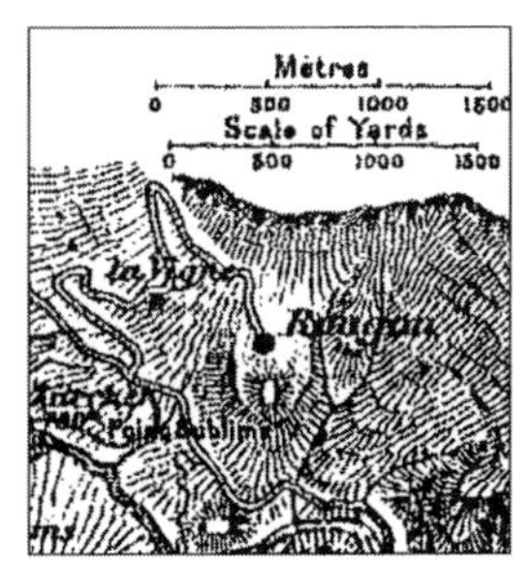

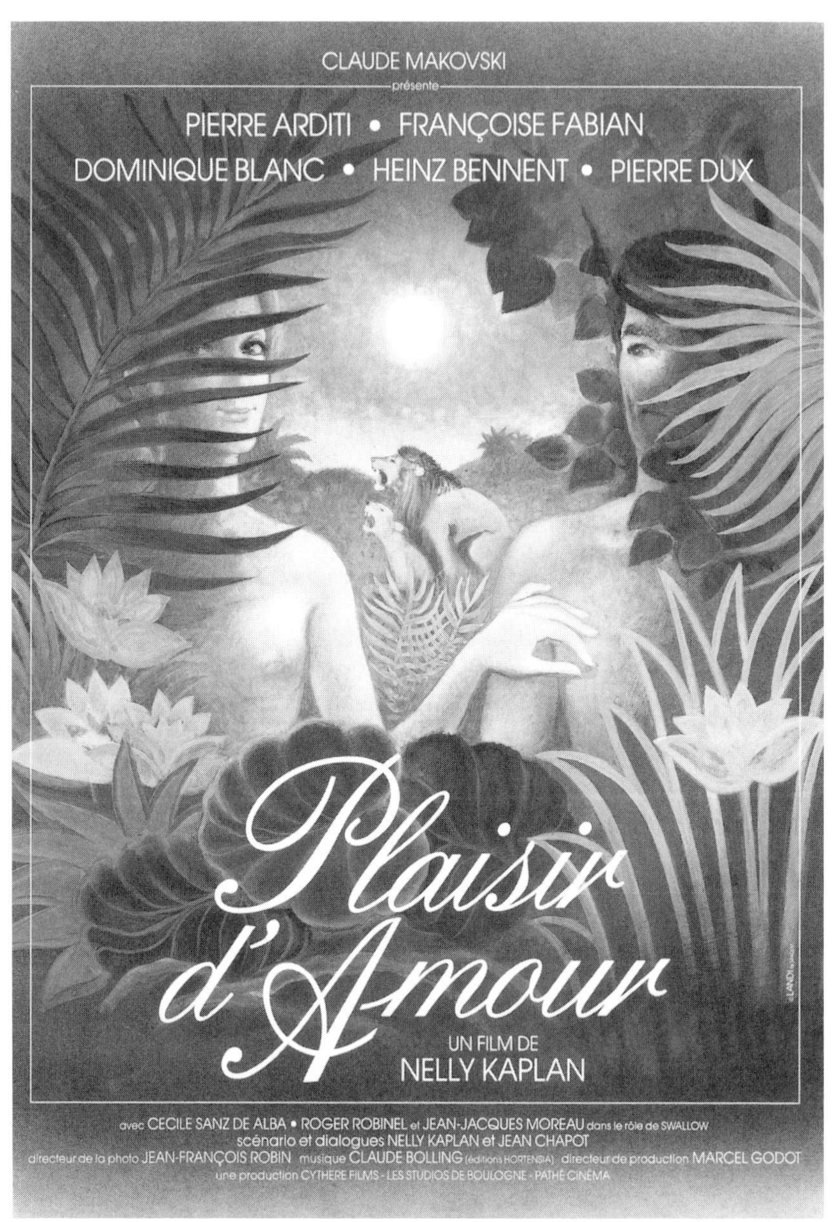

ネリー・カプラン監督作品『愛の快楽』のポスター。フォンテーヌブロー派のタブローとアンリ・ルソーの《夕暮れの原生林の風景》が結びつけられている。

第2章　アシュビー

1991年4月8日，いつもと同じように，私は『両世界評論』で1年以上前から受け持っていた記事要約欄の執筆のために，新聞をめくって調べていた。そのときネリー・カプランの映画の封切りを知らせる美しい広告に目がとまった。

「1991年4月8日月曜――『フィガロ』の紙面半分を使って，ネリー・カプランの映画『愛の快楽』の色刷り広告が掲載されている。広告は2枚のよく知られたタブロー，フォンテーヌブロー派の《ガブリエル・デストレとその妹》と税官吏ルソーの《夕暮れの原生林の風景》を結びつけていた。生い茂った原生林の植物にいくらか覆い隠された，1組の男女の裸の上半身が見える。デストレ姉妹の片方の厳かなる仕草を模倣しながら，女性は親指と人差し指のあいだに，パートナーの男性の乳首をはさんでいる」。

いうまでもなく，私はネリー・カプランを話には聞いていた。魅惑的な『ギュスターヴ・モロー』や心惑わす『海賊の婚約者』を記憶してすらいた。他方私は「口にできない日」のシリーズ第1巻(1)のなかで，彼女が『新フランス評論』に寄せた，1967年1月6日の日付がある証言を喚起してもいた。そこで語られていたのは，ネリー・カプランに敬意を表してブルトンが1957年1月6日を「女王たちの祭日」と名づけたという事実であり，私はこの1月6日の女王たちの祭日を，ジャック・ヴァシェに関わる2つの日付，すなわち聖女王の祝日であるヴァシェの誕生日，9月7日と，三博士の日〔＝王たちの日〕である彼の命日，1月6日とにはっきりと結びつけていた。

1991年4月24日，ボーブール〔＝ポンピドゥー・センター〕でのアンドレ・ブルトン展開催に際して『フィガロ』紙上に掲載されたネリー・カプランの記事のなかで，私はブルトンが彼女を〈金の白野牛〉というあだ名で呼んでいたことを知る。ところで，やはり『口にできない私が生まれた日』で私は次のような仮説を提出していた。ブルトンが1956年の4月11日から12日にかけての夜に聞き取った最後のオートマティックなメッセージ，すなわち「金の白野牛よ，もしあなたが生きているならば，金の白野牛の髪を切らないでください」は，無線技師ジャック・ヴァシェに直接差し向けられたものだというのがそれである。4月25日，私は電話でネリー・カプランと連絡を取ることに成功する。続いて彼女と私は手紙や書物を送りあう。私は「2つの日付のあいだ」3部作や，「帰依」のレオニー・オーボワ・ダシュビーとアンドレ・ブルトンの〈崇高点〉をヴェル

Intérieur salle de bains, jour

Ducasse commence à se raser. Le miroir placé au-dessus du lavabo réfléchit, en même temps que son visage, le mur opposé sur lequel est fixée une autre glace. Ducasse voit ainsi l'image inversée d'une inscription reflétée à l'infini. Intrigué il se retourne et lit, dessiné avec un bâtonnet de rouge à lèvres :

ASHBY ✩✩✩✩✩✩✩
Vaut le détour

Ducasse reste en arrêt devant ce message saugrenu, puis s'essuie hâtivement le visage et revient vers la chambre.

DUCASSE *(marmonnant)*
Ashby... sept étoiles... vaut le détour...

Quant à la dernière photo, celle qui est en couleur, elle représente Ashby seule, de profil, dans un décor champêtre, en train de regarder dans une lunette d'approche du genre de celles que l'on trouve autour des points de vue touristiques recommandés. Ducasse est intrigué par des signes bizarres placés dans la partie supérieure de la photo, comme des fragments d'une inscription guillotinée par un mauvais cadrage.

Excité par cette découverte, fin limier toujours disposé à traquer des signes cachés, Ducasse prend un papier et une loupe et recopie en les grossissant ces hiéroglyphes d'un genre nouveau pour lui. Tout en continuant à travailler, il

Pendant tout ce temps Ducasse tente de déchiffrer l'inscription tronquée. Il rature, essaye de multiples combinaisons, déchire des feuilles remplies en vain... Graduellement, une interprétation logique se dessine :

ALTITUDE 690

Ducasse va chercher un volume dans sa bibliothèque : « Panoramas et Miradors ». Il en parcourt rapidement l'index. Son attention se fixe sur un nom et un chiffre :

COLLINE DU SEPTUOR, alt. 690 m.
Vaut le détour

Il trouve à la page indiquée une photographie du lieu qui coïncide point par point avec celle qu'il possède.

ネリー・カプランのシネ＝ロマン，『プティクスの首飾り』から。主人公ステファヌ・デュカスが鏡に口紅で書かれているのを見つけたメッセージや，上半分を切り取られた謎の書きこみの表現には，グラフィックな工夫が施されている。

ドン峡谷において結びつけた記事「崇高なるバウー」を送り，他方私は立て続けに『感覚の貯水池』，『シーツを読む女の回想』，『プティクスの首飾り』を受け取った。

ネリー・カプランの誕生日である4月11日という日付は，まるでリトルネロのような形で3冊の書物に介入する。末尾に19**年4月11日という日付のある『シーツを読む女の回想』は，こんなふうにはじまっている。「私は4月11日に生まれ，すべてはたいへんに混乱した」。しかしとりわけ，話者である冒険者のベレンが，ネリー・カプランの生地であるブエノスアイレスに向けた船に乗りこむのが彼女の18才の誕生日に当たる4月11日であった。独裁者ホセ・アセロを暗殺しようとしているベレンは偽名を用いるのだが，このとき彼女は「帰依」のレオニー・ダシュビーに自己同一化するのである。

ましてやシネ＝ロマン『プティクスの首飾り』のヒロインは，まさにアシュビーという名だ。さらにはネリー・カプランが撮影した映画『ネア』のなかでは，シビルというファースト・ネームのヒロインを含む4人の登場人物が，アシュビーという姓を共有していた。

第1の思いがけない事実確認。どちらも1991年4月に『フィガロ』紙で公表された，映画『愛の快楽』のポスターとネリー・カプランの記事のおかげで，私はこの映画作家が双子の妹というべきレオニー・ダシュビーにつきまとわれている事実を発見する。一方私はといえば，ネリー・カプランの書物を知らないままで，「崇高なるグラディーヴァ」，「崇高なるバウー」，「崇高なるサン＝シルク」という連続した3つの記事のなかで，「帰依」のなかを通り過ぎる謎めいた女性へのブルトンの関心を確認していた。

第2の驚くべき事実確認。私が独自に作り上げ公表していた仮説を，ネリー・カプランの2冊の書物のいくつものパッセージが，固有のやり方で証明していた。

痙攣的な美を体現する冒険者アシュビーは，プティクスの首飾りを奪い取る。それは「夢を現実に，現実を夢に浸透させるとんでもない力」(2)を持っていた。彼女は未開芸術の愛好家であり，マラルメの専門家であるステファヌ・デュカスと出会う。さまざまな出来事があったのち，恋人たち2人は彼らの抹殺をねらう高利貸の一団と対決するのである。シネ＝ロマンの98ページでは，デュカスは鏡のうえに口紅で書かれたメッセージを解読しようと試みる。「アシュビー……　7つ星……立ち寄る価値あり」。彼はそれを，自然の景観のなかで，「観光地でお勧めの景色を覗くために設えられているような望遠鏡を覗いている」アシュビーの写真と結びつける。その写真は上端に，1つの「上半分を切り取られた書きこみ」を伴っていた。彼はまず削除された部分を再構成するのに成功するが，復元された書きこみは「海抜690メートル」というものだった。それから旅行ガイドのなかに，鏡のメッセージとアシュビーの写真に共通の景色を探し当てる。すなわち「七重奏の丘，高度

690 メートル，立ち寄る価値あり」。

『プティクスの首飾り』101 ページには次のように書かれている。「デュカスは自動車で，七重奏の丘の頂上に到着する。〈崇高点〉と書かれた表示板の前で停車。車から降りる。猫がついてくる。望遠鏡の方に近づく。［……］彼は突然身震いする。望遠鏡から見た景色に，河縁を歩くアシュビーを見つけたからだ」。かくしてデュカスは，鏡に自分の「居場所」の手がかりを残していったアシュビーの足跡を見つける。逃げ去る女に追いつくため七重奏の丘へと向かい，川のほとりを歩くアシュビーに望遠鏡を向けるのだった。鏡に残された口紅のメッセージはしたがって，ある高台を，より正確には 1 つの崇高点を示しているのである。

常軌を逸した人物であるアシュビーが 1 つの崇高点から目撃される事態，それはまさに，レオニー・オーボワ・ダシュビーに取りつかれ，崇高点から見下ろされるものとしてのバウーの滝という，私の解釈と合致するだろう。

七重奏の丘を，ヴェルドン峡谷の地形図のなかに書きこむことさえできそうだ。バウー川とヴェルドン川の合流点の海抜が 600 メートルで，〈崇高点〉のそれが 780 メートルに達するとするなら，七重奏の高台の所在地はちょうどバウー川と崇高点の中間ということになる。ましてやアシュビーの写真において，海抜 690 メートルという書きこみが切断され，2 つに切られていたのだとすると，690 メートルという数値は，エロティックで求心的なシュルレアリスムの聖地，高いものと低いもの，現実的なものと想像的なものが矛盾したものとして知覚されるのをやめる場所を示していると，認めることができるだろう。

〈崇高点〉からのアシュビー探索が語られた 98，99，100 ページは，シネ＝ロマンのレイアウトにおいて転回点を表わしている。事実それらのページおのおのには，テクストに割りこんだ書き文字が掲載されている。暗号で書かれた 2 つの書き文字は見開きページで対になっているのだが，他方半分を切り取られた 2 番目の書き文字は，不足部分を裏面にあたる次ページで補われている。

『プティクスの首飾り』表紙の白黒写真に，ネリー・カプランはとても大写しのクローズアップで，かつ右目をカメラのファインダーに密着させた姿で映っている。明らかに〈崇高点〉の望遠鏡を覗くアシュビーの写真，および同じ場所でステファヌ・デュカスが繰り返した同じ行為を思わせる。彼はついに水のほとりのアシュビーへと望遠鏡を向けたのだった。

『シーツを読む女の回想』のパロディー風の詩 2 篇は，アシュビーとバウー川との，

そしてランボーの「帰依」との関係の痕跡を維持している。まずは残虐なホセ・アセロのペンが書きつけた，ドン・ホセという署名のある4行詩。

あなたを待っています
レオニー・ダシュビーよ
震えながら
ベッドの端で！

誘いはエロティックなものだ。しかしここでいうベッドはバウーの流れの河床をもまた思わせる。そのうえ独裁者アセロを処刑するためレオニー・ダシュビーを名乗ってブエノスアイレスへの船に乗る冒険者ベレンは，バクー〔アゼルバイジャン共和国の首都〕の基地から出発した。CIAが，ベレンと瓜2つのあるバクーの女を監視しているあいだに，レオニー・ダシュビーはアルゼンチンで活動する。ましてバクーとバウーとはたった一字の違いにすぎない。

ホセ・スターリン・アセロの処刑は，一体化したレオニー・ダシュビーとベレンにとって，詩を刻んだ記念のプレートを作るに値するものだが，そのプレートのスペイン語版は次のように終わっていた。

Salud, Léonie d’Ashby !	じゃあね，レオニー・ダシュビー！
Belen : gracias a ti !!	ベレン，元気でいろよ !!

詩を刻んだ記念のプレートは，ブルトンが1947年に立てた祭壇で「帰依」が流用されていたのに似ている。ランボーが遭難者たちを救った修道女（スール）ルイーズや，「母親と子供たちの熱病」を癒した修道女（スール）レオニーに崇敬を捧げるのに対し，ネリー・カプランはユーモラスに，かつ満足気に，その妹（スール）レオニー・ダシュビーの，懲らしめるような，飼いならすことのできない熱意に敬意を表わす。彼女はシュルレアリストたちがあれほどに称えた，ジェルメーヌ・ベルトンやヴィオレット・ノジエールの従姉妹のような存在である。(3)

また詩篇「帰依」を，『プティクスの首飾り』でアシュビーが鏡に残したメッセージと比較するなら，ランボーの「*** 夫人へ」という祈願と，「アシュビー*******」という書きこみのあいだの類似に気づく。ちょうどステファヌ・デュカスが口ごもりながら，「アシュビー……　7つ星……　立ち寄る価値あり」と読み上げたように，「帰依」の読者としてのアンドレ・ブルトンが，「*** 夫人へ」というのをわざわざ「三ツ星の夫人へ」と発音していたことをつけ加えるなら，星空の意味するところを探ってみなくてはならないだろう。

7つの星が鏡のなかで輝くとき，ステファヌ・デュカスのようなマラルメ研究者ならば，すぐにあの有名なソネット「清らかなその爪は……」(4)を思わずにはいられまい。その詩はまさに，大熊座の7つの星の輝きと，「七重奏」という語で終わっているのだから。北側の十字窓から侵入し，7つの星は人気ないサロンの鏡に身を落ち着ける。ましてや「ステュクス〔冥界を7回巻いて流れる川〕」が「プティクス」と韻を踏んでいる，ソネットの第2連の4行は，『プティクスの首飾り』の銘句として引用されていた。

鏡のうえに口紅で描かれた7つの星は，マラルメのソネットの助けを借りて〈七重奏〉の語を与える。もし人がふと思いついて，プティクスという語と戯れながら，海の音を聞くことのできるほら貝の貝殻という普通名詞としての意味から，まさに1つの丘を意味する固有名詞としての意味へと移行する気になるなら，純粋な言語遊戯によって〈七重奏の丘〉という名を導き出すことすら可能であろう。

奇妙なことに，マラルメのソネットがその最後で鏡のうえに，極北の星座を据えるのと同様に，「帰依」の末尾は「夜の地帯」の「丈高い氷」によって，「極地のカオス」の舞台背景を打ち立てている。マラルメが〈七重奏〉の輝きを取り集める一方で，ランボーは「形而上的な旅」に乗り出すのである。アシュビーは鏡に口紅で，

バウー川の所在地を書き記す。アンドレ・ブルトンはレオニー・オーボワ・ダシュビーに祭壇を捧げ，上から鏡を使って眺めたときに，切り取られた「バウー」の語が解読できるように仕組む。15年前彼は，バウーの滝の絵葉書にレオニー・オーボワのイニシャルを添えていた。ステファヌ・デュカスはブルトンの足跡をたどりつつ，〈崇高点〉の高台の地を踏みしめ，690というシュルレアリスム的な数字をつきとめる。ネリー・カプランは目をカメラに押し当てつつ，8月のヴェルドン川とバウー川の合流点で，アシュビーとデュカスを，レオニーとランボーを，オーボワとマラルメを，さらにはベレンとブルトンを映画に収めるのである。

天体望遠鏡にも等しいマラルメのソネットの鏡は，大熊座を捉える。ランボーは「帰依」で三ツ星の夫人に挨拶を送る。ブルトンがランボーを登場させた1918年の驚くべき詩篇「黒い森〔＝シュヴァルツバルト〕」は天文学者ケプラーの名や，シュトゥットガルトのある部屋で人格化された鏡が，借家人アルチュール・ランボーの留守を嘆く1行を含んでいる。「サン＝ゴバン夫人は1人ぼっちで，時間を長いと感じている」[5]。『プティクスの首飾り』でステファヌ・デュカスが最初に目にするのは，向かいあわせになった二枚の鏡のせいで，逆さに映り無限に反復された「アシュビー……」のメッセージだった。鏡と星のまたたきと女性像の戯れが，ある詩人から別の詩人へと時空間を越えて，欲望の不透明な光を捉え，次々に伝えていくことを可能にするのである。

三ツ星の夫人，サン＝ゴバン夫人，7つ星のアシュビーは，当然のことながらバウー川を臨む〈崇高点〉で出会う。ところでニーチェとランボーの発したアストゥとバウーという謎めいた定式が，アンドレ・ブルトンにとって2つの黒い星を表現していることを思い返しておくとして，さらにヴェルドン峡谷につきまとう流星群，爆発的＝固定的[6]な星々を捉え，写真に撮る仕事が残っている。

『秘法一七』でブルトンは，マルセイユ版タロット・カードの大アルカナ17番の札である〈星〉，およびオスワルド・ウィルト版のタロットにおける星々のカードについて考察している。マラルメがソネット「清らかなその爪は……」でしたように，深い夜のなか，彼は1つの窓の枠組みから7つの天体とシリウスを出現させた。このヴィジョンはさらに裸体の女性の現れによって補完される。それはイヴでありメリュジーヌであって，水のほとりにひざまずき，開けの明星と「七星」[7]の光のもとで，2つの甕の水を注いでいる。

1944年，アメリカ大陸に亡命してはいたが，ブルトンは私たちを，まさにヴェルドン峡谷の出口へと連れ出す。彼は「何トンもある銅の星の嘆声」を思い起こすのだが，それは「1つの突飛な請願によって低アルプ地方のムスティエ＝サント＝マリーというある村の上空，数百メートルの高み，2つの尖頂を結ぶ1本の鎖に吊

tel membre de phrase d'un livre, qui la plainte de cette étoile métallique, de
poids énorme, qu'à plusieurs centaines de mètres un voeu de caractère insolite
a suspendue à une lourde chaîne reliant deux pics au dessus d'un village
des Basses-Alpes: Moustiers-Sainte-Marie. Cet amour, rien ne m'empêchera de

り下げられた」[8]ものである。彼はガスペジー海岸のロシェ・ペルセを描写しはじめたかと思うと，十字軍から戻った騎士ド・ブラカの請願にしたがって実行された星の吊り下げを喚起する。1つの重い星を支える227メートルの鎖を思い浮かべるのである。ブルトンが1931年と1932年，「日の出ホテル」に逗留したカステラーヌが大峡谷の入り口を見守っているとすると，ムスティエ＝サント＝マリーはその出口を固めている。さらにカステラーヌから出発するなら最初の高台に当たる〈崇高点〉が，峡谷出口での最後の光景となるムスティエの星と結びつけられる。〈崇高点〉からはバウー川の黒い星が見下ろされ，ムスティエから顔を上げると，山中における1つの崇高点といっていい銅の星が見えるのである。すでに1932年8月16日，『通底器』の著者は，バウーの滝の絵葉書をカティア・ティリオンとアンドレ・ティリオンに，ムスティエの星の絵葉書をオルガ・ピカソとパブロ・ピカソに発送することで，ヴェルドンの2つの聖地を結びつけていた。

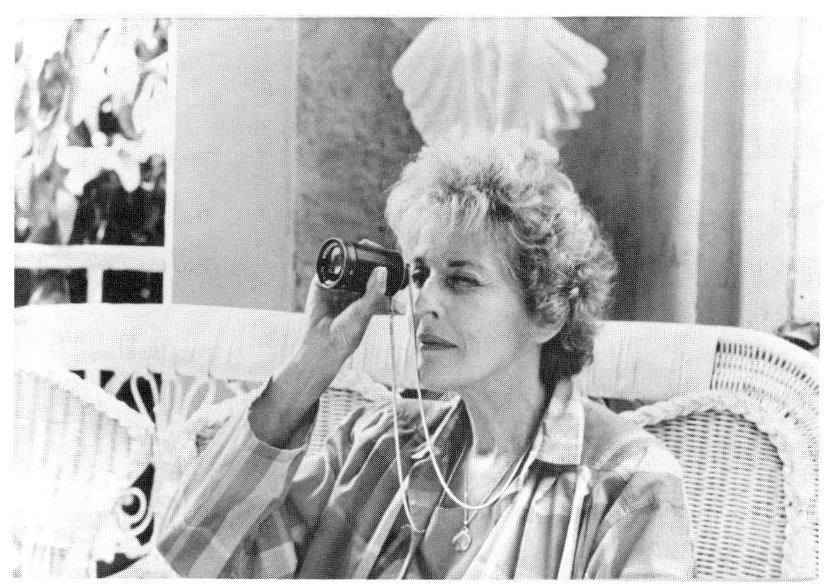

やはり『秘法一七』のなかでブルトンは，エレウシスの秘儀においてその伝授者の耳元でささやかれる，「オシリスは黒い神」という謎めいた定式を記録していた。この儀式化された定式は，「トキのミイラよ」という「ファタ・モルガナ」でのブルトン自身のリトルネロと同様に，黒い星々のなかで，めまいにいたるほどまでに増幅される。黒い星々とは，「レオニー・オーボワ・ダシュビー尼に。バウー[……]」というランボーのフレーズや，そして「私は不滅なるドーデに，不滅なる40人に名を連ねた彼に，挨拶を送ります。アストゥ」というニーチェのフレーズのような，錯乱的な爆発である。

「エリザの夢のなかで」という言葉ではじまる『秘法一七』は，第3の「透かし彫り」の末尾，ネルヴァルの文をひっくり返した「我が唯一の星は生きている……」[9]というフレーズで閉じられる。エリザはアンドレの夢のなかだけに存在しているのではない。彼女は夢を見るのであり，つまり生きている。しかしこれはブルトンの目に，女性だけが星であることを意味しているだろうか。そうではないようだ。1920年にフィリップ・スーポーとの共作で書かれた戯曲「すみませんが」のなかでは，私立探偵であり誘惑者であり反抗者である〈星（レトワール）〉と名づけられた男が，奇妙な調査を繰り広げ，法に立ち向かう。挑発者であり遊戯者であり見者でもある彼は，『プティクスの首飾り』における記号の狩猟者，ステファヌ・デュカスと同様に，勇気と繊細さを備えた存在である。

ブルトンは『ナジャ』最終部に，「有限なもののただなかに1つの星を打ちこむ」(10)という，彼における星の概念にとってかけがえのない決定的な定式を忍びこませた。神的なものを罠にかけ，理想的なものに打撃を加え，愛の雷に打たれ，美を大地に居座らせようとするとき，無限は手と声の届くところにある。崇高点とは目と精神の輝かしい一点であり，山と谷の奥の光を発する一点であり，無際限の星空がそこで燃え尽きる，この鬼火である。

「崇高なる通過者」ロートレアモンがバウーの小道に進んでいったとき，彼の光り輝く右目には，「『イリュミナシオン』を通り過ぎていったもっとも神秘的な女性の1人」，レオニー・オーボワ・ダシュビーの顔を見分けることができる。あるいはより正確にいうならば，ステファヌ・デュカスが〈崇高点〉の望遠鏡で川のほとりのアシュビーを見つけたとき，彼は斜面を駆け下り，川に沿って進み，「茂みになった島」で逃げ去る女に追いつこうとする。

『ナジャ』最後のページでブルトンは，1927年12月27日，待機の状態にある。だが彼とそのシュルレアリストの友人たちはリヨン駅で，シュザンヌ・ミュザールとエマニュエル・ベルルをチュニジアのトズール砂漠の方角に連れ去ろうとする列車をとめることはできなかった。アンドレはサーブル島から無線電信で送られてくる，シュザンヌの帰還を告げ知らせるはずの，苦悩のメッセージを待ち望むのである。

1928年から1931年にかけて，シュザンヌ・ミュザールがベルルとブルトンのあいだで引き裂かれていたころ，アンドレはシュザンヌと，ある取り決めをしていた。彼女が待たれており，フォンテーヌ街の道が自由に通れることを示すために，彼はアトリエのガラス窓に1つの大きな星を，クリシー大通りかブランシュ広場から見えるような大きな星をかけておかねばならないのだった。

1918年の「黒い森」では，ヴェルレーヌとのボクシングの試合に気を取られたランボーが不在のあいだ，サン゠ゴバン夫人が1人で時間を長いと感じていた。1928年，シュザンヌがアトリエまで上がってくることを願って，ブルトンは窓ガラスに星を貼りつける。1944年に書かれた『秘法一七』は，星あるいは星々と呼ばれるタロットの札を参照するが，その札は，水のほとりで7つの星と明けの明星に照らし出された，イヴの，メリュジーヌの，あるいはアシュビーの姿を示している。『プティクスの首飾り』ではアシュビーが，7つの星を従えた自らの名前を鏡のうえに書きつけ，それがステファヌ・デュカスを，バウー川を臨む〈崇高点〉へと導くことになる。

「帰依」のランボーははっきりと5人の女性にオマージュを捧げている。「わがルイーズ・ヴァナーン・ド・ヴォーリンゲン尼へ」，「わがレオニー・オーボワ・ダシュ

ビー尼へ」，「ルルへ」，「三ツ星の夫人へ」，そして「シルセト」へ。はじめの女性は黎明のときに現れる。2人目の女性は高いものと低いものを否定する崇高点に達する。3人目の女性はロケットに乗りこむ。4人目の女性は3つの星を地面へと引きずり落ろす。そして5人目の女性は，みずからの上昇宮（アセンデント）に忠実であり続けるのである。

北海の方へと向けられたルイーズの青い頭巾とその輪郭のくっきりとした白い体は，船乗りたちを驚きの感情で捕らえ，彼らはそのおかげで遭難を逃れた。レオニーは8月の妊婦たちに，バウー川の水をかける。ステージの中央で一種のカタパルトのうえから，サーカスの星ルルは，7メートル以上の高さから発射されると，ブランコをキャッチする。この有名なアクロバットは，1870年7月のパリで，ドゥジャンの一座ではじまったものだった。三ツ星の夫人という名のうしろに隠れているのは誰であろうか。おそらくは軽業師のルルと同じく，彼女が女性であるのかどうかついに誰にもわからなかった，そんな1人の悪魔なのだろう。シルセトについていうならば，それは小熊座や大熊座と，もっと正確にいえばアラスコ[11]と張りあうような存在である。

MUSÉE PÉDAGOGIQUE

PÉRENNITÉ DE L'ART GAULOIS

PARIS

1955

1955年2月18日，ブルトンは「ガリア芸術の永続性」展で，はじめてネリー・カプランと出会うのだが……

第3章　金の白野牛

1919年にブルトンの愛人であったジョルジナ・デュブルーユは，1955年2月18日，「ライオンが55才になったばかり」[1]の日に，彼に手紙を書いた。とりわけその手紙は，オーブ・ブルトンの誕生を予言する，1930年に見た長い予知夢を報告している。ブルトンが1955年2月21日月曜から26日土曜までのあいだに到来したさまざまな客観的偶然を記録した一種の日誌である「日々の魔術」の最後に，この手紙は収録されている。たとえばこの日誌には，ある遊戯のなかでシュルレアリストたちがポール・クローデルの死を願ったすぐのちに，クローデルが死んでしまったことなどが記されていた。

1955年2月18日，アンドレ・ブルトンは教育学博物館に，「ガリア芸術の永続性」展を訪れる。フィリップ・スーポーが彼にネリー・カプランを紹介する。しかしかつてシュルレアリストだった友人の前で気分のよくないブルトンは，ぼんやりしたままだ。

1956年3月17日，装飾美術館のほとんど人気のないホールで，「美しいライオンの頭部を持った人物」がネリー・カプランに話しかける。主役2人はそのとき，すでに互いに紹介された関係であることを忘れている。したがってネリー・カプランとアンドレ・ブルトンの真に成功した出会いは，客観的偶然のしるしのもとにある。

次の出会いがやって来るまで，数カ月が過ぎるだろう。ところが1956年4月11日から12日にかけての夜，ネリー・カプランの誕生日が4月11日であることを知らないままに，ブルトンは「金の白野牛よ，もしあなたが生きているならば，金の白野牛の髪を切らないでください」という，この最後のオートマティックなメッセージを耳にするのである。

1957年1月6日，三博士の日〔＝王たちの日〕の朝，ブルトンはルーヴルでネ

Même jour, 20h30.

N'ayez crainte : ceci n'est pas l'indication d'un rythme, je ne vais pas consacrer le temps à vous écrire — seulement Aujourd'hui, disons parce que c'est ~~La Fête des Reines~~. Vous vous rappelez, Rimbaud : « Je veux qu'elle soit reine... » Et pour vous dire, la nuit maintenant tombée, que je reste imprégné de vous.

リー・カプランと再会する。そしてその日の昼間のうちに，2度にわたって彼女に手紙を書く。まずは14時45分に，狂おしい炎のような2ページを。ついで20時30分に，「私は彼女が女王たらんことを望む！」という詩句を含んだ『イリュミナシオン』の詩篇「王権」を参照しつつ，ブルトンはこの記念すべき日を「女王たちの祭日」と名づけるのである。ふとネリーというファースト・ネームが女王にはふさわしくないと思った彼は，彼女に告げる。「あなたに呼びかけるため，私は夢のなかにあなたの真の名前を探そうと思います」。事実ブルトンは，すでにそのファースト・ネームを見つけている。彼はそれを1956年4月11日から12日にかけての夜に聞き取っていた。すなわち「金の白野牛よ，もしあなたが生きているならば，金の白野牛の髪を切らないでください」。

Si vous vivez bison blanc d'or, ne faites pas la coupe de bison blanc d'or.

Nuit du 11 au 12 avril 1956.

à Bison blanc d'or

映画作家の豊かで美しいブロンドの髪が，詩人を夢中にさせたのであろうと想像できる。まして1957年1月6日の手紙によれば，その日ルーヴルのスフィンクス像の前にいたネリーは，その髪によって神話の登場人物をまどろませる力を持っていたという。だとすれば1956年4月11日のオートマティックなメッセージは，次のように解読できよう。「ネリー・カプランよ，もしあなたが生きているならば，あなたはこの記念の日に姿を消しはしなかったということだ。決して金の白野牛の髪を生やしたその頭皮を剥がないでください」。ライオンのたてがみをした王が，「友人たちよ，私は彼女に女王であってもらいたい」と叫んだランボーのように，金の白い王冠をかぶった見事な女性を聖別するのである。

金の白野牛とはネリー・カプランをさしているが，『口にできない私が生まれた日』で示した通り，ニオイアラセイトウの髪をしたジャック・ヴァシェをもまたさしている。この著作で私が主張したところによれば，ブルトンが誰より大切なナントの友人に願ったのは，もうその炎のような髪をカット（クープ）しないでほしい，つまりはもうその死の知らせという打撃（クー）を与えないでほしいということだった。事実ジャックとネリーは対をなしている。1956年4月12日の目覚めのフレーズは2つの段階を踏んでいる。それはジャックとともにはじまり，ネリーとともに展開していく。「もしあなたが生きているならば，黄金（オール）の，東方（オリアン）の，ロリアン〔ブルトンの育ったブルターニュの街〕のジャックよ，あなたの妹である黄金の白いネリーの髪をカットしないでください」。

50年代に聞き取られた4つのオートマティックなメッセージを集めた詩集の『A音』という音楽的タイトルは，1919年に書かれ，ヴァシェの死の知らせを聞いたときに襲ってきた感情を語る詩「ト音記号」と結びつけるべきものだ。まして『A音〔Le La〕』というタイトルは，男性的なものと女性的なものを，いい換えるならジャックとネリーとを，完全な形で結合させている[2]。

ジャック・ヴァシェが9月7日，すなわち聖女王の祭日に生まれ，1月6日，すなわち三博士〔＝王たち〕の日に死んだことを忘れないようにしよう。ところでネリー・カプランは，口にできないヴァシェの命日に女王として聖別されている。1957年1月6日，女王たちの祭日，ブルトンは自分の夢のなかに，ネリーのための王族らしい名を探す。そして1956年4月11日のオートマティックなメッセージが啓示していたように，映画作家はヴァシェと同じ資格において，金の白野牛の王家に属しているのである。

「金の白野牛に」というアンドレの献辞は，ネリーに与えられた『A音』の1冊の，他ならない1956年4月11日から12日にかけての夜のオートマティックなメッセージのページに書きつけられている。しかもネリー・カプランに献呈された『1947年のシュルレアリスム』の1冊でも，ブルトンは「金の白野牛よ，もしあなたが生きているならば，金の白野牛の髪を切らないでください」という，同じ半睡状態のフレーズを引用し，さらに大文字で書かれた「野牛 Bison」という語の頭文字のBに，赤いインクでわざわざVの文字を上書きしている。

A Nelly Kaplan

"Si vous vivez Vison blanc d'or
ne faites pas la coupe de Vison blanc d'or"
(phrase de réveil, 12 avril 1956)

André Breton

金の白野牛ネリーは，金の白ミンク Vison に姿を変えるのである。一方は男性的な，他方は女性的な2種類の動物が重ねあわされる。ミンクが野牛に上積みされるのだ。しかし私からするともっとも驚異的なのは，これらの献辞について何ひとつ知らないままに，私が『口にできない私が生まれた日』の第58章で，ブルトンのそれとよく似た書き換えの方法を用いていたという事実に他ならない。

私は2つの書き換えを行ったが，1つは「カット LA coupe」という女性的なもので，もう1つは「打撃 LE coup」という男性的なものだ。前者は「Si Vous ViVez Bison Blanc d'Or, ne faites pas LA coupe de Bison Blanc d'Or」というものだが，私がここでメッセージに大文字を混ぜているのは，金のジャックと執拗なまでの三重のV，すなわちジャック・ヴァシェが，金の白野牛と一体化していることを見やすくするためだった。ジャック・ヴァシェが発表した最初の2篇の詩がジャック・ドー Jacques d'O と署名され，ジャン・サルマンの自伝小説『カヴァルカドゥール』のなかでジャック・ヴァシェはジャック・ブーヴィエと，さらには金のジャック Jacques d'Or と呼ばれていることが知られている。そのうえ私はヴァシェに対し，黒い仮面（ルー），仮面をかぶった牡牛，仮面の不死鳥，さらには〔オートマティスムにおける〕最高速度を表す三重のVといった他のさまざまなあだ名で呼ぶのをためらわなかった。

58　ヴァシェ最後のメッセージ

「金の白野牛よ，もしあなたが生きているなら，金の白野牛の髪を切らないでください（ne faites pas la coupe)」。
「金の白ミンクよ,もしあなたが生きているなら,金の白ミンクの髪を切らないでください」。
彼らは手紙を書くとき，互いに相手をあなたと呼んでいた。ジャックが死んだのち，アンドレはむしろ兄のジャックを親しく君と呼ぶようになる。だがこの最後のメッセージで，彼はまた以前のように，相手をあなたと呼んでいる。〈三重のV〉に対し，アラセイトウの髪をはぎ取らないでくれるよう懇願するのである。
『A音（Le La)』というタイトルは，男性形，女性形，両方の定冠詞を使うことを想定させる。だからこのメッセージを男性形に置くとどうなるか見てみよう。
「金の白野牛よ，もしあなたが生きているなら，金の白野牛を打ち倒さないでください（ne faites pas le coup)」。
1919年1月15日ごろの劇的な大打撃（coup de théâtre)！（これは詩「ト音記号」で用いられた表現だ。）ブルトンは金の白野牛の死の知らせによって，胸を直撃されるのである。

2番目の書き換えは「Si Vous ViVez Bison Blanc d'Or, ne faites pas LE coup de Bison Blanc d'Or（金の白野牛よ，もしあなたが生きているならば，金の白野牛に打撃を与えないでください)」というものだが，私はそこで，ヴァシェに対して彼の死の知らせという「どんでん返し〔＝劇的な大打撃 coup de théâtre〕」を免除してほしいと頼むブルトンの不安を顕在化させたいと思った。「ト音記号」の叫びをふたたび取り上げたのであり，つまりそれは「もしあなたが生きているなら，親愛なる友よ，どうか2度目の自殺はしないでください」という意味になる。

隠さずにいうが，ヴァシェのVが伝染することで生まれる第3の書き換えのことも，私はすでに考えていた。「Si vous vivez Vison Blanc d'Or, ne faites pas la coupe de Vison Blanc d'Or（金の白ミンクよ，もしあなたが生きているならば，金の白ミンクの髪を切らないでください）」というのがそれだ。私はだから，まさにブルトンやヴァシェと同じ波長に乗っていたことになる。

私はまたオートマティックなメッセージが，2つに切られた男の一系列を構成していることも示して見せた。2つに切られたヴァシェ，2つに切られたブルトン，同一性を取り換えあうヴァシェとブルトン。目覚めのフレーズや半睡状態のフレーズは，二分法によって特徴づけられている。それを納得したいなら，ヴァシェの死の周辺で聞き取られた最初のメッセージと，1956年4月12日に記録された最後のそれを続けて読んでみるだけでいい。すなわち「窓によって2つに切られた男がいる。金の白野牛よ，もしあなたが生きているならば，金の白野牛の髪を切らないでください」。

目覚めのフレーズは，2人の無線技士のあいだで行き来する。だからそれは暗黙のうちに，発信者と受信者の二重性を証言している。しかしそれはまた，それぞれのなかでの反射，内面の裂け目を啓示している。ブルトンは二重化し，ある純粋な声，彼自身の声を聞いているのである。

1955年2月18日，1919年に恋人だったジョルジナ・デュブルーユがブルトンに手紙を書くが，彼はこの日フィリップ・スーポーにネリー・カプランを紹介されても，心ここにない様子だった。2月21日から26日にかけて，客観的偶然が降り注ぐ。それが「日々の魔術」の材料となるだろう。「するとその夜（私の若いころの映画のなかでのように），彼は息を引き取った」。ブルトンはあるシュルレアリスムの遊戯が，1955年2月23日の夜にポール・クローデルの命を奪ったとほのめかす。奇妙なことに，彼が利用している映画の字幕は，すでにヴァシェの『戦争書簡』への序文において言及されていた。そこで彼はヴァシェとの脱走劇を説明するために，『吸血鬼』のポスターを思い起こす。「灯りの消えたホールには，『そしてその夜』という赤い文字」[3]。

1956年3月17日，ブルトンは偶然にコロンブス以前の美術の展覧会で，ネリー・カプランと出会う。

「金の白野牛よ，もしあなたが生きているならば，金の白野牛の髪を切らないでください」。最後のオートマティックなメッセージが鳴り響くのは，1956年4月11日から12日にかけての夜，その夜のことである。前年シュルレアリストたちによって死刑に処せられた『黄金の頭』の著者〔クローデル〕が，この場面につきまとっている。前景では，シンメトリックな2人の人物，2つの金色の白い頭部が向か

MAGIRAMA 1957.

Sera-t-il dit qu'il pouvait être encore, lors du passage de 1956 à 1957, une salle de spectacle d'où l'on serait appelé à sortir _autre_ qu'on y était entré ? Eût-on précisé que la mise au point d'une nouvelle technique cinématographique y serait pour quelque chose, je crois que les moins désabusés, les plus innocents auraient souri...

Comme quoi le GÉNIE peut tout : la totale métamorphose dont il s'agit s'est pourtant bel et bien opérée en moi, durant la projection de MAGIRAMA au Studio 28. Je savais — depuis notre jeunesse — qu'Abel Gance, pour peu qu'on lui eût laissé les coudées libres — eût été le seul à même de nous faire passer « de l'autre côté de l'écran » (comme on a dit « de l'autre côté du miroir »). En répondait l'équilibre entre sa faculté exceptionnelle de réception de l'humain et ses dons, non moins exceptionnels, de transmission de ce même humain, qu'attestent tant d'œuvres universellement connues. Ce passage contre vents et marées, je le tiens pour _accompli_.

On songe, à travers que révèle l'introduction-initiation du programme imprimé pour leur spectacle, que ceci n'a pu être rendu possible que par la conjonction de ses efforts invincibles avec ce dont a pu aspirer à les couronner sa collaboratrice Mlle Nelly Kaplan, en qui tous ceux qui l'auront entrevue auront pu reconnaître « la fée au chapeau de clarté ». Elle veut bien se jouer (sur la vitre « ailée ») « Auprès de ma blonde » qu'animent tous les mystérieux ressorts d'une treille printanière et dans « Châteaux de nuages », où s'exaltent ces architectures du « hasard », propres — selon les poètes — à frapper de dérision toutes les autres. (On n'oublie pas que c'est à elle qu'il a été donné de formuler, en termes quelquefois tremblants, le _Manifeste de la Polyvision_.)

J'ACCUSE, que ma chance est peut-être de n'avoir pas connu dans sa version initiale à la date fatidique de 1939, est, sous son nouvel aspect, qui suffirait à consacrer pour le plus GRAND celui qui l'a conçue et réalisée. Je sais ce que j'honore le plus, des qualités de cœur qui y président ou du véhicule prodigieux qu'elles empruntent. De celui-ci — dont le brevet inaliénable lui revient en commune part avec Nelly Kaplan — je sais qu'il nous fait faire le pas décisif vers cette nouvelle _structure du temps_ que Paul Valéry, dans ses « Méthodes » de 1896, Marcel Duchamp de 1912 à 1921 appelaient avec plus ou moins de scepticisme ou d'ironie, que John Dunne, en 1927 a réussi à appréhender théoriquement dans son ouvrage trop peu connu : « Le temps et le rêve ». Cette nouvelle structure, que savants et philosophes s'ingénient à découvrir (et, en effet, faute de quoi ils continueront à s'embourber toujours davantage), j'ai toujours pensé qu'elle ne saurait se révéler qu'à la faveur de _nouveaux états affectifs_. Ils sont bien plus qu'en germe dans « Magirama ».

GLOIRE A LA POLYVISION d'Abel Gance et Nelly Kaplan.

André Breton

ブルトンがアベル・ガンスとネリー・カプランの「ポリヴィジョン」作品『マジラマ』を称えた文章,「マジラマ 1957」の草稿。

いあっている。ジャックがネリーのなかに蘇り，アンドレはアラセイトウの髪の友人に，金の白ミンクである妹の頭皮を剥がないように頼みこむのである。彼はダリラの髪を切るサムソンとして振舞うことはないだろう。

金の白野牛のポートレイトはすでに1919年，『戦争書簡』の序文で，また『磁場』のなかで素描されていた。「彼は処女林の大部分を焼き払ってしまっていたが，その髪の毛と，そこに避難したあらゆる美しい動物たちによってそれとわかった」。[4]「私の傍らを通り過ぎていったあらゆる通行人のなかでもっとも美しいその男は，消え去り際に私の手のなかに，この髪の房，それがなければ私はあなたにとって失われてしまうであろうこのアラセイトウの一束を残していった」。[5]

ヴァシェの赤い髪，あるいは看護婦ジャンヌ・デリアンのいうところでは，ワラの黄色をした髪がなければ，ブルトンは彼の同時代人にとって，我々にとって，失われていただろう。アラセイトウは護符としての価値を持つのである。

1957年1月6日，女王たちの祭日であり口にできない彼の命日であるその日，アンドレ・ブルトンはネリー・カプランに書いている。「あなたとあなたの髪が目の前を通り過ぎていくのに，なぜ［スフィンクスは］かくも重々しく眠っているか教えてくれませんか」。もっとのちに，ロートレアモンの影がちらつく不思議な手紙で，彼はネリーに親しく呼びかけながら，「君を失いたくない」と，3度繰り返すことになる。そして彼はこうつけ加える。「脅威は確実に迫っているが正体がつかめないから，君がイオネスコの劇でそうしたように，脅威に対して髪を揺らすだけで満足しないでほしい［……］」。しかし黄金の白ミンクの髪に魅せられ呪縛されてしまったのは，1人ブルトンのみではなかった。1962年12月10日，アンドレ・ピエール・ド・マンディアルグは「レディ・N」に手紙を送るが，ましてやそれはブルトンに関わるものだ。最後のオートマティックなメッセージに近い表現がいくつか，その筆によって書きつけられる。「君の頭を覆い，君が自分の髪の毛と思わせようとしているこの黄金あるいは炎の輝き」。「炎と燃える君の頭部の思い出に［……］」。2人のアンドレは金色の髪の婦人の前にすすんでひざまずく。あるいはブルトンが「マジラマ，1957年」で確認しているように，「光の帽子をかぶった妖精」の前で。

私はさまよっていた，古びた歩道に目を釘づけにして
そのとき髪には太陽を受け，夕暮れの通りで
君は笑いながら私の前に現れた
私は光の帽子をかぶった妖精に出会ったと思った
妖精はかつて，私の甘やかされた子供時代の美しい眠りのうえで
いつでもそのいくらか開かれた手で
香のついた星々の白い花束を雪と降らせながら通り過ぎていったものだ[6]

ABEL GANCE
NELLY KAPLAN

prient M________________

de bien vouloir assister à la première mondiale du film

EN POLYVISION

qui aura lieu le Lundi 17 Décembre 1956,
à 21 h 15, au STUDIO-28, 10, rue Tholozé
PARIS-18e MONtmartre 36-07

Invitation pour 2 personnes Strictement personnel
Les places non occupées à 21 h 15 seront mises à la disposition de la Direction

金の白野牛あるいは白ミンクの色あいと光沢――「髪には太陽を受け」,「白い花束を雪と降らせながら」――とを確認するために，マラルメの詩篇「現れ」の末尾を参照することは無駄ではなかった。

とりわけマラルメにあってもブルトンにあっても，現在の現れがかつてのそれを蘇らせている。ネリー・カプランは1956年3月17日，ジャックがやって来たちょうど40年後に，コロンブス以前の美術の展覧会場で姿を現した。

1956年4月11日から12日にかけての夜，ブルトンのなかでシュルレアリストであることを決してやめていなかったヴァシェは，ネリー・カプランに姿を変える。いやそういった方がよければ，ブルトンというライオンから野牛ヴァシェが出てくるのであり，金色のジャックから金色の白ミンクが生まれるのである。

4月11日，聖レオンの日はまた，ネリー・カプランの誕生日でもある。1956年4月11日，1組の野牛，1組のライオンどうしのあいだに存在するライバル関係が明らかになる。金色の白きジャックは金色の白きネリーの頭皮をはがそうと脅しつけ，ブルトンというライオンはアベル・ガンスというもう1頭のライオンの姿を，すぐさま認めることはできなかった。

アベル・ガンスとネリー・カプランによって構想されたポリヴィジョン〔3面スクリーン上映方式〕の映画プログラム，『マジラマ』の最初の上映会は，1956年12月17日にスタジオ28で行われた。12月31日18時15分，ブルトンはこのスペクタクルによって気が動転してしまったと伝えるために，ネリー・カプランへ気送速達便（プヌーマティック）を送る。だがその手紙は1ページ半にわたる，1956年3月17日の会見の最後の部分に関する「ちょっとした告白」を含んでいる。装飾美術館から出たあ

と，ネリー・カプランに誘われてリヴォリ通りを渡ってからある人物に紹介されたとき，名前を聞いたことのなかったその男性の前でブルトンは「事実上まったく無言」のままで，「例のないようなへま」を犯した。あとからそのときの男性がアベル・ガンスだと認識するまでには時間が必要だったというのである。

アラン・ジューベールを信じるならばこの時期，ガンスとブルトンは印象的なほどよく似ていたらしい。12月31日の気送速達でブルトンは3月17日の「災難」に話を戻し，2つの説明を試みている。あるいはネリーの美しさと，美術館で彼女に話しかけた事実に動転していたからかもしれないし，あるいは「魔術的芸術」をめぐる当時の仕事に対しての，敵対的な力が作用していたからかもしれない。だがむしろ，1956年3月17日にブルトンというライオンがガンスというライオンを認識できなかったとすれば，それはむしろ彼が相手に対し，自らのイメージを送り返していたからだろう。ましてリヴォリ通りでのアベル・ガンスの認識失敗は，その直前美術館で起きていたネリー・カプランとアンドレ・ブルトンのあいだでの相互的な認識失敗を延長している。シュルレアリスムのリーダーが若い映画作家に声をかけたとき，2人はともに1955年2月18日，簡単にとはいえフィリップ・スーポーによって紹介されあっていたことを忘れていた。コロンブス以前の美術展の訪問者2人が長々と語りあったあと，「たまたま通りかかった小立像のところで」，「たてがみのついた見事な頭部をした」男はついに，状況をはっきりさせようとして切り出したのだった。「そろそろ自己紹介した方がよろしいでしょう。アンドレ・ブルトンと申します」。

1956年4月11日から12日にかけての夜，何らかの不吉な力を恐れていた時期にブルトンは，彼にとっての〈他者〉である決定的な友人に呼びかける。彼はジャック・トリスタン・イラールあるいは〈二重の顔〉に新たな名前をつける。それはまたアベル・ガンスの同定の失敗という災難を帳消しにする1つの方法でもあった。双数的な，二分法的な構造をしたオートマティックなメッセージが，ギロチンの刃

のように落下する。そしてヴァシェの新しい名が，2度響きわたる。1つの夢の透視体験を出自とする金色の白い頭部が2つ現れる。ブルトンはジャック・ヴァシェを呼び寄せながら，彼女が4月11日に生まれたとは知らないままに，金色の白きネリーをもまた呼び覚ますのである。

ある年の12月31日18時15分に気送速達便を送ったものは，その手紙をこんなふうに結論づけることが可能だ。「あなたが望むことのできるすべてが叶いますように。あなたに〈大地の王国〉が与えられんことを」。実は「大地の王国」という表現は，ネリー・カプランとアベル・ガンスによるシナリオへの仄めかしである。1956年12月31日，ブルトンは文通相手と，少なくとも1つのキーワードを共有している。1年以上前から，彼は『魔術的芸術 art magique』と題された書物を執筆していた。だがポリヴィジョンによるネリー・カプランのスペクタクルもまた，『マジラマ Magirama』というタイトルだったからである。

12月31日，ブルトンは若き映画作家に，「あなたに〈大地の王国〉が与えられんことを」と書いている。返事のなかでネリー・カプランは待ち合わせの場所を指定するが，それがルーヴル美術館の，サモトラケのニケの足元であった。1月5日正午，ブルトンは気送速達を送り，その最後にこう書く。「ところでそれ〔待ち合わせ〕はいつですか」。続く数時間のうちに，ブルトンは翌日の朝に待ち合わせを指定する返事を受け取る。1月6日，王たち〔＝三博士〕の日に，アンドレはネリーを女王として聖別する。「我が友人たちよ，私は彼女が女王たらんことを望む！」生そのものが，すぐにもガンスとカプランのシナリオに，また同じくランボーの詩篇「王権」のそれに追いついてしまう。日中2度にわたって1月6日午前中の途方もない数時間を思いながら，ブルトンは詩の神託のような力を確認するのである。

女王が「笑い，震える」ランボーの短いお話（コント）は，1月6日の午前中を申し分ないほどに圧縮したものだ。マラルメもまた，女王たちの祭日に参加する。「君は笑いながら私の前に現れた／私は光の帽子をかぶった妖精に出会ったと思った」。生を詩的芸術と混同するのはブルトンの方だけではない。ネリー・カプランが指定した待ち合わせ場所は，アベル・ガンスの韻文悲劇『サモトラケの勝利』から借りられたものだった。

1月5日の速達は，前日一時道に迷ったときの驚くべき徘徊を報告している。ブルトンはパリのよく知っている界隈で道を「見失い」，道を尋ねなくてはならなかった。そして1月4日，『魔術的芸術』を脱稿したのちに，突然目印をなくしてしまったのは敵対的な力のせいだと語る。さらに手紙は次のように終わる。「あなたが待ち合わせの場所として思いついたあのサモトラケのニケ像と同じほど，突然に頭を奪われてしまう〔＝正気を失う〕とは，なんと奇妙なことでしょうか。ところでそれはいつですか」。

itinéraire habituel (en droite ligne par la rue de Richelieu) et je m'engageai dans la rue Montmartre pour tourner très vite à droite. Un quart d'heure plus tard, il me fallait reconnaître que j'étais bel et bien « perdu » et, chose plus étrange, dépourvu de moyens d'orientation. J'entrepris de marcher encore assez longtemps, comptant bien qu'un édifice quelconque allait me remettre sur la voie mais non, rien. J'en fus réduit à demander mon chemin, non sans trouble (imaginez au bout de tant d'années à Paris !) A ma plus grande confusion il se trouva même que le type à qui je m'étais adressé crut bon de me faire quelques pas de conduite… Et je vous promets que j'étais dans mon état le plus normal. Comment ne pas voir là un nouveau tour de <u>leur</u> façon ?

Veuillez excuser la longueur abusive de ce récit. C'est si étrange de se trouver tout à coup aussi privé de tête que la Victoire de Samothrace, auprès de laquelle vous avez eu idée de me donner rendez-vous. Quand cela ?

Je vous baise les mains.

André Breton

「ブルトン,『通底器』のなかで正気を失う〔＝頭を失う〕」と題された,「口にできない日」のシリーズ第1巻15章で, 私は1931年4月21日の日中における詩人の行為と経験を語っている。1957年1月4日の場合と同様に, リシュリュー通りが活動の舞台となっている。1931年4月21日には, とりわけ極刑に関係する記号が豊富に現れる。戦争以来連絡のなかった旧友J-P・サンソン〔＝サムソン〕からの手紙, 床屋での「あわてもの」と題されたデッサンの発見, カフェ・カルディナルでの動物曲芸師, カットしたばかりのブルトンの髪, ダリラの目をした少女との約束……。

ブルトンは1957年1月4日，自らを「失う」〔＝道に迷う〕。「失う」というのはまさに，客観的偶然を基礎づけた物語（レシ）である「新精神」のなかで強調されていた唯一の単語であった。1922年1月16日，ルイ・アラゴン，アンドレ・ブルトン，アンドレ・ドランは，数分の間隔を置いて,「めったにいないほどに美しい」,「なんとも形容しがたいが素晴らしく失われたという風情の」少女と，次々に出会う。道行く人々には質問をするが彼らにはそうしない「真のスフィンクス」について，友人たち3人の落胆は疑いようのないものである。[7]

「私の傍らを通り過ぎていったあらゆる通行人のなかでもっとも美しいその男は，消え去り際に私の手のなかに，この髪の房，それがなければ私はあなたにとって失われてしまうであろうこのアラセイトウの一束を残していった」。『磁場』から「30年後」へと，弁証法的な反転が生じる。通行人ジャック・ヴァシェの顔は「ある時間帯には，スフィンクスのそれのように崩れ落ちる」。三重のV，断固たる三重のVは，これ以後スフィンクスの動くことも感動することもないあり方を我がものとする。同様に，「新精神」で語られる，逃げ去っていく美しく若い通りすがりの女性に「真のスフィンクス」という表現が与えられるのも，事後的に，『ナジャ』のなかにおいてであった。

1957年1月4日，パリの街中で道に迷い〔＝「失われ」〕，ブルトンはサモトラケのニケのように頭を奪われる〔＝正気を失う〕。1月6日，女王たちの祭日，恍惚の日に，一種の狂気がブルトンの頭のなかにこみ上げてくる。まもなく彼がネリーに書くように，狂気が「1つの頭蓋を通過するならば，それはこの頭蓋に与えられる最大の栄誉，その頭蓋の〈稲妻〉による聖別のように思えるのです」。口にできないヴァシェの命日に，「取り乱した（エペルデュ）ものをしか愛することのない」ブルトンは，我々にとってもはや見失われる（ペルデュ）ことはない。スフィンクスである通行人，ハリー・ジェイムズ〔＝ジャック・ヴァシェ〕は，彼にひと房の髪を遺贈した。公現祭〔＝王たちの日〕の日，ジャックの美しさはネリーの人格のなかでふたたび輝く。その若い女性は女王として聖別される。彼女の力はスフィンクスのそれに匹敵する。「スフィンクスたちは今朝，もはや石でしかありませんでした……　しかし私がスフィンクスより上位に置くものとは何でしょう。あなたがその髪とともに

スフィンクスの前を通過するとき，それがなぜあれほど鈍重に眠りこんでいたのか，教えてはもらえませんか」。もはや疑うことは許されない。金色の白きネリーは，金の白野牛の妹である。

『シュルレアリスム宣言』の最後の方のページで，「託宣なのだ，私の語ることは」というランボーの言葉を引用してから，ブルトンは註のなかで，1924 年 6 月 8 日に聞き取った「ベチューヌ，ベチューヌ」について自問していた。「ベチューヌ，ベチューヌ」にこだまを返すように，註は「それにしても，それにしても……」とはじまっている。[8] ところで1957年1月6日，14時45分の手紙の最後のフレーズは同じような仕方で，同様の書記法によってはじまっていた。
「それにしても，**それにしても**」という書記法は，オートマティックな刃を備えた

mains comme de vos pieds, fussiez-vous une panthère. Toutefois, TOUTEFOIS, si je puis ici opérer un rétablissement sur le plan du strict permis, du strict raisonnable (et c'est trop peu dire), Beauté et Flamme, je vous en conjure, ne me tentez pas davantage et fuyez-moi, non, ce serait trop, mais "espacez"-moi, ce qui ne changera rien à l'éternel dont vous avez pour moi la couleur.

3つのメッセージ――1919年1月の「窓によって2つに切られた男がいる」，1924年6月8日の「ベチューヌ，ベチューヌ」，そして1956年4月11日から12日にかけての「金の白野牛よ，もしあなたが生きているならば，金の白野牛の髪を切らないでください」――と結びつけられなくてはならないが，1つの複製ないし反復において，第2項は第1項と顕著に異なるものであることを，はっきりと証明している。第2項は第1項の増幅ですらある。輪切りにされた男は二重化する。窓からもう1つの身体が生じるのである。ベチューヌ，1匹の獣（ベット・ユヌ）。註の文面では否認しているにもかかわらず，ブルトンは我々を『三銃士』のなかへと導いてゆく。ベチューヌの死刑執行人は，まずミレディー・ド・ウィンターの左の肩を辱め，ついで彼女の首をはねた。この解釈は，1649年1月30日のチャールズ1世に対する刑の執行を，いい換えれば1919年1月6日のジャック・ヴァシェに対するそれを，めまいがするほど正確に描き出している，自動記述の「愛の公現祭」や詩篇「扉が揺れる」によって確固たるものとなる。[9] ブルトンにおけるオートマティックなカップルは，くっきりと切り分けられている。すなわちそれは，ヴァシェ／ブルトンであり，ベチューヌの死刑執行人／ミレディー・ド・ウィンターであり，モードーント／チャールズ1世，ヴァシェ／チャールズ1世，ミレディー・ド・ウィンター／ヴァシェ，ブルトン／ミレディーである。1919年1月13日のヴァシェ宛の手紙を作るため，切り取り，コラージュし，折りたたむブルトンは，1956年4月11日から12日にかけての夜，ジャックとネリーの兄妹に，虐殺者の悪しきナイフを振りかざすのでなく，厳格なる弁証法を操ってほしいと懇願するメッセージをまたしても聞き取るのである。

窓，あるいは上げ下げ式の〔＝ギロチン式の〕ガラス窓は上半身を輪切りにする。斧は首を打ち砕く。ナイフあるいは剃刀の刃が髪をそぎ落とす。残酷演劇からブル

トンは，死の喧騒を聞き取るのである。

ジャン＝ミシェル・プラス社から復刻版が刊行されたばかりだった『ドキュマン』誌をめくりながら，私はその最終号に，ミシェル・レリスの記事「《死せる頭》あるいは錬金術師の女」を彩る何枚もの感動的な写真を発見する。写っているのは皮のマスクをかぶった女性だが，髪の毛はマスクからあふれ，剝き出しの肩にかかっている。アメリカの探検家W・B・シーブルックの発案による皮のマスクは，口を除いて頭部全体を包んで隠している。レリスは『ドキュマン』にシーブルックの著書『魔術の島』の書評を書いているが，ここではいかにして彼に出会ったかを語ってくれている。彼はすぐにこの人物に魅せられた。特に1度だけ会話を交わしたときにレリスが心を惹かれたのは，神の顔を見ることができるはずの状態に置かれたとき，目の前に見出したのは自らの顔だったという，若い修行僧の物語だった。

レリスの記事，とりわけその最後の段落は，「金の白野牛よ，もしあなたが生きているならば，金の白野牛の髪を切らないでください」というメッセージが，「ベチューヌ，ベチューヌ」や「窓によって2つに切られた男がいる」というそれと結んでいる関係を知っておくなら，1956年4月11日から12日の夜のメッセージを解き明かしてくれる。「雌牛ハトルのように美しく，死刑執行人のような――あるいは首を切られた女王のような――マスクをした女がすっくと立つ。顔が神のそれとなったパートナーは，彼女の前にまっすぐに立ち，顔の不在によってさらに素晴らしいものとなった彼女の体を眺める」。

角が太陽の円盤を挟みこんだ雌牛，エジプトの女神ハトル，それはまさしくヴァシェであり，金のジャックであり，金の白野牛である。メッセージは金の白野牛の自らとの対面，いい換えるならブルトンのヴァシェとの，ヴァシェのネリーとの恐るべき対面を明記する。そしてレリスのテクストは必然的に，ベチューヌの死刑執行人やミレディー・ド・ウィンター，チャールズ王といった，マスクをされた，あるいは首をはねられた存在の並んだ回廊を呼び出すのである。

シーブルックとの会談は1930年4月12日のことだ。それに加えて，1930年4月10日の『ルヴュ・ド・パリ』誌が参照されている。レリスの言及している『ルヴュ・ド・パリ』の記事の1つが，シーブルックによる修行僧の物語を可能にしたのである。

1956年4月11日から12日の夜にブルトンの聞いたオートマティックなメッセージは，レリスの記事と合致する。レリスの運命は1930年4月10日から12日にかけて決したのである。

ブルトンが『魔術的芸術』のなかで，聖バルテルミーの虐殺を予言するタブロー，《ローマの公告追放の虐殺》を扱ったとき，彼は「語る頭」を，すなわち「シャルル9世が自らの病について，地獄の世界から治療法とはいわないまでも何らかの回答をえようとして首を打ち落とした子供」の物語を喚起している。彼はそのときミシェル・レリスが1929年12月に『ドキュマン』誌に発表した先駆的な論文を引用した。そこでは「血まみれの頭の神託」について多くのことが語られていたからである。レリスが「奇妙な事実」を記録していることもつけ加えておこう。アントワーヌ・カロンのタブロー《ローマの公告追放の虐殺》は，ある年の11月11日，休戦記念日の日に，黙祷の時間のあいだは壁から外されていたそうだ。

語る頭は百の頭（サン・テット）や頭のない（サン・テット）ものの一群に属している。それは死んでいるというよりむしろ生きているといえそうな体のない頭部であり，かつてないほどに光り輝き勝ち誇った無頭人であり，刃をかかえた魂であり，金色の髪，腐敗した太陽，皮のマスク，二重の顔，闇の口，伝送装置，思考の書き取り，目覚めの，あるいは半睡状態のフレーズ，つまりはオートマティックなメッセージの配信である。予言的で時宜を逸したタブローは，持続の形而上学のなかに絶妙のタイミングで介入したのであった。

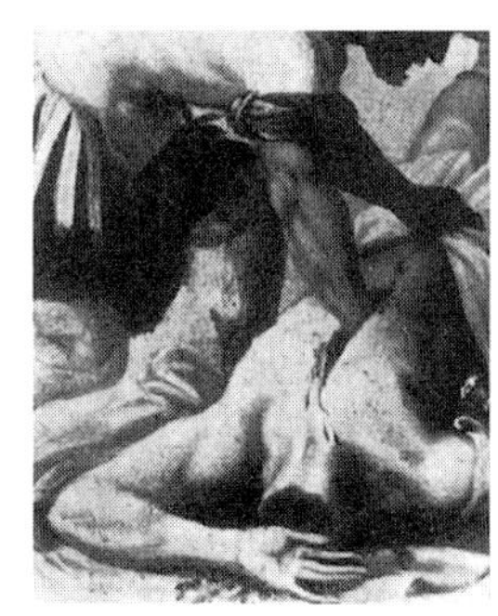

第4章　作者不明のタブロー

1992年1月12日，「アシュビー」と「金の白野牛」の章を読んだネリー・カプランが，アンドレ・ブルトンの献辞のある『魔術的芸術』だけでなく，1957年1月2日，4月10日，7月15日という日付のある3通の手紙を見つけ出して教えてくれた。1月2日の手紙は，1956年から1957年への移行期の記録となる手紙のやり取りの一環であり，女王たちの祭日という結末へとつながっていくものだ。4月10日の手紙はというと，そのとき手紙の受け取り手は熱のせいでベッドに寝ていなければならなかったのだが，11日にリヴォリ通り186番地まで，ラ・モット＝フーケーの『オンディーヌ』とともに直接持ってこられたもので，ネリー・カプランの誕生に先立つ星の配置を喚起している。

1957年1月6日，ブルトンは自分の夢のなかに，ネリーへの新しい名前を探す。彼がすでに1956年4月11日から12日の夜，「金の白野牛」を聞き取っていたとしても，彼がそれをはっきりとネリー・カプランに帰属させるのは1957年7月15日以降のことだ。事実金の白野牛は，1957年4月11日の誕生日にも，1957年5月25日に印刷を完了している『魔術的芸術』の献辞にも現れることはない。さらに献辞についていえば，彼はほとんどネリー・カプランの名を隠すことのない詩的で宇宙的な呼び名，「ネルンボ＝リール〔竪琴〕・カオラン＝プラネット〔惑星〕」を作り出している。

1957年7月15日の手紙は驚くべきものだ。そこではネリー・カプランを巻きこんだある客観的偶然が語られている。7月15日の午後，フォンテーヌ街42番地〔ブルトンのアパルトマン〕で一枚の作者不明のタブローの撮影をしようとしていた写真家が，しかもブルトンによるならそのタブローのなかでネリー・カプランが「未知の役柄」を演じているというのだが，それを撮影しようとしていた写真家が，「2つのアトリエを行ったりきたりした」あとで，「婦人の肖像画」のための理想的な場所を見つける。そして彼はタブローを，7月14日の午前中に映画作家が，ブルトンの部屋から暇乞いをするまでとどまっていた，まさにその場所に据える。しかしながらその日の夜に文章に起こされたこの重要な客観的偶然について考察する前に，まずは7月15日の手紙をよく読むことで，そこに1956年4月11日のオートマティックなメッセージが書きこまれていることを示したい。

この手紙のなかでブルトンは，2度にわたっていい換えの効きにくい（ガリシスム）表現を使い，しかもそれを括弧のなかで残念がっている。「[……] 彼は出し抜けに（de but en blanc）いう（いまいましいが，おそらくあなたの知らない表現を使ってしまいます）。[……] それはたいへん価値があったのです（valait son pesant d'or）（2つ目の特殊な表現ですね)」。すぐわかる通り2つの特殊な表現を書かれた順番に並べてみると，それぞれの最後の語彙を結びつけるなら blanc d'or〔黄金の白〕がえられる。いい換えるならこの7月15日，ブルトンはほとんどネリー・カプランを金の白野牛と呼ぶ寸前のところまで行っていた。映画作家〔カプラン〕が手紙に出てくる写真家同様に，たいへん価値がある（vaut son pesant d'or）のはいうまでもない。ブルトンが1956年の4月11日から12日にかけての夜，「金の白野牛よ，もしあなたが生きているならば，金の白野牛の髪を切らないでください」という声を出し抜けに聞いたことについても同様である。

7月15日，ブルトンはこれまでのいつにもまして，金の白野牛の髪を奪われたくないと感じる。手紙がそのことを証言している。ネリー・カプランが帰り際にたどっていった軌跡を描写するために，詩人は天文学者のような観察に訴えることをためらわない。「[……] 昨日の朝あなたがいたその場所から――そう，私にとってそれはまだ朝でした――正確にその場所から〈彗星〉がやって来るのが見えて，私は目がくらむ思いでした」。7月14日，黄金の白い髪の彗星の通過したことに魅了されていたブルトンは，翌日ある写真家の助けを借りて，あらためてカプランの彗星をキャッチし，同じ機会に客観的偶然の最新の座標を捉えられたことで有頂天になっている。その年の1月6日から，彗星の観念はすでにアンドレ・ブルトンの頭にはあった。ただそのときこの観念は，まだネリー・カプランの目と声に関するものにすぎなかったのだが。「おわかりでしょうが，私はほんの数秒間しかあなたの視線には耐えられません。あなたの目のなかで，素晴らしくも道を見失ってしまうからです。私にはそこに神秘的な何か，とてもゆっくりやって来る彗星群のような何かが見えま

す。それはときとして，まさしくあなたの声のなかに落ちてきて，心惑わせる彗星なのです」。

voudrais que vous le voyiez où il l'a
"pris" et laissé, et où j'hésite à le déplacer
parce que c'est trop beau (et pourtant,
pour dormir, il faudra bien): il est, adossé
à deux des coussins qu'il a pris la peine
de poser l'un sur l'autre, très exactement
(je parle du portrait de la dame) à la
place que vous occupiez hier matin – oui
pour moi c'était encore le matin – en ce
point précis dont, à mon éblouissement,
j'ai vu partir la Comète. Je ne
pourrai jamais vous le montrer comme
il est: (il s'en faudra toujours d'un centimètre ou deux) c'est CELA que j'ai appelé, mon
seul trait de génie est là, le hasard objectif
et c'en est sans doute le couronnement

1つはガブリエル・コルネリウス・フォン・マックスのタブローについての，もう1つは7月15日にフォンテーヌ街で撮影された作者不明のタブローについての，同時に行われた2つのアンケートに寄せられた39の回答は，1957年秋，『シュルレアリスム・メーム』誌上に掲載された。ブルトンはその作者不明のタブローを，表現主義者エミール・ノルデのものではないかと想像しつつ，うさんくさい結婚式のようすと見ている。ブルトンははだけた乳房を十字架に押し当てている婦人についての自分の気持ちをいい表している。「彼女はこれ以上ないほど強い催眠状態に置かれているかのようだ。彼女のイメージは強い強迫的な力を帯びている。なんにせよきわめて美しい。見つめれば見つめるほど，彼女は最近私に対し，大きな影響力を行使したある1人の存在と一体化していくように思えた」。アンケートへの答えは，7月15日の手紙と符合する。ネリー・カプランは作者不明のタブローの，乳房をはだけた婦人だ。彼女の名前は伏せられているとしても，ブルトンに対する彼女の影響力は公にされたのである。

ブルトンがネリー・カプランに帰している「大きな影響力」は装われたものではない。シュルレアリスムのリーダーは『マジラマ』のポリヴィジョンに敬意を払っていたし，白と赤，2人のドルイド僧を戦わせる内容のシナリオ『大地の王国』の一部をグループの雑誌に掲載することを許可したのだった。そこではネリー・カプランの化身である「見事なブロンドの髪の」女性ドルイド僧ベレンが，興奮した半

VÉLIOCASSES (Rouen)

Grand œil de face et astre — R/ cheval à droite Astre au-dessous

(Cf. La Tour et Muret: _Catalogue des monnaies gauloises_, p. 167)

Statère d'or.

(Cf. Lancelot Lengyel: _L'Art gaulois dans les médailles_, planche XXXVII, p. 45 et 57)

"L'œil est amplifié par les contours d'un croissant qui est interrompu par le soleil. Les trois nattes de cheveux rappellent les trois cornes" (voir catal. des médailles de la Bibl. Natle N° 7.231).

"La lumière, l'œil qui regarde, le soleil qui voit sont devenus des facteurs représentatifs de la vie... Les facultés des sens, leurs possibilités et leurs limites, le pouvoir du _voyant_ par excellence, le druide (celui qui peut apercevoir la réalité cachée et dévoiler les événements à venir), ce sont pour les Gaulois autant de sujets d'étonnement. Le pouvoir mystique de l'œil les remplit d'admiration.

Les Véliocasses nous ont laissé un témoignage saisissant de leurs préoccupations à ce sujet (la fig. 405 de l'ouvrage reproduit une pièce du même type). Ils l'expriment en sortant du cadre de la figuration habituelle: l'œil conserve bien ses proportions réelles, mais un double trait intervient pour en accuser le contour, lui conférant ainsi une importance absolument inhabituelle." (Lancelot Lengyel).

Sur la description qui en est faite ci-dessus et la reproduction agrandie qui en était donnée, lorsque j'ai commencé à m'intéresser passionnément aux monnaies gauloises cette pièce est celle qui entre toutes j'ai aspiré à posséder. Si rare soit-elle je l'ai trouvée presque tout de suite (on ne trouve de très précieux que ce qu'on cherche et dont on voudrait à tout prix). — En souvenir du vernissage de l'exposition "Pérennité de l'Art gaulois" (fév. 1955)

「女王たちの祭日」のあと，ブルトンはネリー・カプランに手書きの「護符」を贈る。内容は，当時ブルトンが強く執着していたケルト貨幣の図案をめぐるもの。

ブルトンがカプランに贈った「護符」の裏面。

裸の姿で，赤いドルイド僧ボルグやその他のたけり狂ったものたちを屈服させるのである。

1954年にランスロ・ランジエルの『メダルにおけるガリア芸術』を読んで以来，ブルトンはケルト芸術を称揚してきた。1955年2月18日にはじまった「ガリア芸術の永続性」展では開催に協力してもいる。そして展覧会初日，ブルトンはネリー・カプランとの出会いに失敗する。しかし1957年1月27日，女王たちの祭日の3週間後，彼はガリア芸術の展覧会のヴェルニサージュを記念して，女性ドルイド僧ベレンにお守りとしてガリア貨幣を贈るが，それには署名と日付のある羊皮紙がついていて，この貨幣を説明する註記と引用が書きつけられていた。つまり彼はまもなく金の白野牛と呼ぶことになるであろうその女性に，1つの金スタテル〔金貨原基〕を贈るのである。ガリア貨幣に関心を持ちはじめたとき，自分がまずもって「所有したいと切望した」のは，他ならぬこの貨幣であったとすら，彼は明言するだろう。そしてブルトンは重々しく結論する。「どれほど珍しいものだったとしても，私はほとんどすぐにそれを見つけました（人が見つけるとても貴重なものとは，探し求めていたもの，何としてもほしいと思っているものだけなのです）」。

1839年，19才の女性レオニー・ドーネーは，伴侶である画家のフランソワ・ビアールとともにスピッツバーグへの科学調査隊に参加した。ところが1845年，彼女はゴシップ記事に話題を提供することになる。彼女は貴族院議員であったヴィクトル・ユゴーとの姦通の現場を取り押さえられ，短期の投獄と数カ月の蟄居を命じられたからである。ユゴーによって「金色の髪の女性」，「黄金の髪の美女」と歌われた極地探検者レオニー・ビアール・ドーネーはブルトンにとって，レオニー・オーボワ・ダシュビーの形象とネリー・カプランの人格とを収斂させるものだった。ユゴーが『ライン川』の1冊を彼のレオニーに献辞をつけて贈ったとき，その献辞には彼女の名前が「ライオンのようにはじまり」「ハーモニーのように終わる」と書かれていた。ブルトンからネリー・カプランへの献辞についていうなら，それは「ネルンボ＝リール〔竪琴〕・カオラン＝プラネット〔惑星〕」に，「パンサー」に，「金の白野牛」に，あるいは「金の白ミンク」に宛てられたものだった。とりわけヴィクトル・ユゴーが，《レオニー・ドーネーのための愛の判じ絵》というタイトルで知られる驚異的な水彩で，自分自身とレオニー・ドーネーのイニシャルに驚くべき運命を与えて見せたように，アンドレ・ブルトンはレオニー・オーボワないしレオニー・ダシュビーのイニシャルを，1932年8月16日の日付のあるバウーの滝の絵葉書に添えるのである。

《レオニー・ドーネーのための愛の判じ絵》は，ヴィクトル・ユゴーとレオニー・ドーネーのイニシャルの神秘的でエロティックな演出だ。水汲み場と石碑からできたレオニーのLの字には，Victrix すなわち「勝利した女性」という碑文が刻まれているが，そこにはヴィクトルのVが半分折れた姿で立てかけられている。若い愛人の勝ち誇った肉体を抱き締めながら，ヴィクトルはその身が疲労してへし折れるほどにその欲望を満たす。Aを象った壮麗なるイーゼルにはヴィクトル・ユゴーの署名のある《孤独 Solitudo》と題されたタブローが架けられ，Hの形になったフレームのようなもののうえにまたがっているのだが，そのフレームにはLEO VICTOR VICTUS LEÆNÂ すなわち「雌ライオンに打ち負かされた勝利の雄ライオン」と書かれている。さらに水平方向に伸びたタブロー《孤独》のうえには，あるいはより正確にいうとその枠の上部には，LEA つまり「雌ライオン」の文字が彫られている。すべてを完成させるにあたり，淫蕩なる恋する男はその筆で，勝ち誇れるL. A. のイニシャルとへし折られ打ちのめされたV. H. のイニシャルの下に，「あなたの足元で sous vos pieds」という三語を書きこみ，そのあとに Victor H. と署名している。

1927年8月，『ナジャ』執筆のためアンゴの館に滞在していたブルトンは，その年に出版されたルイ・ガンボーの著作『ヴィクトル・ユゴーとビアール夫人』を読む。レオニー・ドーネーとヴィクトル・ユゴーの結びつきを祝う水彩は，そこではじめて採録され，詳しく描写されていた。30年代初期，ヴァランティーヌ・ユゴーから中心に「夜明け（オーブ）」というヴィクトル・ユゴーの書きこみがある極小の水彩画を譲られたとき，ブルトンはおそらく《レオニー・ドーネーのための愛の判じ絵》のオリジナルを知った。いずれにしろ1937年2月7日の実に驚くべき夢はブルトンが，イーゼルとフレームが番い，雌ライオンと雄ライオンが愛を営み，L. A. とV. H. のイニシャルがオルガスムとその彼方にさえ達している水彩＝判じ絵につきまとわれていたことを証明している。その夢を伝える「ある動く絵の夢における成就と生成過程」という記事のタイトルは，すでに探索の手がかりを与えるものだった。夢のなかのブルトンは，オスカー・ドミンゲスが1枚の油彩画のうえに，碁盤目に組みあわされたシャフトを描いていくのを見ている。だがそのシャフトは近くから見ると，より正確には見事に組みあわされたひと連なりのライオンであり，おのおのの結び目ないし接合点は，ライオンの臀部を表わしているのだった。「こうしておのおののライオンは，隣のライオンの性器をなめることに熱中しているのがわかる（ライオンは雌でなく雄なのだが，それは女性性器である）」[(1)]。続いてドミンゲスが描くライオンの尻は，炎へと変わる。そして「驚嘆する私の目の前にオーロラが広がる」。エロティックな激情のあとに火災が起きるが，ブルトンと幼い娘はそれを逃れる。最後では彼を診察する医師が，近くにレオン・ブルムがいると教えるのだった。

1845年から1851年までヴィクトル・ユゴーの愛人だったレオニー・ドーネーは，

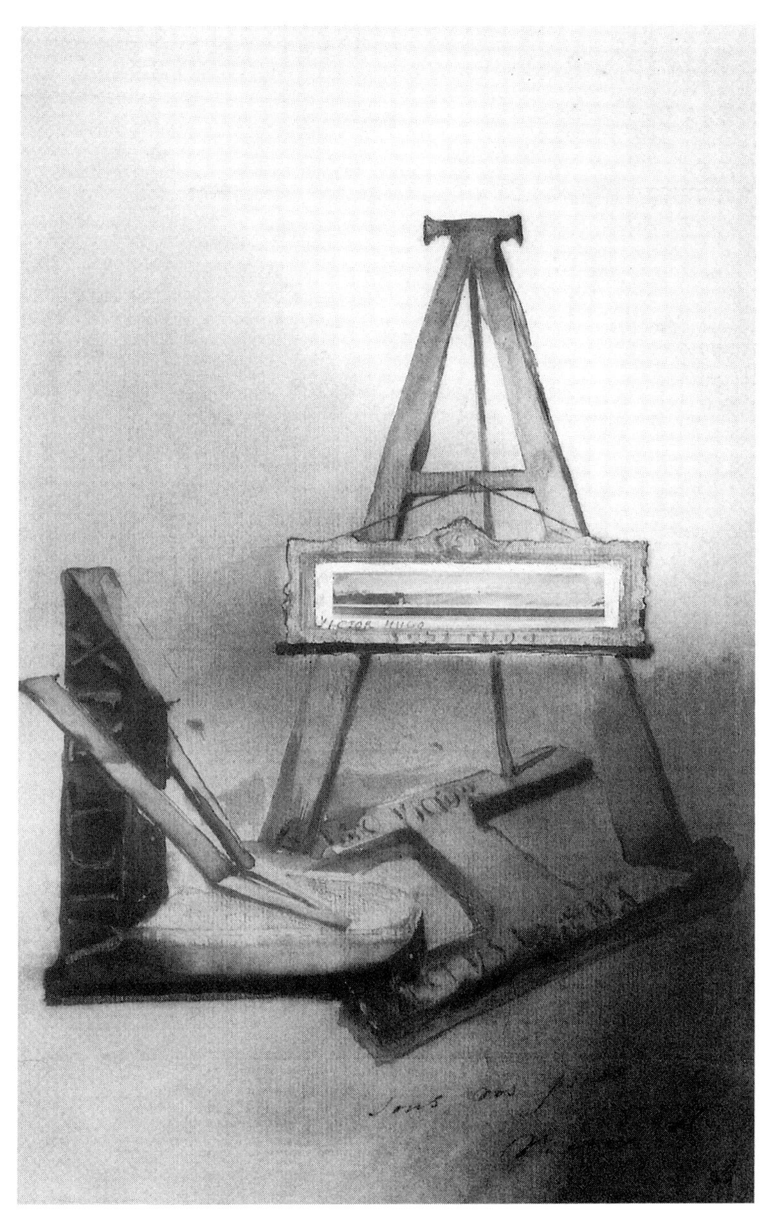

ヴィクトル・ユゴーが愛人に贈った象徴的な水彩画《レオニー・ドーネーのための愛の判じ絵》。2人のイニシャルがエロティックな結びつきを作り出している。

アンドレ・ブルトン
ある動く絵の夢における成就と生成過程

午前中、友人オスカー・ドミンゲスの部屋にて。窓に背を向け、彼が絵を描くのを見ている。当面は全身全霊でこの活動に打ちこめて、彼は満足している。彼の恋人が、兵役の続くあいだは他の一切にわずらわされることなしに、作業に専心するよう勧めたのである。ひとたび望んだとおりの（？）絵画が完成したら、もし必要ならば次の仕事に移ることになるだろう。

★

私は制作されつつある絵画の進展を、大きな関心を持って目で追っている。私の見るところ、その絵画はまったく新しい、感動的な発想から生み出されたものだ。

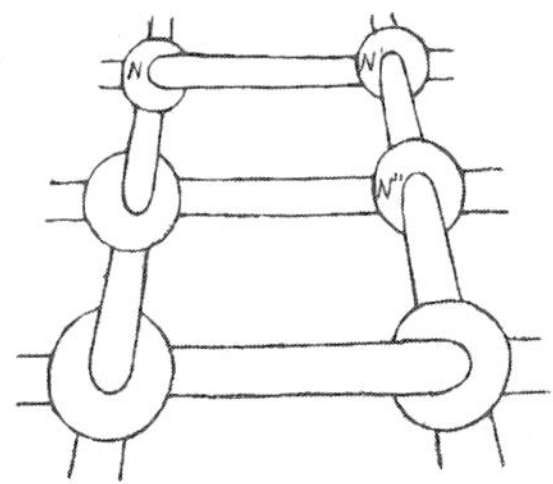

そこでは画面のすべての方向に向けて、組み合わされたシャフトのモティーフが反復されていくだろうと、私は予想する。N, N', N'' といった結節点は、現在のところキャンバス上では6カ所である。よく見ると、結節点のおのおのは、実は1頭のライオンの臀部であることが確認できる（N は N'-N の方向に横たわったライオンの臀部であり、N' は N''-N' の方向に横たわったライオンの臀部である、等々）。こうしておのおののライオンは、隣のライオンの性器をなめることに熱中しているのがわかる（ライオンは雌でなく雄なのだが、それは女性性器である）。おそらく「口唇的快楽」という言葉が舞台裏で発音される。ライオンの尻と性器部分は、ヒヒのそれのように鮮やかな色がついている。赤と黄色が主調だが、その色彩は性器を中心として、同心円状に次の順番で並んでいる。深紅色、バラ色、ブリオッシュ内部の色。素晴らしいことに、ドミンゲスがライオンたちを描いていくにつれ、ライオンはすぐさま「本当に」この行為を行うようになる。したがって絵画は徐々に動き出していくのである。絵画とライオンの行為の結びついた効果によって、ライオンの臀部それぞれは、次第に太陽の姿を取っていく。驚嘆する私の目の前にオーロラが広がる。

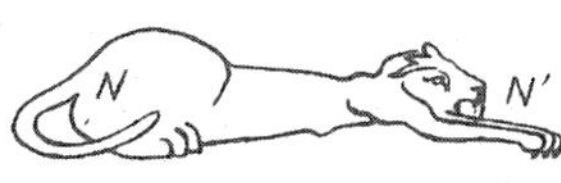

『カイエ G.L.M.』の「夢」特集号（1938年）に掲載された文章（冒頭部分）。ブルトンの夢のなかで，ドミンゲスが「動く絵」を作り出していく。

姦通の現場を押さえられることで上流社会からは締め出され，フランソワ・ビアールと別れるのだが，1854年には『ある女のスピッツバーグへの旅』で大きな成功を収める。続いて彼女はいくつもの小説と2つの戯曲を書くことになるだろう。ライオンの臀部がオーロラに姿を変えるブルトンの夢と，レオニー・ドーネーの極地への旅を関係づけるのは正当ではなかろうか。ましてオーロラを描写するときの彼女は，フェラチオを行うライオンを想像することとさほど隔たっているわけではない。「中心点からは，あらゆる形態を取る動く光の束が漏れ出していた。ときには情熱的な舌のように，ときには炎の蛇のように，その光はゆっくりと，しかしとどまることなくさまざまな形で絡まりあっていた」。さらにブルトンが，夢に現れた碁盤状のライオンの木を「世界最大のリュウケツジュ」に，『狂気の愛』で語られたこの想像を超えた樹木に結びつけているとするなら，カナリア諸島への旅行に捧げられた章の冒頭を読みなおしてみるのは無駄ではあるまい。「テネリフェのテイデ山の山頂は，トレドの美しい女たちが昼も夜も胸に抱き締める小さな快楽の短剣が放つ光でできている」[2] ところでレオニー・ドーネーもまた，自らのそばに「静かで忠実な伴侶」すなわち彼女がとても大切にしていた短剣の存在を感じ取れないことに，いかに失望したかを語っている。「私は反対側の岸に，冒険のあいだじゅういつでもベルトに備えつけておいた無垢なる短剣を置き忘れてしまったことに気がついた」。そしてこう説明する。「我が親愛なる短剣はラップランドの孤独のなかに眠っている。もしそれが発見され文明人の手のなかに戻ったとすれば，骨董屋たちはそれについてさまざまな推測を繰り広げることになろう。ラップランドの奥地に14世紀スペインの武具が存在したことを，彼らはどのように説明するだろうか」。美しきレオニー・ドーネーが手にしていたトレドの短剣は，1世紀後にテイデ山の輝かしい山頂にふたたび姿を現したといえるのではなかろうか。

しかしここで，ルイーズ・ヴァナーン・ド・ヴォーリンゲンやレオニー・オーボワ・ダシュビー，悪魔のルル，三ツ星の夫人やとりわけてもシルセト[3]が居座っているランボーの詩篇「帰依」に立ち戻らねばならない。事実極地の舞台装置のなかに据えられたシルセトは，スピッツバーグからやって来たようにさえ見える。いわく「丈高い氷のシルセト」，「赤い夜の十カ月のように飾られて」，「夜の地帯」，そして「極地のカオス」。おそらくランボーの精神のなかというよりむしろブルトンの夢のなかで，レオニー・オーボワ・ダシュビーとレオニー・ドーネーはいくらかなりと丈高き氷のシルセトと混ぜあわされていることが分かろう。事実ランボーがもてはやす人間や悪魔，その他の存在は，1つの家族のような雰囲気がある。かくして我々の考えでは，悪魔ルルとは1860年から1870年にかけて非常によく知られ，女性に変装してサーカスに出演していた若い軽業師を指していると思われるが，したがってシルセトという存在と近づけられるべきだ。1877年の夏，ロワセ・サー

DÉCEMBRE

1 V — **FERMETURE-ECLAIR.** — N'a pas été inventée comme on le croit vulgairement par un médecin suisse, mais par W. Landolph, auteur de *Histoire et préhistoire de la prêle* (1892), *la Charnière de prêle dans le traitement de la chorée* (1906), *la Prêle ches Paul Klee* (1923).
2 S
3 D
4 L
5 M
6 M
7 M
8 J
9 V

10 S — **POMME FRITE.** — Brébant, pendant le siège de Paris, imagina de frire des pommes de terre nouvelles pour accompagner une côtelette de chameau.
11 D
12 L
13 M
14 M
15 J
16 V

17 S — **VAPORISATEUR.** — Construit pour plaire au roi kmer qui eut l'idée d'exprimer une écorce de mandarine dans une flamme.
18 D
19 L
20 M
21 M
22 J

23 V — **TOBOGGAN.** — Les jeux de l'éléphante de mer Lulu en donnèrent l'idée aux clowns du cirque Loisset, en 1877.
24 S
25 D — **BOUTON.** — Mis à la mode par Isabeau de Bavière qui fermait son corsage avec des perce-neige.
26 L
27 M
28 M
29 J
30 V
31 S

André Breton & Benjamin Péret

CALENDRIER TOUR DU MONDE DES INVENTIONS TOLÉRABLES

Pour Nelly,

dans le TALISMAN de qui entrent

1 cloche de muguet

1 plume de rossignol

1 perle noire

1 brin de myrte

et 6 gouttes de rosée,

▲　ブルトンとペレの「許容すべき発明の世界一周カレンダー」に記された，ブルトンからカプランへの献辞。「ネリーのために／彼女の護符には以下のものが入れられる／スズランの釣り鐘1つ／ナイチンゲールの羽1枚／黒真珠1つ／ギンパイカの1枝／そして夜露のしずく6粒／アンドレ・ブルトン」。

◀　「許容すべき発明の世界一周カレンダー」から。トボガン（TOBOGGAN競技用そり）の起源を想像するなかで詩人2人が呼び出したブランコ乗りのルル（Lulu）は，ランボーの詩篇「帰依」に現れる謎めいたルルなのであろうか。

カスがストックホルム・ツアーをする際に働いていたランボーが，ルルの経歴をこの時期に，いやそれ以前にも知らなかったはずはない。空中ブランコ乗りの軽業師であるこの悪魔は素晴らしい曲芸を披露していたが，特に驚異的な「砲弾ジャンプ」で知られていた。これでもまだ空中ブランコ乗りルルと北国のシルセトのエキシビションのあいだに関係のあることが疑われるならば，アンドレ・ブルトンとバンジャマン・ペレが1950年に考案した「許容すべき発明の世界一周カレンダー」を参照してみてほしい。ビロードの仮面（ルー），潜水服，マネキン，万華鏡，エスカレーター，孫の手，片メガネ，フライドポテト，等々がいかにして発明されたかを説明したあと，シュルレアリストたち2人はトボガン〔競技用小型そり〕についてつぎのような起源を提案する。「1877年，海の象ルルの演技が，ロワセ・サーカスのピエロたちにアイディアを授ける」。「帰依」とランボーの生涯への参照は否定しようがない。しかしながらブルトンとペレは1つの逆転を行っている。「魚のようにぬめり気のある，丈高い氷のシルセト」とされるシルセトの名の方が，ルルのそれより海の象にはふさわしかったはずだ。それにしてもトボガンの発明が，驚異の空中ブランコ乗りルルにも結びつけられているのは事実ではあるのだが。

ブルトンがテネリフェの火山島を探検したのは，ひまわりの夜の組織者，ミュージック・ホールでながらく水中ダンスの出し物に出演していた〈オンディーヌ〉とともにだった。テイデ山に登るとき風景は巨大な「霧のサーカス」に姿を変えるのであり，そのサーカスの「巨大なテントには，日光の継ぎが当てられて」いた。子供の眼差しと「帰依」の記憶とともにブルトンは，頂上へと導く最後の踊り場で，厖大な観衆の幻覚を見ているのである。「いかなる生物もそこに座るようには見えない蜂蜜色の長椅子を青と金色に輝かせながら，我々が到達できないであろう高い頂へと，無数の子供たちの目が向けられているのを私は見ている。空中ブランコが設置されつつあるに違いない」[4]。疑いの余地なしに，ここでは稲妻の透かし彫りを穿たれた霧のサーカス小屋のなかで，テイデ山の頂上で快楽の短剣を輝かせるブロンドの髪

レオニー・ドーネー，20 歳のときの肖像画。ブルトンも参照した，ルイ・ガンボー『ヴィクトル・ユゴーとビアール夫人』に口絵として収録されたもの。

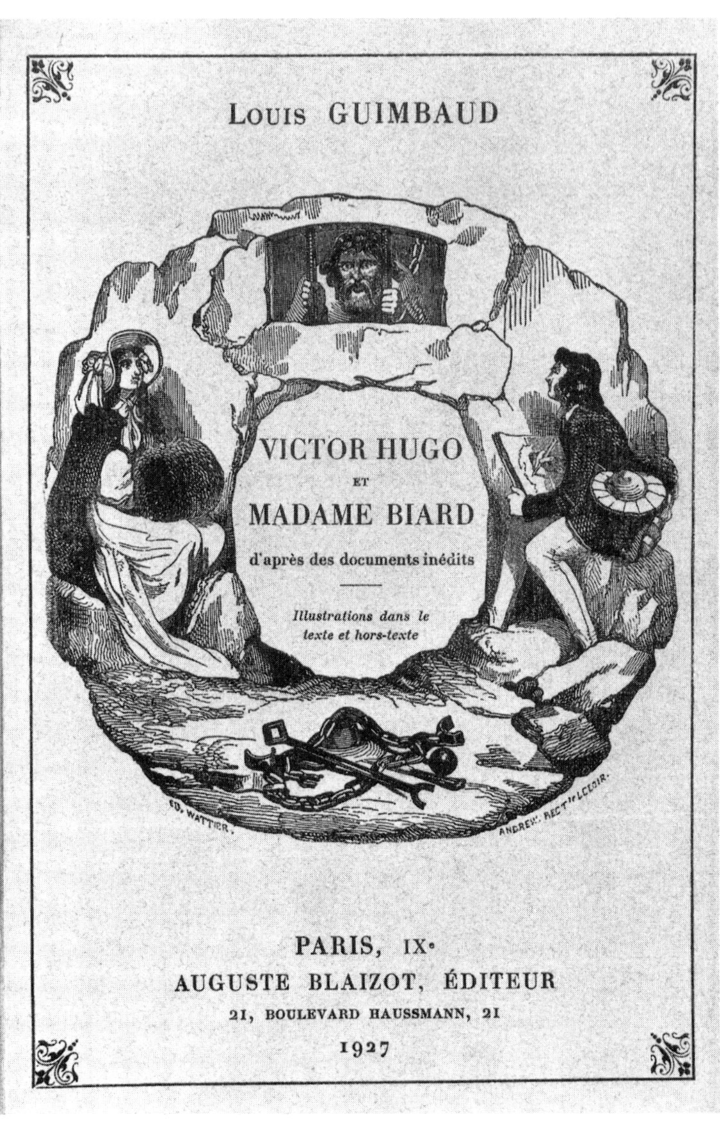
Louis GUIMBAUD

VICTOR HUGO
ET
MADAME BIARD
d'après des documents inédits

Illustrations dans le
texte et hors-texte

PARIS, IX•
AUGUSTE BLAIZOT, ÉDITEUR
21, BOULEVARD HAUSSMANN, 21
1927

の若きレオニー・ドーネーが，変装した空中ブランコ乗りである悪魔ルルが，トボガンの傾斜を滑り降りていく鮮やかに彩られた海の象である女魔術師シルセトが召還されているのであり，〈崇高点〉とバウーの滝の神秘的な通過者であるレオニー・オーボワ・ダシュビーもまた忘れてはならないに違いない。さらにはすでにして1931年4月，『通底器』第2部冒頭に語られているとおり，陽気で挑発的な，「完璧な脚」を持ったドイツ人の若い女軽業師をブランシュ広場で一目見るや，ブルトンは数日間魔法にかかった状態だった。シュルレアリスム的景観はどれもさまざまな程度にランボーによって魔法にかけられ，啓示されたものとして現れる。ナントのプロセ公園，ヴェルドン渓谷の〈崇高点〉，テネリフェのテイデ山の頂上，ガスペジー島のペルセ岸壁，サン＝シルク・ラ・ポピの村。そしてもしサン＝シルクがブルトンに対し，「唯一の魔法，永遠にそこに居座り続けさせるという魔法」を行使したとするなら，それもまたやはり名前のせいでもあった。そこでは夏になると，詩人は「時間の背信的なブランコを作りなおそう」と試みることができたのである。

Belle nuit ! Le moment n'est pas encore
venu de faire passer les papiers du lit
sur les chaises, dans un quatrième étage
sur la cour d'une rue de Rivoli enchantée.
Alors il s'en faudra de peu que vous vous
étendiez (là, j'approche de l'inconcevable),
que vous fermiez les yeux...

スピッツバーグの旅行者であり，ヴィクトル・ユゴーに愛の判じ絵を思いつかせた「黄金の髪の美女」，レオニー・ドーネーは，人生の最後の時期，姦通の場を取り押さえられたサン＝ロック小路から遠からぬリヴォリ通り 182 番で過ごした。ところで 1956 年 3 月 17 日，アンドレ・ブルトンはのちに「金の白ミンク」と呼ぶことになる「未知の女性」ネリー・カプランに声をかけるが，それもまたリヴォリ通りの奇数番地側にある装飾美術館でのことだった。それはレオニー・ドーネーの部屋の，そしてまたネリー・カプランの部屋の目の前である。カプランはリヴォリ通り 186 番地に住んでいたが，ブルトンは 1957 年 1 月 6 日，「魅入られたリヴォリ通り」という言葉を彼女への手紙のなかに，書きつけることになるのである。

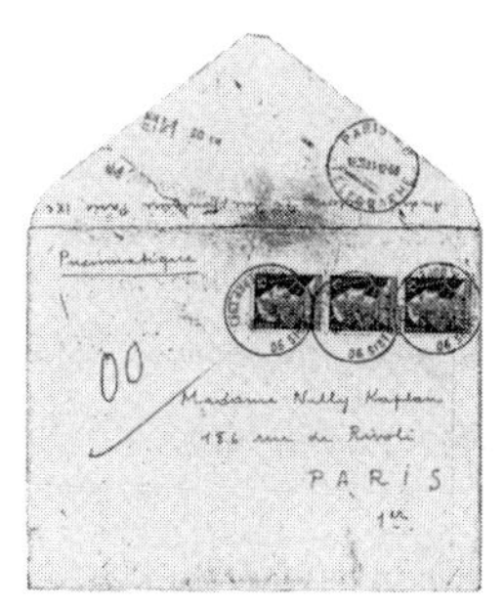

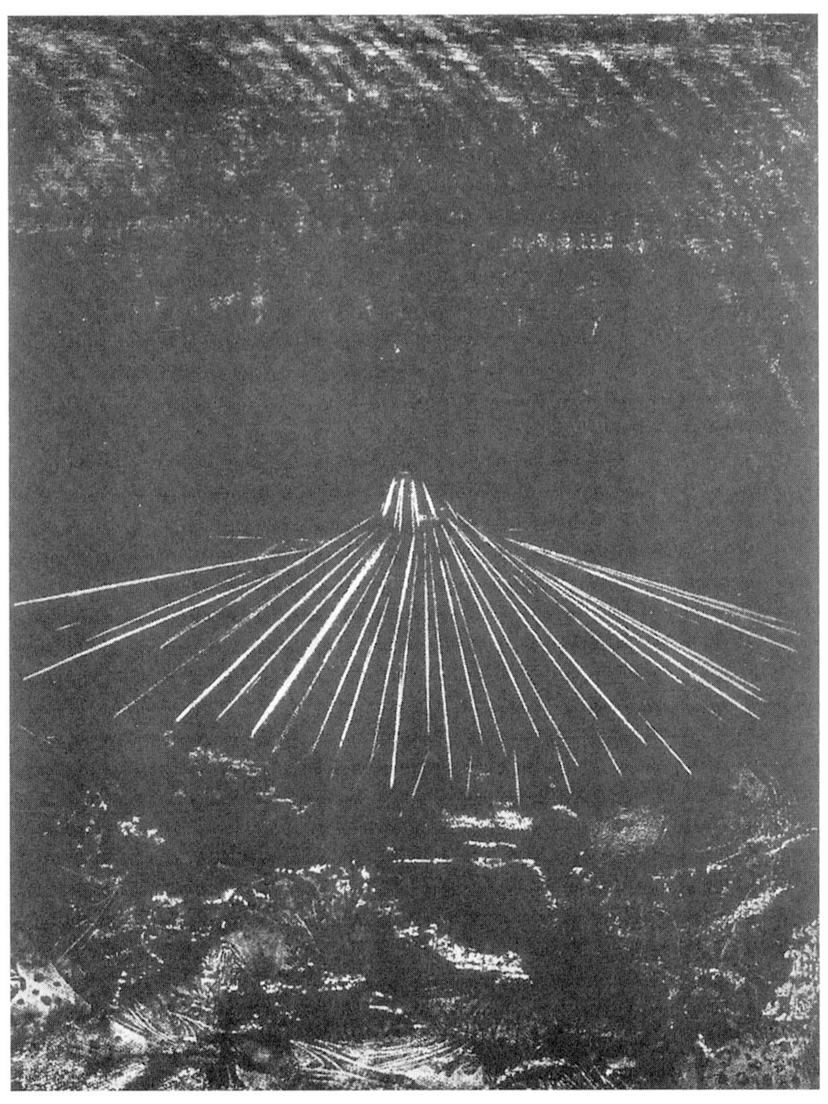

のちに『狂気の愛』第5章となるテクスト「星型の城」は，初出時（『ミノトール』第8号，1936年）にはマックス・エルンストのデッサンで飾られていた。キャプションは「……快楽の短剣の稲妻」。

第5章　幾度も幾度も

1935年5月，ブルトンと「ひまわりの夜を組織した全能の女性」はカナリア諸島に旅をする。『狂気の愛』第5章はテネリフェの火山島への壮麗なる旅を，豊かな色彩と精確な描線によって，抒情的アクセントや突然差しはさまれる理論的色あいをも身にまといながら描き出している。そこではとりわけ，テイデ山頂への登頂と，オロタヴァの気候学公園での休息が語られていた。ブルトンはこの「情熱の風景」のなかで黄金時代を生きなおす。植物に，木々に，果実に，崇高なるさまざまな地点や牧歌的風景に驚嘆するのである。彼は同時に自然と唯一の愛とを称揚する。ところでこれらのページを通じ，彼は「千の」あるいは「千回もの」といった言葉を8回，あるいは9回使っており，まるでその反復行為そのものによって1つの概念にねらいを定め，ある観念に到達しようとしているかのようだ。「[ホウオウボクの］幾千のバラ窓がもつれあっているので，葉と花と炎とのあいだに存在する差異をこれ以上長く感じ取ろうとすることができない」[1]。「1人の存在のなかにおける世界の持続的再創造，持続的染めなおしが，愛によって可能になるようなそれが，幾千の光線の先端で大地の運行を照らし出す」[2]。「空気はもはや，幾千の重さを測ることのできないヴィルジニーのヴェールの震えからしか作られていない」[3]。「このノコギリ状の葉をした草［オジギソウ］は幾千の目に見えない，切り捨てることのできない鎖でできていて，それこそが認識の深い夜のなかで，君の神経組織を私の神経組織へと結びつけていたのだ」[4]。「君以外のいかなる女性もこの部屋に入ることはできないだろう。そこで君は千人であり，私が目にした君のすべての身振りは解体されていく。君はどこにいるんだ。私は四隅で幽霊たちと戯れている」[5]。「ぼやけた部屋のなかで君が何度も［＝千回も］映し出され，その回数と同じ数のバスローブが，日に当たって乾いている」[6]。「私が想定するような相互的な愛は鏡でできた装置であり，それは未知のものが取りうる幾千の角度のもとに，私が愛する人の忠実なイメージを私に送り返してくれる。常により驚くべきものになっていく，私の欲望を占うイメージ，生命によって常によりきらびやかに飾られていくようなイメージを」[7]。「幾千もの子供たちの目が頂上に向けられているのを私は見る」[8]。「私の思考がお前［＝テイデ山頂］を通して語らんことを。夜明けにお前がその高みで自らを開く，吠え立てる幾千の白テンの口を通して語らんことを！[9]」

ブルトンにとって，唯一の相互的な愛はなんら単調なものを持たないのであり，地上の園はいまだに驚きに満ちている。単一性と二元性は，生命力と持続の，現れと相違の宝を隠し持つ。唯一の愛は千の切り札，千の切り口を手にしているのである。道を見失いさえしなければ，それは自然と複数的なものへと向かうだろう。カ

1936

Teide admirable, prends ma vie ! Tourne sous ces mains rayonnantes et fais miroiter tous mes versants. Je ne veux faire avec toi qu'un seul être de ta chair, de la chair des méduses, qu'un seul être qui soit la méduse des mers du désir. Bouche du ciel en même temps que des enfers, je te préfère ainsi énigmatique, ainsi capable de porter aux nues la beauté naturelle et de tout engloutir. C'est mon cœur qui bat dans tes profondeurs inviolables, dans cette aveuglante roseraie de la folie mathématique où tu couves mystérieusement ta puissance. Daignent tes artères, parcourues de beau sang noir et vibrant, me guider longtemps vers tout ce que j'ai à connaître, à aimer, vers tout ce qui doit faire aigrette au bout de mes doigts ! Puisse ma pensée parler par toi, par les mille gueules hurlantes d'hommes en quoi tu t'ouvres là-haut au lever du soleil ! Toi qui portes vraiment l'arche florale qui ne serait plus l'arche si tu ne tenais suspendue au-dessus d'elle la branche unique du foudroiement, tu te confonds avec mon amour, cet amour et toi vous êtes faits à perte de vue pour vous griser. Les grands lacs de lumière sans fond succèdent en moi au passage rapide de tes fumerolles. Toutes les routes à l'infini, toutes les sources, tous les rayons partent de toi, Daria-i-Noor et Koh-i-Noor, beau pic d'un seul brillant qui trembles !

À flanc d'abîme, construit en pierre philosophale, s'ouvre le château étoilé.

(Le Château étoilé.)

『大鳥籠』でブルトンは，1936年を代表する自身のテクストして「星型の城」末尾を選んだ。ブルトンはテネリフェの火山，テイデ山に呼びかける。

エンボクやトウダイグサ，オジギソウやチョウセンアサガオ，パンのなる木やレタマ〔エニシダの類〕といった豪奢な植物群がそうであるように，「有史以前へと根を張った」世界最大のリュウケツジュがそうであるように，欲望の溶融や自然の過剰さ，あるいは賢者の石の探求がそうであるように，そして高いものと低いものの弁証法やフラクタルなオブジェの生成がそうであるように，単一性と二元性，本能と精神，現前と表象，反復と差異の概念はみな必然的に，複数の平面や断面，複数の段階や視点や大地（プラトー），複数の感覚や記憶において解消される。カナリア諸島への旅行を語るある 1 つのフレーズは私たちに，平面や断面の多数性を概念化した哲学者がたどった道筋の追跡を可能にしてくれるだろう。「私はいまだ見たことのない（ジャメ・ヴュ）ものの前でこれほど完全なすでに見た（デジャ・ヴュ）ものの印象を経験するのははじめてのことである」[10]。

RAPPORT DU PASSÉ AU PRÉSENT 169

C'est donc le *lieu de passage* des mouvements reçus
‹és, le trait d'union entre les choses qui agissent sur
› choses sur lesquelles j'agis, le siège, en un mot, des
‹es sensori-moteurs. Si je représente par un cône SAB
‹té des souvenirs accumulés dans ma mémoire, la
, assise dans le passé, demeure immobile, tandis que
‹t S, qui figure à tout moment mon présent, avance
e, et sans cesse aussi touche
‹nobile P de ma représenta-
‹elle de l'univers. En S se
e l'image du corps ; et, fai-
tie du plan P, cette image
à recevoir et à rendre les
manées de toutes les images
‹lan se compose.
‹mémoire du corps, consti-
l'ensemble des systèmes sensori-moteurs que l'habitude
‹és, est donc une mémoire quasi instantanée à laquelle
ble mémoire du passé sert de base. Comme elles ne
‹nt pas deux choses séparées, comme la première n'est,

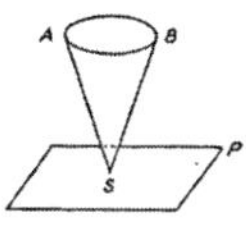

Fig. 4

その仕事の全体を通じて，ベルグソンは「幾千（ミル）の」あるいは「無数の（ミル・エ・ミル）」という言い回しを，単一性あるいは二元性に対立する複数性を象徴するために用いている。しかしながら彼はまた，1 秒のうちに赤色の光が完遂する「4 × 10 の 20 乗回の継続的振動」[11] に対し，千の目や千のバスローブがささやかな多数性でしかないことを知らないのではない。ベルグソンとブルトンが形而上的あるいは詩的な考察において意図的に「千」という数字を用いているとすればそれはおそらく，それが同時に綜合的な単一性と分析的な多様性を喚起し，日常的な体験を表現することができ，想像力を無駄に消耗させることがないからだろう。1896 年，ベルグソンは『物質と記憶』を刊行し，一元論者たちどうしの偽の対立を批判するとともに，乗り越えられた二元論を採用する。イメージや純粋な記憶，純粋な知覚について考察するこの冒険的な著作から，とりわけ運命的な数字の書きこまれた 2 つのフレーズを引用することができるだろう。「我々の感覚の直接的な現在の所与に対し，我々は自らの過去の経験の無数（ミル・エ・ミル）の細部を混ぜあわせる」。「［感覚器官は］巨大な鍵盤であり，そこで外的対象は，幾千（ミル）の音を含んだ和音を

L'IDÉE GÉNÉRALE ET LA MÉMOIRE 181

précédent, pour mille et mille répétitions de notre vie
‹logique, figurées par autant de sections A'B', A"B", etc.,
me cône. Nous tendons à nous éparpiller en AB à mesure
ous nous détachons davantage de notre état sensoriel
teur pour vivre de la vie du rêve ; nous tendons à nous
‹trer en S à mesure que
‹ous attachons plus fer-
‹nt à la réalité présente,
lant par des réactions
‹es à des excitations sen-
‹s. En fait, le moi normal
ixe jamais à l'une de ces
‹ns extrêmes ; il se meut
‹lles, adopte tour à tour
‹itions représentées par
‹ions intermédiaires, ou,
utres termes, donne à
résentations juste assez
‹age et juste assez de
pour qu'elles puissent concourir utilement à l'action

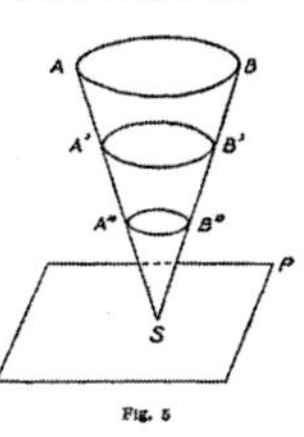

Fig. 5

一挙に奏でるのである」。[12]

『物質と記憶』のよく知られた1節で，ベルグソンは1つの円錐を説明に用いている。この円錐SABにおいて，底辺ABは純粋記憶，あるいは夢の平面を表現しており，動点〔＝頂点〕Sは現在の知覚，あるいは進行中の行為を象徴している。とりわけ哲学者は，円錐のなかに2つの記憶，つまり習慣の記憶と思い出の記憶とが共存していることから，自我は行為への関心の度合い，あるいは夢からの吸引力の度合いに応じて，頂点から底辺まで移動でき，また幾千の断面の1つ，無数の中間的段階の1つに定着できるのであると証明しようと努めている。おのおのの中間的断面は，我々の心的生活のある個別の縮図，あるタイプの反復に対応している。「それはまるで我々の思い出が，我々の過去の生活の，これら無数（ミル・エ・ミル）の可能的縮小図のなかで，幾度でも無際限に反復されているかのようだ」。[13]身体が慣習的な運動のなかに過去を縮小した形で示している先端部での行為と，精神がそのもっとも細かい細部にいたるまで歩んできた人生の一覧を保存している広大な円形の底辺とのあいだにベルグソンは，「さまざまな意識の無数（ミル・エ・ミル）の平面」，生きられた経験「総体の，全体的であるとともに多様でもある幾千の反復」[14]を見つけ出すのである。

対してブルトンの場合，絡まり合った幾千のバラ窓，幾千の光線，幾千の重さを持たないヴィルジニー，幾千の目に見えない，切り捨てることのできない結びつき，幾千のオンディーヌ，幾千のバスローブ，幾千の未知のアングル，幾千の子供たちの目，幾千の白テンの口が，同時に自然状態と想像力の豊饒さ，身体とイメージの近親性，2つの情熱の錯綜，差異と反復の共存，ある全体性の，要するに1つの持続の汲み尽くしえない性格，折り重なった風景の横断，段状になった思考と層状になった詩の発明的で貴重な探索，3718メートルに達する頂上へのいまだ果たされざる上昇といったすべてを表現している。高い頂を頭に乗せたある島を訪問しつつ，ブルトンは彼なりのやり方で，ベルグソンの円錐の無数の断面を踏査する。ただしそこで底辺と頂点の機能は逆転しているのではあるが。垣間見られるにしても，テイデの山頂は実質的に到達不可能なままであり続ける。オロタヴァの谷や中間の段階が踏査されるあいだ，山頂は夢見られている。しかしながらブルトンにおける愛と想像力の情熱はあまりに強いものであるために，彼はテイデ山に同一化し，自らをゆだねてしまう。「すばらしきテイデ山よ，我が命を持ちされ！［……］夜明けにお前が高みで自らをそのなかへと開く，吠え立てる幾千の白テンの口を通し，私の思考が語らんことを。［……］無限へと続くあらゆる道，あらゆる源，あらゆる光はお前から発する［……］震え続ける唯一の輝かしきものの，その美しい頂よ！」[15]テイデ山の崇高なる突端は星形の城へとつながる。円錐の頂点は1つの星を生み出すのである。

印象深い思い出の喚起を表現するために，ベルグソンが輝く点のイメージに訴えているのは奇妙な事実だ。「常に主調となるいくつかの思い出があり，それが中核的な光点となって，そのまわりにその他の思い出がぼんやりした光る星雲となって取り巻いている。これらの中核的光点は，我々の記憶が膨張するにしたがってふえていくのである」(16)。かくして純粋な記憶の源にまで，原則的には近づくことのできない円錐の底辺にまで赴く勇気を持てるほどにも世界から切り離された自我は，自らの過去の人生という素晴らしい星空を眺めることができるだろう。しかし『物質と記憶』の著者と『狂気の愛』の話者の比較はそれだけでは終わらない。ベルグソンは円錐のなかで自我によって行われる2つの運動を描写している。片方は習慣に訴える並進のそれであり，もう片方は記憶を巻きこむ回転のそれである。ところで貝殻に擬せられたテネリフェ島についてのブルトン的トポロジーは，ベルグソンの円錐による心理学的かつ超心理学的な探究ときわめてよく似ている。「われわれは島の螺旋状の貝殻の内部に飛びこんで，その最初の3つ4つの大きな渦巻しか踏破していない。だが，そのとき貝殻が2つに割れ，切断されて姿を現わし，半分はすっくと立ち，他の半分は目もくらむような海の皿のうえで規則正しく漂っている」。(17)

ブルトンとベルグソンのあいだには，ある精神的な共同体がある。1919年，詩人は今は亡き友人ジャック・ヴァシェの『戦争書簡』への序文をこんなふうに書きはじめている。「諸世紀の雪の玉は転がりながら，人間たちの小さな足跡をしか集めない」。(18)またナント出身のダンディーな友人が急死した衝撃のもとに，「転がる石はコケを集めない〔＝生やさない〕」という諺をモデルとしながら，ブルトンは長い持続の生み出すわずかな結果を嘆いてみせる。しかしながら彼は，まさしく『創造的進化』冒頭でのベルグソンと同様に，時間の流れを雪の球の巨大化と結びつけている。「時間の道筋をたどりながら，私の精神状態はそれが取り集める持続で休むことなくふくらんでいく。それはいわば自分自身を使って雪の球を作るのである」。(19)まして1926年，ブルトンはスノー・ボール〔＝雪の球〕と呼ばれるみやげもののレディメイドに魅せられていたようだ。それは風景を閉じこめたガラスの球で，わずかに揺すっただけでも紙くず状の沈殿物を舞い上げ，なかの景色や建物にそれを振り掛けるのである。事実シュルレアリスム出版の刊行物として，彼は画家たちや，ましてナジャにさえスノー・ボールを作るように要求し，それぞれを百個ほど製造しようと考えた。他方ベルグソンはといえば，1900年の『笑い』のなかで子供の遊戯にはっきりと結びついた3つの喜劇的手法を分析していた。その遊戯とはびっくり箱，操り人形，そして「回転し，回転しながらふくらんでいく」雪の球である。彼は雪の球から，やがて鉛の兵隊の行列へ，それから崩れ落ちる危険をはらんだカードの城へと話を移すのだが，つまり雪の球の増幅的で驚くべき喜劇性は，破壊的効果のダイナミックな伝播にはっきりと対応させられているのである。

ブルトンの場合同様ベルグソンにおいても，土産物屋のスノー・ボールは，転がりながらふくらんでいく冷ややかな雪の球からたすきを受け継いでいる。それは哲学者にとって，かの円錐の無数（ミル・エ・ミル）の断面全体に等しいとはいわないまでも，少なくともそれら断面の 1 つに，我々の過去の総体的反復の 1 つに等しいといえる。シュルレアリストたちはというならば，キラキラした光に包まれた街の断片であり，粉末状の物質に依存した記憶であるこの雪の球によって，想像的なもののうえに据えられた 1 つの新世界，一群の持続からなるモデルニテを，片手のなかにすっぽり収めたいと考えたことは間違いない。シュルレアリスムのスノー・ボールは透視用のオブジェなのである。スノー・ボール，あるいはガラス球，それはちょうどオーソン・ウェルズの『市民ケーン』におけるそり「ローズバッド」[20]のように，子供時代の鍵を握っている。水晶球は持続を濃縮し幻を引き起こす。女占い師の使う水晶球については，1933 年 2 月 5 日にシュルレアリスム・グループのなかでアンケートが行われた。質問の 1 つは水晶球に対応する時代はいつかというものだった。注目すべき回答が 2 つある。ブルトンは「999 年の人々が待ち望んでいたものとしての紀元 1000 年」と答え，他方ダリにとって水晶球は「時間の観念それ自体，その非合理的観念」なのであった。

ベルグソンの分析の影響を，我々はブルトンだけでなく彼のダダイストのパートナー，マルセル・デュシャンに見出すことができる。『意識の直接的所与についての試論』のなかで，重さの感覚における量と質とを区別しようとしながら，ベルグソンはこんな実験を想像する。「あなたは屑鉄でいっぱいにしたものだと説明されたうえで，ある籠を持ち上げる。ところが籠は実際はからである。するとあなたはそれを手に取りながら，あたかも見知らぬ筋肉があらかじめその操作に関与していて，それが突然失望を味わったとでもいうかのように，均衡を失った印象を持つだろう」[21]。1922 年 11 月 17 日バルセロナで，「近代の発展とそれを分かち持つものの性格」と題された講演を行ったとき，ブルトンはピカビア，マックス・エルンスト，マン・レイ，マルセル・デュシャンを賞賛しているが，彼はそこでデュシャンについて，「豊かな驚きを備えた」実作，私たちとしては最初のシュルレアリスム的オブジェと呼んでいいだろうと思うある実作を思い返している。「ここで思い起こされるのは，マルセル・デュシャンが友人を呼び集めて，1 つの鳥籠を見せたときのことです。そのなかには鳥がいないかわりに，半ばまで角砂糖が詰まっているように見えたのですが，いわれるままにこの鳥籠を持ち上げてみると，驚いたことにひどく重い，つまり角砂糖だと思っていたものが実は，なんと大理石の小さな集塊であったというわけです。デュシャンは大金をつぎこんで，大理石を角砂糖の大きさ

マルセル・デュシャン《ローズ・セラヴィよ，なぜくしゃみをしない？》，1921年。角砂糖に見せかけた大理石は，ベルグソンの想像した実験を裏返したものともいえるのではないか。

に切り刻ませたのでした。この悪戯は私にとって，他の所業，いやほとんど，芸術の業の一切を併合したものにも等しいのです」[22]。デュシャンにおける鳥籠の計量は，要素を逆転させた形で，1889年にベルグソンが想像した実験を再現している。実験の対象者は，画家の場合は重さによって，哲学者の場合は重さの不在によって狼狽させられる。またデュシャンが，《花嫁は彼女の独身者たちによって裸にされて，さえも》において重力の操作者ないし世話人に決定的な役割を割り振ったそのあとで，大理石の破片を積みこんだ鳥籠を作ろうとしたことも理解できるだろう。しかしながら，「冷たい」大理石のかけらのなかにもぐりこませるようにして，鳥籠に温度計を仕掛け，しかもそのオブジェに *Why not sneeze ?*（《なぜくしゃみをしないのか？》）という奇妙なタイトルを選ぶことで，デュシャンはベルグソンが試みた感覚についての実験的研究を継続している。そして最後に，この哲学者の根本概念の2つが記憶と持続であるとするならば，鳥籠と砂糖とはそれを象徴していると認めることができるだろう。プラトンの『テアイテトス』以来，大鳥籠は記憶を指示するものであり，また持続についていうならば，「私は砂糖が溶けるのを待たねばならない」というベルグソンのフレーズに，永久に結ばれているのである。

すでに1913年，フォークを上下逆にした自転車の車輪をスツールのうえに据えつけることで，デュシャンはレディメイドを発明した。アーティストの選択のみによって芸術作品の地位へと押し上げられたその他の規格品が，このあとに続く。瓶掛け，雪掻きシャベル，便器，等々である。さて「レディメイド」，すなわち「出来上がったもの」のフランス的伝統は，まさしくベルグソンの主要な関心事の1つと切り結ぶものだ。『物質と記憶』における円錐の分析の最中に哲学者は，「出来あがったものにしか関心を示さない心理学，事物しか知らず，進展を知らない心理学」[23]は，円錐のなかを動き回る精神の運動を捉えることはできないと明言している。さらに『創造的進化』において，彼は出来あがったものの実用的で幾何学的で回顧的な性格を，出来つつあるものの創造的で本能的で自由な行為とはっきり対立させる。「我々の意識がいくらかでも自分の原理に合致するためには，出来あがったものから離れて出来つつあるものに寄りそわなければならない」[24]。出来あがったものはベルグソン的持続を窒息させるが，デュシャンに対しては日用品が持つ探知と占有の崇高な能力を啓示する。レディメイドはアーティストと技術者のどちらの肩も持つことはない。何千組，あるいは何万組と作られるにしても，レディメイドはそれを選んだものに，掘り出し物としての，目の眩むような，しかも執拗な効果を及ぼす。漠然と気を引かれ面白がって見つめる人の場合にも，規格品の既視感はおそらく，まさに反復から差異が生まれるのだと示唆することになるだろう。

1912年－1915年という日付を持ち，1934年の「グリーン・ボックス」に収録されたデュシャンの手書きのノートには次のように書かれている。「花嫁は彼女の独身者たちによって裸にされて，さえも：大量生産の〔＝系列をなした〕出来あいのものを，見つけられたものから遠ざけるために。――遠ざけることは1つの操作である」。定式は高度に曖昧なものだ。距離を置くことなのか，あるいは引き裂かれることなのか。2つの項のどちらが排除されているのか。事実この時期，デュシャンはピカビアと同様に，美術の体系に別れを告げる。絵画一般，とりわけキュビスムを，彼は大量生産の出来あいの品に分類し，激しく拒否していた。彼はそこから距離を取り，出来合いのものに見つけられたもののあり方を適用する冒険を試みるのである。しかし，大量生産の出来あいの品というフィールドで網膜的絵画に平然と立ち向かうレディメイドが一瞬のうちに実現されるのだとしても，《裸にされた花嫁》は際限のない準備作業ののちに，長い時間をかけて開示される。ましてデュシャンは当時，大ガラスの副題として，つまりは《花嫁は彼女の独身者たちによって裸にされて，さえも》のいい換えとして，「ガラス製の遅延」という表現を提案していた。彼は芸術に対立する立場に立ち，芸術の優位〔＝前渡し〕を拒否し，その保証〔＝手付金〕を受けつけない。彼は芸術よりも，保留と秘密と持続にもとづく世界観を好んだのである。

1925年の「女見者〔＝占い師〕たちへの手紙」のなかでアンドレ・ブルトンは，未来によって不意に捉えられたように感じている。「すでに私がそうなるであろう人間が，私がそうである人間を意のままに従わせている」。(25)他方ベルグソンは，1911年5月29日の講演「意識と生命」の際に，意識に対して二重の役割，維持と予測の役割を認めている。「意識とはまず記憶を意味します［……］。しかしあらゆる意識は未来の先取りです。［……］未来はそこにある。それは我々に呼びかけます。あるいはむしろ，その方向に我々を引き寄せるのです」。(26)さらに『創造的進化』においてすでに，彼は生成の力強さを認めていた。「現実的な持続とは，事物に噛みつき，そこに歯形を残すようなそれである」。(27)ベルグソンの持続概念やブルトンの客観的偶然概念が表現する，時間への生き生きとした鮮烈な関係は，「千」や「一」，「二」といった数字のなかに刻まれている。ベルグソンとブルトンにとって，記憶の円錐のなかを動き回る自我，あるいは「心の劇場」へと踏み入っていく自我は，自らの存在の幾千回もの反復の1つに立ち会うことができる。自我が何を感じ，語り，行うにせよ，この反復からは，ある新しい奇妙な持続が生まれるだろう。「予測できない新しさの持続的創造」を免れることはありえない。この比類ない（ユニーク）瞬間，ブルトンはそれを唯一（ユニーク）の相互的な愛に結びつけようとする。こうしてシュルレアリストたるレヴュー演出家は，『狂気の愛』の最初の数行からすでに喚起されている「心の劇場」で，あるミュージック・ホールの舞台の幻想を見るのだが，そこでは大がかりなレヴューの7人ないし9人の男役と，7人ないし9人の女役が向かいあっていた。「黒い衣装」の男役たちはブルトンが 7 回あるいは 9 回にわたってそれであった愛する男を人格化しているのであり，「明るい化粧」の女役たちはおのおの彼の恋人だった女性を表現している。複数の愛する男をいかにして統合すればいいだろう。7 人ないし 9 人の恋人の女性たちおのおのを，いかにして裏切らずにいられるだろう。『狂気の愛』の見事な表現でいうならば，「時間という背信的なブランコでの体勢立てなおし」(28) を試みることのできる生きた男がいるだろうか。ブルトンは自分がそうであった愛する男の誰か 1 人を，あるいは彼を打ち捨てたり彼が別れを告げたりした恋人の誰か 1 人を，どこか無意識の片隅に押しこめておこうと願ったりしない。ベルグソンにならい，彼は完全な記憶を夢見る。しかしまた哲学者と同様に，現在の瞬間，現在の情熱に，その注意のすべてを傾ける。時間の印を押された 1 つの解決が，彼の目に描き出される。当人は自らを取り戻し，「これらすべての女性の顔のなかにたった 1 つの顔，一番最近に愛した女性の顔のみ」(29) を発見するのである。

ブルトンの心の劇場のなかで，7 人あるいは 9 人の男役が 7 人あるいは 9 人の女役をじっと見つめる。同じような儀式が，デュシャンによるガラス製の遅延のなかでもまた展開しているように思える。そこでは「9 つの雄の鋳型」，または独身者の機械，ないし制服あるいは従僕の服の墓場が，〈花嫁〉の「力＝内気さ」を剝き出しにし，「欲望する花嫁」の幻想を開示するのである。我々はブルトンの持続，デュシャンの持続，ベルグソンの持続の奇妙な出会いに立ち会わねばならない。1930 年，コントないし夢想の形をしたテクストであり，想像力を褒め称えた（「想像的なものとは現実的になろうとするもののことである」(30)）テクストである「いつかいつかあるところに」のなかで，ブルトンは「しかし明日の雪いずこにありや」と自問する。詩人は我々を，パリ近郊のどこかに見つけて借り受け，自分の趣味のままに改装した所有地へと誘いこむ。それは「今日の盲目的建築，かつてのそれよりはるかに愚かしくけしからん建築物」の逆を突くような，建築家や装飾家の夢である。まるで，望ましい現実的な未来へと顔を向けたものである「いつかいつかあるところに」というコントが，1923 年の詩「幾度も幾度も（ミル・エ・ミル・フォワ）」に応えているかのようだ。それは解読と記憶の詩であり，こんなふうにはじまっている。

夕方には 11 の神秘な記号が住まう塔に戻る
足跡の覆いのもとで
私が手のなかにつかむと消えていく雪が
私の熱愛するこの雪が夢を作り出し，私はその夢の 1 つである(31)

『シュルレアリスム革命』第1号（1924年）に掲載されたブルトンの夢のなかで,「空とぶ小便器」を運転していたのはジャック・ヴァシェなのか。ページを飾っていたのはマン・レイの撮影した女性の豊かな裸体だった。

第6章　ブルトンはヴァシェの夢を見る

1924年12月1日付けの『シュルレアリスム革命』第1号に，ブルトンはおそらくその年に見たものと思われる3つの夢を掲載した。2番目の夢の冒頭でブルトンは，パリのどこかの駅近くで「空とぶ小便器」を発見する。2つ目の動く公衆便所を見つけた彼は，その移動をはなはだ不安なものに感じて運転手に乗り物を放棄するよう説得し，これに成功する。「それは30才に満たない男性で，問いかけられても受け答えは実に曖昧だ。彼は軍医だというが，たしかに免許証を持っていた。我々のいる街の出身ではなく，「僻地」から来たというのだが，それがどこかは明言できないのだった」[1]。

この軍医，「僻地」から来たというこの30才に満たない男とは誰であろうか。それは間違いなく，1895年に生まれ1919年1月6日にフランス・ホテルで死んだ人物，ジャック・ヴァシェその人だ。死後間もなくその遺体は，ブルーセー軍属病院に移送されたのだった。ましてブルトンは1919年1月19日，ナントのブルーセー病院医務長から電報を受け取っていたことがわかっている。夢のもう少し先で，ブルーセーの名は再びほのめかされている。「私は質問を続け，『僻地における』彼のスケジュールを聞き出そうとするが，成功しない」[2]。

「ジャック・ヴァシェは私のなかでシュルレアリストだ」という1924年10月における『宣言』での告白以来，「hなしのユーモア（Umour)」の発明者が，覚醒時でも夢のなかでもブルトンにつきまとっていたかもしれないと想像することはたやすい。すでに1920年8月の「ダダのために」と題した記事は，ジャック・ヴァシェがパリの交通機関で乗客を引率していたと語っている。「ときおり私は彼を思い出す。路面電車のなかで，田舎の親たちの旅行案内をしながら，『サン＝ミシェル大通り，エコール街』などといっている彼――窓ガラスが共謀の目配せを送る」[3]。だが1923年の「侮蔑的告白」に含まれる次のフレーズが示しているように，ヴァシェの見かけは多様なものだ。そこでは「ときに応じて」という表現が強調されている。「ナントの町を，彼は**ときに応じて**，騎兵将校や，航空飛行士や，軍医の制服で闊歩した」[4]。

1948年に『戦争書簡』が再版されたとき，ヴァシェと最後に会ってから30年後のことだが，ブルトンはこの書物への最後の序文を書いて，それを当然のように「30年後」と題する。1924年の夢と1948年のテクストはきわめて深く交錯しあっており，互いが互いの鍵を握っているといえるほどだ。ましてブルトンは1948年に，自分がずっと以前からヴァシェに関わる夢を見てきたし，彼がそこにいるという幻覚を持つことさえあったと率直に告白している。「私がかつて夢のなかで到達しえた，疑いようもなくもっとも高く輝かしい頂は——残念なことに，こういう経験はだんだん間遠になっているが——，どう考えても死んだと考えざるをえないにもかかわらず，ジャック・ヴァシェが死んでいないという突然の啓示から立ち現われた。彼は，突然その消息を知らせて来たり，あるいはどういうふうにしてやって来るのかわからないが私のそばに来たりしていて，扉のかげで自分を認めさせ，それが彼であることについての疑いを一瞬にして消し去ってしまうような，何かよくわからない全能の合言葉を口にするのである」[5]。

1924年の夢のなかの，ヴァシェを描いた最初のフレーズを思い起こそう。「それは30才に満たない男性で，問いかけられても受け答えは実に曖昧だ」。一方「30年後」の最初のパラグラフの終わりは次のようになっている。「しかし彼が背中を向けるやいなや，私は不安に捕らわれる。私は彼に連絡を取るためのアドレス1つ知らないのであり，あいかわらず彼の意のままだ。彼は私を曖昧な状態に取り残すのである」[6]。ブルトンがあらためて「曖昧な」という語を強調しているのがわかる。ヴァシェが1つの物語（レシ）から別の物語へと循環していることを示す，決定的とはいわないまでも重要な指標をつけ加えておこう。1924年，今まさに出発しようとしているかのように階段を上り下りしていた軍医はブルトンにこう告げる。「正直にいいますがね，君（シエール・アミ），私はとても空腹なのですよ」。夢のなかのブルトンはこう続ける。「こういいながら彼は，私がまったく注意を向けていなかった麦わらでできたスーツケースを開ける」。1948年にも同じ場面が繰り返されているように見える。「さらに彼がもうすぐまた旅立ってしまうことは了解済みだ。『認めてくれるでしょうがね，君（シエール・アミ），今の状態では……』私は彼が手にスーツケースを持っていると思う。とても軽いやつだ」。疑う余地はない。ジャック・ヴァシェという1人の同じ人物が，1924年には麦わらでできたスーツケースを，1948年にはとても軽いスーツケースを持ち運んでいる。ましてどちらの状況でも，彼は親しげな「君（シエール・アミ）」という表現を使う。そして最後に，1924年の夢と1948年の序文で目印となっている「曖昧な」,「スーツケース」という言葉が，いつでも待ち構え旅立とうとしている脱走者，最小限の荷物だけを持った逃亡者たるヴァシェを，これ以上ないほど巧みに描き出しているのである。

1924年の夢でブルトンは軍医に，おそらくあなたは病気なのだと納得させようとする。ヴァシェはまずそれに抵抗するが，やがて認める。「せいぜい私は全身麻痺といったところでしょうね」。そこでブルトンは反射神経の検査をしてみるが結論にはいたらない。ある意味夢のこのエピソードは，1916年の，ボカージュ通り103番乙にあった野戦病院での，軍医見習いブルトンと戦争負傷者ヴァシェの出会いを再構成している。とりわけ全身麻痺という診断は——それは梅毒から来る病気だが——1917年6月23日の夜の出来事を思い出させる。その夜ヴァシェはまさしくパリのある駅の近くで，1人の「少女」を助けに駆けつけた。「侮蔑的告白」で報告される幼いジャンヌとジャックの物語は，こんなふうに終わるのだった。「[……] 彼はいつもと同様うしろを振り向くことなしに，彼女が自分の人生と……そしてアトリエでの2日間を彼のために犠牲にしたといっているのを気にすることもなしに立ち去っていった。私は彼女がその見返りに，彼に梅毒を与えたと考える理由を持っている」。[7] フロイト的な観点からするならば，1924年の夢に現れる「小さなサイズの小便器」，「新しいとても優雅なモデル」といった表現を，16才か17才だったジャンヌと同一視することができる。「空とぶ小便器」の運転手，またの名ジャック・ヴァシェは夢のなかで，1917年6月に梅毒にかかったのかもしれないという仮説を検討しているのであるから。

『磁場』がジャック・ヴァシェの思い出に捧げられていたことをもう1度確認しよう。ブルトンはこのテクストで，感動をこめて友人を喚起している。「私の傍らを通り過ぎていったあらゆる通行人のなかでもっとも美しいその男は，消え去り際に私の手のなかに，この髪の房，それがなければ私はあなたにとって失われてしまうであろうこのアラセイトウの一束を残していった。彼は当然ながら，私の前で引き返さざるをえなかった。私は彼を思って涙を流す」。[8] ヴァシェの遺体がブルーセー病院に搬送された数カ月のち，ブルトンはもう取り返しがつかいないのだと認めているようだ。友人は彼の前で「引き返した（ルブルーセー）」のだから。だがすでに見た通り，1920年8月にブルトンは，カルチェ・ラタンのあたりで路面電車のなかにヴァシェを「再び見出す」。1922年9月30日，彼は自分とヴァシェとの関係について，何度となく霊媒ロベール・デスノスに問いかける。「ジャック・ヴァシェは死んだんだ，知ってるかい？」という質問に，眠ったままの書き手はだんだんと腹を立てながら十数回にわたって「ノン」と書きつけ，3本もの鉛筆を折ってしまう。1924年の夢のなかで軍医が口にしたことを続けて読んでみるだけで，ヴァシェが死んではおらず，健康に腹を減らしていると知ることができる。彼は言葉だけでなく行為によって意図を示そうとし，ワラでできたスーツケースからローストしたウサギの背肉を取り出してむさぼるのだった。「茂み（ブルース）から」，「せいぜい私は全身麻痺といったところでしょうね」，「茂みのなかで」，「小エビ5匹のコレクション」，「正直にいいますと，私は空腹なのですよ」，「いえ，それは5つしかありません，これですよ」，「あなたはいつでも巨大な宝石のせいで，それが犯罪者だとわかるでしょう。死は存在しないことを思い出してください。反転可能な感覚があるだけです」。[9]

1924年の夢は1917年6月23日における「少女」の庇護者の大胆さを，かの有名な羊飼い殺しジョゼフ・ヴァシェの暴力を，1919年1月6日のアヘン吸引者の渇望を，ハリー・ジェイムズないしジャック・トリスタン・イラールの若々しい精神を顕在化させている。「死は存在せず，反転可能な感覚だけがある」とはつまり，ヴァシェはブルトンのなかでシュルレアリストであり，ブルトンはヴァシェのなかでダダイストだという意味になろう。「30 年後」のなかでブルトンは，ある日ネヴァダ砂漠の真っ只なかのバーで，ジャック・ヴァシェが姿を現すのをどんなふうに予期していたかを語っていた。バーのマスターはなんだか「陽気（イラール）」であり，おそらく気紛れなハリー・ジェイムズとつきあいがある。30 年前にやって来たときは体を壊していたのだが，その後は回復し，「今では生きたままのアリを大量に呑みこむことで」健康を維持している。ヴァシェがふたたび姿を現すための条件は整っていた。アリを食べる男の食欲は，スーツケースに小エビとウサギの背肉を入れていた，1924 年の軍医の激しい空腹に対応している。

「死は存在せず，反転可能な感覚だけがある」という軍医ヴァシェの所見は，1924 年 12 月に発表された，ブルトンのこのほか 2 つの夢にも完全に適用可能だ。夢の 1 つは埋葬の場面だが，そこでは棺に座った死者が「左右に代わる代わる振り向いては通行人に挨拶をしている」のであり，もう 1 つの夢でブルトンは，ピカソの幽霊と出会い，アポリネールの幽霊と言葉を交わしたのちに，彼を「引き返させ（ルブルーセー）」ようとする若い女性たちと争うことになる。さらに今後の議論にとって重要な，次の事実を指摘しておくこともできる。『シュルレアリスム革命』の誌面上で，死者と生者が当たり前のようにコミュニケーションしているブルトンの 3 つの夢の直前には，ジョルジョ・デ・キリコによる夢語りが置かれているが，そこでこの形而上絵画の画家は，久しい以前に亡くなった父親に再会するのである。

生きたままのアリを食する，「なんだか陽気なこの男」，ジャック・ヴァシェの登場を予告するネヴァダ砂漠のバーのマスターは，「上半身裸で，キリコの《子供の脳髄》の人物を思わせる恰幅のいい男」として描かれているが，そうしてみるとヴァシェの登場が，かつてブルトンに，自分はナポレオン 3 世やカヴールの幽霊と「継続的な交渉」を持っていると打ち明けていたこの画家の印のもとに置かれているのも驚くには当たらない。とはいえデ・キリコの絵画とブルトンの夢が 2 度までも，しかも構造的に干渉しあっているというのはやはり驚異的な事実だ。事実，『リテラチュール』新シリーズ第 1 号と『シュルレアリスム革命』第 1 号の巻頭，ないしほとんど巻頭に，それぞれブルトンの夢 3 篇が掲載されているが，1922 年の夢は《子供の脳髄》の図版によって，1924 年のそれは画家の父親との対決の夢によって先立たれている。まして口ひげをたくわえた上半身裸の男の姿を切り取っている《子供の脳髄》は，空飛ぶ小便器の夢のイラストとして利用されている，マン・レイ撮影による均整の取れた抜き出しの女性の乳房と，正確に対をなしているのである。

1941 年 8 月，ニューヨークでのインタビューのなかでブルトンはこう語っている。「キリコの絵画でももっとも 1914 年的なものである[10]《子供の脳髄》がいつでも私

「30 年後」で語られるヴァシェ帰還の夢に現れた，デ・キリコ《子供の脳髄》を思わせる恰幅のいい上半身裸の男。それは『シュルレアリスム革命』で「空とぶ小便器」の夢を飾っていた女性の裸体と結びつくのかもしれない。

に及ぼしてきた魅力のなかで，半分まで引かれたカーテンもまた大きな役割を果たしているのではないかと考えています（私はラ・ボエシー通りのあるショーウィンドーにこの絵を見かけ，押さえがたい力に背中を押されるようにしてバスを降りると，それを眺めるためにもとの場所に戻ったのです）」。[11] 1953年12月1日，ロベール・アマドゥーへの手紙のなかでブルトンは，「日常的な魔術」をもっとも強く充塡された絵画である《子供の脳髄》の重要性を指摘する。《子供の脳髄》の人物はデ・キリコの父親とナポレオン3世のあいだで引き裂かれているが，1917年に《亡霊》と題されたあるデッサンのなかにふたたび現れていることを，ブルトンは思い起こしている。ずっと以前に入手し，1939年の『ミノトール』誌にカラーで掲載されていたこの1914年の油彩は，彼のベッドの横に掛けられていた。『半世紀のシュルレアリスム年鑑』でブルトンは，読者に対してこのタブローの手を加えたヴァージョンをすら提示し，「1950年：《子供の脳髄》の目覚め」というキャプションを加えた。うつらうつらと目を閉じていた上半身裸の男は，このときはじめて目を開いた。しかもブルトンが明言しているところでは，「誰も，あるいはほとんど誰も，この変化に気がつかなかった」のだという。

1922年3月，上半身裸で目を閉じた，口髭のある1人の父親の肖像としての《子供の脳髄》は，ブルトンの3篇の夢を予告する。1924年12月，デ・キリコが自分の父親と再会した夢は，ブルトンのやはり3篇の夢に先立って置かれた。そしてその2番目の夢，すなわちヴァシェが空飛ぶ小便器を運転するそれは，女性の裸の胴体によって飾られている。1938年，重要なアンソロジーである『夢の奇跡』のなかで，またしてもデ・キリコのタブローである《ある夢の純粋性》は1937年2月7日のブルトンの夢の直前に置かれた。それは夢見た本人によって，「炎が広がるなかの，フェラチオをしあうライオンの格子によってオーロラと結びあわされた樹状構造」と要約される夢である。最後に1945年7月，ネヴァダ砂漠の真っ只なかで，デ・キリコが1914年に描いた人物の生まれ変わりを前にして，ブルトンはジャック・ヴァシェが姿を現すのを待ちかまえている。我々の考えるところでは，1945年のネヴァダ砂漠のエピソードと，1924年の空飛ぶ小便器の夢，そしてそれぞれ1914年と1915年に描かれた《子供の脳髄》や《ある夢の純粋性》といったタブローは，一連なりのオートマティックな持続に属している。それはブルトンやデ・キリコ，ヴァシェといった人物の主観性によって大胆にも採用された，あるいは磁化された持続である。1924年，1914年，1948年あるいは1945年の持続は，孤立や忘却を運命づけられているどころではなくて，競合しあい支えあっている。

数年の間隔を隔てて，まずはアンドレ・ブルトンを，ついでイヴ・タンギーをバスから降りるように強いたデ・キリコのタブローについて，詳しく見てみよう。口髭とあご髭をたくわえた父親は，上半身裸で左腕をだらりと垂れ，目を閉じて動き

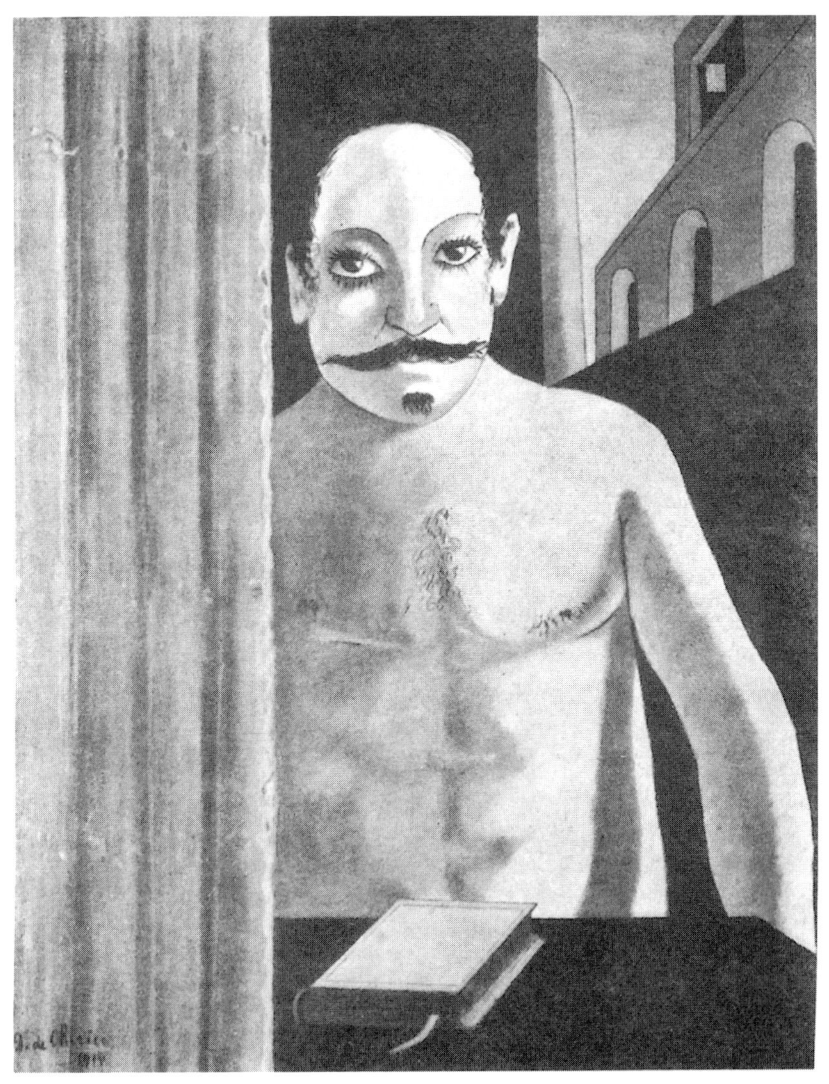

そして《子供の脳髄》は「目覚め」る。しかしブルトンの実験に気づいたものは決して多くなかった。

をとめている。まったくもって真剣そのものの彼は，あるいは我々の目の前で，小便をしているのではなかろうか。半分引かれたカーテンが眠りこんだかのような男の右腕を隠しているとすると，手前の棚のうえには黄色い表紙の本が置かれ，それに挟まれた栞が我々の方に向けられているわけだが，その棚は尿瓶を隠しているのだろう。ここは公衆便所の閉じた空間なのかもしれない。

ラ・ボエシー通りを走るバスのなかから，ブルトンとタンギーはこっそりとポール・ギョーム画廊のウィンドーに，上半身裸で小便のポーズを取った人物の姿を認める。その人物は，のちにネヴァダ砂漠のバーのマスターに対して用いられる表現でいうならば，「不安にならずにはいられないような」存在だ。バスとこのタブローとの共謀関係は，1924 年の夢にも表れている。それは公衆便所を探しているブルトンが，実際にバス＝公衆便所に乗りこむ瞬間のことだ。彼はこう断言する。「何にせよそれもまた普通の乗り物なのであり，私はむしろデッキの部分にとどまることにする」。こうして彼は 2 台目のバス＝公衆便所の「不安な動作を目撃し」，そこからステップに下りて軽率な運転手すなわちジャック・ヴァシェに呼びかけるのである。

1924 年の夢のおかげで推測し観察できるのはだから，ナポレオン 3 世でない限りはデ・キリコの父親に違いないこの眠そうな男が，ブルトンとタンギーを別にすればいかなる絵画愛好者や道行く人の注意を引くこともなしに，小便をし続けていたという事実だ。反対に，《子供の脳髄》と，この人物の 1945 年におけるネヴァダのバーの上半身裸の男への受肉のおかげで，1924 年の夢のなかでのブルトンとヴァシェの関係をさらにはっきりさせることができる。ジャック・ヴァシェとアンドレ・ブルトンは，ジョルジョ・デ・キリコとその弟アンドレア・デ・キリコ，すなわちアルベルト・サヴィニオと同じほど引き離しがたい。ましてや 1914 年，ジョルジョが《子供の脳髄》を描いているまさにそのとき，音楽家であり詩

人であるアンドレアは，『半死者の歌』の「劇的場面」を出版した。『黒いユーモア選集』のアルベルト・サヴィニオに関する註釈が示すであろうように，幻覚的で幽霊じみたこれらの『歌』の登場人物のなかには，《子供の脳髄》の額の後退した父親と似かよった「禿げた男」や，「手には蝋燭を持ち，寝間着で」登場してくる小さな男の子が含まれている。

ジョルジョの描いた，眠そうで無表情な，不気味だが心を惑わす謎めいたある父親の肖像画に，「寝間着を着た少年」の象徴的で残酷なシークエンスがつけ加えられる。アンドレアの描き出すところによればこの少年は，スリッパの裏で「壁をはい回るザトウグモ」を踏みつぶし，次に震えながら「ぺしゃんこになった虫が触角（アンテナ）を動かしている」[12]のを観察する。奇妙なことだが 1924 年の終わり，ブルトンが『現実僅少論序説』の最初の段落で，断末魔のザトウグモを崇高な姿で登場させていることを指摘しておこう。[13]事実，「無線」電信の比喩を延長しつつ，詩人はかわるがわる「時の黄金」や「海岸の砂」，「絡みあった何匹かのザトウグモ」，「面積の広いアンテナ」を喚起している。デ・キリコ兄弟が父親の幽霊に出会うとき，ダダイストたるブルトンは無線技士であるパートナー，ジャック・ヴァシェからのシュルレアリスム的なメッセージを受け取るのである。

ヴァシェ＝ブルトンというカップルの運命は，デ・キリコ兄弟のそれと似かよっている。『黒いユーモア選集』でアルベルト・サヴィニオに捧げられた註釈の最初のフレーズがそれを証言している。「いまだ形成途上にある現代のあらゆる神話はその起源において，ほとんど分離の不可能な 2 つの作品，アルベルト・サヴィニオとその兄ジョルジョ・デ・キリコの作品に支えられている。これらの作品が頂点に達したのは 1914 年の戦争の前夜だった」。[14]またこのフレーズを模したものともいえそうな，「30 年後」の最初のフレーズについても，同じことがいえる。「私がかつて夢のなかで到達しえた，疑いようもなくもっとも高く輝かしい頂は——残念なことに，こういう経験はだんだん間遠になっているが——，どこから見ても死んだと思わざるをえないにもかかわらず，ジャック・ヴァシェが死んでいないという，突然の啓示から立ち現われた」。[15]同じ運命が 2 人のデ・キリコとヴァシェ＝ブルトンのカップルとに襲いかかった。半死状態がそれぞれ年長の方をなぎ倒す。ジョルジョについては精神的な，ジャックについては物理的な死だ。1919 年 1 月 6 日 18 時ごろ，ロシュフォルディエールの医師はフランス・ホテル 34 号室で，ジャック・ヴァシェを蘇生させようとするが叶わなかった。他方『シュルレアリスム簡約辞典』において確認されるであろうとおり，ジョルジョ・デ・キリコの絵画作品は「1918 年に終わった」のである。

「しかしながらキリコは，幽霊が扉以外の場所から入ってくることができると考えることができない」。『リテラチュール』1920 年 1 月号に見られるアンドレ・ブルトンのこの註記は，突然「戸口のところで自分をそれと認めさせる」ジャック・ヴァシェの幽霊にも適用できるに違いない。『現実僅少論序説』で夢に現れたオブジェ，すなわち 1 冊の奇妙な書物を実際に製作する計画を論じたブルトンは，1935 年 7 月，ある夢の 1 シーンを物質化し，「夢＝オブジェ」を実現しようと決心する。彼が形にした模型はあるホテルの廊下を表現していて，両側面には 2 つずつの，突き当りには 1 つの扉が設置されている。左から見ていくと，最初の 2 つは半開きになっていて，「行方不明 disparu」という言葉の貼りつけられた 3 番目の扉はわずかだけ開かれている。4 番目は羽目板式に開かれ，5 番目には覗き窓が開いている。こうした舞台装置が，ジャック・ヴァシェ再登場のための条件を寄せ集めたものであることは間違いない。〔ヴァシェが帰ってくるのは，〕メガネザルのイメージが鏡に映りこんでいる 2 番目の扉かもしれないし，「行方不明」の扉であるかもしれない。

1924 年の夢のなかで，空飛ぶ公衆便所の無分別な運転手は「30 才になっていなかった」。1895 年 9 月 7 日に生まれたジャック・ヴァシェは，1919 年 1 月 6 日に死亡しているにもかかわらず，そろそろ 30 才になろうとしている。「30 年後」はその草稿の日付からすると 1947 年 9 月 26 日に書き終えられているが，もしヴァシェが 1945 年 7 月にネヴァダのバーに現れたとしても，1918 年以来外見は変わっていなかったろうと断言していた。これはもちろん 30 年来バーのマスターが続けてきた食餌療法によって説明される。生きたアリを食べる男は，「80 才だと主張するのだが（彼は証拠として出生証明書を見せてくれた），30 才は若く見え，そして 30 年とはまさにこの孤独のなかで彼が過ごしてきた年月であ

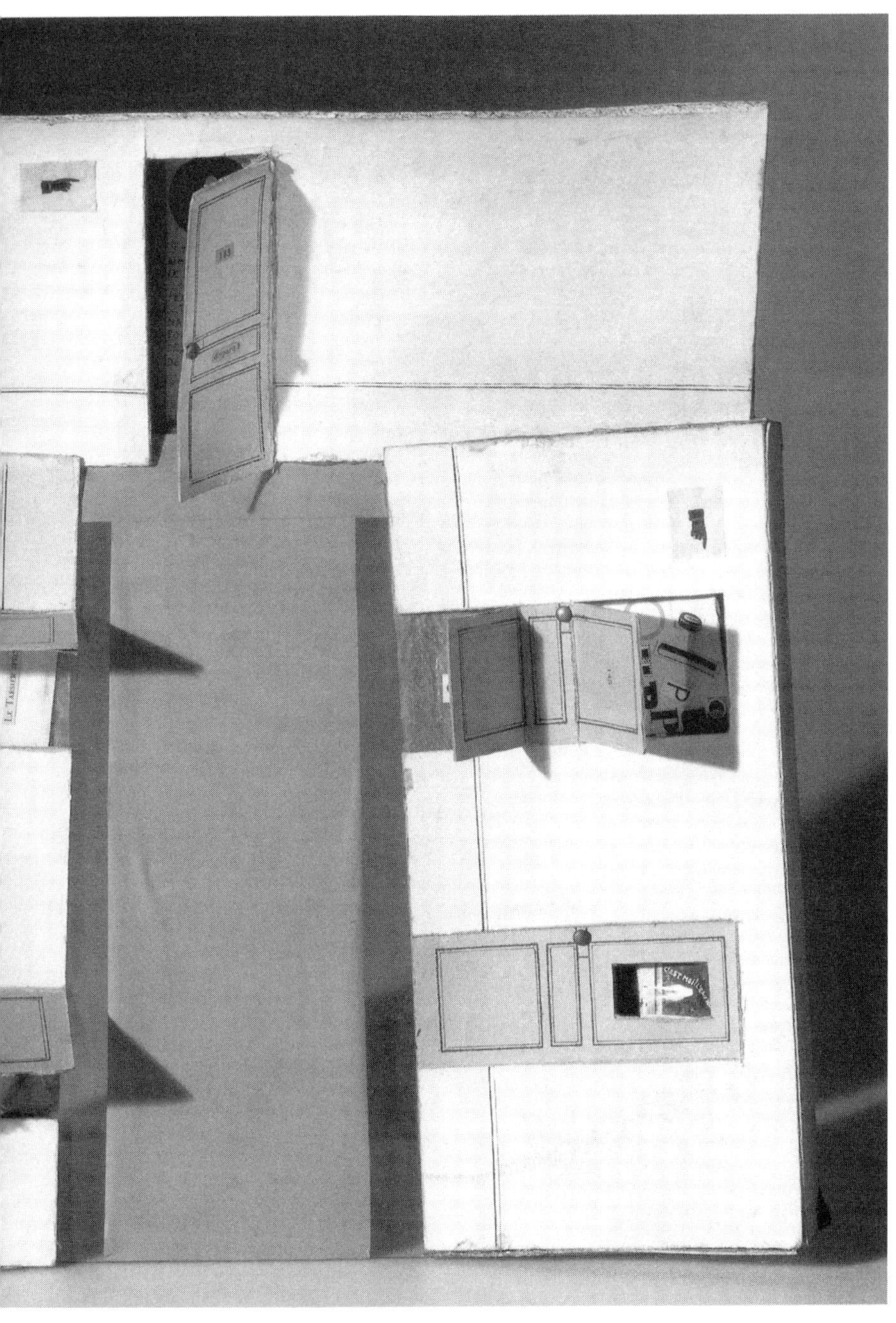

った」。[16] 1945年7月，《子供の脳髄》に描かれたような姿のデ・キリコの父親に出会ったブルトンは，そのことから永遠に若いままのジャック・ヴァシェがそこにいるという結論を導くのである。それは「1918年以来変わっていない」ヴァシェ，最後に出会ったとき以来そのままのヴァシェだ。そして1930年ごろアンドレ・ブルトンが，アリを舐めまわすオオアリクイに自己同一化していたとすれば，彼はまた自らの分身であるジャック・ヴァシェをよい健康状態に保つことにも寄与していたことになるだろう。

マルグリット・ボネによるならば，ブルトンがオオアリクイに惹きつけられたのは，1922年にロバート・ブラウニングの詩を読んだせいに違いない。「霊媒スラッジ」のなかでブラウニングは，まずは交霊術者スラッジのペテンを告発するが，「長い舌を垂れ下げた我が友人」であるアリクイを喚起する段になると態度をやわらげる。我々はといえば，まさに2人の優れた霊媒，無線技師ジャック・ヴァシェとデ・キリコの父の幽霊の奇妙な食餌療法を強調したのだった。1人はスーツケースのなかに小エビの殻の奇妙なコレクションを持ち運び，もう1人は生きたアリでいっぱいのグラスを飲み干したのである。

1923年11月，ブルトンは『地の光』冒頭に「夢5篇」を掲載し，当然ながらそれを「ジョルジョ・デ・キリコに」捧げる。5番目の夢の最後のエピソードで，ブルトンはパリへ向かうための駅を探している。「私はついにある町の駅のプラットフォームに到着するが，その町は多少ナントであり，似ていても完全にはヴェルサイユでもない。だが私はそこで，すでに道を見失ってはいない」。そこは確実にロワール河の河岸と思われるが，そこで彼はある美しい橋のうえに，高度を失った飛行機の「危うげな飛行」を観察する。この1節は1924年の夢で，ブルトンがジャック・ヴァシェの運転する空飛ぶ公衆便所の「危うげな飛行に立ち会う」エピソードを予告するものだ。そののち「飛行機というより巨大な黒い車両」というべきこの機械は，河に沈んでいく。パイロットは無事に抜け出すと，「泳いで岸にたどり着き，私のそばを通り過ぎていくのだが，どうやら私には気づいていないようすで，私とは反対の方向に遠ざかってゆく」。これでもまだ無分別で狂ったパイロットの正体について疑いがあるとするなら，「侮蔑的告白」の次の3つのフレーズを読むだけで，疑いを晴らすには十分だろう。「ナントの大通りを，彼はときに応じて，騎兵将校や，飛行士や，軍医の制服で闊歩した。たまたま諸君とすれ違っても，まるで誰だかわからなかったというふうに，振り向きもせず，さっさと先へ行ってしまうことがあった。ヴァシェはこんにちはとかさよならとかいうために，手を差し出したりはしなかった」。[17]

狂った飛行機の夢は空飛ぶ公衆便所の夢へと延長されていくのであり，このことは夢の連続性というブルトンの仮説を証拠立てる。こうしてロワール川の河岸でヴァシェとすれ違ったのち，ブルトンは首都へ向かう列車に乗る。1924 年の夢の出発点であるパリに到着すると，彼は小便器＝バスの運転席に，黒い車両＝飛行機のパイロットをふたたび見出すのである。事実ナントの空で墜落する車両＝飛行機は，空飛ぶ公衆便所そのものである。ヴァシェは 1917 年 6 月 4 日の手紙のなかで，ブルトンにこのイメージを暗示していた。「——う〜ん（ウエル）——もしよければ，あなたからの手紙をお待ちしています。とはいえ飛行機の凡庸なエンジン音が白い粉の束で飾られています。この恐るべき鳥が一筋のヴィネガーを放尿しながらまばゆい光のなかに一直線に飛んでいくのです」。

1919 年 8 月，サン・パレイユ書店から出版されたジャック・ヴァシェの『戦争書簡』はその巻頭に，1 通の手紙のファクシミリ，ブルトンの序文，そして手紙の書き手自身による 1 枚のデッサンを配している。このとげとげしく陰鬱なデッサンは，戦場における兵士ヴァシェの自画像である。足元には血が流れ，死体が横たわっているが，振り向いたジャック・ヴァシェは，左手の強力なブラウニング銃で，凶悪な面構えの敵の動きを封じている。死者たちと陰鬱な平原のうえには，不吉な鳥たちが飛び交っている。TOTH の文字を頭に乗せた粗野な男，つまりは死を呼ぶ幽霊が泰然としたダンディのうえにのしかかろうとしているが，かのダンディはといえば右手を腰に当ててタバコを吸っており，その煙は蛇行しながら空へと昇っていく。

1917 年 4 月 29 日，ヴァシェはブルトンに「ユーモア Umour」の 2 つの定義を差し出している。「象徴的であることは象徴の本質に属する」というものと，「それはあらゆるものの演劇的な（そして喜びのない）無用性の感覚——ほとんど知覚 SENS とさえいいたいところです——である——でもある——と思います」というそれである。兵士ヴァシェの自画像における暴力的な死の超然とした，象徴的な演出は，ユーモア umour の象徴的で同語反復的で演劇的な本性をかなりよく表現している。ましてこのデッサンは，ヴァシェの短編小説「血まみれの象徴」からタイトルを借りている。しかしこうしたユーモアの定義と死のアレゴリーに，1924 年のブルトンの夢のなかでヴァシェが口にした格言がつけ加わる。「死などありません。反転可能な感覚があるだけなのです」。ひっくり返される砂時計において，時間が流れることをやめないように。覚醒と眠りの弁証法において，心的な流れが反転するように。意味論的な領野において，意味があらゆる方向に流れ出していくように。感覚において，内部と外部が居場所を交替していくように。1916 年 9 月 30 日，ジャック・ヴァシェ〔ヴァシェはここで，英語風に Jack と綴っている〕は恋人のジャンヌ・デリアンに宛てて，ある 9 月 25 日から次の 9 月 25 日にかけて，ドイツ軍から放たれた一発の銃弾がたどった「ユーモアのある humoristique」行程について説明している。「——そうこうするうちにあなたから 9 月 25 日の手紙が着きました――私にとって，私たちが知りあう機縁となったまさに運命の日付です――どういうコネクション（連中〔イギリス兵のこと〕の言葉を使うなら）があるか分かりませんか――15 年の 9 月 25 日，ハンスだかフリッツだかが〔ハンス，フリッツはドイツ人のもっとも普通のファースト・ネームとして選ばれている〕，私に向けて銃弾を送り届けるのがよいと判断したわけですが――その銃弾は私を即座に殺す代わりに，私の手榴弾を破裂させる方がユーモアがあると判断したのです――そこから病院が，そこからあなたとの出会いが――そしてこの手紙が生まれたわけです」。

ユーモア umour は役割の反転から，状況の急激な逆転から結果する。兵士ヴァシェは両腕を差し伸べたドイツ兵から視線を逸らす。しかし次の瞬間，すべてはひっくり返るかもしれない。ヴァシェはカービン銃で，自らの写真を狙撃したのではなかったか。ナポレオン 3 世に扮したデ・キリコの父親は，《子供の脳髄》のなかで目を閉じる。同様に 16 人のシュルレアリストたちは，1929 年 12 月，マグリットのタブロー《私は森のなかに隠れた［女性］が見えない》を取り囲みながら目を閉じた。『半世紀のシュルレアリスム年鑑』のあるページでは，《子供の脳髄》の恰幅のよい裸の人物が目を開く。『半死者の歌』の少年はザトウグモを踏み潰す。1924 年末，ザトウグモの脚は無線技師ヴァシェとブルトンによって高く評価されていた大面積のアンテナに姿を変える。ロワール川に落ちていく飛行士は，パリのある駅の近辺では空飛ぶ公衆便所を運転する。ヴァシェはブルトンのなかでシュルレアリストであり，ブルトンはヴァシェのなかでダダイストだ。窓によって 2 つに切られた男がいる。ブルトンはヴァシェを夢見るのである。

「大通りの光輝く「マズダ」のポスター……」。ナジャは自らをマズダ・ランプの蝶と見なす。

Confidentiel.

A quoi je pense? Je pense à cette lampe sœur de celle au bec d'argent qui glisse sur la Seine et qui s'est posée entre nous ce matin avec une telle gravité. Je vois les protagonistes qu'elle éclairait à les aveugler, dont deux qui s'étaient perdus de vue dans la jeunesse et que revoici, sans qu'on puisse rien préciser de leurs relations qui ont à coup sûr été intimes, ne fût-ce que par le regard qu'ils ont eu jadis pour cette lampe au bec d'argent (qu'ils ont alors été seuls à avoir) (Pourquoi faut-il qu'ils se soient revus en [illegible]). Je pense à la formule si belle, mais aussi si mystérieuse – qui l'expliquera? – qui dit que les attractions sont proportionnelles aux destinées. Les revoici, disais-je, et aussi les voici comme ramassés, comme recueillis en eux-mêmes par le regard d'un autre, auquel ils accordent la perspicacité et au besoin, plus de clairvoyance encore. Et la lampe de Lautréamont, c'est donc toi à quoi ils risquent tous autant de se brûler les ailes, puisqu'aussi bien ils en ont encore, sans pouvoir aller jusqu'à s'en vouloir en profondeur de la mettre, cette lampe, au-dessus de tout (et qui est ce qui importe d'autre – pas même la mort, bien sûr). Situation inextricable... Nelly, à aucun prix je n'accepterai de te perdre. Nelly, c'est vrai, n'est-ce pas, c'est bien miraculeusement vrai que, quand je te l'ai dit, tu as mis tes doigts dans les miens? Nelly, mon Amour, je ne veux pas te perdre. Ton sang et ta sève affluent dans mon cœur. Je ne veux pas te perdre et je ne veux pas t'ôter la moindre force, à supposer que ce soit possible. Il y a un coin du voile qui s'est déchiré, je t'en conjure, prends-y garde, il n'est pas question qu'il recouvre ce qu'il recouvrait. Les menaces sont certaines et obscures, ne te borne pas à secouer sur elles tes cheveux comme tu faisais à la pièce de Ionesco et

(la suite, disparue. Sans doute au Paradis des Confettis...)

「私が何のことを考えていると思われますか。セーヌ河の水面を滑っていく銀の筒先のランプの姉妹であるランプ,〔……〕あのランプのことを考えているのです。」（ブルトンからネリー・カプランへの 1957 年 7 月 30 日ごろの手紙）

第7章　銀の筒先のランプ

『シュルレアリスム簡約辞典』には〈ランプ〉という項目も収録されているが，そこでは4つの引用が利用されている。最初の引用は『マルドロールの歌』からのものだ。「毎晩，日が暮れると，輝くランプが姿を現し，取っ手の代わりにかわいらしい天使の羽をつけて，ナポレオン橋のあたりで優美に河面に浮かんでいるのが見える。[……] その光は，電光のように白く，河の両岸に沿って並ぶガス灯の明かりをかき消してしまう。そして両岸のあいだを，ランプは女王のように進んでいく。孤独に，近寄りがたい様子で，消しがたい微笑を浮かべ，油を苦々しくぶちまけることもなく」。[1] 第2の歌のこの1節は，マルドロールが銀の筒先のランプの天使に対する闘いで勝利を収めるエピソードの最後に当たる。その礼拝所から引き抜かれ，「大聖堂のドームの伴侶」はこれ以後セーヌ河を航行することになる。1957年7月30日ごろ，ブルトンはネリー・カプランに1通の手紙を送るが，今では最初のページしか残っていない。それはこんなふうにはじまる。「私が何のことを考えていると思われますか。セーヌ河の水面を滑っていく銀の筒先のランプの姉妹であるランプ，今朝私たちのあいだにかくも重々しく置かれたあのランプのことを考えているのです」。ブルトンはその日の昼間，ネリー・カプランとすごした時間の出来事に話題を引き戻している。そしてこう続ける。「私の目に見えるのはそのランプが目を眩ませるほどの光で照らし出していた登場人物たちで，そのうちの2人はすでに若いうちに互いを見失ってしまっていたのですが，今ふたたび姿を現したのであり，とはいえ彼らの関係がどのようなものであったか，たしかなことは何もいえません。親密な関係であったには違いないのですが，それはただ，彼らがかつて銀の筒先のランプに向けた視線によってのことにすぎないかもしれないのです（かつてそれに視線を向けていたのは，彼らだけでした）」。自ら関わった1つの場面に客観的な視線を向けながら，ブルトンは目を眩ませるような光を発するランプ以外に，3人の役者を数えあげる。ネリー・カプラン，自分自身，そして若いころにはシュルレアリストだった，ロートレアモンの無条件の賞賛者である人物，すなわちフィリップ・スーポーである。

だがスーポーは，この朝の一場面ではその場にいたのだろうか。続くフレーズで表現されている後悔の念からすると，それはどうにも疑わしい。「なぜ彼らが抽象的な形でふたたび対決しなくてはならないのでしょう」。なんにせよブルトンとスーポーは，30年以上を隔てて，1つの同じ愛の対象によって同じく心を捉えられ魅惑された状態で再会する。手紙の送り手はここで，愛を運命に結びつけるシャルル・フーリエのあるフレーズを持ち出す。「私が考えるのは，かくも美しく，また

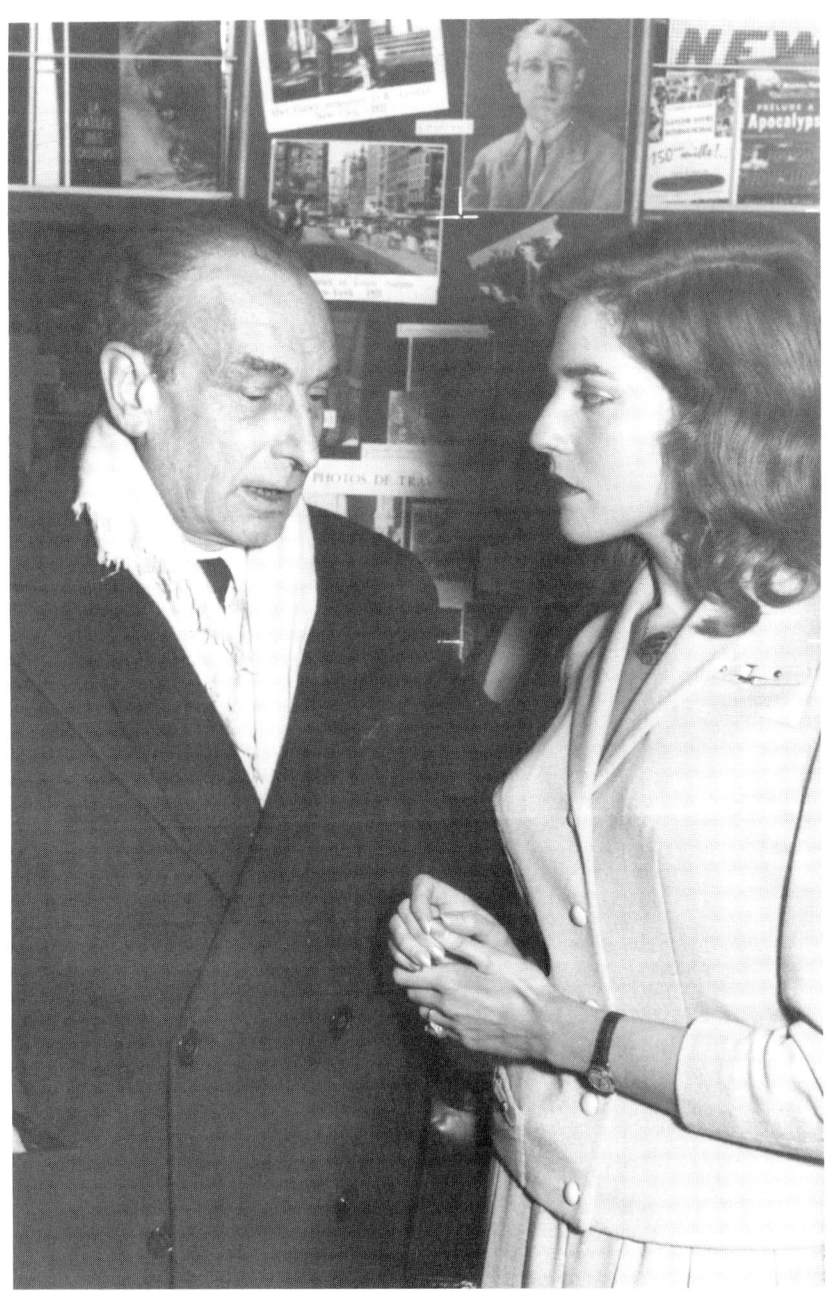

フィリップ・スーポーとネリー・カプラン（1957 年）。

かくも謎めいた――誰がそれを説明してくれるでしょうか――定式，魅力は運命に比例するという定式のことです」。それからブルトンは，話の本筋に戻る。その場面では，かつて友人であり，現在はライバルどうしになった2人がはっきりと対峙している。彼らは等しく，判別力と透視能力の強い光を発していると思える1人の女性の眼差しに，屈服している。「彼らがふたたび向きあったと，私はいいました。彼らはまた1人の他者，彼らが洞察力と，必要とあらばさらに以上の透視能力を認めている他者の視線によって捕えられ，瞑想にふけっているかのようなのです」。

このとき突然，手紙の受取人とロートレアモンのランプとの同一化が生じる。「ロートレアモンのランプ，それはだから〈君〉のことだ」。ここまで同一化が遅延していたのは，3人の登場人物のイメージが二重化されていたからだ。朝の場面を通し，2人のネリーが共存していた。映画作家と，その姉妹としての銀の筒先のランプである。また2人のフィリップが登場していた。シュルレアリストのフィリップと，物理的には今ここにいない，現在時におけるフィリップである。2人のアンドレの横顔もまた，描き出されていた。情熱を高ぶらせた彼と，事後的に状況を打開しようとしているより穏やかな恋するものとしての彼である。語りのこの段階ではじめて，〈あなた〉でなく〈君〉という言葉が使われる（この〈君〉という語は強調されている）。また手紙の送り手と受け取り手にとっての啓示が生じるのもこの段階だ。同一化が突如表明されている，これに先立つ4つの段階を思い起こしておくべきだろう。1951年9月3日，サン＝シルク・ラ・ポピの芳名録で，アンドレ・ブルトンは「その屋根，それは君だ」と叫んでいた。あるいは『秘法一七』の最初のフレーズで，彼は夢の登場人物をボナヴァンチュール島に同一化していた。「エリザの夢のなかの，私にキスをしようとするこの年老いたジプシー女，しかしそれはボナヴァンチュール島であった」[2]。また同様に，『狂気の愛』第5部の最後では，彼はテイデ山頂に呼びかけていた。「無限へと続くあらゆる道，あらゆる水源，あらゆる光がお前から発する［……］」[3]。最後に，これら3つの崇高点に対するオマージュに，1919年1月13日付けのコラージュ書簡の切抜きを加えなければならない。そこでジャック・ヴァシェは，舞踏会のマスクをかぶったベネチアの紳士に同一視されていた。「ジャック，それはあなただったのだ！」

ネリー・カプランを，ロートレアモンの銀の筒先のランプに同一化することのうちには，恣意的なものは何もない。『シュルレアリスム簡約辞典』で引用されていた第2の歌のこの断片を思い出そう。それは「女王のように進んでいく。孤独に，近寄りがたい様子で，消しがたい微笑を浮かべ，油を苦々しくぶちまけることもなく」。一方で1957年1月6日，ブルトンは彼の女王であるネリー・カプランと過ごした記念すべき日を「女王たちの祭日」と名づけていた。他方『シュルレアリスム・メーム』誌の1957年春の号で映画作家としての彼女に捧げられた註釈

LEONORA CARRINGTON, la sorcière de Mexico, dit :
Noire je suis et très admirée.
Les hommes me poursuivent jusqu'à ce qu'ils soient las.
J'épuise cheval, j'épuise homme.
Résolvez cette énigme si vous le pouvez. (p. 67)

Au bord du lac de Thoune, MERET OPPENHEIM ordonne les vols de cygnes et de canards qu'elle reporte sur les nuages. Esprit de la terre et de l'eau, elle écarte le tonnerre pour que les perce-neige et les myrtilles puissent recevoir leur place au soleil.

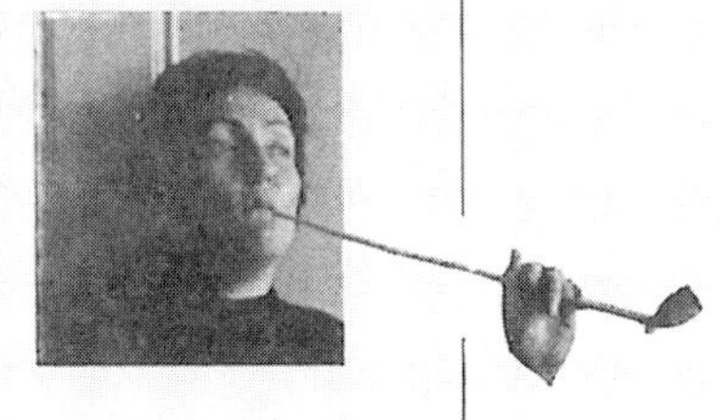

Echarpe de soleil, soyeuse comme fleur de châtaigner, cette sœur d'ALICE IN WONDERLAND glisse dans la pénombre verte d'un miroir où le monde dont elle rêve semble à chaque instant se découvrir pour la première fois, plus lumineux et plus délié que la haute fougère qui déroule sa crosse dans la clairière de ses grands yeux : toute de grâce émerveillée, MARIE WILSON nous rend ainsi à l'innocence des eaux de roche et à la gaité grave des oiseaux, en souriant, comme éclot la pervenche.

Le demi-sourire de NELLY KAPLAN, qu'elle ponctue d'un recul léger de son front, couronné de fauve, n'est-il pas le masque du jeu, à la fois grave et naturel, de quiconque sait jongler de l'espace ? Aux côtés d'Abel Gance, Nelly Kaplan a fait de la polyvision l'instrument le plus propre à instaurer sur les écrans le règne définif de l'analogie. Grâce à elle, le cinéma sera peut-être un jour surréaliste.

は，次のようにはじまっていた。「ネリー・カプランはその微妙な微笑みを，鹿毛色の髪を乗せた額を少しだけうしろに引くことで際立たせるのだが，それは空間を自由に操ることのできるものの，重大であるとともに自然な遊戯の仮面ではなかろうか」。銀の筒先のランプと映画作家とは，ともに女王の座にまで持ち上げられて

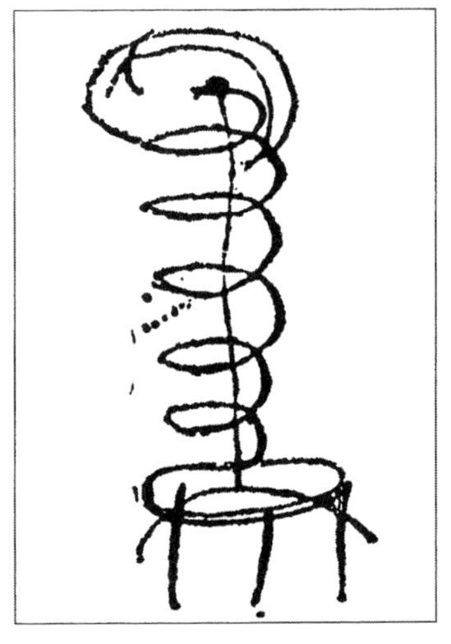

いるが，微笑する能力をもまた手にしているのである。アイロニカルで手玉に取るようなネリーの微妙な微笑み，そしてランプの消し去りがたい輝かしい微笑。とりわけまずは礼拝所に掛けられていたが，のちにセーヌ河を漂うこととなった銀の筒先のランプの空間上の華々しい活躍は，空間を「手玉に取る」ことのできる映画作家にも帰属させられている。さらにブルトンは註釈と手紙の両方で，空間的な含意を持ったもう 1 つ別の言葉を用いている。「同時に重大（グラーヴ）であるとともに自然」という表現と，「今朝私たちのあいだにかくも重々（グラヴィテ）しく置かれた」というのがそれである。註釈の「手玉に取る jongler」という動詞と手紙に現れる「重々しさ gravité」という実詞を近づけて考えるなら，《花嫁は彼女の独身者たちによって裸にされて，さえも》で使われている，「重力の曲芸師 jongleur de gravité」，「重力の世話人 soigneur」，あるいは「重力の操作者 manieur」といった表現をうることができる。

《大ガラス》の上部では，「雌の首吊り人」である花嫁，上部の書きこみ，支払人，そして設計図上では予告されていたがそのデッサンがガラス面上には描かれなかった重力の世話人が隣りあって配置されている。ロートレアモンの浮遊する照明具は，2 枚の天使の羽によって飾られており，重力の曲芸師に要求される性質を備えている。またその消し去りがたい微笑は，重力の世話人の治癒させる能力を持っている。ロートレアモンのランプは上部右側に置かれたとしても，《大ガラス》の美観を損ないはしないことがわかるだろう。我々はすでに，レオニー・オーボワ・ダシュビーに捧げられた 1947 年の祭壇のバネ付きトーテムが重力の操作者のバネ付き棒を移し変えたものであることを示したが，こうして当然のように，銀の筒先のランプの姉妹であるイメージの曲芸師ネリー・カプランもまた，レオニー・オーボワ・ダシュビーと親戚関係にあることを発見するだろう。後者は 8 月になると，崇高点の丘を登っていって，バウーの滝に身を浸すのであった。

ブルトンが直接ネリー・カプランに言葉を向けた時点において，この手紙を考えなおしてみよう。「そしてロートレアモンのランプ，それは〈君〉だ。彼らはみな，その炎で翼を焼かれてしまう危険がある。というのは，彼らがまだともかくも翼を持っているからですが。ただし彼らはこのランプを何より高い位置に置いていることを，深いところで後悔することにはならないでしょう（それ以外に重要なことなどあるでしょうか――もちろん死ですらそうではないでしょう)。解きほぐせない状況……。ネリー，いかなる代償があろうとも，私は君を失うことを認めないでしょう」。偶像にあまりにも接近してしまったせいで，ブルトン，スーポー，その他の求愛者たちは，まるでプラトンの『パイドロス』に出てくる翼の生えた魂の神話におけるように，ごちゃごちゃの乱戦か致命的な転落の危険にさらされている。しかし死への恐れも忘我状態の愛する欲望を横道に逸らすことはできない。ブルトンがネリーを諦めることはない。彼は「孤独で，推し量りがたい」女王に哀願する。彼は映画作家と，その姉妹である銀の筒先のランプに対し，肉感的な現前と幻視者的能力とを認める。そうした力を彼は，『シュルレアリスム簡約辞典』での〈ランプ〉の語に関する2番目の引用で想起されていた，メーテルリンクの「3人の盲目の姉妹たち」には拒んでいるのだが。3人のパルカ〔運命の女神〕とも比較できる，「金のランプ」を持った3人の盲目の姉妹は死を否認し，一方ロートレアモンの銀の筒先のランプ，ポリヴィジョンの映画作家，デュシャンの重力の曲芸師，そしてまた「帰依」で名指されたランボーの姉妹たちは，想像力と情念にインスピレーションを与えるのである。

『黒いユーモア選集』の註釈で，イジドール・デュカスは「深紅色の翼を持った裸の素晴らしい若者」[(4)]として描かれている。そこではまた当然のごとく，「翼を生やし微笑を浮かべて，セーヌ河を進んでいく銀の筒先のランプ」も言及されていた。ブルトンにとって，光り輝くロートレアモンのランプは，驚異的なものを日常的なものに，王権を洞察力に結びつけている。ネリー・カプランにおいて受肉されると，それはもっとも激しい欲望を掻き立てる。しかしその両義的な輝きは，盲目と啓示のどちらを生み出すこともある。それにしても電気を発する魔術的なランプは，幻視を作り出し想像力を駆動する。アベル・ガンスとともに『マジラマ』というスペクタクルの主導者であった映画作家ネリー・カプランは，上映のあとでブルトンがいったとおり，空間だけでなく時間を探査するのである。自らもオートマティックな持続によって帯電された状態にあるブルトン自身，しつこく回帰する記憶を動員し，幽霊の訪問を誘発し，きらめく言葉たちを開示し，一連の日付ないし出来事を充電状態に置く。レオニー・オーボワ・ダシュビーに対する彼の帰依は，明らかにランボーのそれをまねただけのものではない。彼にとってレオニー・オーボワ・ダシュビーは，その姉妹であった，スピッツバーグの冒険者にしてヴィクトル・ユゴーのスキャンダラスな愛人，レオニー・ドーネーや，さまよえる魂であり女見者であるレオナ・ナジャ，光の帽子をかぶった妖精であり『ポリヴィジョン』宣言の著者，ネリー・カプランといった女性たちの外見と徳性を備えている。

ブルトンがネリー・カプランをロートレアモンのランプと同一視するよりずっと前，レオナ・ナジャはデッサンのなかで自らを，マズダ・ランプの蝶という形で表現していた。「彼女は自らを蝶の姿で思い浮かべるのが好きだったが，その蝶の胴は『マズダ』（ナジャ）ランプでできており，それに向けて魅入られた蛇が伸びあがっていた（それ以来，大通り（グラン・ブールヴァール）のうえにまたたく『マズダ』の照明広告を見るたびに，私は心の動揺を押さえられなくなった。それは旧『ヴォードヴィル』劇場の正面をほぼ覆っているもので，虹色の光のなかに，まさしく 2 頭の動く羊が向かいあっている）」[5]。『ナジャ』に収録されたマズダの印象深い輝く広告は，たしかにやや大げさにではあるが，1957 年夏，輝くネリーを賭け金としてスーポーとブルトンのあいだで争われた，すさまじい闘いのイラストになっている。ブルトンはくだんの美女のホロスコープを作っているが，彼女は牡羊座の生まれであり，彼女に捧げられた『黒いユーモア選集』の献辞が次のようなものであるだけに，なおさらそうである。「これら黒い雄羊を飼いならすことのできる，位の高い羊飼いである，ネリー・カプランに」。さらにマズダの輝く広告と結びついたこの愛をかけ

A Nelly Kaplan,
bien assez haute bergère
pour apprivoiser
ces béliers noirs,
André Breton

ANTHOLOGIE

た決闘は，「大ガラス」における重力の操作者の機能を思い出させないこともない。それはすなわち「花嫁の服のうえで平衡を保ち，眼下で進行しているボクシングの試合の展開のとばっちりを受けること」である。そしてボクシングの試合が進行するためには，2 つの杭打機（ベリエ）（雄羊（ベリエ）ならざる杭打機（ベリエ））が機能していなくてはならない。1913 年にマルセル・デュシャンによって書かれたノートを見てみると，《花嫁は彼

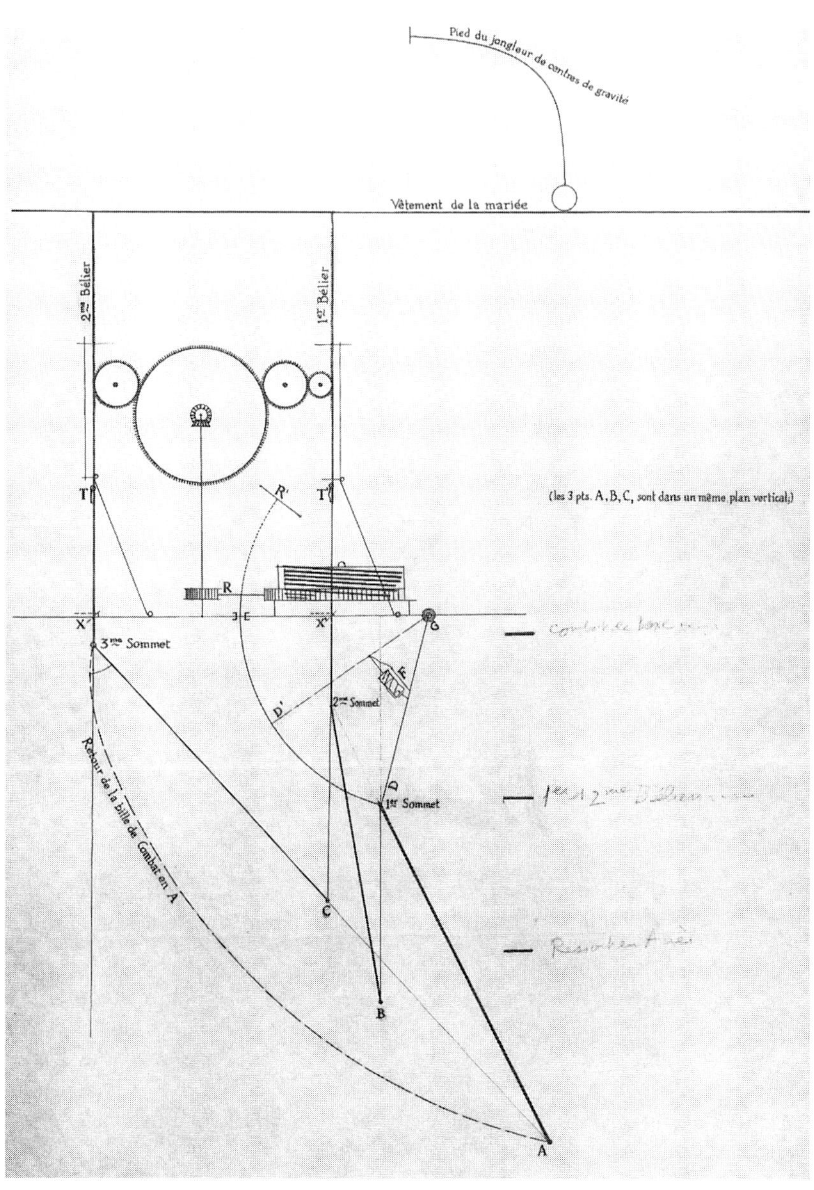

デュシャンの《大ガラス》で「重力の操作者」は,「花嫁の服の上で平衡を保ち, 眼下で進行しているボクシングの試合の展開のとばっちりを受ける」。

女の独身者たちによって裸にされて，さえも》を起動させている，現実的ないし潜在的な運動について，かなり詳しい観念をうることができる。「この落下が花嫁の動きを導きだすが，杭打機がこれを支える。重力の曲芸師は，この服のうえに3つの支点を持っていて，裸にされた女性に制御されて落下していく杭打機の意のままに，ダンスを踊るのである」[6]。

ロートレアモンのランプの話はまだ終わらない。1920年5月26日，共作で『私なんか忘れますよ』を書き上げたブルトンとスーポーは，ガヴォー・ホールにおけるダダ・フェスティヴァルでこの戯曲の男性の登場人物，雨傘と部屋着を演じる。他方，かつらを着け，釣鐘型の透明な覆いをかぶったポール・エリュアールとエプロンを身に着けたテオドール・フランケルは，それぞれミシンと未知の男を演じた。雨傘とミシンの偶然の出会いがなされるのは，ロートレアモンの印のもとにおいてであるが，さらにミシンの最後の高揚したセリフは「最初のピジョン灯を爆発させたものに一万フラン。（沈黙）快楽だわ」[7]と終わっている。このフレーズにオートマティックなものは含まれていない。ピジョン石油ランプのための，当時の宣伝文句そのままである。1938年にいたってもなお，ブルトンはこのキャッチコピーを『シュルレアリスム簡約辞典』の〈ランプ〉の項で引用するのを忘れないだろう。ミシンをランプに見立てようとする「私なんか忘れますよ」の著者2人の意図は，ガヴォー・ホールでのエリュアールの異様な身なりだけでなく，草稿に書きこまれた指示からもうかがうことができる。いわく，「ミシンは緑の透明な覆いをかける。女性であるとともに吊りランプ」。

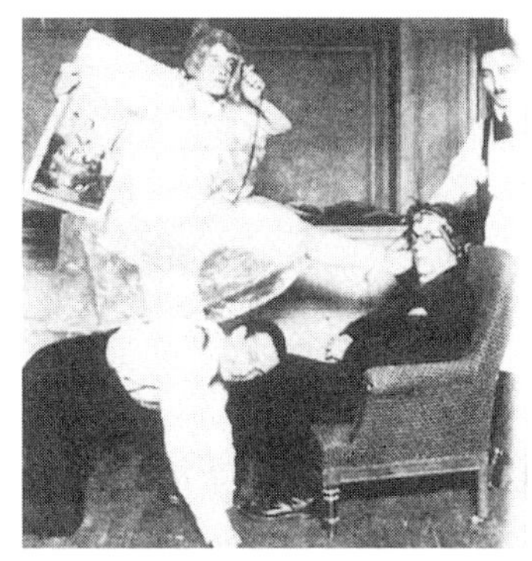

1920年5月，「私なんか忘れますよ」の吊りランプかつ女であるミシンは，ピジョン・ランプの宣伝文句を叫ぶ。1927年，光り輝くマズダ・ランプの広告の前で，ブルトンは蝶＝ランプとして自分を表したナジャの自画像を思う。1957年，自分と同じくネリー・カプランに魅入られた旧友スーポーと交差し，彼はセーヌ河をたゆたう銀の筒先のランプを喚起する。こうした記号の増殖において作動しているのは，類推の魔や語の引力である以上に，1920年から，あるいはそれ以前からのオートマティックな持続の連動状態である。レオナ・ナジャとネリー・カプランは，差し迫った現在の思いがけない生起と同様に，1920年に発された呼びかけ，そのときからすでに配置されていた演出に応えている。思考と行為はその瞬間においてまったく自由に行使されるが，幾人もの登場人物を取り集め，さまざまな欲望を取り混ぜるオートマティックな持続は，現在，

未来，過去のサンプルを，まったく同じ次元で扱っているように見える。オートマティックな持続はその場で取り押さえられたとき，困惑させ，魅了し，あるいは好奇心をそそる。ブルトンは正当にも，それを客観的偶然と呼んだ。しかしそのための導入や準備や予期を事後的に発見するものにとって，オートマティックな持続は，生彩に富んだデュシャンの表現にしたがうならば，「缶詰に入った偶然」に似るのである。

オートマティックな持続が時宜を逸してやって来るようなとき，出来事や欲望，あるいは事物は，もはや清算されミイラ化されることを運命としてはいない。時間の輝きがそれらのなかに，説明のできないような形で維持されている。ディスクールの切れ端，イメージの断片が，さまざまな状況，異なった時代に現れて，互いに密着しては，未来に差し向けられてはいるが循環的な，そんなある種のモチーフを開示する。1918 年の 7 月，コラージュの作り手としてのブルトンは，すでに自らを「間接税徴税人」と定義していた。さらに「退職のときを待ちながら」という註釈をつけている。戦闘の終わりを待ち望んでいるのと同様に，彼は自分の人生の最後の局面へと，身を投げ入れていた。オートマティックな持続は，こんな風に進行していく。原則的には手の届かないはずの時間的布置を侵食していくのである。シュルレアリスムの先駆者ないし先祖探しは，正当化の操作にではなく，作動している精神のなかへの闖入，溶融したマチエールのなかへの闖入に対応するものだ。ブルトンはレオニー・オーボワ・ダシュビーのために祭壇を立てて，彼女の祖霊を呼び覚ましたり，『マルドロールの歌』から出発して，ファルメールの髪や銀の筒先のランプを想像することで満足しているのではなく，ブロンドのドルイド僧ベレンが手には放射性の石を持ち，ロートレアモンの銀の筒先のランプを具現しているという予感，ないし確信を抱いているのである。

ネリー・カプランのロートレアモンのランプとの同一化は，文学的な気まぐれか，詩のいたずらっぽい用法のように見えるかもしれない。だがそれでは詩人の言葉を単なる言語上のお手柄に，一人ひとりの情熱を臨床的で影響力のない事実に還元することになる。ところがロートレアモンがセーヌ河に配した（ミザン・セーヌ）〔＝演出した（ミザン・セーヌ）〕ような銀の筒先のランプは，一連の持続を解釈することを可能にする。――それは「私なんか忘れますよ」と題されたスケッチ，マズダの輝く広告，デュシャンの〈大ガラス〉，スーポーとブルトンの再会，ネリー・カプランの初期の映画作品，などでできた持続だ。ヘーゲルの場合，すべては夕暮れにおいて照らし出される。[8] 哲学者はよき映画作家として，はじめがすでに続きを予告しており，さまざまなドラマや波乱にもかかわらず，すべては美において完結することを理解した。シュルレアリスムの詩人にとって，時間の未完成と断片化に対してできることは何もない。しかし生成の法則に従わないオートマティックな持続は，ランボーのバウー川やカプランのプティクスの首飾り，ブルトンの崇高点やニーチェのアストゥ，そしてロートレアモンのランプが，いまだに我々の天空に輝いていることを，証明しているように思われる。

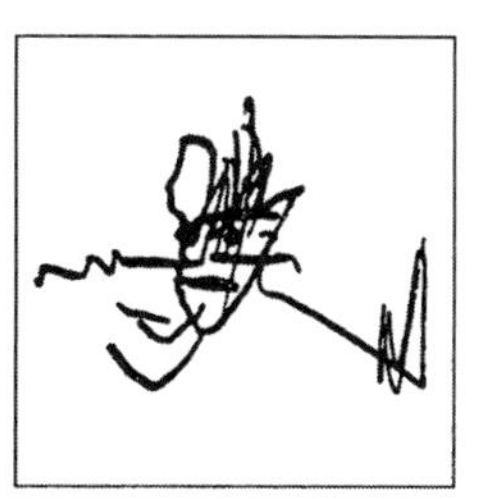

シュルレアリスムと相対する精神医学

「……しかし私は立ち上がり，検察側の証人に対して罵りの言葉を浴びせ，恥をかかせてやるだろう！　検察側の証人となるなんてことがありうるものか？　なんとおぞましい！　こんな奇行に走るのは人類だけだ。検察側の証言よりも洗練された，文明化された野蛮があるだろうか。

パリには２つの巣窟がある。泥棒のそれと殺人者のそれだ。前者は証券取引所であり，後者は裁判所である。」

（ペトリュス・ボレル）

私の知る限りでも，以下の10紙もの新聞が，ここで取り上げる論争にページを割いている。すなわち『ヌーヴェル・リテレール』，『ルーヴル』，『パリ＝ミディ』，『ソワール』，『カナール・アンシェネ』，『医学の進歩』，『フォシッシェ・ツァイトゥング』，『赤と黒』，『ガゼット・ド・ブリュッセル』，『モニトゥール・デュ・ピュイ・ド・ドーム』である。

《アストゥ》

ローザンヌの新聞『今日』紙は，フリードリヒ・ニーチェによる以下の素晴らしい手紙の，ダニエル・シモン氏によるはじめてのフランス語訳を掲載した。これはフリードリヒ・ニーチェの精神病院監禁を決定づけることとなった手紙である

トリノ，1889年1月6日

拝啓

たしかに私としても，神であるよりはバーゼルで教授をしている方が嬉しいのですが，自分個人のエゴイズムを，世界の創造を放棄するようなところにまで推し進める気にはなりませんでした。人はどんな場所でどんな生き方をしていても，何らかの犠牲はし方がないと，あなたはおっしゃるでしょう。――でも私が借りた部屋は小さな学生用の部屋で，カリニャーノ宮に面しており（私はこの宮殿のなかで，ヴィットーリオ・エマヌエレという名で生まれました），ましてこの部屋にいると自分の仕事机から，私の眼下，スバルピナ回廊で演奏されている見事な音楽を聞くこともできるのです。私はサービス料こみで25フランを払い，自分のお茶の準備をし，買い物もすべて自分で済ませ，自分の靴が破れていることに苦しみ，いかなる瞬間にも旧世界について天に感謝をしています。旧世界に対して人々は，十分にわかりやすく，十分に静かな態度を取ることはなかったのですが。私は次回の永遠をもまた突拍子もない冗談でにぎわすよう運命づけられていますから，文章の新しい書き方を身に着けているのです。それはたしかに非の打ちどころのないもので，とても美しく，疲れさせることのない，そんな書き方です。郵便局はここからほんの数歩のところにあります。私はそこへ，社交界の偉大なコラムニストたちに宛てた手紙を出しに行きます。当然ながら『フィガロ』紙とは最大限に緊密な関係を保っていますが，私がどれほどの平和のなかで生きることができているかを理解してもらうために，私の突拍子もない冗談の最初の２つを聞いていただきたいと思います。すなわち：

プラド事件をあまり重く考えないでください。（私こそがプラドです。私はまたプラドの父親でもありますが，あえてつけ加えるなら，さらにレセップスですらあるのです……。）私は愛するパリジャンたちに，１つの新しい概念をもたらしたいと思います。誠実な犯罪者という概念です。私はまたシャンビージュでもあり，等しく誠実な犯罪者でもあるのです。

第２の冗談：私は不滅なるアルフォンス・ドーデに，不滅なる40人〔アカデミー・フランセーズ〕に名を連ねた彼に，挨拶を送ります。アストゥ。

不快であるとともに私の慎み深さを曇らせるのは，結局私が歴史上のあらゆる偉大な名前そのものであるという事実です。私のおかげで生まれた子供たちについていうと，神の王国のなかに入っていくあらゆるものが，神から生まれたのではないかもしれないと，多少の警戒心を抱きながら考えます。この秋私はまったく驚くこともなく，２度までも自分自身の埋葬に立ち会いました。最初はロビラント伯爵という名で（いや，それはむしろ私の息子です，自分の本性に反して，私がカルロ＝アルベルトである限りにおいてそうなのです），２度目のとき私はアントネッリでした。先生，このモニュメントをご覧になっていただきたいところです。私は創造することにおいてまったく経験が足りませんから，あなたが批評してくださるならば，心から感謝いたします。もっともその批評を有効に活かすことができるという保証はできないのではありますが。我々芸術家とは，教育することのできない存在なのです。私は今日（独創的なムーア風の）オペレッタを観劇しましたが，この機会にモスクワが，ローマと同じく堂々たるものであると確信し，嬉しく思いました。おわかりでしょう，風景のなかにおいてまで，私の才能が認められねばなりません。――もしこの点に賛成していただけるなら，我々は一緒に豊かな，とても豊かなおしゃべりをすることができるでしょう。トリノは遠くありません。ここではとても真面目な職業的義務があなたを待っています。ヴァルテリーネ・ワインの杯も気に入ってもらえるでしょう。服装のだらしなさは義務になっています。

敬具

ニーチェ

明日，息子のウンベルトと麗しきマルグリットが到着します。しかし私は彼らをあなたがするように，上着を脱いで腕のなかに迎え入れるでしょう。コジマ夫人に平和を……　アリアドネのこともまた，しばしば思い出しました。

私はどこにでも仕事着で出かけ，通行人の肩をたたいてこういうのです。Siamo contenti? Son dio ho fatto questa caricatura...〔気分はいいかい？　俺がこのカリカチュアを作った神なのさ。〕

バーゼル市民の私に対する評価を貶めることにならない限り，この手紙はあなたの好きなように使ってくれてかまいません。

第8章　アストゥ

1930年10月の『革命に奉仕するシュルレアリスム』に,「シュルレアリスムと相対する精神医学」と隣りあう形で,どの一行でも錯乱がほとばしっているようなニーチェの最後の手紙を「アストゥ」のタイトルで掲載することによって,ブルトンはあらためて狂気に対する共感と,精神医学的権力の拒否とを表明した。ヤコブ・ブルクハルト教授に宛てられた1889年1月6日の手紙はさらに,『黒いユーモア選集』にも収録されることになる。ブルトンが用いたダニエル・シモンによる翻訳では,医師に対するニーチェの悪意と,首相ビスマルクや反ユダヤ主義者に対する彼の敵意が示された一段落が省略されている。「私はカヤパを鎖につなぎました。私もまた去年はドイツの医師たちによって,ずっと十字架に架けられていたのです。ヴィルヘルム・ビスマルクとあらゆる反ユダヤ主義者を排除せよ」。さらに,これもシュルレアリストたちを喜ばせただろうが,ニーチェは正気を失う前,自分の仕事を黙殺したり,かと思うとそれを「病理学的」あるいは「精神医学的」なものと表現したりしたドイツの批評家たちに何度も反旗を翻していた。

1937年10月9日,ブルトンはシャン゠ゼリゼ劇場で黒いユーモアに関する講演を行う。13篇のテクストが朗読されるが,そのうちの1つは「1889年1月6日の手紙」だった。このとき印刷されたプログラムは,ジャック・ヴァシェの紹介からはじまっており,次のニーチェの手紙の1節が続いていた。「第2の冗談：私は不滅なるアルフォンス・ドーデに,不滅なる40人に名を連ねた彼に,挨拶を送ります。アストゥ」。1ページにわたって大きく印刷されているが,引用は「アストゥ」という語によって,神秘的な墜落の形で終わる。事実2ページあとに現れるコラージュが示しているように,この語はニーチェ自身を表現している。ブルトンはやがて『黒いユーモア選集』に収録されることになる書き手たちに関係した,十数点の写真や肖像画,デッサンや記号を切り取り,集めて,このコラージュを作った。そこでフロイトの頭のうえにかぶせられているように見え,ランボーの眼差しのもとに置かれているようにも思える「アストゥ」という語は,1930年10月の『革命に奉仕するシュルレアリスム』29ページでニーチェの「素晴らしい手紙」のタイトルとして使われていた活字を切り取ってきたものである。

アストゥという語の意味を推測しはじめると,すぐに道を見失ってしまう。1889年1月4日,ヤーコプ・ブルクハルトに送られた,短くて謎めいた,しかもディオニュソスと署名された最初のメッセージはこんなふうにはじまっていた。「私が世界を創造するなどという困ったことをしでかしたのは,ちょっとした冗談のためでした」。1月6日付けだが,おそらくその前夜に書かれたと思しき手紙は,先立つ

seconde plaisanterie:

Je salue l'Immortel Monsieur Daudet, qui fait partie des Quarante. Astu.

F. Nietzsche

メッセージに続けてこう語る。「たしかに私としても，神であるよりはバーゼルで教授をしている方が嬉しいのですが，自分個人のエゴイズムを，世界の創造を放棄するようなところにまで推し進める気にはなりませんでした」。もう少し先で神々しきニーチェは，バーゼルの教授である旧友に打ち明ける。「私は次回の永遠をもまた突拍子もない冗談で，にぎわすよう運命づけられていますから〔……〕，そういう私の冗談の最初の2つを聞いていただきたいと思います。プラド事件をあまり重く考えないでください。（私こそがプラドです。私はまたプラドの父親でもありますが，あえてつけ加えるなら，さらにレセップス[1]ですらあるのです……。）私は愛するパリジャンたちに，1つの新しい概念をもたらしたいと思います。誠実な犯罪者という概念です。私はまたシャンビージュでもあり，等しく誠実な犯罪者でもあるのです。第2の冗談：私は不滅なるアルフォンス・ドーデに，不滅なる40人〔アカデミー・フランセーズ〕に名を連ねた彼に，挨拶を送ります。アストゥ」。神に，あらゆる種類の犯罪者や国家元首に自己同一化する哲学者は四度までも冗談について語るが，まるで2つのメッセージの錯乱的な性格を弱めたいか，あるいは文通相手が狼狽した反応をすることを避けようとするかのようだ。冗談 plaisanterie という語の反復がニーチェの筆に，フランス語におけるその同義語 Astuce を，あるいはその縮約形である Astu という語を書かせたとも考えられる。いくつもの指標がこの方向に導いていく。アストゥに先立つ「40人」の語は，原文でもフランス語になっている。同様に間違ったフランス語で，grand monde〔社交界〕の代わりに grande monde と書かれ，comte Robilant〔ロビラント伯爵〕の代わりに conte Robilant と書かれている。また同じくニーチェの筆は，Artisten および Constatirt というフランス語とドイツ語を混ぜたような響きの語を書きつけている。

「冗談 plaisanterie」という語が頻出し，そのほかのフランス語の単語も多く見られること以外に，フランスの生活や事件に関する名前がいくつも登場することも，「アステュ［ス］」，すなわち巧みな冗談というパスワードが登場するための好条件だったかもしれない。ニーチェの心には親しいものだったパリジャンたちのことは置いておくとして，そこには『フィガロ』紙や犯罪者のプラドとシャンビージュ，レセップス，ドーデ氏，アカデミー・フランセーズ，などが現れる。1888年，哲学者はフランス文化につきまとわれていた。マルヴィーダ・フォン・マイゼン

ブークに宛てた『ワーグナー事件』について，彼は文通相手に対し，こういっている。「ワーグナーに反対するこのテクストは，フランス語で読める状態でなければなりません。ドイツ語よりフランス語に訳す方が簡単なくらいです。ましてそれは，フランス的な趣味と多くの親和性があります。はじめのところのビゼー賞賛などは，とても歓迎されるしょう」[2]。ドイツの読者から無視され，フランスの精神に引かれつつ，ニーチェはスタンダールやパスカルの言語で思考し，ものを書いているという感覚をすら持っていた。後期の作品において，彼は「ニュアンス nuance」や「繊細さ finesse」といったフランス語圏の語彙を自分のものとし，単数形でも複数形でも用いている[3]。ところで巧みな冗談 astuce とは 1 つの繊細さである。この語のなかには何らかフランス的な，さらにはユダヤ的な精神を性格づける辛らつさ，トリック，あるいは駆け引きのようなものがある。1880 年代，ニーチェの共感はパリジャンとユダヤ人に向けられていた。かくして「巧みな冗談 astuce」という語は，このドイツの哲学者が自らの著作や書簡のなかに，直接フランス語で持ちこもうとしていた「術策 finesses」や「洗練 délicatesse」,「ニュアンス」や「精神〔＝機知〕esprit」といった語のカテゴリーに入れることができるだろう。

たとえば『この人を見よ』でもまた，ニーチェはドイツ人に対する怒りを表明し，フランス語を使ってこう書いている。「席をともにしてもめったに面白いと思うことのない，ニュアンスを感じ取る指先の器用さを持たないこの民族に我慢がならない。ところが不幸なことに，私はニュアンスそのものなのだ！ この民族は両足にいかなるエスプリも持たないせいで，歩くことさえままならない」[4]。そして 1888 年 11 月 18 日，もっとも忠実な友であるペーター・ガストに宛てて書く。「どうかお許しください。私は自分にパリジャンの読者がいると考えてはじめて，ドイツ語で書くことができるのです」。そうしたわけで，astu という語がフランス語の astuce から作られたと考える十分な理由があるだろう。しかしながら，2 つ目の語源もまた考慮に入れなくてはならない。アストゥの語によって際立たせられたニーチェのアルフォンス・ドーデに対する挨拶は，1888 年に出版された小説である『不滅の人』に向けられているが，アカデミー・フランセーズの常任秘書である主人公の名は，アスティエ＝レユ Astier-Réhu という。「パリの習俗」と副題のついたドーデの小説は，アカデミー・フランセーズとその不滅の 40 人に対する激しい皮肉の書である。歴史家でありアカデミシャンであるアスティエ＝レユのせいで，科学アカデミーのメンバーである数学者のミシェル・シャールを災難が襲ったことになっている。優れた幾何学者であるとともに肉筆文書の偉大な愛好家であるシャールは，マグダラのマリアがラザロに宛てたものという手紙を含む無数の偽ものを，偽造者ヴラン＝リュカによってつかまされてしまう。『不滅の人』の終わりでは，偽造文書裁判の際に，偽造者のアルバン・ファージュに笑いものにされ，自分の妻にもあざ笑われた常任秘書レオナール・アスティエ＝レユはもはや，アール橋（ポン・デ・ザール）からセーヌ河へと身を投げるしかなかった。ニーチェの「アストゥ」が不滅にしてグロテスクなアスティエ＝レユの烙印を押されていることは否定できない。

だからアカデミー・フランセーズの情け容赦ない批判者であるドーデ氏に反語によって挨拶を送る哲学者の冗談を，理解することができる。ニーチェが自分を代わる代わる，ディオニュソスに，十字架に掛けられたものに，テセウスに，ヴィットーリオ＝エマヌエレに，プラド親子に，レセップスに，シャンビージュに，ロビラント伯爵の息子に，カルロ＝アルベルトに，アントネッリ(5)等々になぞらえるとき，彼が死と戯れ，諸世界を創造するとき，ブルクハルト教授の文通相手は，アカデミシャン 40 人の張りぼての不滅を要求しているのではない。しかしながらアスティエ＝レユの名は，それ自体としても後世へ伝わるに値するだろう。アルフォンス・ドーデの表現によるならそれは「出来事があまりに滑稽」であるからだ。滑稽さとは，きちんと代金を支払ったうえで，保存され研究されている無数の偽造文書のせいであり，さらにもう 1 つ，アスティエ＝レユがアカデミーに入ろうとするのをその妻が手助けしていた時期，自分は 1 度もタバコを吸ったことがないにもかかわらず，妻の帽子のベールにタバコのにおいをかぎつけたとき彼が口にした愚かな言葉をつけ加えてもいいだろう。「次回の永遠をもまた突拍子もない冗談でにぎわすよう運命づけられ」た，神々や並外れた人間たちと対等なものとしてのニーチェは，「巧みな冗談 Astuce」というフランス語と，かくも滑稽な運命を担ったアカデミー常任秘書，「アスティエ＝レユ」の名とを同じ袋に投げこんでしまうのである。

1936 年から 1939 年にかけて，ジョルジュ・バタイユ，ピエール・クロソウスキー，アンドレ・マッソンの雑誌『アセファル』は，丸ごとニーチェに捧げられた。そこではニーチェがナチスによるファシズム的歪曲に対してだけでなく，反ファシズム的歪曲に対しても擁護されている。最終号は 1939 年 1 月 3 日の日付のあるバタイユのテクストからはじまっているが，それはニーチェの狂気を称えるものだ。「1889 年 1 月 3 日，ちょうど半世紀前に，ニーチェは狂気の力に屈した。トリノのカルロ＝アルベルト広場で，彼は殴られた馬の首に泣きながら抱きついて，気を失った。気がついたとき彼は，自分が**ディオニュソス**であり**十字架に掛けられたもの**だと確信する。この出来事は1つの悲劇として記憶されていかねばならない」。『アセファル』の同じ号には，バタイユのもう1つ別のテクストが掲載されているが，こちらは詩的かつ恍惚としたもので，ニーチェ的かつヘラクレイトス的であり，1938年11月8日に起きた彼の伴侶ロール＝コレット・ペニョーの死の烙印を押されている。

私は死を前にした歓喜**である**。
死を前にした歓喜は私を支える。
死を前にした歓喜は私を突き落す。
死を前にした歓喜は私をうちのめす。
［……］
自滅し，燃え尽き，そして死につつある，実在するものすべて，先行する瞬間の消滅のなかでしか生じない，そしてそれ自身致命傷を負ってしか実在しないそれぞれの瞬間。
自滅し，そして大いなる血の祝祭のなかで絶えずひとりでに燃え尽きる私自身。
私は死の凍てついた瞬間にある私自身を思い描く。[(6)]

バタイユは，ロールの死に際の苦しみ，ニーチェの瓦解，雷に打たれた自らのヴィジョンを結びつけているという印象がある。そして彼が，「**私は**死を前にした歓喜**である**」というライトモチーフを「**私は自ら戦争である**」という定式によって補完しているとすれば，バタイユはニーチェの最後の手紙に見られたようなタイプの一連の表現を再発見しているように見える。つまり，「私はプラドです」，「私はまたプラドの父でもあります」，「私はレセップスでもあります」，「私はシャンビージュでもあります」，「私はカルロ＝アルベルトです」といった表現である。すぐれて神的，キリスト的であるとともに，まったくもって凡庸かつ悲劇的なこうした表現によって，バタイユはその最後の苦痛と歓喜の瞬間におけるロールとニーチェに合流している。バタイユとブルトンが，おのおの自分のやり方で，狂気へと沈んでいくニーチェを熱烈に称えていた事実は注目するにあたる。ブルクハルト教授宛ての手紙を2度にわたって掲載し，「黒いユーモアとは何か」と題したコラージュでニーチェを「アストゥ」の語に同一化しただけでは足りず，ブルトンは1940年12月の長詩「ファタ・モルガナ」のなかで，錯乱しつつ運命を愛するものとなったニーチェに特別のポジションを与えている。マルセイユに避難していた詩人は，トリノにおけるニーチェの手紙の，あらゆる「私は〜です」という言明を要約する1節，

1940

Dans les entrelacs de l'histoire momie d'ibis
Un pas pour rien comme on cargue la voilure momie d'ibis
Ce qui sort du côté cour rentre par le côté jardin momie d'ibis
Si le développement de l'enfant permet qu'il se libère du phantasme de démembrement de dislocation du corps momie d'ibis
Par contre il ne sera jamais trop tard pour en finir avec le morcelage de l'âme momie d'ibis
Et par toi seule sous toutes ses facettes de momie d'ibis
Avec tout ce qui n'est plus ou attend d'être je retrouve l'unité perdue momie d'ibis
Momie d'ibis du non-choix à travers ce qui me parvient
Momie d'ibis qui veut que tout ce que je puis savoir contribue à moi sans distinction
Momie d'ibis qui me fait l'égal tributaire du mal et du bien
Momie d'ibis du sort goutte à goutte où l'homéopathie dit son grand mot
Momie d'ibis de la quantité se muant dans l'ombre en qualité
Momie d'ibis de la combustion qui laisse en toute cendre un point rouge
Momie d'ibis qui appelle la fusion incessante des créatures imparfaites
La gangue des statues ne me dérobe de moi-même que ce qui n'est pas le produit aussi précieux de la semence des gibets momie d'ibis
Je vis Nietzsche commençant à comprendre qu'il est à la fois Victor-Emmanuel et deux assassins des journaux Astu momie d'ibis
C'est à moi seul que je dois tout ce qui s'est écrit pensé chanté momie d'ibis
Et sans partage toutes les femmes de ce monde je les ai aimées momie d'ibis
Je les ai aimées pour t'aimer mon unique amour momie d'ibis
Dans le vent du calendrier dont les feuilles s'envolent momie d'ibis
En vue de ce reposoir dans le bois momie d'ibis sur le parcours du lactaire délicieux

(Fata Morgana)

Marseille.

ブルトンは『大鳥籠』で，1940 年のテクストとして長詩「ファタ・モルガナ」を選ぶ。抜き出されたのは，「トキのミイラよ」という呼びかけの繰り返される印象的な一節。

「結局のところ私は歴史上のあらゆる偉大な名前なのです」という1節を自分のものとして引き継いだのである。
「ファタ・モルガナ」は『狂気の愛』を，とりわけ「幾千の」という表現によって際立たせられたカナリア諸島への旅を延長している。アンドレは愛をこめてジャクリーヌに呼びかける。ブルトンのヴィジョンはバタイユとマッソンにおけるように，アセファル〔＝無頭人〕によって住まわれているのではなく，身体のない頭によって，いい換えるならこのシュルレアリスム詩人が蘇るのを目にしたいと思うあらゆる歴史上の名前によって住まわれている。『ロクス・ソルス』でカントレルが保存していたダントンの首を思い出してもいいだろう。ブルトンもまたニーチェにならい，歴史を上からの目線で眺め渡し，幾千の頭，幾千の名前を自分のものとする。

褐色の髪の女からブロンドの女へ
藁と腐植土の層のあいだに
幾千のガラスの鐘のための場所がある
それらの下で私を魅惑する果てしないいくつもの顔が甦る
聖別式のシャンデリアのなかで
お前が眠るときお前の肩のうえに次々と現れる女たちの顔
非常に遠くから来たものもある
男たちの顔もある
なめらかなあごひげを生やした皇帝の長たちをはじめとしてそれは数限りない
［……］そしてこれらすべての存在は
田園のもやのなかでも容易に誰だかわかるのだが
それは永遠の仮装をした　手探りで進むお前だ　私だ(7)

客観的偶然が永劫回帰と，歴史が欲望と抱きあっているこの驚くべき詩のなかでブルトンは，「トキのミイラ」という表現を21回繰り返す連祷の最中に，ニーチェの最後の手紙を，とりわけ「アストゥ」の語を引用し，狂気のなかへと落ちこんでいく哲学者に自己同一化しないではいられない。
「私は自分がヴィットーリオ＝エマヌエレであり新聞紙上の2人の殺人者だと理解しはじめたニーチェだ　アストゥ　トキのミイラよ」。
そして彼は，ニーチェによって開かれた道をたどりながら，唯一のものから普遍的なものへ，普遍的なものから唯一のものへ出し抜けに飛び移ることに気を配りながら，こうつけ加えている。
「書かれ思考され歌われた一切を私はただ私だけに負うているトキのミイラよ
そして私はこの世の女たちのすべてを愛したトキのミイラよ

私は彼女たちを愛したおまえを愛するために私のただ1人の愛する人よトキのミイラよ」

「ファタ・モルガナ」の最後で，燃える人の舞踏会(8)やル・マンの森における不可思議な白い男との出会い(9)といった，シャルル6世の生涯のさまざまなショットやシークエンスの試写が行われる。1929年に作られた感動的なブルトンの2枚のコラージュ，《狂気のさなかにトランプで遊ぶシャルル6世》と《息子を殺そうとしているフォワ伯爵》は，「ファタ・モルガナ」の激しく情熱的な，幸福感に満ち，かつ錯乱的な雰囲気を予告している。それらはまた「ファタ・モルガナ」のなかに書きこまれた「ある有名な犯罪者」の登場する夢をも予告している。「私はヴィットーリオ＝エマヌエレです」，「私は有名な犯罪者です」とニーチェがいい，それに続いて「私は死の前の歓喜だ」，「私は自分自身が戦争だ」，とバタイユが書きつけ，やはりニーチェに続いてブルトンがこう語る。「私はニーチェだ」，「私はシャルル6世だ」，「私は無数の男女の頭を蘇らせる」。ここでは暗に「神は無駄に死んだのではない」といわれているのである。

『黒いユーモア選集』でニーチェとランボーに捧げられている註釈の言葉そのものを使っていうなら，「1889年1月6日の素晴らしい手紙」は「ランボーの詩的かつ精神的な遺言をなしている1875年の素晴らしい詩篇『夢』」(10)に対応している。知られている通り，詩篇「夢」はその「流出物と爆発」によって，同室の兵隊たちを喚起するものであり，1875年10月14日のエルネスト・ドラエ宛ての手紙のなかに書きこまれていたものだ。詩はきわめて短いが，いくつかの感嘆と呼びかけと反復からなっている。1人の精霊が叫び，それを繰り返す。「私はグリュエール・チーズだぞ！」，「私はブリー・チーズだぞ！」，「私はロックフォール・チーズだぞ！」兵士たちはパンを切りながら，もっと散文的にこう叫ぶ。「これが人生だ！」，

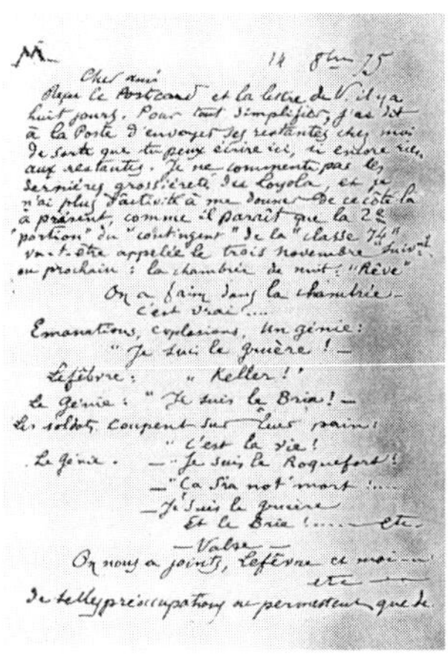
M.　14 8bre 75

Cher ami

Reçu le Postcard et la lettre de V. il y a huit jours. Pour tout simplifier, j'ai dit à la Poste d'envoyer tes restantes chez moi de sorte que tu peux écrire ici, si encore rien aux restantes. Je ne commente pas les dernières grossièretés du Loyola, et je n'ai plus d'activité à me donner de ce côté là à présent, comme il paraît que la 2e "portion" du "contingent" de la "classe 74" va-t-être appelée le trois novembre suivt ou prochain : la chambrée de nuit : "Rêve"

On a faim dans la chambrée —
C'est vrai....
Emanations, explosions, un génie :
" Je suis le gruère ! —
Lefêbvre : " Keller ! "
Le Génie : " Je suis le Brie ! —
Les soldats coupent sur leur pain :
" C'est la vie !
Le Génie. — " Je suis le Roquefort !
— " Ça s'ra not' mort !....
— Je suis le gruère
Et le Brie !.... etc.
— Valse —
On nous a joints, Lefêvre et moi....
etc —
De telles préoccupations ne permettent que de

それから「これはきっと死ではない！……」悪霊として，ランボーは〈十字架に掛けられたもの〉をパロディー化する。ニーチェが1889年1月6日にそうなるであろうように，バタイユがその50年後に，ブルトンが1940年12月にそうなるであろうように，ランボーもまた錯乱するのである。

とりわけ『黒いユーモア選集』におけるニーチェの紹介文は，1889年1月6日の手紙の「幸福感」に関する註釈を含んでおり，ツァラトゥストラの父と『イリュミナシオン』の詩人を明示的に連結している。「それは謎めいたアストゥのなかで，黒い星となって炸裂する。アストゥという語

はランボーの詩『帰依』のなかの「バウー！」と対になっているのであり，コミュニケーションの橋が切り落とされてしまったことを証言している」。すでに指摘したとおり，「バウー」と「アストゥ」によって際立たせられる2つの言表が，同一の構造とよく似た内容を持っていることはいうまでもない。

「我が妹，レオニー・オーボワ・ダシュビーに。バウー」
「私は不滅なる40人に名を連ねたドーデ氏に挨拶を送る。アストゥ」
「レオニー・オーボワ・ダシュビーよ，私は君に挨拶を送る。バウー！」
「我が不滅の兄弟，ドーデに。アストゥ！」

これらの平行した定式は，たしかにブルトンの精神のなかで，バウーとアストゥを接近させることに寄与したろう。しかし詩人はまずバウーに慣れ親しんだのであり，アストゥを聞き知ったのは1930年のことでしかなかった。青年時代のブルトンは，同一化の驚異的な能力を発揮した。コラージュ作者として，間接税徴税人として，彼は代わる代わる「私はマラルメだ」，「私はラフカディオだ」，「私はランボーだ」，等々と叫んだ。そこから彼の最初の詩集の『公営質屋』というタイトルが生じた。そこからまたヴァレリーの，予告されたこのタイトルへの反応が生じる。「借りのあるあらゆる人々に感謝を……　バウー Baoû!」ついでながら，書き手の気分によって，バウー Baou という語はときにアクサン・シルコンフレックスを〔Baoû〕，ときに感嘆符を〔Baou!〕，ときに両方を〔Baoû!〕ともなっていることに注意しておこう。そして1919年1月6日，ジャック・ヴァシェの自殺ないし事故死が生じる。こうして「窓によって切られた1人の男がいる」という半睡状態のフレーズが生まれる。だから最初のオートマティックなメッセージは，「ヴァシェは私のなかでシュルレアリストだ」と翻訳される。ただし兵営の大部屋での，こんな会話を想像するならそれもよかろうが。

ブルトン「私はヴァシェだ！」
ヴァシェ「私はブルトンだ！」
ブルトン「私はシュルレアリストだ！」

ヴァシェ「私はダダイストだ！」

1919年1月6日の死を同時に反響させかつ否定するこの会話に，1889年1月6日の日付をもった，ニーチェの祈りとリトルネッロがつけ加わる。

「私は殺人者プラドだ，私は犯罪者シャンビージュだ！」
「ドーデよ，不滅なる人々を引きずり下ろすものよ，私は君に挨拶を送る。アストゥ」

ジョヴァンニ・リスタが強調したとおり，ジョルジョ・デ・キリコの形而上絵画は，ニーチェの瓦解と同じ時代のトリノの街の啓示であり，またその変形以外のなにものでもない。デ・キリコの形而上絵画の礼賛者だったアンドレ・ブルトンが，狂気へと沈んでいく哲学者のトリノにおける痕跡を再発見することになるのは当然だった。ジョルジョ・デ・キリコは，パリに滞在していた1911年から1913年にかけての時期に直接フランス語で書いたメモのいくつかでニーチェに触れており，ブルトンとエリュアールは20年代にそれを参照する機会をうることになるが，とりあえずそれはおくとして，画家は1918年11月の，タイトルも調子もニーチェ的な「我ら形而上学者」と題した記事のなかで，すでにニーチェ＝ランボー＝デ・キリコという三幅対を擁護していた。「芸術における意味の廃棄，それを発明したのは我々画家ではない。公正に語ろう。これを発見したのはニーチェである。詩においてそれをはじめて適用したのがランボーであるとするなら，絵画においてそれを適用した最初のものは，あなたの下僕たるもの〔＝私〕だ」。次に，デ・キリコの2枚のタブロー，《子供の脳髄》と《ある夢の純粋性》は，片方は1922年3月の『リテラチュール』誌で，他方は1938年3月の『夢の軌跡』において，ブルトンの夢の記述に先立っているのだが，ともに同じトリノの幻覚的な舞台装置を用いている。というのも，《子供の脳髄》の上方にある窓は，《ある夢の純粋性》において，その段状の構造によって規模を推し量ることのできるものと同じモニュメントを覗かせているからだ。ところでこのモニュメントは，建築家アントネッリの名を取ってモーレ・アントネリアーナと呼ばれるものだが，それはまさにニーチェが1889年1月6日の最後の手紙で自己同一化していた建築家である。「この秋私はまったく驚くこともなく，2度までも自分自身の埋葬に立ち会いました。最初はロビラント伯爵という名で（いや，それはむしろ私の息子です，自分の本性に反して，私がカルロ＝アルベルトである限りにおいてそうなのです），2度目のとき私はアントネッリでした」[11]建築家アレッサンドロ・アントネッリとなり，ニーチェは次のように手紙を続けるのだが，このとき彼は自分の創造した建築であるモーレ・アントネリアーナについて，その名を引用することなしに，傑出したブルクハルト教授に評価を尋ねているのである。「先生，このモニュメントをご覧になっていただきたいところです。私は創造することにおいてまったく経験が足りませんから，あなたが批評してくださるならば，私は心から感謝いたします。もっともその批評を有効に活かすことができるという保証はできないのではありますが」。

1798年に生まれ1888年10月18日に亡くなった建築家アレッサンドロ・アントネッリの埋葬にニーチェが立ち会ったとすれば，それは偶然ではない。彼は1863年にこの堂々たる塔を立案した建築家に対し，真の賞賛の念を抱いていた。ゆったりとした底辺部のうえにはバロック風の段状部分と圧倒的な尖塔が乗っており，その尖塔は先端部分を6つに枝分かれした星によって飾られている。このモニュメントはユダヤ人コミュニティーの注文によるものだったが，1878年，トリノ市に譲渡されていた。167.5メートルという高さによって，モーレ・アントネリアーナはニーチェの発狂の時点において，ヨーロッパでもっとも高い建造物だった。1888年12月29日，ペーター・ガストに宛てて書かれ，しかし『ジュルナル・デ・デバ』紙編集者ジャン・ブールドーの手に渡った手紙の下書きは，哲学者がトリノの崇高なる建造物に，自らの作品の頂点とみなしていたものを，そして自らの存在の底知れぬ深淵をどれほどにまで投影していたかを教えてくれる。「さっき私はモーレ・アントネリアーナに行ってきました。それはおそらくかつて建てられたもっとも天才的な建造物であり――奇妙なことにそれはまだ名前を持たないのですが――高さに対する絶対的な欲望から湧き出てきたものであり――わが『ツァラトゥストラ』以外の何ものをも喚起することはありません。わたしはそれを『この人を見よ』と名づけ，剥き出しになった広大な空間に取り囲まれたものとして思い描いたのです」。[12] この手紙で彼は，モーレ・アントネリアーナの周囲に空虚を作り出しているが，別の手紙でもトリノについて，その深いアーケード，高いポルチコ，広い大通り，壮麗で人気のない広場，貴族的な静謐さを喚起しているのであり，つまりニーチェはデ・キリコより前に，画家ジョルジョ・デ・キリコの幻覚的で不滅の都市景観を描き出していた。反対に，ニーチェがカルロ＝アルベルト通りに借りたささやかな部屋は，最後の手紙に述べられているとおり，カリニャーノ宮に面していたのだが，形而上画家はレンガ造りのカリニャーノ宮を，《赤い

塔》に作り変えねばならなかったのである。

1888年12月29日の手紙の追伸は，モーレ・アントネリアーナを建てた建築家への同一化の状況がいかなるものであったか，想像することを可能にしてくれる。「私はこの11月，老アントネッリの埋葬にも立ち会いました。彼は書物の方の『この人を見よ』が完成するまで生きたのです。書物が，そして人間もまた締めくくられたのです」。1888年の末，ニーチェは偶然の一致に注意深くなっている。ニーチェは1844年10月15日に生まれたが，それはフレデリック・ヴィルヘルム4世の誕生日でもあり，この日は彼の子ども時代，二重に祝われる日だった。そして，フレデリック＝ヴィルヘルム・ニーチェはその44回目の誕生日の日，『この人を見よ』の執筆に取りかかる。1888年11月13日，彼は友人ペーター・ガストに打ち明けている。「私の『この人を見よ。人はいかにして自分であるところのものになるか』は，私の誕生日であり我が守護聖人の祝日である10月15日と11月4日のあいだに生まれたのですが，それは絶対的な権威と文字通り古代のような明るさをともなって現れ，あまりに時宜に適ったものだったので，冗談をいいたくなるほどでした」。[13]老建築家アントネッリの埋葬と『この人を見よ』の完成を重ねあわせようとする哲学者にとって，モーレ・アントネリアーナが『ツァラトゥストラ』と『この人を見よ』の，つまりはニーチェ自身の人格化となるのは宿命的なことだった。アレッサンドロ・アントネッリと同じだけの力量を持った人間であるニーチェは，運命的に彼がそうであるところのものとなった。ましてや典型的にブルトン的なある客観的偶然によって際立たせられた『この人を見よ』の1節――おそらくこの日，彼は自分が神の家系に属することを教える1通の絵葉書を受け取ったのだろう――は，ニーチェがもはや自分の家系に属するのではないこと，そしてこの1888年の末，彼がついに自らを発見したことをはっきりと示している。「偉大なる個々人は，最古の時代の人々である。私はそのことを理解してはいないが，ユリウス・カエサルは私の父親であるかもしれない――あるいはアレクサンドロス大王，この受肉せるディオニュソスが私の父なのか……　私がこう書きつけているまさにその瞬間，郵便は私にディオニュソスの頭部を持ち来たらした……」。[14]ジョルジョ・デ・キリコもまたニーチェ同様，モーレ・アントネリアーナにつきまとわれ，《ある夢の純粋性》と《子供の脳髄》あるいは《運命の謎》だけでなく，《無限のノスタルジー》というタブローによって，このモニュメントを称えようとしたのだった。彼はこのタブローに1911年という日付を書き記しているが，それは彼の最初のトリノ滞在の年である。さらにモーレ・アントネリアーナは，いまだに想像力を高揚させてやまない。現在そこには映画博物館が作られつつあるからだ。

Hなしのユーモア（Umour）の発明者が死んで以来，ブルトンがヴァシェとブルトンに二重化したとするなら，ロールの死後バタイユもまた，かつてなかったほどニーチェに自己同一化した。1940年12月，歴史が逆上したかのようなそのとき，ブルトンはいつのまにかニーチェとシャルル6世のなかに入りこむ。ブルトンの心の劇場で，幾千の名前，幾千の人物が甦る。とりわけ2つの悲劇的なシークエンスがそれに加わる。1919年の公現祭の日，ヴァシェ＝チャールズ1世に下された極刑と，1889年の公現祭の日，当時は無視されていた巨大な哲学者の狂気への墜落である。公現祭の日，人はガレットを食べて王様を決め，王を聖別する。この日ニーチェとヴァシェは，また同時にヴァレリー，ブルトン，バタイユも君主や犯罪者，神々と等しい存在となる。阿片吸飲者，ジャック・トリスタン・イラールは斬首されたイギリス王チャールズ1世に，サハラの皇帝ジャック・ルボーディ[15]に，あるいは羊飼い女の殺人者ジョゼフ・ヴァシェに姿を変える。ニーチェはディオニュソスに，シャンビージュに，ヴィットーリオ＝エマヌエレに，アントネッリに変容する。ニーチェの狂気の定めがたい日と，ヴァシェの死の口にできない日を通じ，1つの同じオートマティックな持続が浮かび上がる。もう1つ補足的な手がかりもこのことを確証するだろう。1957年1月6日，ネリー・カプランと出会ったあとでブルトンは，この記念すべき日を「女王たちの祭日」と名づけるのである。

レオニー・オーボワ・ダシュビーとは誰か。冒険家レオニー・ドーネーか，通り過ぎるグラディーヴァか，オンディーヌであるジャクリーヌ・ランバか，あるいは女ドルイド僧のベレンなのか。ネリー・カプラン，別名ベレンは『シーツを読む女の回想』のなかで，彼女なりのやり方で，レオニー・ダシュビーの名のもとに，悪名高い独裁者を粛清することに躊躇していない。そしてブエノスアイレスの犯罪現場では，韻文を刻んだ記念プレートがその事件を不朽のものとする。

Aquí, Léonie d'Ashby　　この場所でレオニー・ダシュビーは
A riesgo de su vida　　命の危険を冒しながら
Mató al tirano abyecto　　下劣なるホセ〔＝ヨシフ〕・スターリン・アセロを
José Stalin Acero[16]　　抹殺した

報復者であり誘惑者であり激情的なレオニー・ダシュビーに捧げられた，「やあ，レオニー・ダシュビー／ベレン：ありがとう」という2行を信ずる限り，ランボーの「帰依」における献辞に，そしてニーチェの最後の手紙の献辞に，立ち戻らないわけにいかないだろう。

「我が妹，レオニー・オーボワ・ダシュビーに。バウー」
「私は不滅の40人に名を連ねたドーデ氏に挨拶を送る。アストゥ」

殺人者にアクセントを置いたニーチェの誇大妄想とランボーによる帰依の仕種は，下世話であるとともに形而上的なものだが，ネリー・カプランのヒロインの暴力的な陰謀のなかで結びあう。記念プレートの詩句の最後の2行が称えているのは，精液と血の浴槽以外の何ものでもないのだから。幾千のレオニー・オーボワ・ダシュビーがいて，そのなかからブエノスアイレスでの使命を帯びた，エロティックで戦闘的なレオニー・ダシュビーがくっきりと姿を現してくる。もしもオートマティックな持続の本性が，偶然の一致のリスト化を許すことであるとしても，それは決して関係する登場人物の自由が存在しないという結論に導きはしない。バウーとレオニー・オーボワ，アストゥとニーチェ，ヴァシェと公現祭は，ブルトンには全面的に，バタイユには部分的に，ネリー・カプランには側面から影響力を行使する。しかしブルトンとバタイユとカプランの解釈は，それぞれ同時に忠実であり新奇な，個人的であり衝撃的なものだ。オートマティックな持続は過ぎ去った時代と時代のあいだに，隔てられた存在のあいだに，共約不可能な状況どうしのあいだに，近接性，近縁性を導き入れる。バウーというオノマトペとアストゥというパスワードは，我々をある心を震わすような物語の中心に招き入れるのである。我々は「快楽の短剣」を振りかざすことになるのだろうか。王権の錫杖を奪い取ることになるのだろうか。我々はモーレ・アントネリアーナの黒い星からムスティエの銅製の星へと飛び移るのだろうか。我々は慌てふためいて，バウー川の滝に潜りに行こうとするのだろうか。

ブルトン，エリュアール，ヴァランティーヌ・ユゴーがピカソ夫妻に宛てた絵葉書の表面。ヴェルドン峡谷の２つの山頂のあいだに実際に吊り下げられている，ムスティエ＝サント＝マリーの星の由来が語られている。

CARTE POSTALE

Monsieur et Madame Picasso
~~23 rue la Boétie~~
Boisgeloup
Gisors
Eure

Castellane. Basses alpes
Hotel du Levant. 15/8/32
chère Olga - où êtes vous
tous deux - nous pensons
sans cesse à vous - nous
parlons constamment de
vous - nous vous aimons
de plus en plus - où êtes
vous ? Olga je vous embrasse.
mon affection à tous deux
Valentine

Très chers Amis, on ne se
lasse pas de penser à la
merveilleuse exposition de la
rue de Sèze, tant de fois rêvée et
qui n'aurait jamais dû finir.
Les plus affectueuses pensées d'
André Breton et de
Paul Eluard

ブルトン，エリュアール，ユゴーの送った絵葉書，裏面。

第2部　オートマティックな持続

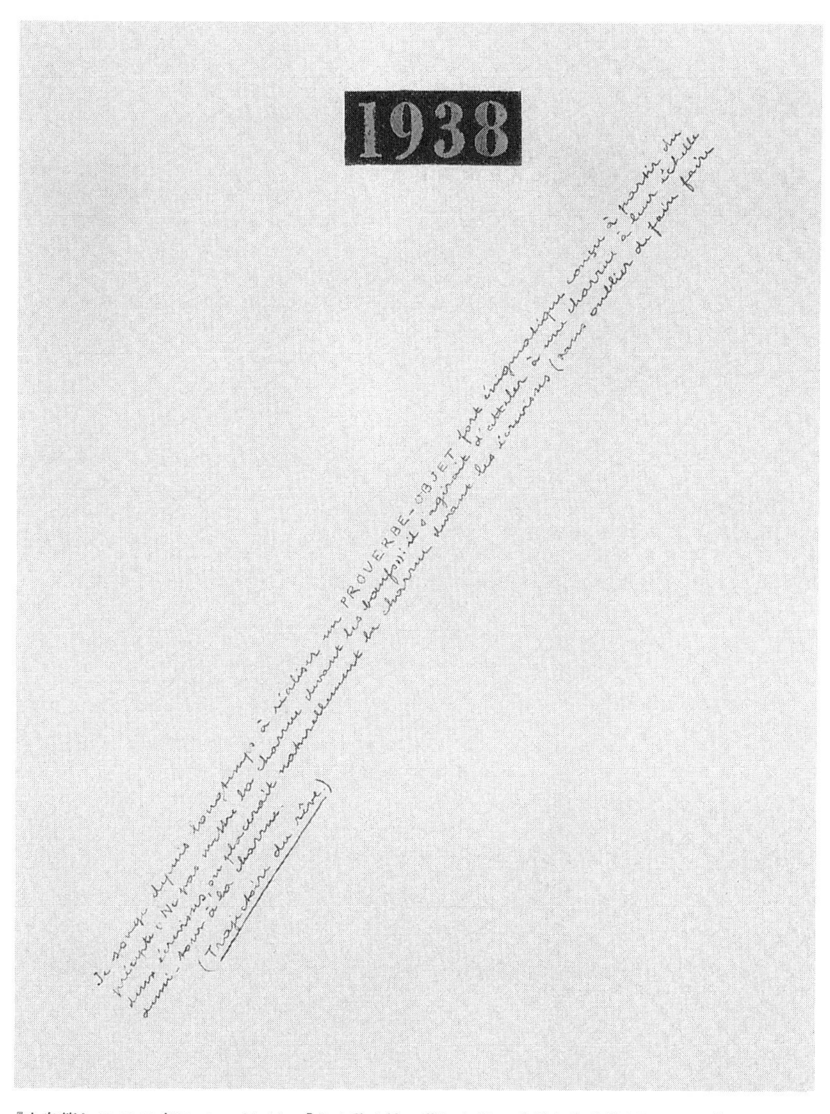

『大鳥籠』の 1938 年のページには，「ある動く絵の夢における成就と生成過程」から，「ことわざ＝オブジェ」についての一節が選ばれている。

1937

ASPECT ZÉNITHAL DE JACQUES VACHÉ

La stérilité aux doigts, l'*esprit* même de l'humour remonte, en marchant sur des œufs, le cours des armées de la « dernière guerre », le corps bien de face et le visage de profil. Nullement abstentionniste, cela va sans dire, il arbore un uniforme admirablement coupé et, par surcroît, coupé en deux, uniforme en quelque sorte synthétique qui est, d'un côté, celui des armées « alliées », de l'autre celui des armées « ennemies » et dont l'unification toute superficielle est obtenue à grand renfort de poches extérieures, de baudriers clairs, de cartes d'état-major et de tours serrés de foulards de toutes les couleurs de l'horizon. Les cheveux rouges, les yeux « flamme morte » et le papillon glacial du monocle parfont la dissonance voulue continuelle et l'isolement. Le refus de participation est aussi complet que possible sous le couvert d'une acceptation de pure forme poussée très loin — tous les « signes extérieurs de respect ». Avec Jacques Vaché plus un cri, pas même un soupir : les « devoirs » de l'homme dont toute l'agitation de l'époque entraîne à prendre pour type le « devoir patriotique », *défient jusqu'à l'objection*, qui, à ses yeux, serait encore de bien trop bonne grâce. Pour trouver le désir et la force de s'opposer, encore faudrait-il être moins loin de compte. A la désertion à l'extérieur en temps de guerre, qui gardera toujours pour lui quelque côté *palotin*, Vaché oppose une autre forme d'insoumission qu'on pourrait appeler la *désertion à l'intérieur de soi-même*. Ce n'est plus même le défaitisme rimbaldien de 1870-71, c'est un parti-pris d'indifférence totale, au souci près de ne « servir » à rien ou plus exactement de desservir avec application.

(*Anthologie de l'Humour noir.*)

『大鳥籠』で選ばれた1937年の文章は，のちに『黒いユーモア選集』でヴァシェへの注釈として用いられることになる「ジャック・ヴァシェの天頂における様相」であった。連合軍のものと敵軍のものを合わせたような，ヴァシェの奇妙な軍服が話題になっている。

第9章　オートマティックな持続

1919年はじめ，眠りに入る直前に，アンドレ・ブルトンは「窓によって2つに切られた男がいる」という最初のオートマティックなメッセージを聞く。この入眠時フレーズに気を引かれ，彼は書かれたもののレベルでこれに相当するものをえようと試みる。こうして彼はフィリップ・スーポーとともに，『磁場』の自動記述に乗り出していった。2人の書き手のおのおのは，空の貝殻に住みつくヤドカリのように，内部の耳で自らの思考が書き取らせるものを聞き取り，外部の耳でもう1人の隠遁者ベルナール〔ヤドカリのこと〕が紙に記載したあとで読み上げてくれるものを聞くのである。1919年1月16日ごろブルトンは，「何らかの満足のいく，おそらくスキャンダラスな示威活動がなされるまでは，〈世界〉を呆れたようななかば無知の状態にとどめておこう」[(1)]と話していた相手，友人のジャック・ヴァシェが死んだことを知る。この最初のオートマティックなメッセージを，ヴァシェの死の知らせを受けての解除反応として，また同時に彼が死刑になったことの置き換えとして理解することができる。他方また，ジャック・ヴァシェの思い出に捧げられた『磁場』という2人で書かれた書物は，塹壕のダンディとの一度は断ち切られた会話を続けてもいる。まして「薪－炭」という看板は「アンドレ・ブルトン&フィリップ・スーポー」共同経営による会社の社名であり，『磁場』巻末のヴァシェへの献辞のすぐ前，「すべての終わり」というタイトルのあとに掲げられているのだが，すでに最初のオートマティックなメッセージの際に作動していた幻覚的な力を備えている。事実ブルトンは『ナジャ』のなかである透視能力の逸話を報告するときも，『磁場』を喚起しているにとどまらず，「切り口 la coupe」と「窓」という運命の言葉を書き記している。「『磁場』の最後のページに大きく掲げられている〈薪－炭〉という言葉は，私がスーポーといっしょにまる1日歩きまわったある日曜日，それを看板にしているすべての店について，奇妙な探索の才能を私に授けた。［……］私が予告を受け，導かれていたのは，当の言葉の持つ幻覚的な力によってではない。むしろ薪の切り口に見える丸い形のものが，正面入口の両側に小さく積まれた束のように大まかに描かれた，そんな木口のイメージの1つによってだった［……］。家に戻ってからも，そのイメージはつきまとい続けた。メディシス交差路から回転木馬の歌曲が聞こえてきて，それがまたあの薪の印象を呼び起こした。そして，部屋の窓からはジャン＝ジャック・ルソーの銅像のうしろ姿が見下ろされるのだが，2，3階下あたりに位置するその頭部も同様だった」[(2)]。

薪の切り口を模した丸い形の視覚的幻覚は，聴覚的幻覚に姿を変える。同様にして薪は頭蓋骨に変わる。そしてブルトンがそこから身を投げるという考えに引きつ

けられた，偉人ホテルの5階の窓から，「窓によって2つに切られた男がいる」という最初のオートマティックなメッセージの原初の場面が演じなおされるのである。ニオイアラセイトウの髪をしたジャック・ヴァシェの幻覚のなかで，ブルトンはまさしく恐怖に襲われる。「恐怖に捕らわれ，私はすぐに引き下がった」と，ブルトンは明言している。このパニック反応ののちに，『ナジャ』の著者は次のエピソードに話を移す。「やはりパンテオン広場で，夕方も遅くなってのことだ。戸を叩くものがいる」。この簡単な記述のなかに，『シュルレアリスム宣言』の表現でいうならば「窓ガラスを叩く」ようなものだったという，最初の入眠時フレーズの聴取条件が再現されているのではないか。なんにせよブルトンはこんなふうに話を続ける。「1人の女性が入ってくるが，年恰好や顔つきはこんにちまで覚えていない。たしか喪服だった。彼女は雑誌『リテラチュール』のある号を探している。誰かに頼まれて，翌日ナントへ持ち帰る約束をしたのだという」[(3)]。この訪問の背後にバンジャマン・ペレという人物が浮かび上がってくるのだとしても，おそらく黒い服のナントから来た女性は，ジャック・ヴァシェの喪に服しているように見える。この2番目のエピソードを語ったのちに，ブルトンはジャック・ヴァシェと知りあった町についてすかさず言葉を継いでいる。「ナント，たぶんパリ以外でただ1つ，［……］何かが起こりそうだという印象を持てるフランスの町」。その名前は発されていないというのに，『ナジャ』のなかのこの連続した3つのパラグラフは，ナントのホテルで死んだhなしのユーモア（Umour）の発明者につきまとわれていることがわかるだろう。

ヴァシェはブルトンのなかで生きている。「ヴァシェは私のなかでシュルレアリストだ」という『宣言』での告白からすれば，それは一向に驚くべきことではない。とはいえこの告白の重要性を推し量るためには，ヴァシェの処刑を描き出しながらも，ダンディと詩人のその後の関係に関する目印を設置するものだった最初のオートマティックなメッセージと，それを比較する必要がある。2人の友人は二重化するための適性を等しく持っていたし，ましてブルトンは1918年，すでに自らを「間接税の徴税人」として定義していたが，彼らは文字通り2つに分裂して，その同一性を取り換え，断続的にいくつものメッセージを取り交わす。ヴァシェがブルトンのなかでシュルレアリストであるとするなら，ブルトンもまたヴァシェのなかでダダイストなのであるから。1919年1月13日のコラージュ書簡のなかでブルトンは，実は強盗殺人犯であるベニス風の仮面舞踏会の衣装を身に着けた紳士を描いたギュス・ボファのデッサンを切り取って貼りつけ，その横に，「二重の顔DOUBLE FACE」という切り抜きを垂直に配すると，「ジャック，それはあなただったのだ！」というキャプションを加えている。生きていても死んでいても，ヴァシェは徐々にさまざまな姿で現れる遊戯に慣れ親しんでいく。彼が身にまとった，あるいは彼に帰属させることができるであろう名前や仮面，衣装は無数に存在する。それはジャック・ドーであり小さなココーズ氏，ジャック・トリスタン・イラール，ハリー・ジェイムズ，二重の顔，絞殺者ジャック，ニオイアラセイトウの髪，蝶の形の冷ややかな片メガネ，ジャック・ブラウニング，『テイレシアスの乳房』の際の狙撃者，無線電信技師，春の仮面，等々である。しかしブルトンが『黒いユーモア選集』の註釈に刻みこんだ，ヴァシェのもっとも美しい肖像は，美学的かつ弁証法的なやり方で，彼を厳密に「2つに切られた」ものとして描き出すものであり，そこでヴァシェははっきりと，最初のオートマティックなメッセージの「窓によって2つに切られた男」と同一視されている。「いうまでもなく，決して責任を回避するような人間ではない彼は，すばらしくカットされた軍服を着ているが，それはカットされているどころか2つに切り分けられている。それはいわば総合的な軍服で，片側は『連合軍』の，反対側は『敵軍』のもので，それがきわめて表面的にもせよ統合されているのは，縫いつけのポケット，明るい色の肩帯，参謀本部の地図，首にグルグル巻かれた，地平線のあらゆる色をしたスカーフなどの助けのおかげだった。赤毛の髪，『消えた炎』の眼差しや蝶の形の冷ややかな片メガネは，持続的なものであるよう意図された不協和と孤立を完成させるのである」(4)。

『戦争書簡』再版への序文である「30年後」で，ブルトンは私たちに「どう考えても死んだと思わざるをえないにもかかわらず，ジャック・ヴァシェは死んでいない」と明かしていた。彼はヴァシェの再登場を，何度か詳細に描き出している。そしてヴァシェの不滅の現前を表現するやり方は，彼の長い不在を表現するそれと同様に，ブルトンがその生涯を通じ，聞き取ることのできたわずかな数のオートマティックなメッセージの生起する様態に，正確に適用できるものである。彼は「絶え間なく姿を隠してしまう奇妙な存在でありながら，私から離れていった他のいかなるものも私に対してまとったことのない，執拗な存在感」(5)を持っている。ヴァシェが死んだことへの拒否に引き続いて生じた，ヴァシェの超意識的な内在化は，ブルトンをして，飛行士であり無線電信技師であるヴァシェの親しげな声，彼からのシュルレアリスム的メッセージを聞き取らせる。1956年4月11日から12日にかけての夜に記された最後のオートマティックなメッセージに際し，ブルトンは友人に問いかけている。その美しい髪を切り去ってしまわないように嘆願するのである。「金の白野牛よ，もしあなたが生きているならば，金の白野牛の髪を切らないでください」。最初のオートマティックなメッセージはその双数的構造を他のメッセージにまで押し広げるものだったが，その二重性は最後のメッセージにおいて，主体の客体への二重化にまで達する。1919年以来ブルトンは，ヴァシェが彼に残していった護符である髪の一房を忘れたことはなかった。かくして彼は『磁場』のなかに書いていた。「私の傍らを通り過ぎていったあらゆる通行人のなかでもっとも美しいその男は，消え去り際に私の手のなかに，それがなければ私はあなたにとって失われてしまうであろうこのアラセイトウの一束を残していった」。[6] そして『戦争書簡』への序文のなかで，彼は金の白野牛の髪に魔術的な力を付与するのである。「彼は処女林の大部分を焼き払ってしまっていたが，その彼の髪と，そこに避難したあらゆる美しい動物たちによってそれとわかった」。[7]

ブルトンは半睡状態のフレーズを通じ，ヴァシェのシュルレアリストとしての声が，あるいは自分自身のダダイストとしての声が，阿片吸飲者のメッセージに反駁するのを聞き取る。年月を経ているにもかかわらず，2 つに切られた 2 人の男は，たしかにきわめて稀にではあるし，しかも手短でそそくさとした様子ではあるにせよ，言葉を交わし続けているのである。オートマティックなメッセージの増幅の試みである自動記述もまた，ヴァシェに対して借りを返そうとする。だからこそ『磁場』は，多かれ少なかれ奔放なスピードで，最大の加速がついた瞬間にはジャック・ヴァシェの際限のない自殺的なスピードに接近しつつ書きつけられていった。ましてや映画の画面上で，「狂った自動車」を運転するハリー・ジェイムズは，1923 年と 1924 年のブルトンの 2 つの夢のなかに躊躇することなくなだれこんでいく。そこで彼は，ナントの空で遭難する黒い車両＝飛行機とともにロワール川に墜落し，さらにはパリの駅の周辺で，「空飛ぶ公衆便所」のハンドルを操るのである。

自動記述は安全確実なものではない。ペンの先端に導かれるだけでは事足りないだろう。修復しようのない喪の感情，自殺の眩惑，不可能な愛，塹壕の悪夢，子供時代の残存物，書き手たちに取りついているのが何か，正確にはわからない。とはいえ彼らは，ファンタスムを培養しようとか，発作を解決しようとか試みているわけではない。彼らはイメージの彼方を見ている。苦痛と解放の手前にとどまるのである。彼らは数字と文字から最高の賞金を引き当てることができるかのように賽を振る。新品の，あるいは使い古された多くの材料からいくらかを取り出し，創造者の身振りを繰り返して見せる。コラージュ書簡やのちのポエム＝オブジェと同じ資格で，自動記述もまた出会いを助長し，固定された時間軸を打ち壊しつつ，さまざまな人間たち，形態，グループ，記号，トラブル，言い回し，出来事，世代のあいだに隠された親和力を啓示する。自伝ははるか遠いあるいは近しい歴史と混ぜあわさり，形而上的感覚も，チョコレートの包み紙へのフェティシスム的な嗜好に協力することができるのである。

ショットやシークエンスを組み立てる映画作家は，アクションを縮めたり引き伸ばしたりするし，イメージと音をミキシングし，ある時点から別の瞬間へと移行するための十分な指標を与える。要するに彼らは持続を作り出し記録することで，時間の物質化とその直感を我々にとって親しいものにしたのである。魅惑的にきらめく持続，はかないとともに決定的なこれらの持続は，それまで映画館という隠れ家に押しこまれていたが，シュルレアリストたちはそれに街路で出会い，それをキャンバスや紙のうえに定着し，夢のなかだけでなく見渡す限りの歴史の舞台上でそれと出会おうとした。映画作家たちがそれを量産してパッケージングするのとは違い，彼らはそぞろ歩きの最中に出会う僥倖や欲望の命ずること，想像力の無分別な身振り，半睡状態でえられるメッセージや無数の遊戯やアンケート，自由への督促に対して信頼を与える。そのことで自動的に，変種の記号や日付の融合，情動と身体の大騒ぎ，死者と生者の合流，さまざまな素材どうしの唖然とするような偶然の一致が生じるのである。

1919年すでにダダ゠シュルレアリストたちは，世界の解体をしっかりと見定めていた。神や国家，アカデミズムや社会的成功からは何も期待されていない。文学と芸術は疑わしいものとすら見なされている。スウィフトやロートレアモン，ジャリやデ・キリコといった先駆者を後ろ盾として，彼らはいくつかのゲームの規則を改変し，形式を更新し，もはや権威の前に屈したりしまいと決心する。彼らが意識しているのは自由の支配を告知することではなく，混沌とした一世界と向かいあうことであり，そこでは制度と革命の欲望とがともども動揺している。しかしながらシュルレアリスム的な個人，とりわけアンドレ・ブルトンは，額に星を抱きつつ，伝記に属する歴史的な持続を磁化することができると信じるのである。

現実的であったり想像的であったりする出来事，目を眩ませたり姿を隠していたりする，取るに足りなかったり攪乱的であったりする出来事，口にすることはできないとともにそれについて語り終えることもできない出来事，私はそれらをオートマティックな持続と呼ぶ。無線的時間のなすがままに，あるいは印刷されたページの思わぬ片隅に割り振られたこれらの持続に近づくためには，自動記述のメッセージを解読し，客観的偶然による偶然の一致を再配分し，写真資料をキャプションから引き離し，シュルレアリストたちが組み上げたり操作したりする機会を持った無数のオブジェに触れてみる必要がある。『ナジャ』のなかで物語に沿って配分された30数枚の写真資料，すなわち偉人ホテルやアンゴの館，エティエンヌ・ドレの彫像，エリュアールの肖像，〈薪－炭〉の看板，眠りこんだ，ついで目を覚ましたデスノスの2枚連続するコマ，等々のおかげで私たちは，まるで映画館におけるように，ブルトン的持続のフィルムの試写に立ち会うことができる。しかし写真はテクストや物語にイラストを与えているのではないし，いかなる知覚や記憶を模倣しようとしているのでもない。それらは基盤や礎石，厚みや平面を設定し，1つの持続を打ち立てるのに必要な充満と真空とを練りなおす。欲望が偶然と，必然性が突発的な出来事と，遊戯が情熱と，驚きが期待と競いあっている，オートマティックなものにされたこれらの持続。シュルレアリスムは欺瞞を断罪し，小説を拒否しつつ，まさにこれらの持続をこそ記録しようと試みるのである。

1925年1月10日，『現実僅少論序説』で「問題」を告知するなかで，アンドレ・ブルトンは幾人かの稀な読者に対し，自分の40才の誕生日である1936年2月19日にある待ちあわせの約束を提案している。1936年秋，『狂気の愛』を閉じるエキュゼット・ド・ノワルーユへの手紙のなかで，彼はふたたび時間のなかへと自らを投げ出し，今度は自分の娘に呼びかけている。「1952年の早春［オーブよ，1952年の春に］あなたは16才になったばかりだろう」。[8] とりわけ1934年の9月，彼は『黎明』の折りこみ宣伝文のなかで，自分の誕生日を1日ずらしてみせる。周囲に明かすこともなしに，彼は1つの生物学的な持続を精神的でオートマティックな持続と取り替えるのである。彼がこの世に生まれた実際の日付は1896年2月19日だが，それは魚座の星のもとにある悲しき灰の水曜日であり，彼はそれより水瓶座の星のもとにある1896年2月18日，謝肉の火曜の方を好んだ。さらに『狂気の愛』の運命の出会い，「花咲くマロニエに降り注ぐ明るい雨」の髪をした未知の若い女とブルトンとの出会いが，1934年5月29日に生じる。その数日後，詩人はレ・アール界隈での長い夜の散策が，1923年のオートマティックな詩篇「ひまわり」のなかに書きこまれていたことに気づくのである。

『狂気の愛』の冒険のなかだけでなく，書物の構成においてもまた客観的偶然は役割を果たした。ジャクリーヌ・ランバに出会うよりも前，ブルトンはまず『ミノトール』誌に，「あなたの生涯の重要な出会いはどのようなものか」というアンケートへの註釈を，ついで「美とは痙攣的なものだろう」と題された，豊富なイラストをともなう記事を掲載していた。またもう1つ別の雑誌には，「見出されたオブジェの方程式」が掲載されるところだった。結局この3つのテクストは，彼に『狂気の愛』の最初の3章の材料を与えることになる。「美とは痙攣的なものだろう」の再録である第1章は，オンディーヌについてのエピソードで終わっているが，それは詩人のもう1人の水の精との出会いを予告するものだ。この章はさらに，ブルトンが美を前にして感じ取った感覚についての有名な描写を含んでいる。いわく「真の戦慄を導き出すことのできる，こめかみに風の冠毛が触れる感覚」。[9] 話者はもう少し先で，トランプとゴム製の小像，そして父親を背負ったアエネアスを思わせるマンドラゴラの根を用いて，いかに未来を占うのかを語る。ところで『アエネアス』の物語では，主人公の父，病身のアンキセスが破壊されたトロイの町から脱出するのを拒むとき，その子孫である幼いアスカニウスあるいはイウルスの人格に奇跡が起こる。「かくしてイウルスの頭上に，小さな炎の冠毛がともるが，その優しき炎は彼の髪を柔らかくなでまわし，彼のこめかみの周囲で大きくなっていく」。この幸運な予兆について，アエネアスは父を連れ去り，のちには新しきトロイを打ち立てることになるだろう。火の冠毛ないしこめかみの風の感覚は，美の現前ないし神的な出来事を意味している。1923年8月19日，「ひまわり」の1週間前に書かれた詩篇「冠毛」は，火と風の冠毛の親近性を確認させてくれるものだ。「出発するとき私は一房（メッシュ）の髪に火をつけたが，それはまた爆弾の導火線（メッシュ）でもある」。ましてバタイユは 1948 年 2 月 24 日の「シュルレアリスムの宗教」に関する講演のなかで，「こめかみに当たる風の冠毛」の感覚というシュルレアリスム的体験あるいはブルトン的な感覚を，「聖なる戦慄」と形容するだろう。[10]

オートマティックなメッセージとは本当のところ例外的なものだが，そのおかげで「窓によって 2 つに切られた男」は死刑の執行と向かいあい，共犯者の声を聞き，その孤独を打ち破る。オートマティックな持続とは，細かく砕かれた映画の持続や自然的で主観的なベルグソンの持続の断片化と等しいものだが，それとともにシュルレアリストは，ある信号のシステムを手にする。それはシュルレアリストをして，時間を呑みこみ，自分の個人的な運命の点線を観察し，その線を素描し，輪郭を刻み，さらには集合的な歴史のあれこれの主要部分に探りを入れるように誘うものだ。たとえばアンドレ・ブルトンは 1941 年に，自分自身のサインを構成するイニシャルを読みなおすことで，1713 年という年の肖像画を描き出すことになる。[11]たしかにルソー風の夢想やニーチェの永劫回帰，映画の想像世界や精神分析のセッション，プルースト的な記憶の蘇りなどもまた，さまざまな時間の見本を取りこんでいく。たしかに自然の世界や人工の世界は，ゴンブローヴィッチの『コスモス』のように，無数の記号で満たされている。パラノイアが待ち伏せし，ポルノグラフィーが我々を引きつける。しかしシュルレアリスムの遊戯はいくつかの個人的な欲望の誘惑に屈服するものであり，だからそれが通っていく狭い道は，片側は自殺者の峡谷に面し，反対側は神々の祝福された高い頂上につながっているのだが，だからこそ配りなおされたカードによって，多少ともはっきりと見きわめがつくようになるに違いない。

ブルトンにとって守護神ヴァシェは，すぐにでも「スクリーン」上に姿を現すことができる。オートマティックな持続の直観は，ネルヴァルやランボーのような詩人，あるいはパッサージュ・デ・コスモラマを探検する若きアニセが行使することのできた，幻覚と陳述の能力を前提としている。客観的偶然が想像力に十分な蓄えを与え，そのことで想像力は，現実の僅少性の遊戯に囚われるのだが，いかに僅少とはいえそれはやはり現実であるので，脱線するという歓喜を断念することになる。日常のなかの心を掻き乱すような出来事を支えとするシュルレアリストは，充足理由律[12] にしたがって改心するようなことはない。彼はむしろ思考の手を引いて導きながら，何らかの偶然の一致，フレーズの切れ端，類推関係，事物の変色した部分，予感，町の形，書き入れられた日付などを指し示すことで，1 度は定まった考えを再稼動させるよう促すのである。

今日，自分自身の手でオートマティックな持続を探り当てることのできなくなった我々は，メディア化された持続の流れに身を任せている。ターゲットにされた大衆としての我々は，好むと好まざるとにかかわらず，多くのうるさくつきまとう番組や，扇情的なイメージ，武装解除しようとする民主主義的な所信表明を消費している。ある意味で映画とダダとシュルレアリスムは，このオーディオヴィジュアルのカーニヴァルを，ニュースはすぐにアーカイヴ化され過去の資料は再活性化されるこの時間の博物館化を予告していた。哲学，政治，芸術が，人工的な持続についての批判的な考察なしで済ませるわけにはいかないことがわかるだろう。人物や事物や言葉のなかに客観化され，ある欲望，ある運命の力線を我々の眼の前で描いてみせるオートマティックな持続がほとんど気づかれないままにとどまっていることを，こうして我々は理解するのである。

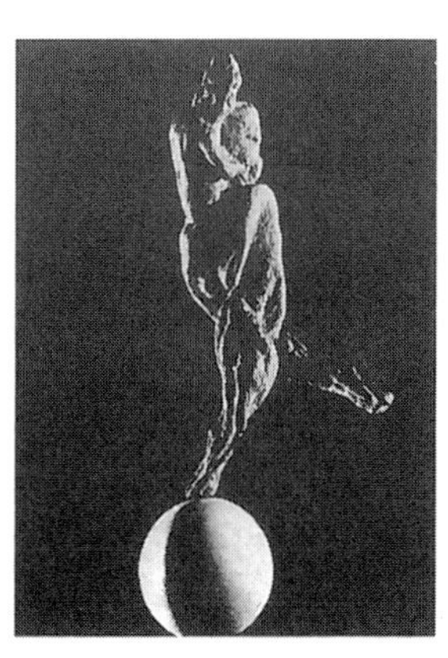

アントニオーニ『赤い砂漠』から。

第10章　持続イメージを奪われたドゥルーズ

運動イメージと時間イメージは，ドゥルーズの作品に強い照明を当てている。今後彼の書物，とりわけ『千のプラトー』を，きわめて目の詰まったモンタージュのフィルムを試写しているものと考えながら再読することが可能だろう。フィルムのなかには特定の著者（プルースト，ニーチェ）に焦点を当てたものもあるし，強迫的に無数のレファレンスを混ぜあわせたものもある（『差異と反復』，『アンチ＝オイディプス』）。ドゥルーズはいつでも発想元のテクストを引用するが，引用される断片はみな，字義通りの意味で理解されている。断片は1つのアフォリズムとして扱われているのであり，つまり元のコンテクストと完全に切り離されている。さらにいえば，それはあまりに見事に切り離され，あまりにはっきり境界を定められているので断面と切り口が見えるほどだ。それは我々に純粋なイメージとして，あるショットのなかに置かれたイメージ，あるフレームのなかに切り取られたショットとして与えられている。かくして1冊の映画＝書物の材料は，無数の純粋な断片，それ自身に等しいイメージ，固定されたショットに基礎を置いていて，そのショットの起源もまたすぐに忘れ去られてしまう。映画作家＝哲学者の概念がそれらを包み，洗い，持ち去ってしまうからだ。

『創造的進化』の有名な1ページで，ベルグソンは我々の知性の映画的幻想を告発しているが，(1) その意見にもかかわらずドゥルーズは，映画とはベルグソン的なものだと断言している。『物質と記憶』は，ベルグソンが一元論者どうしの偽りの対立を批判し，乗り越えられた二元論を自らの立場として採用した書物だが，ドゥルーズはとりわけここに想をえながら，映画という材料は魂と身体の合一の作用に素晴らしく適合するものだと請けあっている。映画的生産物から，物質が記憶と合致するのを可能にするようなベルグソン的概念を引き出そうというのである。この論証を全体として，あるいは細部において反駁しようというのではなく，ここではむしろある奇妙な偶然の一致，ある不都合な帰結，そしてある驚くべき留保を強調しておきたい。

映画には2種類のイメージがあることになっている。1つは運動イメージである（映画 cinéma とは語源的に運動を意味している）。人はそこで，さまざまなやり方で動いている。呼吸し，見つめ，泣き，向かいあう。行為と状況が，事物と背景が，顔と言葉とが対応しあう。恋愛や冒険の映画もある。とりわけうまく連結したシナリオとテンポのいいモンタージュのおかげでつながりあったイメージは，暗黙のうちに時間の流れに従属しているのである。2つ目は時間イメージだが，それは運動イメージへの批判である。物語上の出来事を語るのではなく，それは到来するもの

« ASTU »
Slyne Hd
Galway
North Sound
Iles Aran
South Sound

に思いをめぐらす。こうしてそれは時間の形式を抽出するのである（それはオフュルスやルノワール，フェリーニやヴィスコンティにおける「時間の結晶」であり，ウェルズにおける「過去の層」である）。時間イメージは運動イメージを偽造するのである。

さて構造上の分類は，奇妙にも映画の歴史と重なりあっている。論理が年表と合致しているのである。戦前の運動イメージの時代である古典的な時代があり，戦後の時間イメージの時代である現代的な時代があるのだという。決してヘーゲル的でないはずのドゥルーズが，ヘーゲルのように目的化するのである。無声映画出身の多くの映画監督が，戦後も自らの映画概念を変更せずにキャリアを続行していったという点を指摘するだけで十分だろう。ドゥルーズは小津にはそれを認め，彼に時間イメージの栄冠を授けている。しかし彼はブニュエルやルネ・クレール，ドライヤー，ホークス，ヒッチコック，ラング，ルノワール，スターンバーグといった重要な映画作家をどこに分類してよいかわからなくなってしまうのである。

『形而上学序説』のなかでベルグソンは，2つの伝統的な時間についての思考が，持続を「凝固させ」あるいは「結晶化させる」という点で一致していることを示している。1つは唯一の時間，死んだ永遠を擁護する考えであり，もう1つは時間を無数の瞬間に粉砕する考えである。「巨大で堅固な広がりのなかにおいてであれ，無数の結晶化した針においてであれ」，それら2つは動いている現実を凝固させてしまう。しかしそのとき，時間のカリカチュアである「結晶化した針」は，ドゥルーズによるならば直接に時間を啓示するはずの，「時間の結晶」と「現在の先端」の終焉を告げるのである。

さらに不安なこともある。もし運動イメージの危機が時間イメージの出現を引き起こすのだとするなら，予測できない新たな展開のなかで時間イメージが危機に陥ると，当然のように予想できることになる。ところがドゥルーズはこうした論理展開とその不都合な帰結には目をつむってしまう。現在の映画が彼の心を奪っているのだ。我々は無事に目的地に到着しただけでなく，現在〔1985年現在〕最後の花束を引き寄せていることになる。こうして我々は記号の爆発に立ち会うだろう（光記号，音記号，時間記号，思惟記号，読解記号）。新しい脳が機能し，新しい知性が作動している。彼はゴダールやレネ，ロブ=グリエやロメールと同様に，デュラスやガレル，ジーバーベルク，ストローブを賞賛する。彼はジャン=リュックが映画作品におけるゴダールよりも，インタビューのなかにおいてさらに映画作家であることを見ようとしない。古典的な**ハッピーエンド**におけるように，時間イメージにあまりに多くの美点を与えてしまう。たとえば我々は彼に対し，ゴダールにおける教育的な美点はウェルズにおける偽物の力に異議を唱えているし，映画はセリー的時間の直接的な読みこみを，テレビと争っていると反論できる。要するに彼は，映画イメージとテレビイメージが陥ってしまった一般化した危機と向かいあうことがないのである。

ドゥルーズはあらゆる映画を見，映画についてのあらゆる書物を読んだ。彼はしかしその 700 ページの書物を通じて，驚くべき慎み深さを見せる。ベルグソンはあるプラトーのうえで，彼に映画の中心的概念，すなわち**持続**を示して見せたが，ドゥルーズは恥らうように顔を背ける。彼はそのとき，**持続イメージ**を手放したのである。

説明できないことだが，ドゥルーズはただスクリーン上に次々現れるイメージだけを分析している。ところがイメージはフィルムの外には存在せず，フィルムは鑑賞者の外には存在しない。小学校で，人はスモックと黒板のおかげで記憶を，あるいはむしろ知覚である記憶を作り上げる。映画館では，暗闇と鑑賞者の不動性のおかげで，知覚が，あるいはむしろ記憶である知覚が育てられる。長編映画の知覚はほぼ瞬間的なものであり，人は一息にイメージを飲み干す。スクリーン上の永久運動は，記憶である知覚に適している。この知覚は望みのままに引き伸ばしうる，一種の直接的な記憶として機能するからだ。この記憶は何も忘れることがないのだから完全なものだが，いかなる意識的な思い出もない以上，忘却も全面的である。映画館の暗闇のなかでは，知覚は十分に長いあいだ（90 分から 180 分にもわたって）1 つの幻覚をぴんと張ってはまた緩めることができるのである。

モンタージュとミキシングの技術は，時間が実現されているあいだ空間を装うことからなっている。映画作家は協力者や役者や技術者のあいだを狂ったように動きまわる。彼の頭は平行な，敵対的な，あるいは倒置された持続で満ちている。すなわち映画監督の時間（撮影の時間，すなわち持続の断片化），映画の時間（上映の時間，すなわち持続の一般経済），観客の時間（映画作品の統一的な知覚），投影的時間（資料のフィクション，フィクションの資料）である。

スクリーン上で断片化され物質化された持続は，時間の線状性と不可逆性を破壊する。いかなる糸も過去と現在と未来を結びあわせない。現代性は伝統を忘れ，忘却はその被害を押し広げる。子供時代は自滅し，現在が緊急のものとなる。第 2 世代は自らを自発的世代と思いこむ。身体への崇拝，逃避としての旅行，うんざりするような演説，不条理な仕事，事件の強迫観念，カレンダーの改竄，家庭生活，技術的な偉業，あるいはまた同様に心の混乱，虚無の誘惑，浪費されたユーモア。それらが手を組んで，非時間的な，閾と化した，ずらされた持続を作り上げようとしている。それは日常的なものの遭難だ。イメージとしての知覚は瀕死の光のなかに，持続のイメージ，イメージの持続を切り抜く。持続は体を震わせ，広がっていく。あらゆる風景，あらゆるポスター，あらゆる文字盤が，1 つの持続イメージを見せびらかすブレスレット・ウォッチに変わるのである。

映画作家たちがいかに混沌に飛びこもうとも，身体の積み重なりやイメージの爆音，フレーズの膨張や観念の旋回，持続の喧騒や数字の速さ，引き潮のしつこさや視野狭窄，生の操作や宣伝の侵犯，即席の調査や風景の分配や信念の萎縮を逃れることはできない。映画は我々の人生のなかで2度扉を叩く。それは時間を断片にし，我々にその戦利品をゆだねる。そして我々がメディア化された持続との奇妙な共同生活をはじめて以来，それは我々に銃のねらいを定めているのである。

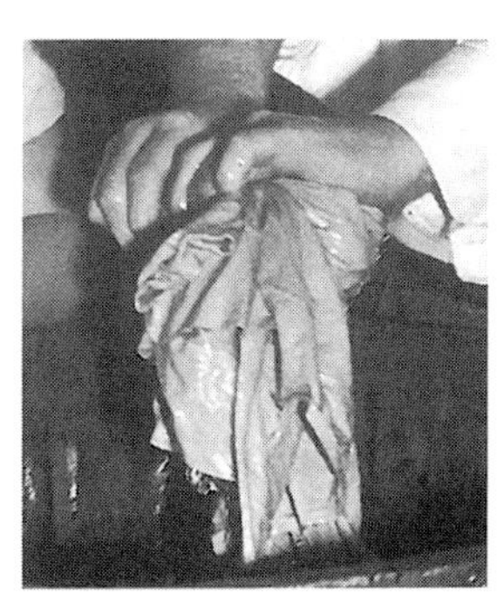

ウィリアム・ワイラー監督作品『嵐が丘』のポスター（フランス公開時のもの）。

第11章　映画的持続

演劇人マルセル・パニョル，詩人ジャン・コクトー，コント作者ジャン・ジオノ，彼らはまた映画監督でもあった。エミリー・ブロンテの『嵐が丘』のような小説は繰り返し映画化されてきた。フィルム・ノワールはしばしば三面記事から，あるいはさらに頻繁に既刊の推理小説から想をえてきた。文学と映画の協力関係は緊密なものであり，フローベールのエクリチュールが映画的なものだといった形容があとからなされることもあって，それが『ボヴァリー夫人』の度重なる映画化を説明してもいるだろう。あるいはアメリカの小説家ジョン・ドス・パソスにおける映画やジャーナリズム的な技術からの借用が強調されたりもする。あらゆる国籍の作家，芸術家の，書かれたが撮影されなかった100点ものシナリオをクリスチャン・ジャニコが出版したが，[1] これを頼りに言葉の支持者とイメージおよび音による製作者のあいだのときに穏やかな，ときに疑り深い関係について考えてみることもできる。60年代末までに映画を撮影した多くの映画作家が内に秘めた作家であったとすると，今日の小説家，あるいは画家でさえ，その大部分は抑圧された映画作家だといえるのではないか。いい方を換えるなら，20世紀を通じ，文学的モデルは映画的モデルに席を譲ったのであろうか。さらにいうなら，フィルムのなかで文字通りの書かれた部分，すなわちシナリオやダイアローグは，消え去るか燃え尽きることを運命づけられた，呪われた部分なのではなかろうか。

事実の検証にさらされ，客観性の原則に従わざるをえない歴史家やジャーナリストと違って，作家や映画作家には思うがままに語り創り出すことが許されている。彼らの作品は度を越した幻想に走り，情熱の炎を過度にあおり，教化するためであれ教育するためであれ，あまりにも大衆の気を引こうとしすぎる。読者もだまされてはいないし，観客も信じこんでいるわけではない。彼らが映画館の敷居を越えるとき，あるいは小説を開くとき，彼らはショットやシークエンスの映写が，あるいはあるページを読むことが，一連の詐術や多くの物質的条件に頼ったものであることを知っている。とりわけイメージの鑑賞やテクストへの集中は，大衆と作者の両方によって暗黙のうちに認められた一般的なフィクションの原理のおかげで可能になるのである。少なく見積もっても行政的な規定や社会的なレッテル，言語上の用法と同じくらい強制的なこのゲームの規則に対し，違反しようとするものは誰もいない。我々は誘惑の前でいい逃れをしたりいかさまを働いたりしないのであって，それを受け入れないか，あるいは応答するかのどちらかだ。フィクションの原理は情動を禁止しないどころか，反対にそれに参加することを，当座は抑制しつつもそそのかすのである。さめざめと涙を流す読者や映画館のなかで取り乱す観衆さえいる。しかしなかば野蛮な部族や月に住む人々は，映写装置の存在を忘れるとともに，大スクリーン上ではまったく独立したアクションが展開していると，多かれ少なかれ騒々しく主張するものだなどといい張るのは，何らかの風説か，空想的ないしパロディー的な映画だけである。(2) この場合，フィクションの原理の2つの側面の片方，すなわち自発的に信じこんだり幻覚を見たりする能力しか考慮されていない。もう1つの側面はこれと対称的なもので，距離を取ること，あるいは魅力を断ち切る力なのだが，こちらははっきり軽視されている。しかしながらフィクションの原理は世界に対する現実感喪失や欲望の再活性化に還元されるわけではない。封切りの際にスキャンダルを巻き起こしたジャン・ルノワールの代表作と，うずくような，しかし模範的なミシェル・レリスの自伝はどちらも『ゲームの規則』と題されているが，それらが例示しているように，この原理が現実とその表象のあいだに潜りこんでいる。幻想と驚きとの，意識化と幻滅とのあいだにはほとんど宿命的な接合が存在するからである。

フィクションが映画と文学を同列に置くとしても，それらの関係はいかなる意味でも相互的なものではない。1つのコント，1つの小説，1つの戯曲が映画化されることは可能だ。しかし映画が書物の母体となった例は思いつかない。さらに，物語からイメージへの移行はあまりに多くの損失をともなうので，作品がスクリーン上にもたらされた作家たちはしばしば裏切りだと叫ぶことになる。サシャ・ギトリーやマルセル・パニョルは，舞台空間と撮影のセットをまるごと取り替えて自分だけでやっていく方を選んだ。しかしながらアメリカ製喜劇映画のギャグやコマ落としは，スピンの連続からなるバンジャマン・ペレの詩やコントにおそらく霊感を与えたし，やはり20年代，明らかに撮影不可能なフランシス・ピカビアのシナリオ『片目のものたちを馴致する方法』に現れるマニキュア師と「いざり」のような人物のぶつかりあいに，しかしまた意外なことに，クリスチャン・ジャニコが取り集めたロシアのシナリオのうちの2つ，すなわちヴィクトル・シクロフスキーの『円錐形の紙袋』とマヤコフスキーの『スクリーンの中心』に見られる奇想にも，直接に影響を与えている。幾人かの詩人に見られる，喜劇映画へのこうした熱狂に，スリラー映画の監督と推理小説作家のあいだのかなり友好的な了解関係をつけ加えるならば，映画と文学の協力の限界がすぐにも見えてくる。探偵ものや喜劇的ジャンルがスクリーンをパンクさせ，書物のページを躍らせることができたとしても，西部劇についてはそうではなかった。その想像世界はスクリーン上で砂漠を疾走する馬の群にあまりに強く結びついていて，テクストのヴァージョンに場を与えることができないからである。

夢を友人に打ち明けてもうんざりさせてしまうものだが，映画はそれ以上に言葉にすることができない。感覚を詰めこまれているせいであまりに詩的で，記号を目一杯背負っているせいであまりに散文的なものである映画は，適切かつ迅速にディスクールによってくくることができない。だからこそ映画批評家は，明確なドラマの筋立てを語るのを嫌がる。だからこそシナリオを読むことは，あるいは非常に詳細なコンテを追っていくことさえ，すでに撮影された映画を視覚化することを可能にしない。ひとたび撮影されてしまえば，映画作品はその想像世界を，音楽と造形芸術をあわせたより強い暴力的な力で押しつけてくる。映画に比べれば，詩や小説は穏やかな薬にすぎない。**フラッシュバック**：1895 年，観客たちは物質化された持続を知覚した。音楽にも絵画にも演劇にも書物にも写真にも電話にも，オペラにさえできなかったことを，映画は一挙に実現する。1 人の観客は，たとえ文字が読めなかったとしても，映画館に入るやいなや，形而上学者たちが常に夢見てきたものをわずかの代価で手に入れる。それはすなわち，思考のなかを読み取り，観念を視覚化し，時間を狩り出し，持続を直接的に捉えることである。時間はもはや想像不可能なものではない。それは我々の目の前で直接に実現する。1895 年，ベルグソン，プルースト，レーモン・ルーセルは映画的持続に取りつかれるのである。

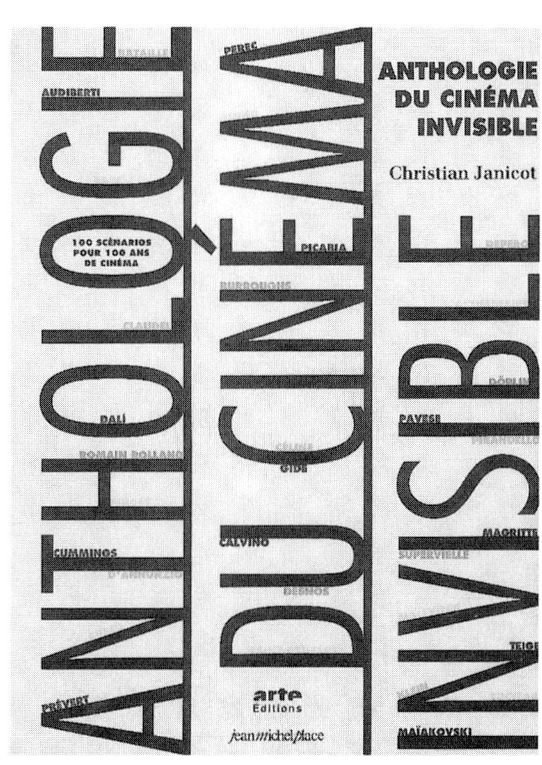

書物についてなら，人はその内容を思いめぐらす。演劇についてなら，目撃された舞台はスペクタクルを与える。だが映画に幻覚を感じるとするなら，それは現実性の保証を与えてしまう。書かれたものの心的持続や舞台の虚構的持続は，映画の形而上的持続に比肩することはできない。映画館は夢の代替ではなく，現実と入れ替わるのである。映画が狙うのは主体と客体の二重性を廃棄し，持続の諸様相の目録を作ること以外の何ものでもない。映画は音楽と同様に，時間を定められ，正確に測定される。だから

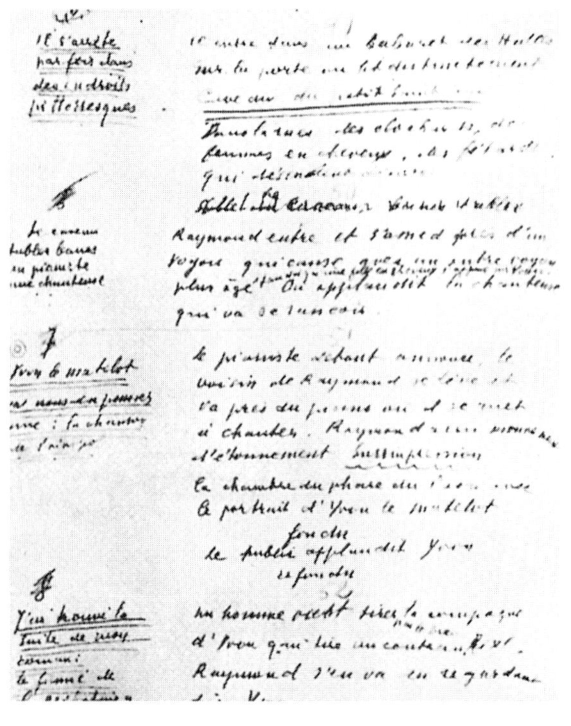

こそそれは，注意力と情動を動員する。以後肘掛け椅子に座った人は，スクリーンを観察しながら，不可侵で特権的な観察者のポジションを失う。そうではなくて，現実の断面としても，幻想の産物としても受け取ることのできない人工的な持続を自分のものとして記録するよう促されるのである。だがもし1世紀来，世界中の人々が時間の閾を踏み越え，持続のモンタージュや断片化に慣れ親しんできたとしても，最近20年，映画的な時間モデルはテレビ・モデルによって打ち消されてきた。土曜の夜の観客たちを魅了してきた本質からして虚構的で神話的な持続に，現時点において対応しているのは，楽しげで人の気を引くミクロ持続，取材にもとづいたシリーズ物，自宅にいる無数の視聴者を日常的に捉える数多くのニュースなどの集合である。映画の大画面が上映時間のうちに，時間のあらゆる材料を授け，その型紙を点線で描き出すとするなら，テレビの小画面はほとんどその形態を描き出すこともなく，多くの時間的材質を消費していくにすぎず，申し訳程度にその必然性を正当化するにとどまる。前者はきらめくショットやシークエンスを組み立てながら，持続を圧縮し，彫琢するが，後者はあるタイプの番組のヴァリアントの1つ，無数のヴァージョンの1つを再現するだけなのである。

しかしジャーナリストやテレビの司会者が映画監督に打ち勝ってしまう陣地争いを理解するためには，文学と映画のあいだに存在する，いまだに解決されざる係争を明らかにしなくてはならない。アカデミックであるにせよ呪われているにせよ，詩人や作家，芸術家たちは，彼ら自身の目には1つの軍勢であり，天才の一族ないし神に選ばれた貴族を形成している。こんな台座のうえに置かれてしまうと，彼らはプロデューサーと役者，脚本家とミュージシャン，編集担当者と技術者のあいだで板ばさみになった映画監督のなかに，1人の興行主，巧みなオーケストラ指揮者しか見ようとしない。映画作家の才能よりもフォトジェニックな映画スターのセックス・アピールに敏感な彼らは，映画という魔術とその仕組み自体の普遍的で想像的で形而上的な驚くべき力を測定することはなかった。たしかにそのうちの何人かは，ハリウッドの途方もないギャラに目がくらみ，丹念なシナリオをし上げたり，アンドレ・ジッドがそうしたように，『千一夜物語』から拾い出した1つのアイディアで満足したりしたことはある。また作家たちが映画を信頼して，正確にねらいを定めるようなケースもあった。1938年，アンチセミティズムに陥っていたセリーヌは『深海のスキャンダル』のなかで，ネプチューンとその伴侶ヴィーナスの凋落を描いている。この辛らつなシナリオは，ウォールト・ディズニーを茶化したアニメーションにでもすればはまりそうなものだが，氷原におけるアザラシの惨殺に対する深海の神々の無力さを明かしていた。神話は神秘的で深遠な距離を離れ，表面に浮き上がって過ぎ去る時間を享受するのである。タイタニック号の沈没とリュジタニア号への魚雷攻撃にもかかわらず，大型客船での大西洋横断は両大戦間期において神話的なものとなった。ハリウッド・スタジオから出てきたようなこれらの大型客船は，『オペラは踊る』のマルクス・ブラザースのように奇妙な人々を迎え入れることもあった。飛行士であるサン＝テグジュペリですら，そのシナリオ『イゴール』の展開する舞台をリオデジャネイロへと出航する船のうえに設定した。ヴィトルド・ゴンブローヴィッチの滑稽な小説『トランス＝アトランティック』は大西洋横断の神話を清算することになるが，それは伝記上の理由による。ゴンブローヴィッチは第2次世界大戦前夜，生まれ故郷のポーランドを離れブエノスアイレスへの航海に出るが，故郷にもどることは2度とないだろう。今日テレビとさまざまなスポンサーは，帆とオールだけによって，あるいは泳いで世界をまわるとか，大西洋を渡るといったイベントを企画することで，この神話を再活性化しようとしているのである。

1979年に書かれたウィリアム・バロウズのシナリオ『ブレードランナー』は，内戦によって荒廃し，癌のようなすさまじい疫病に見舞われている2014年のニューヨークで展開するという設定だが，そこにはこの世紀末の政治的無秩序や公衆衛生上の不安の予感がある。文学と映画が触れあって生じた火花としては，これ以外にもまだ挙げることができる。だがいずれにしても，シュルレアリストたちを別とするなら大部分の作家たちは，ジョワンヴィルやハリウッドのスタジオに対し，長きに渡って見下すような視線を送るばかりだった。彼らは映画監督の造物主のような，形而上的な役割を無視してきた。だが映画監督とは，画家，彫刻家，写真家，ミュージシャン，劇作家，俳優，小説家，詩人，それに社交界的，財政的，行政的な権威の属性を取り集めたものではない。映画監督はフレーズを組み立てないし，タブローを描きもしないが，もっと深く進む。あらゆる内的感覚を外在化し，あらゆる精神を物質化する。映画は我々に，精神を一まとまりのものとして与えるのである。もっとも慎ましい観客でさえそのとき，あるものはニューロンのなかから，またあるものは第一原因のなかから狩り出そうとしてきた精神が，材質や色彩や音や肉体や観念の織物を所有しているのだと気づく。持続の巧みなモンタージュやそれらの断片化が，精神のなかへのこの闖入を信じるにたるものとする以上，なおさらのことである。

ある小説家の訪問を受けたブルターニュ地方の灯台守の女性が，毎日のように新聞の紙面に，自らの物語であり，かつ行方不明のフィアンセの近況をも知らせてくれる，1 編の連載小説を発見する。物語が間違いなく「半分は真実」だと確信した彼女は，連載小説のエピローグと同様に自らの命を絶つ。1917 年にアポリネールとアンドレ・ビイが「映画＝ドラマ」の『ブレア島の女』を執筆したとき，おそらく彼らはシリーズものの映画が，新聞に連載され，そののち分冊ないし単行本として刊行されていた大衆的連載小説のあとを継いだという意識を持っていただろう。余談ながら，連載小説は長いあいだ，多くの読者を引きつけておくために，2 つの時間的形式を操っていた。物語におけるエピソードの切り分けと，毎日，あるいは週に 1 度の読書というリズムである。アポリネールのシナリオが持っている美点は，燈台守の女性が犠牲となったフィクションの原理を解体していることだけでなく，映画のプロットを新聞の刊行という致命的な規則性に依存させているという点である。1 冊の書物がフレーズとパラグラフからなる十字路だとするなら，映画とは撮影と編集の時間（持続の断片化），映画の時間（上映という持続），視聴者の時間（映画の統一的知覚），そして映画固有の投影的時間（資料のフィクション，フィクションの演出）を結びつける，持続のほぐしがたい錯綜である。映画の材料ははじめから終わりまで持続であり，いい換えれば精神なのであるから，シナリオはそこで付随的な役割しか果たしていない。監督と役者のための便覧であるシナリオは，視聴者によって同定されることはない。視聴者が感じ取るのは，情動であり音であり顔であり色彩であって，物語の骨組ではない。所作とギャグからなるバスター・キートンの映画は，作家によるシナリオなしに済ませることもできる。

『ドキュマン』の 1929 年 10 月号で，ジョルジュ・バタイユは映画について何か曖昧な言葉を書きつけている。ハリウッドを「巡礼地」と比較しつつ，彼は一方でそこに「大地のへそ」，人が「自分以外の世界すべてを楽しませること，咀嚼器官でもある膀胱を作り出すことだけを考えている，ただ 1 つの場所」を見ており，他方ではこのトリックの饗宴に対しサド的な利用が可能だと信じている。「ハリウッドとはまた，（マゾヒストなものになった）哲学が，結局のところ自らの望んだものである引き裂かれを見つけることのできる最後の閨房でもある」[3]。引きつけられまた反発するこの運動は作家たちにおいて典型的なものだが，それは『眼球譚』の著者が1944年,『焼かれた家』というタイトルの，ある情熱的で秘められた長編シナリオを書くことを妨げはしなかった。それはルイス・ブニュエルかロベール・ブレッソンの監督作品となっていたかもしれない。バタイユは『焼かれた家』のあらゆるシークエンスに日付をつけ，ときには分単位の指定をしている。映画的持続はフィクションではあっても，交換可能なものではなく，特異で代替不能のものであることを，まるでバタイユが理解したかのようである。

ベルグソンが恐れていたのとは反対に，我々の文化は空間ではなく持続のために作業している。映画は我々の偉大な先導者であり，偉大な持続の供給者である。書物を手にするには年月が必要であり，劇場に入りこむには作法が必要だが，映画は直接に，そして毎回の上映のたびに，ある情熱の現像を行う。それは苦もなく，哀れなる空間が持続の一種でしかないことを我々に示す。娯楽と気晴らしの装いのもとに，正体を明かさないままの訓練が進行していく。映画館は講堂に，手術室に変わる。聴取者は丹念に，物語のカット割りや配役，シークエンスの輪郭を観察する。ときに外科医が自らの介入の痕跡を入念に消し去り，ときに肉屋がぴくぴく動く，剝き出しの肉を並べる。筋立ての露呈，シークエンスの断片化は，ある流量，あるテンポ，そしてとりわけクロノメータによる裁定を要求する。幻惑が証拠として役立つ視覚野に，2秒の，3秒の，10秒のショットを差しはさまねばならない。収縮，滞留，短縮，削除，検閲は，内容以上に数秒間，数分間の録画再生に関わる。数秒，数分をつけ加えることもできれば，注意を薄め，倦怠を分泌することもできる。おのおののショット，おのおののシークエンス，おのおののショット＝シークエンスは，腹のなかに秒針を抱えている。それらおのおのは，幻覚的な持続と正確に測定された持続との婚姻の夜を包みこんでいるのである。

書物は印刷術の発明や，エクリチュールの拠点である学校の設立が目印となるような，長い歴史を持っている。映画の一世紀ほどの歴史ののちに，地球上の人々が暗い映画館の場内にうごめいていた英雄的な時代は回想のなかのものとなった。今日奇妙なことに，作家と映画作家は同じような困難に直面している。彼らの伝統的な観衆が，彼らに不満を示すのである。研究者はむしろコンピュータのキーボードをたたくことを好み，一般大衆も小さなスクリーンに忠実であるように見える。これには複数の理由があろう。しかし我々の素描した文学と映画の関係も，いくらかの説明のヒントを与えてくれる。作家と映画作家は，互いを賞賛しても嫌ってもいなかった。2つの異なったサークルに属しているかのように，彼らはむしろ互いを無視した。監督たちが何らかの自由の空気を漂わせて，一般大衆の心を捕らえたとすると，文学人たちはしばしば内部での抗争で疲弊していた。第7芸術がその人工的な持続を押しつけてきたとき，劇作家と小説家は掻き乱されたのが美術の世界だけだと思いこんでいた。作家たちが映画に口出ししたとき，彼らはシナリオの役割を過大評価していたのである。

映画作家は進んで聖書やギリシャ悲劇，シェイクスピア劇のなかに題材を見つけてきた。しかしパゾリーニはソフォクレスやボッカチオ，チョーサーや，さらにはサドまでを翻案するが，そのとき自らの挑発的で象徴的な美学も，普遍的なものと自伝的なものを一致させようとする欲望も，放棄してはいない。とりわけ彼は，味わい深い小話や創設神話を取り入れながら，イタリアの新リアリズム映画を刷新することに成功した。同じく黒澤は，『マクベス』や『リア王』を翻案することで，ウェスタンの巨匠たちやエイゼンシュタインの叙事詩的映画と肩を並べえた。実際『蜘蛛巣城』や『乱』においてこの日本の監督は，シェイクスピア劇の心理的人物像を犠牲にして，建築的構成と宇宙的融合を優先していた。

推理小説や SF 小説の著者を別にすると，プレヴェールやモラヴィア，グラハム・グリーンのように，映画の制作者や監督と実質的な仕事のできたものはほとんどいない。カルヴィーノ，クローデル，ダヌンツィオ，ゴメス・デ・ラ・セルナ，マルタン・デュ・ガール，ガートルード・スタイン，あるいはステファン・ツヴァイクなど，映画に引かれたもののほとんどは，シナリオを準備する段階を超えることはほぼなかった。フロイトに関するシナリオに力を注いだサルトルでさえ，この障害を乗り越えられなかったのである。『付け鼻』と題された彼のもう 1 つのシナリオは，作家の書くシナリオの代表的なものであり，エクリチュールとしては魅力的だが筋書きは期待はずれだ。1 人の出版者，読者の狭いサークルに結びついている孤独な創造者である小説家や詩人たちは，しばしば映画作家たちの造物主的な力に狼狽させられてきた。シナリオのはじめの設計図から映画の最終的な映写までには，無数のページを黒く塗りつぶすに足るだけのものが，千と一つの夜を満たすに足るものがあることを，彼らは理解しなかったのである。

THE
QUICK

『アルシブラ』第1号に掲載されたシュジー・エンボによる写真（部分）。

第12章　メディア化された持続

アキレスの踵やヨーロッパのぶよぶよした腹，資本主義国家の鎖の弱い輪を呼び起こしてもよかったかもしれない。しかしこれらの暗示的なイメージは，ある組織の傷つきやすい部分，ある体系の弱い部位，いわば鎧の隙間を描いてはいるが，しばしば取るに足りない欠陥を見つけ出したり，歴然たる弱点を指摘したりする以外には役に立たない。ただし，きわめてはっきり形が描き出されているせいで，何にでも適用できる曖昧な象徴とはみなすことのできない渋滞地点が見つかるなら，話が違う。渋滞地点とは通過するのが必須の場所であり，また交通規制によって説明されるという意味では，閾の部類に入るものだ。そして閾とは，物理的なものであれ形而上的なものであれ，進行中の変容を表現するものであり，決定的な交替をいい表し，危機状態にある意識の存在を示すものである。

渋滞地点というモデルはとりわけ，メディアの現状に適合する。大衆と人工的持続との関係を説明するには，しばしば2つの異質な環境のあいだでの十全な移行，あるいはたくさんの通気口が開いたニュートラルな仲介物として思い描かれるインターフェースの概念よりも，このモデルははるかによく適合するだろう。事実，直接的なものがメディアに流れこむ交通量，流量は，数多くの停止と鬱積を引き起こす。テレビやラジオ，新聞が，媒介の役割を果たし，権力への対抗力としての役割を果たすという通念と手を切るべきときだ。それらは，自由意志を肯定する以上の判断力を行使することはないからである。これに対して収縮や希薄化を意味し，したがってある選択や明確化を意味する渋滞地点の形象は，メディアを組織するいくつもの原理のなかに透けて見えている。第1に，メディアの世界的発展は，新聞紙面や番組を多様化させるどころか，単一化させることに寄与している。芸術的，イデオロギー的，国家的特異性は，ますます規格化された製作品が求められるなかで壊滅する。第2に，マルチメディア戦略の浮上は，それまでは区別され独立していたセクター間での圧縮と均質化を示す。映画作家の作品がヴィデオ・カセットの形に変形されうるのと同様に，日刊紙の一面は，テレビのニュースに依存するのである。第3に，あらゆるメディアが一緒になって，同じ渋滞地点に殺到していくのであり，こんなふうにいった方がよければ，同じ放送枠，時間的な閾という枠を占めようとする。アクチュアリティーのための闘いを誰も免れることはできない。それは恒常的なものであるとともに，生放送されるものだからだ。第4に，情報と娯楽を与える持続を使いこなしつつ，メディアは多数の人々を捕らえ，世界中の人々を任意の場所，撮影用のセットやスタジアム，舞台，頂上，川岸，あるいは撮影所へと向かわせる。さまざまな波乱ののちに神はヘブライ人のみに紅海を開いたが，メディアは瞬きをするうちに，人口すべてをネズミの穴のなかに押しこむのである。第5に，メディア的体制のなかでは，渋滞地点の危機的体験は，抑圧的で不安なものから救済的なものに変わる。いかなる厄介な出来事，重大な誤解，悲劇的事件といえど，処理され，着色され，再利用されえないものはないのである。

18世紀以来，新聞は表現の自由をよりどころとし，政治論争に参加し，原則として民主主義的精神を補強してきた。1895年以来，映画はフィクションを養い，演劇，音楽，絵画と競いあい，世界中の人々の心に訴えかけてきた。現在のメディアの構造は，映画のスクリーンと新聞の紙面を統合したといえるが，それはずいぶんと突飛な，不可能な統合とさえ見えるかもしれない。しかしこの溶融は，特にテレビ画面で顕著だが，もとのメディアの恩恵を犠牲にしている。映画はそこでダイナミズムと観客を失い，新聞は紙という基本素材と信頼性を失った。新聞の客観性と映写室の想像性は，メディアが自らの帝国を基礎づけるために，宣伝のための詭弁を使うことで，よりいっそう危ういものにされている。問題となるのはもはや，証言することでも夢見ることでもなく，注意を引きつけ，視聴者の心を捕え，何千，何万と再生産できるような行動を示唆することであるからだ。

ジャーナリストの言語と映画監督のカチンコを使って，メディア人たちが作るのはせいぜい宣伝用のヴィデオ・クリップにすぎない。彼らは芸術家と張りあおうとはしない。彼らは国民どうし，過激派どうし，利益団体どうしのあいだに割って入ったりはしない。この控えめな表向きの背後には，驚くべき野望が隠されている。彼らは地球全体の話し相手になり，いつでもそれに寄り添い，揺り動かし，元気づけようとする。そしてその親しげで耳につく存在感が最大多数に押しつけられるとき，過ぎ去る時間の調教師たちは，想像的なものをたたえるのも，現実的なものを狩り出すのも諦める。彼らはもはや映画になった夢想には熱中しないし，日常と明日からの日々に配慮することもないのである。

メディアは映画の神殿の残骸と，刷り上がったばかりの新聞が輪転機から飛び出してくる工場の上に仮住まいしているにすぎない。さらにいうなら，メディアは身体と精神の両方を専有しつつ，それらを聖からも俗からも遠ざける。美術の体系を古びたものに見せ，政治における代表制をつまらないものに見せ，さらには望んでもいないのに，美に対するニヒリズム的な拒否と民主主義への革命的な批判を延長するのである。風俗をまったく人工的に作り出すことへとあらゆるエネルギーを向けているせいで，メディアは法に賛成あるいは反対の立場で働くのを避けることができる。それは視聴者に美学的な態度決定や政治的アンガージュマンより，身振りや言葉，慣例と風習を与え，それを記録的な短時間で採用させようと考えるのである。逆説は全面的なものだ。もはや自分の体液を分泌することなく，もはや自分の蓄えた反応や習慣から何かを引き出すこともなく，もはや会話や読書の趣味を共有しようとすることもなく，もはや我を忘れたり魅入られたりすることもなく，実質を抜き去られたように見える社会はメディアから，ただ代替の社会性のみを期待するのである。

情報と気晴らしを越えて，メディアはある社会構造の等価物を作り出し，多くの視聴者にそのクーポン券と見本の品を配布する役を負う。散文的な現実からも空想的な構築物からも等しく身を引き離しながら，メディアは認知の諸様式を創始し，援助の方法を発展させ，生活の処方を目録にする。それは毎日数百万の人々に見守られているのだから，歩きながら運動を証明しているといえる。そして視聴者の数を公表することで，これ以前にはいかなる偉人，いかなる芸術作品も，これほど自由に，これほど何度にもわたって，圧倒的多数の支持をえたことはなかったと強調するのである。

神々の求めに応じ，エピメテウス，プロメテウス，ヘルメスがいかに人間を創り出したかを語る神話を結論づけながら，プラトンの対話篇のなかで，ソフィストのプロタゴラスはこう主張する。すなわち道徳的・政治的な徳はすでに揺りかごのなかで，あるいは家族のうちで，学校で，そして都市で教えられるものであるのだと。人生のなかでいかに行動すべきかを示す法や眼差し，命令，制度，象徴はそのようにして偏在しているのである。さて今日，プロタゴラスにもソクラテスにも等しく信じがたいものと見えるであろうような欠損を埋める役割を担っているのはメディアに他ならない。親たちや教師たちや立法者たちは，もはや子供たちや同国人たちの耳元で進むべき道をささやいたりはせず，個人はもはや自らの共同体に責任を持たず，親しく連帯するようなこともないのである。

一方では，少年や少女が家族という狭い枠のなかで慈しまれ，幼稚園から大学にいたるまで，若者たちが集団で学校教育を受け，世論が恒常的に計測されているとしても，そのことからすぐに家族性と教育，公共精神の勝利を結論づけてはならない。なぜなら他方では，夫婦は子供に執着するか，あるいは離婚し，大人たちは街路を恐れて若い世代を学校のなかに閉じこめ，市民は共通のイニシアティヴを取るより国家の決定にゆだねる方を好むからだ。事実，家族が身内を守って孤立し，学校はそれが慰める利用者たちを山積みにし，市民たちは出会うことを避けて外国人どうしのように見つめあう。社会性のスプリングは壊されてはいないまでもマヒしており，メディアは精神と心理状態の修理工に早変わりする。

新聞の定期購読者が動く歴史を読み取り，映画の観客が時間の秩序を画像でチェックしたあとでは，大衆がやり残しているのはもはや，広い幅を持った持続を意のままに扱うことだけだった。それこそはメディアによって実現されたことだ。ジャーナリズムの報道は直前の過去の不器用な再構成でしかないが，読者を宙吊りにし，いつかは失望させるものだった。まるで夢がそうするように，任意の映画の想像世界は一晩観客を魔法にかけるので，観客たちは映画館から出るときには眠そうに目を擦っていたものだ。だが新聞と映画をポケットに収めたメディアはもはや，歴史を理解しようとか時代のイラストになろうなどと骨を折ることはない。ある要求を満たそうとするとき，メディアは多数の人々に迅速さの慣習と総合的な持続を供給する。今後メディアこそが，レジャーや旅行，スポーツやゲーム，笑い，証言，告白，話し方，流行の言葉，不合理な信仰や，当然のことながらルックスについての尺度になるとしても，またそれが商品と宣伝のエコノミー，芸術と文学のフェア，制度的・政治的コミュニケーションにおいて受け取る側だとしても，メディアはとりわけ，あらゆる行動と身振りの生産と配分の主要なネットワークとして，また地球全体を包む社会的＝教育的な力として存在感を示す。ましてそれを映画によって広められたアメリカン・ドリームや，社会科学によって研究された西欧文化と混同することは許されないだろう。

我らの祖先は農村から逃げ出したとき，土地の魔法に別れを告げた。巨大都市と博物館化した街区が形成されるとともに，我々は都会性と客観的偶然に，フレーズの聞き取りと意外な出会いに別れを告げるのである。我々はもはや新しい地平の支配者を気取ることはできないのだから，持続について思考し，メディアに接続されながら，大地を離れた社会性を鍛え上げなければならない。我々は放浪者にも遊牧民にも姿を変えることはない。イヤホンや接眼レンズやハンドルやスキーに釘づけにされているからだ。メディア機械の頑丈な臍の緒は，どこに行こうと人々についていくのである。

メディアの侵入以前，歴史家の語りによって補強された集団的記憶は，人民と国家の始原に関する歴史的意識を高揚させていた。日刊紙とテレビがその日の出来事の知覚＝記憶を養うようになって以来，現在時こそが強烈な印象を与えている。時間は多数の人々をせきたて，人々は無数の持続を直観する。社会と共同体の精神を構成してきた数世紀来のメンタリティーは，メディアとの接触で解体していくように見える。物質生活の条件はほとんど覆されたわけではないのだが，頑固な偏見や先祖伝来の信仰，各地域の特有語法，自然感情などは，一時的な確信と一目見たときの印象を信奉するために犠牲にされている。自分がどのような社会環境に入りこんでいるか，どんな国に属しているのかを知り尽くしていた，かつての社会化された人間たちとは反対に，メディア化された個人は未知の岸辺に降り立つために，暗黒大陸から逃げ去っているような印象を抱くのである。

ある社会の構成員が，個人的に，あるいは公に，教会で，学校で，街路で，職場で，戦場で，非公式で予測できない出会いにおいて自らを育て，自分の従わねばならない習俗の大部分に対して敬意を払っている，かつてそんな時代があった。現在はスラム街すら含め，あらゆる住人に装備を与えるメディア装置が，思いがけない持続を浴びせかけるのだが，それは打ちひしがれた人々の余暇を埋めたり，遠隔地に光を広めるためというよりは，一般大衆を構成する数十億の個人に対し，ある人間喜劇を，ある文化人類学を，生のままの資料を，情痴事件や歴史的事件の再現を，また同様に，技術的，行政的，法的な使用説明を提示するためである。さらには昼も夜もプログラム化された持続に接し続けることで，メディアのユーザーはもはや時刻を 1 日のうちに，1 つの月を 1 年のうちに，現在を歴史のなかに位置づけることはない。代替の社交性で満足するうちに，彼らは隣人や同僚，通行人や，しばしば親戚や近親者ですら，ウィンドーの向こうの存在として観察するようになる。軽率にも世界全体に向けた倫理を採用してしまい，無数の特殊事例を同じ 1 つの袋に投げ入れる結果になるのである。

制度や言語，風景，伝統，労働によって，すなわちある特殊な社会の全体によって市民が媒介〔＝メディア化〕された国家と，物理的持続や普遍的倫理によって媒介〔＝メディア化〕された個人からなる大衆とのあいだには，深淵が穿たれている。前者にとって社会的紐帯の秘密は人々のうちの抑制やディスクールの暗黙の前提，象徴の多様性や，集団的ないし個人的な情念の補強のなかに存在するが，同様に後者にとって，メディアへの直接的なアクセスは，顔をさらすこと，言表のしつこい繰り返し，時間のコントロールや持続の反復によって保証されている。国民国家の無名の市民が，彼らの手が届かない歴史に遠くから参加していたのと反対に，1 日中楽しげで衝撃的な持続を直観する大衆は，一堂に会した司令部が戦場で生じていることに対してそうするように，状況を理解していると思いこむのである。主権を有する国民として，あるいは絶対君主として意志を表明することで，現在の流れを修正し未来を予測するためであれ，過去のシナリオを再検討するためであれ，大衆は歴史に働きかけていると考えるのである。

生放送の場面を支配するだけでは満足せずに，メディアはフィルムや音楽のカセット，放送記録のストックをあさることで，多数の人々を過去の回廊のなかに引きずりこもうとする。しかしこのいわゆるフラッシュバックは，大衆の回想への志向を前提している。さて現代における忘却は，記憶されていた古典芸術，古代芸術を格下げした。知覚が回想の地位を奪う。ニーチェが忘却の能力を主張し，ベルグソンやフロイト，プルーストが記憶を詳細に分析したとき，彼らは私的ないし集団的な回想の崩壊を予感していたのであり，情動的回顧のために最後のモニュメントを打ち立てたのである。最大限 1 年間の記憶を要求する学校教育。1 日前の情報を必要とするアクチュアリティーの処理。1 時間半のショットやシークエンスを見せてはためこんでおく映画的な知覚＝記憶。速報やクリップ，その他の短い持続をためこむラジオやテレビの知覚＝記憶。我々に千里眼〔＝二重の視点〕や二重の人生をすら与える二重の知覚。すべてが協力しあって過去を壊死させ，現在に力を与える。

学校で徐々にかじり取られ，新聞によって削り落とされ，映画によって凝縮され，テレビによって否定され，現在からの懇願によってせきたてられて，記憶はさじを投げるか，知覚の足元にひれ伏す。多少のペテンなど意に介さないメディアは我々に，記念日を祝っているとか過去の1ページを蘇らせていると確信させることも可能だ。それははっきりと，記録上の死んだ記憶と個人的記憶の蘇りを，イデオロギー的ないし商業的な操作と象徴的・社会的記念とを混同するのである。

人工的な持続は，人物や事物や観念と同じ資格で我々の注意を引く。映画館の暗いホールのなかで，それは我々を支配し，上映のあいだじゅう我々を独占する。我々がラジオを聴きながら運転するとき，それは我々の移動様式の不可欠な一部をなしている。物質化した持続は，それ自身として知覚され認知されると，我々の現在の一定の時間帯を構成し織り上げる。それはシネマテークやヴィデオテーク，メディアテークに保存されてはいるが，歴史的アーカイヴにも個人の記憶にも類似してはおらず，むしろ芸術作品に近い。最初の公開時においてもその15年後でも，我々は映画ないし番組のなかに，歓喜や恐怖の気持ちを持って没入できる。我々はまずそれを発見し，現前化するのであって，日付を与えるのは二次的なことにすぎない。人工的な持続の催眠的，美学的機能は，とりわけ大衆にとっては，批判的分析や解釈より優位に立つ。だからこそ大衆は，メディアがある映画，ある時代の資料を再放送しつつ，過去の出来事に敬意を表し，記念しているのだと主張するときも，通常より深く打たれているようには見えないのである。

物質化した持続は，書物やソフトウェアの知的で硬直した記憶と，芸術作品や心的イメージの強く生き生きとした知覚を結びつける。それは適切な技術的処理によって永続するのだが，幾世代もの観客に対して，最初の日と同様に啓示されていく。そのなかで物質と記憶，時間と歴史が溶けあっているのである。それは今知覚されることも1世紀後に知覚されることもでき，よいタイミングで知覚されることも時節はずれの時期に知覚されることもできる。それはカタログ化しやすい心的・社会的事象よりも，むしろ無意識のファンタスムや日付の決められない夢に似ているからだ。いい換えるなら，人工的な持続の可塑性は，その持続が日常生活の無数のくぼみに流れこむことを可能にする。書かれたものは，起源を露わにし，歴史のなかに書きこまれ，硬直して少しずつ意味を失っていくのであり，したがって時間を無傷のままに通過することはできないが，記録された持続は一挙に何の説明もなく，多数の人々の直観に差し向けられていくように見える。もしどこかの美術館が大胆にも複数の世紀，複数のスタイル，複数の文化を混ぜあわせたとするなら，もし記録と受容の様式が，古い音楽作品と同時代の音楽作品の聴取を同質化するのであるなら，人工的持続がその生産条件を忘れさせながら，現在時や未来時のいかなる日程のなかにも自らを投影させるのは，なんら驚くべきことではないのである。

言葉はまず言葉に関係し，しかるのちに事物と関係する。同様に映画やテレビ番組は，ある社会の持つ想像世界や歴史と近しくするより前に，他の映画，他の番組へと送り返す。だからこそメディア化された持続は，生放送のドキュメントやテレビ・ニュースを含めて，世界で生じる出来事よりも，総合的な時間という蒼穹のなかへの実質的入場に関わるのである。まして大衆は〔映画や番組を〕見守り，ときに制裁を与える。集団的記憶をイラクサの茂みに投げ捨て，社交性を望ましからざるものと判断した大衆は，見ることと聞くことの体験を積み上げ，比較し，熱中し，つまりは持続の体制を自分なりのし方で管理するのを諦めはしなかった。

メディアはまやかしでも一時しのぎでもない。反対にそれは少しずつ，特徴的な透明性と必然性を獲得してきた。したがって理論的なレベルでは，それを手品の箱と同一視するのは馬鹿げているし，実践的なレベルでは，それを周縁化しようと考えるのも馬鹿げている。神と切り離されて以来，社会はもはや歌うことはない。ではなぜ多数の人々が，今日人工的な持続に夢中になっているのだろうか。なぜ嘲弄やあつかましい勧誘が，あるいはまた支離滅裂と思い上がりが，生放送や録画の映像のなかで誇示されているのだろうか。なぜ歌手やサッカー選手たちが説教をするのか。なぜ政治家が告白するのか。なぜ新聞はテレビにスープを差し出すのか。分別の欠如は持続の直観において避けがたいものなのか。いかにして多数の人々が，文字の読めない少数者と免状を持った大衆を取りこんでしまうのだろうか。

マルチメディアは映画の記号を逆転させ，ジャーナリズムの命令を破った。道徳的コントロールに反逆する映画の想像力を，普遍的なものという建前の倫理に飾られた機能的な美学で取り替えた。新聞が三面記事を解剖し，右翼や左翼の立場を否認することで，しばしば一種の政治学に道を開いたのに対し，メディアは集団的アンガージュマンと批判的解釈にはっきりと背を向けた。もはや夢見る観客や，議論を研ぎ澄まして行動に移ろうと身構えている読者が問題ではない。ついに多数の人々に対して幸運が微笑んだのであり，彼らは過ぎ去る時間を享受し，スクリーンを介して普遍的な協調のために働く。要するに，倫理的・美学的なメディア化が最高潮に達するとき，知的・政治的練り上げは空転するのである。

まさにそこでこそ，マルチメディア・ネットワークに渋滞地点というモデルを適用することで，問題となっているシステムのなかでの閉塞を，あるいは結局同じことだが多数の人々の精神におけるなんらかの飽和状態を指摘することができる。第1の例：テレビ・ニュースはもはや，言葉が文字通りイメージに溶けあっているのか，情動が理性的推論を覆ってしまっているのか，個別的なケースがなんら範例的なものを持たないのかどうか，それを知らせることはない。リサイタル，慈善興行，スポーツにおける偉業，綱渡りの不安定状態，記念式典，繰り返されるコマーシャル，特殊効果による区切り，忠実なファンの嬌声，恐怖の顕示，遊びでの興奮，それらをすべて1つに結びつけることで，それがいつからバラエティー番組に変わるのか，テレビ・ニュースが告げることはない。情動で裏打ちされた知覚が概念を無に帰してしまうとき，それは分析とドキュメンテーションという機能をなおざりにする。パックにした生の出来事を家庭に配送すると主張しているが，実は人工的持続と一時的な習俗を送りつけているのを知らないふりをするのである。

第2の閉塞の例：多数の人々が，毎日3時間以上のテレビを見，1時間半以上のラジオを聞き，数分間以上新聞を読むことができるのだろうか。自由な時間の半分以上を人工的な持続に捧げることができるのだろうか。もうすでに限界が来ているように思える。たとえ異常なまでに興奮したメディアであっても，厳密な孤独の時間や読書，会合，議論の時間を，これ以上切り詰めさせることは望めない。しかしメディアは映画によって伝授された無線的時間の知覚を組織したのであるから，以後時間という問題において，それこそがゴーサインを出すとともに周囲をリードしていくことになる。個人的な実存や歴史的生成，個人の記憶，世代間の連帯や闘争といった概念は，少しずつその実質を失ってきた。自然的・文化的持続は，人工的持続の度重なる襲撃のもとに崩れ去った。現在という時間と一時的なものという性格を勝利の旗印としているメディアは，栄光なく勝ち誇っている。そしてそれを信任した一般大衆は，持続の永続的な支配を信じることも，これら物語全体の真相を知ることもできない。

第3の思い違いの例：何よりもまず我々の感性に差し向けられている人工的持続は，理性の使者に姿を変えることはできない。とりわけ，経営や研究，教育で用いられる，情報と通信のための道具を，持続を持ち運ぶための装置と混同してはならない。同じ画面上で，情報をえたり予約をするのと同様に映画やゲームを手に入れることができるという理由で，ともすれば観念とイメージのみごとな結合とか，一般大衆への知の決定的な普及といったことが結論されがちだ。ところが持続の直観は，最終的な局面でしか，客観性の原則や充足理由律に助けを求めたりはしない。小画面に現れるあれこれに反応するのは視聴者であって，意志決定者や読者ではない。真っ先に影響を受けるのは感性であって，それはある兆候，単純な細部，わざとらしいイントネーション，無作法な行為などによって不快にさせられる。つまり国民全体の注目の的であり，現実と持続のアクロバティックな総合である夜8時のテレビ・ニュースは，期待のほとんどを裏切るのである。人々がそれに対し，紋切り型のいい回しや分かりづらい説明はたやすく許容するとしても，エートスと美，感情と熱狂の領域では，それにつきあうのはずっと難しい。それは軽率にも入り込んでしまった危険地帯のようなものだ。ここではある悪魔的演出と限りのない機転だけが，ある言葉からある顔へ，ほのめかしから戦争へ，スポーツから統計へ，音楽から悲劇へ，三面記事から前々日の話題へ，脈絡なしに移行することを可能にしているのである。

第4の交通渋滞の例：30年来さまざまな制度のなかで生じている変化や移転は，今ではメディア化された持続の波を拡大させている。教育するとともに全員に機会を与える学校が家族や群集に取って代わり，民主主義を基礎づける。医学は処方によってストレスをやわらげ，ずる休みを調節する。警察は麻薬中毒患者を扶養し，軍隊は平和のための兵士を装う。プレタポルテと公告が美術の位階に持ち上げられ，美術はといえばマーケティングと技術から安易な方法を借り出す。人文科学と文学は精密科学と見なされようとする。日刊紙は週刊誌の真似をし，週刊誌は週刊誌でやっつけ仕事の本を剽窃するのである。訓練の合宿はほとんど仕事につながることはない。国立の美術館はますます外国人観光客の訪れる場所になる。神経症は姿を消し，精神分析は失われる。スキャンダルはもはやスキャンダルにはならず，嘲弄はそれ自体嘲弄されるべきものに見える。選挙で選ぶ方も選ばれる方も自分の右を自分の左と区別していない。法王の世界ツアーのあとで，世界がよりよく回っているとは思えない。汚職で追及される人物たちは，守るべき名誉があることを発見する。そしてこうした弁証法的反転，突然の加速，不安な変容を放置しておかないために，メディアはこれらの大騒動を引き受ける。学校のように，医学のように，警察のように，軍隊のように，法廷のように，国家のように，俳優たちのように，スポーツ選手のように，宗教のように，科学のように，その他のもののように，メディアは良心を呼び覚まし，苦痛の傷口を癒合させようとするのである。

第5の，そして最後の，閉塞と誤解の例：メディア化された諸個人は時間と親密になるが，多数の人々と協調することはない。人工的な持続の直観は，本質的に内的，形而上的，個人的体験である。暗い映画館では，想像力豊かな観客であっても，隣の席の人々の映画的知覚に踏みこんでいくことはできない。湾岸戦争のときのように，惑星全体の大衆が例外的にラジオやテレビに釘づけにされ続け，論争の舞台に降り立ってクワイアの役を果たしたとしても，それは出来事に直接参加しているという，個人の感覚を強めることにしかならない。ソマリアやボスニアのドラマやルワンダの悲劇において，内戦と貧困の光景，メディア的，人道的なハラスメントは，一般大衆の紐帯を強めるどころか，むしろバラバラに解体した群衆の姿を暴露する。持続への感情移入は多数の人々との共感を意味しないのである。人工的な持続は，個別的な現れや他と異なった特徴においてしか容認されえない。個人は多数の人々から興味を失っていくのだが，後者はよくて無定見な普遍を喚起する程度であり，悪くすれば描写しようもない混乱か恐ろしい罠を呼び出してしまうのである。

ほんの30年ほど前は，人々はまだ1週間に1度，映画の神殿で映画的持続の手ほどきを受けていた。今日人々は毎日のように，厖大な量の人工的ミクロ持続を頭に詰めこんでいる。60年代，新聞は政治的論争に参加し，時事を追いかけ，嘘をつき，いかさまをし，論争をしていた。現在それは，テレビ＝ラジオ＝宣伝＝映画＝ショービズのマルチメディアに呑みこまれている。30年前，出版界，雑誌，大学は，指導者と批判者を自ら任じていた。今やこれらの部門は押しのけられるか，もとの身分に戻っている。30年前，スポーツはそれぞれの土地の観客を集めていた。メディアによってドーピングされた現在のスポーツマンは，かつての映画スターが誇っていた国際的知名度にまで達している。60年代，資本主義者と共産主義者，右翼と左翼は火花を散らしていた。今日市場の法則と社会改革は，満場一致で支持されている。30年前，スケジュールは無駄な時間を詰めこまれていたし，飛行機旅行はここことは別のどこかへと連れて行った。今日，1日はぎゅうぎゅう詰になり，夜は短縮され，減速した休暇と遠い行き先は既視感の保証である。60年代において，社会的事象はまだ社会学者の関心を引いていた。1997年において，社会が蒸発してなくなったわけではないが，それはもともとの名称，オーラ，そしてその特権的な証人を失った。このとき以来，社会が大きく変わったのは明らかである。しかしながら，1967年の世界の幽霊がいたとすれば，彼を驚かすのは技術的・物質的な変化であるよりも，新しい感じ方，人々の弛緩，会話の調子だろう。幽霊はもはや，かつてのような仕事の慌ただしさ，社会的細分化を見出すことはない。彼はすぐさま新しいキャスティングがなされているという印象を持つだろう。1967年における，相対的に固定した社会的役割の配分に，より一般化され，より予測の難しい形での，行動の再配分が取って替わった。おのおのの個人は，なぜかの説明ができないような形で，貧乏人や大統領の，麻薬中毒者やプレイボーイの，犠牲者やテロリストの衣装をまとっている。1967年の幽霊は，世紀末における我らが俳優たちの無遠慮さを，メディア化された持続のなかで動き回る被造物の厚かましさと近づけてみずにはいないに違いない。

新しい事態：個人は家族や学校，社会全体によってよりも，人工的持続によってメディア化されている。困惑させられる事態：世界を探求するという口実のもとに，文化による作品と自然的持続の総合である人工的持続は，我々を我々自身の意識野に浸す。ナルシシックな事態：個人は新種の導かれた夢想へと自ら進んで熱中する。調子を狂わせる事態：親しいイメージ，内心の思考，特権的な瞬間は，多数の人々と共有されることはない。多くの観客という発想自体が，嫌悪の情を引き起こすからだ。面食らわせる事態：人工的持続の知覚は争うようにして，個人生活や歴史的生成の表象を複雑化する。確実な事態：物質化した持続は社会の活気を奪い，個人を元気づける。それは個人を社会化しなおし，社会を普遍化するのである。形而上学的な事態：人工的持続の直観は，悟性の支配に終止符を打つことで，精神をそれ自体と和解させる。思いがけない事態：欲望する主体はこの状況で，考える主体に対し，体1つ分抜きんでている。理性にとっていらいらさせるような事態：総合の純粋な産物である物質化された持続について，決して分析が完遂されることはない。

人工的持続のユーザーは，事実や構造，メンタリティーについて啓発してくれそうな理論的概説，集計表，政治的考察などを目にしても軽蔑することしかできない。社会学者や人類学者は，素材を復元するのではなく，せいぜい 1 つの形態を差し出すにすぎないからだ。逆に厖大な量の心的・社会的所与を動かしている物質化された持続は，キャプションのない絵画，コメントのない素材を与える。理想的なケースでは，それは詩人の直観，小説家の構成，歴史家の再構成を具体化するだろう。もしこうした持続のなかに，一連のゆがめるような，あるいはゆがんだイメージが見出されるとしても，それらはやはり一次的な資料であり，社会的紐帯の訓練であり，新しい時間的枠組みである。60 年代においては，不透明な諸制度を解明することができないので，人々は新聞や書物のなかに社会を眺めようとした。現在我々が半透明の持続の飛び散った断片を捕えるとき，我々は理論的な支えという荷物を降ろし，社会学者のいう見えない社会の動因も，歴史学者のいう消え去った社会の痕跡も探し求めることはない。

我々はもはや，不活性なものにも生気に満ちたものにも切りこんでいく術をもたない。幾重にも折り重なって見える社会を前にして，人工的持続の過剰と向き合って，我々は堤防を作るという怠惰な戦略を選んでしまう。軽々しい本やわかりづらい本の山や，技術的な記事や無味乾燥な記事の堆積をバリケードにして，閉じこもるのである。ときにはまた，あらゆる科学，あらゆる信仰を消化することのできるコンピュータ上の図書館に訴えかける。要するに我々は，印刷されたページと同じほどの規模で，拘束を解かれた人工的持続のプログラム化と消費とを再生産するのである。まるでそれが持続をヴィジョンに変えるために支払うべき対価であるかのように，我々は観念や発言が味気ないものになっていくのを受け入れてしまう。緊急性の度合いという点では，まず持続の遮蔽が必要であり，知への意志はそのあとから介入するにすぎない。

しばらく前からフランスでは，我々は学校を民主主義と知のるつぼとしてきた。ところが一般社会や優れた知性は，無理をして袋小路に入っていくことはない。同様に，緊急事態の窓口であるメディアは，社会に点滴を施してきた。昼も夜も途絶えることなく，メディア化された数百万の諸個人が，苦い持続や甘い持続を摂取している。古典的な顔の向かいあいを放棄し，彼らはエロティックな口から口への関係を，あるいは医療技術的な一滴から一滴への関係を選ぶ。しかし学校が独力で知識の基礎を与えられないのと同様に，メディアはそのネットワークのなかに，人間の享楽や苦痛を取りこむことはできない。ましてこれら 2 つの体制おのおのは，自らの適性を強化するのではなく，相手の名刺をくすねなくてはならないと考える。かくして軽薄な学校と教育者としてのメディアがじろじろ見つめあうことになる。

学校のなかで，生徒の個人的な理性が呼び覚まされることはもはやなく，生徒の現在における充足感と個人的な将来だけが問題となる。メディア・ネットワークでも，追求されるのは大衆の感性に触れることでなく，大衆に母親のように接し，依存状態にとどめることである。

宗教的伝達や道徳的圧力，家族や学校による教育に対し，人工的持続による実習が決定的に勝利する。映画のフィクションが人々を暗いホールに追いやり，書物をめぐる思索が文人たちを部屋の片隅に閉じこめていたとすると，メディア化された持続は社会で展開する事実や行為に休むことなく参加し，社会の構成要素や組織や制度のなかに網の目を張りめぐらすにいたる。そのとき以来，もはや歴史家がしたように道しるべを立てて理解することも，社会学者がするように通俗化することも，哲学者がするように合理化することもできない歴史的生成に対し，持続の普遍的体験が対置されることになる。しかしながらメディアに関わるこの実践は，渋滞地点という比喩によって雄弁に描き出せるような，運命の分かれ道に達した。だからこそ持続の領域において，メディア・ユーザーの孤独な群衆だけでなく，オートマティックなメッセージと客観的偶然の発明者たちの声に，オートマティックな持続の転轍手たちの声に，すなわちシュルレアリスト詩人たちの声に，耳を傾けなくてはならない。

第13章　持続とは何か

何世紀も前から，時間についてのもっとも普通のイメージは，永遠の現在というものだ。それは客あるいは囚人を，彼らの誕生の日に迎え入れ，死の日には彼らを外部の暗闇のなかに投げ捨てる。空虚を満たし，充満を空虚にする現在である。まるでペネロペの織物[1]のように，解体しては再構築されることを繰り返しつつ作られていく現在である。それは心臓の鼓動やメトロノームのリズムにならった現在，1つの意識がそれを監視しているあいだ，いつでも肩紐に掛けて持ち運ばれる現在である。人によって喜びに満ちていたり，弛緩したものであったりする，論争の的であるとともにもっとも奇妙な感情の口実でもあるような現在，要するに，瞬間ないし一瞬という，もっとも単純な表現にまで還元された現在なのである。

この線状で反復的な時間概念に，境界なき継起，可分性なき不均一性という，ベルグソン的な直観を対置することができるだろう。この持続の哲学者とともに，時間とは粘性のあるものであって，バラバラに砕けるようなものではないと認めよう。時間は現在の瞬間に限定された意識の所与ではなく，持続する。現在の状況から溢れ出て，それは過去のなかへと潜りこんでおり，またすでにして未来のなかへと忍びこんでいる。しかしながらベルグソンの分析は，1つの点においては修正されねばならず，別の点では拡張されねばならない。第1に，唯一の持続があるのではなく，れっきとした持続がいくつも存在する。事実，持続の有する吸収の力は，無数の個人的ないし集団的持続を，同化したり混ぜあわせたり，さらには記録したりできるようなものではない。第2に，持続という精神状態は，物質化されることができる。映画はフィルム上に，これほど巧みにショットとシークエンスを据えたわけだが，以上のことをきっぱりと証明している。だからこそ持続の2つの顔，主観的な照準と客観的な支持体は，以後決して切り離すことはできない。

客観化された持続の直観のおかげで，我々はもう時間が円環を描いているとか，抵抗しようもなく前進しているとか，あるいは消え去るものであるとか，そんなふうに想像しなくても済む。個人的なものでも人工的なものでも，どちらでもよいのだが，持続はまるで過去の輝きを甦らせる記憶のようなやり方で，維持されうるというだけでなく，知覚に対しては瞬間の糧を，想像力に対しては1つの逃走線，あるいは脱走の動機を与える。そのとき合理主義者たちが批判にさらしていた精神の能力が復権される。我々は持続を知覚することで，感覚が我々をだましているのか，我々の記憶が衰えているのか，想像力が我々を戸惑わせているのか，もはや確信が持てなくなってくる。我々は問題になっている持続を再発見したり，その等価物をみつけたりすることができると知っているからだ。我々はだから，時間のなかに腰を下ろしてそれを味わうことができる。すぐれて主観的ではかなく思えるものが，事物の効果とコンクリートの厚さを持つのである。

たしかに以前から，物語の進み方や描写の正確さ，生き生きした会話などが，証人としていあわせた読者に筋書きの糸をほぐし，アクションの枠組みを立て直して，登場人物の運命を分け持つように要求する，そんな小説のページのうえに，持続の素描を見出すことはできた。しかしながら，持続に適合した最初の様式が生み出されたのは，映画の発明によってである。無声映画のときからすでに，事情のわかっていない観客でさえ，フレームや顔，運動や感情を一まとめにして捕らえていたし，あらかじめ切り取られ組み立てられたショットやシークエンスを歩き回って，実際に持続をヴィジョン化していた。持続の生産可能性の 2 つの条件，すなわち懐疑的な大衆の立会いと映画フィルムの投影という条件は，間違いなく結びつけられていたのである。

思考が，ある言葉のなかに書きとめられない限り周縁をただようしかないのと同様に，時間もまた，薄暗がりのなかで大きなスクリーンに，これ見よがしの持続が群れをなす群集の前に映写されるそのときまで，捉えがたく，定義しにくいものに見えていた。まして映画が現実を写真に撮るのではなく，現実の見本を作り，型を取り直し，想像するものであるだけに，観客はいっそうはっきりと持続の幻覚を感じ取った。かくしてプルーストが偶然の状況で見出した時間，ベルグソンが特権的な瞬間において直観した持続，科学者マチアス・カントレルがレーモン・ルーセル『ロクス・ソルス』のなかで展開していた，人生の重要シーン(2)の機械的な反復といったこれらの持続はすべて，映画館の敷居を踏み越えた地球上のあらゆる大衆にとって手の届くものになったのである。

映画のショットやシークエンスは厳密に組み立てられ，時間的に計測されているが，それを見つめる観客は事実，持続を眺めている。観客はある知覚野の等価物を知覚しているだけでなく，ある意識の内部をヴィジョン化している。映画という素材は内的感覚と外的感覚の融合を引き起こすからだ。もし映画作家の方が，シナリオを想像し，絵コンテを準備し，ショットとシークエンスを演出して撮影し，ついでそれを細かく砕き，補正し，組み立て，ミキシングをして持続を統合するとすれば，観客の方は，背景のフレームやカメラの動き，声のイントネーションやバックの音楽，クローズアップやイメージの素早い継起などを分析することは控えながらも，外的感覚のただなかにおいて内的感覚を直観するのであり，いい換えれば時間の純粋な形態を知覚するのである。しかしながら内的感覚の探求は，肘掛け椅子にゆったりと座り，時間のすべてを持続の凝視に捧げられる，そんな観客の全面的な受容性を前提とする。

映画館では，肘掛け椅子に身をゆだねた知覚＝記憶は，90 分間の映画的持続の流れを遡る。テレビ画面の前でこの同じ知覚＝記憶は，しばしば放送中に中断され，いくつもの番組と同時に関係するが，さまざまな二次的持続を練り上げていく。しかし持続の狩り出しは，映画の大画面とテレビの小画面に限定されているのではない。それは誰においてもその日常生活に浸透している。それは知覚にとって，記憶と理性と，さらには想像力をすら犠牲にして，自らを主張する機会だ。二重の知覚，二重の視覚に支えられて我らが観客は，予定帳を一杯にし，無数の要請に対応しついくつもの場面で介入してくる，忙しい役者に変わる。1度にいくつもの役を演じ，彼は二重の，三重の，あるいは四重もの人生を生きる。結局二重の知覚は1つの知覚＝イメージを分泌するのだが，その機能は瀕死の光のなかに，持続のイメージ，イメージの持続を裁断することである。あらゆる風景，あらゆるポスター，あらゆるスローガン，あらゆる文字盤，あらゆるメッセージ，あらゆる顔が，1つのミクロ持続を提示する腕時計となる。1日，1週間，1年といった神聖な分節はきっぱりと粉々になってしまう。時間の柵は壊れ，持続はじわじわ広がっていく。ニュース速報を知らせる乾いた音，スポット公告を教える派手な音が聞こえる。ひしめく競争相手たち，不意に飛び出す出来事，重なりあうアイディア，ぶつかりあう情念，要するに，オーバーラップしたこれらのイメージないし偶然のように出会うこれらのミクロ持続について，人々は可能なら写真判定で決着をつけることになる。

自分と似た群集のただなかで，映画館の観客は週に1度，あるいは月に1度といったペースで，映画的持続の手ほどきを受けていた。ハリウッドやチネチッタで作られた，様式化された背景や想像世界によって心を引かれ，あるいは捉えられて，観客はこの手ほどきに喜んで同意していたのである。バーレスクものやファンタジー映画，ウェスタン，スリラー，ミュージカル映画，等々のジャンルのあいだで，観客はどれにしようか決めかねていた。スターに対する途方もない熱狂を見失いはしないにしても，時間の神殿に近づいたときから，あるいはその神殿の内部で，手ほどきを受けたものたちは数多くの記号によって導かれていた。ビルの建築様式，映画館の名前，入口，窓口，額に入った写真，ホール内での椅子の配置，案内嬢の儀礼，消灯，幕間。これに比べて今日の多数者を構成する諸個人は，自室や車など私的な場所にあってさえ，だがまた大通りやあらゆる商業都市の片隅においても，テレビやラジオ，公告のミクロ持続を浴びせかけられている。こんなふうに，人工的時間の直観のさまざまな条件は修正されたのである。

まずは週代わり，月代わりの映画が，毎日3時間の放送を見ることによって取って代わられた。そうした事情で，人工的持続はオーラで失った分を，説得力において獲得しなおしたといえる。すると朝から晩まで知覚されている物質化された時間は，実質的で内在的なものに見えてくる。ついで，暗いホールと大スクリーンが観客たちを呆然とさせ，動けなくさせたとすれば，現在のオーディオヴィジュアル機

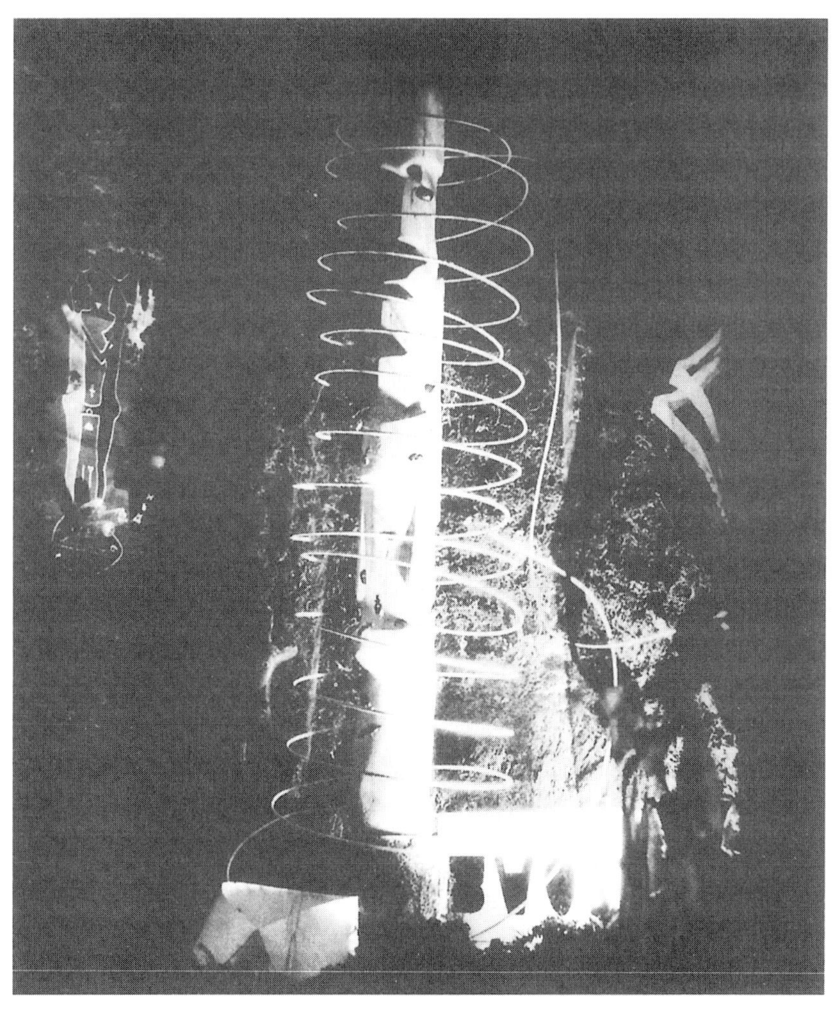

アンドレ・ブルトンによるレオニー・オーボワ・ダシュビーのための祭壇。1947 年のシュルレアリスム国際展において展示。

器は観客たちに，より多くの動きとイニシアティヴの余地を与えている。持続への個人でのアクセスは容易になった。誰でも好きなようにザッピングし，録音し，編集できる。二重の知覚を手にしたテレビ視聴者は，こちらであるイメージを丸呑みにし，あちらではスプーン一杯の量を飲みこむ。さらに，地球上の人々を時間へと転向させた映画作家にとって，芸術ないし創造は無意味な言葉ではなかったのだが，緊急なものを扱うメディアは，聴衆をふやし，多数の人々を動員するものを，好んで才能ないし天才と称してきた。結局，映画が想像的なものからできているとすれば，メディアの生産物は，不純な味つけの宣伝を別にすれば，厳密な現実に自らを限定することを受け入れている。

多数の人々に水を飲ませるメディア化された持続はその人々に，宗教儀礼のような恩寵と畏怖，美術や科学のような純粋で無私無欲の満足を啓示するとは主張しない。それは人々に，一定の適切さと多少の快活さをともなって，波乱のない娯楽，いつでも消費できる安定したわかりやすい持続を，つまりはなんの見返りを期待することもなしに，搾り出したあとで投げ捨ててしまえるような，幾千の放送の1つを与える。社会性は，わずらわしくしつこい飾りを取り去られたうえで，ここでは陽気な，弛緩した雰囲気のものとなる。それはプログラムされた持続の途切れることのない行列なのか。これら放送の1つひとつが浸っている，典型的な環境だろうか。声と舞台装置のブリコラージュだろうか。最終的な志向対象の不確定な性格だろうか。あらゆる時間帯への，絶対的に自由なアクセスだろうか。聴衆やテレビ受信者による単独航海だろうか。実際のところ，かくして演出された社会性に対し，法もドラマも力をふるっているようには見えない。かくして特性のないユーザーは，徐々に隣の人とも遠くの人とも，仲良くすべきだとは感じないようになり，無意味なミクロ持続の骨董屋のなかを，丹念に探し回ろうと決心する。彼は不ぞろいなカードに休みなく触れては裏返し，社会のゲームの規則を解明することができないので，ある種の実物大の習慣ないし慣習を試してみるのである。

しかし，かつての慣習がその起源や伝達様式，反復性を消し去るか，あるいは神秘で包んでいたとすると，客観化された持続は必然的に剝き出しになり，どれほど広く介入しているかを明示する。すぐに身につく，目に見えやすい習慣のように，ミクロ持続は急速に増殖し，事物や辞書の安定した秩序とライバルになる。ある番組，ある歌，あるポスター，あるスローガン，ある道のり，あるいはあらゆる事実や身振り，言葉や出来事は，持続が現れるための条件を満たすなら，世界を事物とその定義の安らぎから引き離し，その世界を虚無の深淵のなかにではなく，言葉の破片や意識のかけらを攪拌する永続的な生成のなかに突き落とす。もはや気晴らしにもレジャーにも属さないこの空転しているような時間の使い方は，実存的，歴史的な目印を無効化してしまうのであり，クロノロジーと戯れながら，無数の感覚や状況の弦をつま弾くような，あるいはそれらの鍵盤に触れるような印象を与える。しかしながら物質的な持続は，ついには苦い後味を残すことになる。なぜなら一方でそれが，身体と意識の変わらぬ存在感を垣間見せてしまうとしても，他方でそれは，同定されていない観念や曖昧な意図を循環させるからである。我々が持続を固定し，倉庫のなかに整理しておこうとすればするほど，我々は新参者として振る舞っているという感覚を持つことになる。

我々よりも前，シュルレアリストたちはいかにして，持続に侵食されたこの土地を進んでいったのだろうか。彼らは水と火を，非＝行動と欲望を，待機と天啓を混ぜあわせることができた。一方で，人生のなかでごくたまに訪れる機会において，彼らは半睡状態のなかに理解不能の言い回しを聞き取ったが，自分こそその言葉の宛先であることを疑わなかった。他方で彼らは，突如として冷酷な現実がもっとも隠された欲望のもとに跪いたかのように，しばしば兆候を感じ取り，偶然の一致を記録し，偶発的なものの息吹を感じ取った。そのとき彼らは，オートマティックなメッセージの奇妙な提案が，客観的偶然の析出物の説明になりうると確信したのだった。こうした条件下では，オートマティスムや偶然に属するものでありつつも，時間に挑戦するような人生と歴史の断片を，オートマティックな持続と呼んでよい。そして今日，歴史的な意味でのシュルレアリストたちはいなくなったとしても，客観的偶然とオートマティックなメッセージの契約関係は，依然として断ち切られてはいないのである。

アラゴンに宛てた 1918 年 11 月 21 日のコラージュ書簡で，ブルトンは『切り刻まれた男』と題されたコントを執筆したいという意図を表明している。このアイディアは，『ルーユ〔目〕』誌の 1903 年 6 月 21 日号に掲載された，アルフレッド・ジャリの「切り刻まれた男の意見」という記事を読んだことで生まれたものかもしれない。ジャリによる切り刻まれた男へのインタビューは，1900 年 12 月に，そしてまたその後長きに渡って，パリのジャーナリズムに話題を提供した，プラトリエール通りでの刑事事件に言及している。この時期アルフォンス・アレもまたある記事で，この話題に介入していたことを記しておこう。この記事のタイトルは栄えある系譜の最初に位置するものと思うのだが，それは「殺人犯本人によって明かされた切り刻まれた男についての真実」という。ブルトンの計画は実現しなかったらしいとしても，それは少なくとも 1919 年 1 月末，詩人が就寝間際に聞いた最初のフレーズのなかにこだましていた。1921 年 1 月 15 日，すでにジャック・ドゥーセへの手紙で伝えられていた「ある男の体の中央を窓が通過している」というヴァージョンよりも，『シュルレアリスム宣言』に書きつけられることで正規のものとなったそれ，すなわち「窓によって切られた 1 人の男がいる」というフレーズのなかに，それはよりはっきりと鳴り響いている。

ネリー・カプランの多くの肖像写真のなかから好きなものを選ぶことになったブルトンは，2 枚のポートレイトを抜き出す。その 1 枚は目を閉じたネリー……

ジャリが「切り刻まれた男」に語らせたとするなら，ブルトンは「窓によって2つに切られた男」，すなわちジャック・ヴァシェの声を聞いた。1919年1月16日ごろ，ユーモアUmourの巨匠の死の知らせは，「ト音記号」での詩人の言葉を使うなら，真の「どんでん返し」[(3)]のように鳴り響いた。1937年に，内部への脱走兵の軍服を描写するとき，ブルトンはそれを「みごとに裁断されたcoupé，さらには2つに切られたcoupé」[(4)]ものと形容するだろう。優雅さと横柄さを両立させながら，第1次大戦中のヴァシェは，連合国軍の軍服と敵軍のそれを「いわば総合したような」軍服を着こんでいた。これらのメッセージ，さらにこれ以外のさまざまなメッセージを磁化するオートマティックな持続が，ジャック・ヴァシェの肖像を素描する。そこで彼は，泥棒であり絞殺者でもあるベネチアの富豪であり，公現祭の日に斧で処刑されたイギリスの君主であり，一夜の伴侶とともにアヘンで自殺したものであり，ジャリ同様手に拳銃を握った外部と内部のダンディであり，空とぶ小便器を操縦しながらロワール川に沈み，のちにパリのある駅の近くでバスの運転席に再び姿を現したパイロットであり，はじめのシュルレアリスト〔＝ブルトン〕にとってのスクリーン上の映画スターであり，ネヴァダの砂漠への逃亡者，奇妙なバーの亡命者，そしてデ・キリコの従兄弟であるが，したがって彼は，ハリー・ジェイムズやジャック・トリスタン・イラールや，ブルトンが自らに同化したスフィンクスの二重の顔の肖像画を描くのである。

これとは別のオートマティックな持続。1932年8月16日にアンドレ・ティリオンに送られた，ヴェルドン峡谷バウーの滝の絵葉書は，ランボーの「帰依」に現れるシスター，レオニー・オーボワ・ダシュビーと，もしそんなものがあるとするならシュルレアリスムの鮮明な定義である崇高点とを，同時に指し示す。この日に，あるいはおそらくこの1年ほど前に，ブルトンは控えめにこれらの神秘的な交差を作り出した。ところで1971年，誰も知らなかったこの心的舞台装置は，ネリー・カプランによってシネ＝ロマン『プティクスの首飾り』のなかで描かれることになる。ステファヌ・デュカスはアシュビーの取った道を見出すために，「崇高点」の位置を突きとめなくてならない。ネリー・カプランが生まれ故郷であるアルゼンチンでランボーとロートレアモンを読み，続いて『磁場』の2人の著者両方に出会ったとしても，この映画作家がレオニー・オーボワ・ダシュビーのヴェルドン峡谷における足跡をこれほどの正確さでシナリオ化できたことや，我々が1989年になって探し当てることになったオートマティックな持続を想像できたことを，説明するには十分ではない。

1947年に展示された，レオニー・オーボワ・ダシュビーに捧げられた祭壇では，バネのついたトーテムの根元のところに，切り取られたバウーの文字が逆さまに置かれていたが，この祭壇はバウーに関するオートマティックな持続のなかで特

……もう1枚は眼を開けたネリーのそれだった。

権的な位置を占めている。このバネつきのトーテムは，《花嫁は彼女の独身者たちによって裸にされて，さえも》の欠けたピースである〈重力の操作者〉におけるバネの芯に似ているが，治癒的な機能を果たしているといえる。それは「母たちと子供たちの熱」を癒すのである。祭壇と〈重力の操作者〉に，ピカビアの油彩一点をつけ加えるべきだろう。これもまた，蛇行する線でできた渦巻きに捉えられた垂直軸を差し出しており，その軸はLHOOQという文字からできている。ブルトンはこの1919年のタブローを，すぐさま購入した。そして生涯，それを家のなかの目に入る位置に掛けていた。地をリポリンで塗られたこの時宜を逸した絵画は，「コワレモノ」「自宅配送」「高」「低」といった書きこみのある箱，ないし紐の巻かれた小包を模している。ピカビアは絵の下方左側に「高」という標記を置き，逆さまになった「低」の文字を上部右側に置いている。レオニー・オーボワ・ダシュビーに捧げた祭壇では，切り抜かれたバウーの語もまた逆さまにされていた。バウーの奔流が崇高点とカップルであること，またその崇高点そのものが生と死，高いものと低いものを下から，あるいは上からまとめ上げることさえ知っていれば，ブルトンの視線でピカビアの絵画を見るとき，そこに崇高点の形象化と，レオニー・オーボワ・ダシュビーへのオマージュを見出すことができるのである。LHOOQという垂直軸を遮っている3つの書きこみは，我々の解釈を補強してくれる。タブローの潜在的なタイトルである「二重世界」は，ヘーゲル主義者やシュルレアリストたちが乗り越えるべきアンチノミーを反映している。「私をそこに連れて行ってください（マムネジー）」という奇妙な書きこみは，1919年には，彼自身「健忘症（アムネジー）」によって刺激されていたピカビアによる，LHOOQすなわちモナリザを満足させよという，瀆聖的な勧誘の言葉であったが，1947年になって，レオニー・オーボワ・ダシュビーの記憶への献身の行為になった。最後に「神は決して病人以外を癒さなかった」というとげとげしい定式は，そこから皮肉と軽蔑の色あいさえ取り除くなら，「母親たちと子供たちの熱」を癒すレオニー・オーボワ・ダシュビーの力と通じあうもののように思える。

ブルトンにおいてオートマティックな持続は，彼のアトリエに長いあいだ掛けられていたタブローを経由して伝わっていく。フランシス・ピカビアの《二重の世界》は彼にレオニー・オーボワ・ダシュビーの足跡をたどらせ，ジョルジョ・デ・キリコの《子供の脳髄》はジャック・ヴァシェの足跡をたどらせる。1924年に発表された空とぶ小便器の夢と，『戦争書簡』の2度目の序文である「30年後」から，我々はデ・キリコのタブローの下部に，1つの尿瓶ないし小便器があるのではないかとさえ推論した。それは目を閉じた上半身裸の人物の立ったままの姿勢と物腰を説明するだろう。この仮定を提出したのちに，我々は1956年ないしもう少しあとの時期のブルトンのアトリエを撮影した写真によって，この仮説を確認することが

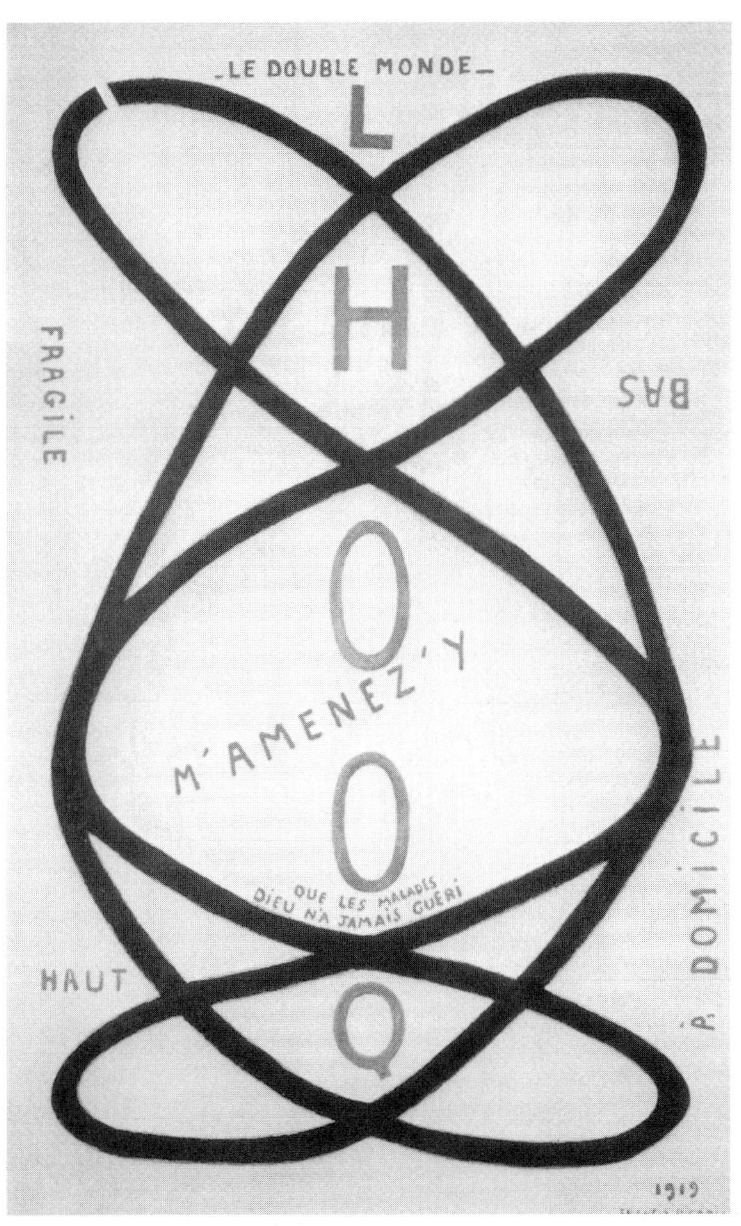

フランシス・ピカビア《二重の世界》あるいは《LHOOQ》，1919年。ブルトンの所有していた作品。このタブローもまたレオニー・オーボワ・ダシュビーへのオマージュとしての役割を果たしたのだろうか。

自身のアトリエにおけるブルトン（1956年ごろ）。《子供の脳髄》の右側に置かれた未開のオブジェは，デ・キリコの絵では隠されたままの小便器をかたどっているようにも見える。

できた。そこでは2つの細長い未開のオブジェが,《子供の脳髄》を縁取っている。裸の人物に寄り添っている,大きな木製の杓子か,くぼんで口の広がった長いスプーンを思わせる右側のオブジェは,ちょうど同じ高さに並ぶことで,絵画では棚板によって隠されている便器をさらけ出している。

日付がいかにしてオートマティックな持続に標識を立てるか,偶然の一致がいかにしてそれを導き,メッセージがいかにしてそれを再び軌道に乗せるかを見るために,ブルトンが1940年12月,マルセイユで執筆した長詩「ファタ・モルガナ」から出発し,次の詩句を読み直してみよう。「私は自分が同時にヴィットーリオ゠エマヌエレであり,新聞の2人の殺人者であることを理解しはじめたニーチェだ,アストゥ,トキのミイラよ」。そこではっきりと,1889年1月6日のニーチェの手紙が持ち出されていた。その手紙で哲学者は,2人の殺人者へと同様に死んだ王ヴィットーリオ゠エマヌエレに自己同一化していた。そして「不滅なるドーデ氏」に送る挨拶を,「アストゥ」という語で際立たせるのである。1957年の1月6日に移ろう。ブルトンはその日の昼間に会っていたネリー・カプランに手紙を書き送り,『イリュミナシオン』の詩「王権」に訴えかけつつ,この公現祭の日を「女王たちの祭日」と名づける。「覚えていますか。ランボーの『私は彼女が女王たらんことを望む』という詩句を」。1957年1月6日,ランボーの詩句を信用するなら,ネリー・カプランは女王になりアンドレ・ブルトンは王になる。「事実,洋紅色の壁掛けが家々のうえに立ち上がる午前中のあいだずっと,彼らは王になった［……］」[5]。今度は1918年12月に立ち戻ってみよう。ブルトンは「V氏」と題された詩を完成するが,それはヴァレリー以外にもヴァシェを意味しうる。それは予言的な詩であって,こんなふうに書かれていた。「彼は王を引き当てる〔＝公現祭の菓子を食べる〕用意をしている／今日もまた他のときと同じく／彼と対等なものたちを」[6]。詩は1919年1月6日のヴァシェの死を予告しているのであり,彼を王として聖別し,かつ王殺しであると宣言する。1つの同じオートマティックな持続が,王であり殺人者であるニーチェ,狂気へと沈みこんでいくニーチェの最後の手紙の黒いユーモアと,ランボー「王権」の表現でいうならば,ネリー・カプランが「笑い,震えていた」女王たちの祭日の歓喜,そしてサハラ砂漠の皇帝と呼ばれたジャック・ルボーディの死に数日間先立つ,口にすることのできないジャック・ヴァシェの死んだ日,それらすべてを磁化する。1つの同じオートマティックな持続が,だから1889年,1919年,1957年の公現祭に磁力を授けているのである。とりわけそこに巻きこまれているのは,王,女王,殺人者,神々,不死のものたちであり,また同様にニーチェ,ランボー,ヴァシェ,ブルトン,そしてネリー・カプランである。1923年あるいは24年に書かれたあるブルトンのオートマティックなテクストは,こうした歓喜と悲痛の瞬間を混ぜあわせている。すべては高揚と官能のなかではじまる。この公現祭の日，くじ引きで1人の女王が，1人の大気のごときオンディーヌが，「明るい色の水着のなかに体型を浮かび上がらせた」[7]女性潜水者が選ばれるからだ。男たちは「空気の菓子」のまわりに集まり，「時刻よりも丸い腰つきをした」女性潜水者の現われを待ち望む。招待客は1人ひとり運を試してみる。「愛の公現。王のソラマメ，ソラマメである女性，我々が途方に暮れないように，空気の菓子のなかに隠れている女性，一言でいえば水浴の女を手にするために，人々は競いあっていた」。丸い腰つきをして明るい水着を着た水浴の女が現れるとすぐ，王たちがやって来る。「すでに斧によって砕かれた罪人」，より正確にいえば，運命の一撃を受ける以前に「思い出してくれ（リメンバー）」と叫んだチャールズ1世である。ブルトンはチャールズ1世を，より正確にいえば王の祝日に死刑に処されたジャック・ヴァシェを忘れることはなかった。「私はチャールズ1世を思い出す。その朝チャールズ1世は天使たちに笑いかけていた。彼は曖昧な冒険を予言する牢番の言葉を聞いていなかった。彼はパンの出し入れを操作できることに驚いていたのであり，突風が吹き，紫の花が床に散らばるときに，ウェストミンスターの塔の下に集められる群衆よりも強力な王女たちが，そのパンのなかには見つかるだろう。失脚した王は塔のなかで，至高の祝祭のために力を振り絞っていた。鳥たちよ，今朝お前たちは涙にくれているのを気づかれないように，羽を目の下で重ねあわせようとしていた［……］」。ソラマメや王女，女性潜水者を待ち望むなかでの笑い。ブルトンは迷わずジャック・ヴァシェに呼びかけているが，そのヴァシェの処刑を喚起するときの涙。「君がいればそれでよし。君がいないのならば，それもまたさらによし。王の頭のなかにおけるコルクガシの受肉よ」。

1923年あるいは24年にブルトンにとりついていた，「ジャック，王の頭のなかにおけるコルクガシの受肉よ，もし君がいたなら」という1つの問い，それは1956年4月11日から12日にかけての夜に聞き取られた，「金の白野牛よ，もしあなたが生きているならば，金の白野牛の髪を切らないでください」というオートマティックなメッセージのなかに延長されていく。聖なる女王の日に生まれ，王たちの祝日〔公現祭〕の日に死んだジャック・ヴァシェの運命が，4月11日に生まれ，同じ1956年にアベル・ガンスと2人でシナリオ『大地の王国』を書いたネリー・カプランのそれとクロスする。ブルトンが認めることになるとおり，おそらくこの次の年，ネリー・カプランもまた金の白野牛 Bison blanc d'or と，あるいはむしろ金の白ミンク Vison blanc d'or と呼ばれることになる。1957年の公現祭より前すでに，ネリーは黄金の白ミンクという王家の系譜に属していた。一方1919年の公現祭以来，ジャック・ドール〔金のジャック〕あるいはジャック・ドリアン〔東方のジャック〕は，それと隣接した金の白野牛の系譜に属していた。ジャックとネリーを結びあわせているものを見るために，さらに詩人たちに語ってもらうことにしよう。1919年，ブルトンは友人ヴァシェをこんなふうに描き出していた。「彼はあの河のような首の汗を光らせていたが，私の思うにそれは，ペルーをも潤すアマゾン河だった」。[8] そして彼はただちに「ペルー」へ，黄金の国へ話題を移す。「彼は処女林の大部分を焼き払ってしまっていたが，その彼の髪と，そこに避難したあらゆる美しい動物たちによってそれとわかった」。1957年，アンドレ・ブルトンがネリー・カプランのなかに「輝きの帽子をかぶった妖精」を認めていたとすれば，1962年12月10日，アンドレ・ピエール・ド・マンディアルグはレディー・Nの「燃え上がる頭部」を描写したとき，さらに明示的だった。「君の頭を覆い，君が自分の髪の毛と思わせようとしているこの黄金あるいは炎の輝き」。最後のオートマティックなメッセージのなかでブルトンは，「消え去りながらこの髪の房，このアラセイトウ」を残していったヴァシェに対し，妹であるネリー・カプランの燃え上がる髪を剥ぎ取らないでくれと頼んでいるのである。「金の白野牛よ，もしあなたが生きているならば，金の白ミンクの髪を切らないでください」。

à Nelly Kaplan,
dont le haut casque d'or
illumine mes songes, ce petit
feu vert, affectueusement

André P. M.

Feu de braise

若きアルゼンチン女性ネリー・カプランがフランスに向けた船に乗ったとき，その頭にはロートレアモンとランボーのほとんどすべて，ブルトンとスーポーのかなりの部分が入っていた。彼女が我々に話してくれたところでは，1954年6月，フィリップ・スーポーと最初に待ちあわせをしたとき，詩人が彼女をセーヌ通りのホテルまで送ったあと，2人はアール橋（ポン・デ・ザール）までぶらぶらと歩いたらしい。そこでセーヌを行く小船に目をとめた彼女は，『マルドロールの歌』に登場する銀の筒先のランプを思い起こしてスーポーを驚かせる。3年後にブルトンの手紙のなかで持ち出されることになる，あのランプ。それはこのときネリー・カプランと同一視され，若い時代に友人だった恋のライバル2人のあいだで宙吊りになる。そして問題の手紙では，ブルトンとスーポーはともにネリーに対し，「洞察力を，必要とあらばさらにより以上の透視能力を」認めていると主張されることになるだろう。不思議なことだが，1955年12月8日にネリーへ書き送った手紙のなかですでに，スーポーはこの透視能力を彼女のなかに認めていた。「嘘ではありません。まるでしばしば，あなたは人の心を読んでしまうかのようです。そして事実，あなたはかくもしばしば人の心を読んでしまうのです」。さらにこの判断に固執しながら，スーポーはネリーとブルトンを比較しさえする。「あなたは私が待ち望んでいた人，私に確信を与えてくれる人です。私はブルトンと話したところですが（残念ながら彼は具合がよくないけれど），彼はその年齢にもかかわらず，ものを見抜く力においてあなたのそれを思わせます。しかしあなたは，さらにより慧眼であり，明晰です。彼は私にこういいました（そして私は驚かされました）。フィリップ，あなたは今（それは今日，12月8日木曜のことでした！），私が見てきたなかで一番幸福そうだ。なぜだかわかる。あなたは私が失望させてしまったようにはあなたを失望させない，そんな誰かに出会ったのだね」。銀の筒先のランプのオートマティックな持続は，ブルトンの引力だけでなく，3人の主役の欲望と，彼らの平行したロートレアモン読解によって導かれていたと，認めなくてはならない。

オートマティックな持続とは客観的偶然とオートマティックなメッセージのコラージュである。客観的偶然そのものが欲望と必然性の混合体であり，オートマティックなメッセージは名指しで我々に送られてくる，あれら暗号で書かれた稀な電報に対応するものだ。人々や事物，言葉を巻きこんだ時間の断片が，凝固して宙吊り状態にとどまることがあるという証拠は，たしかに謎めいた形であるとはいえ，いうなれば授けられている。オートマティックな持続とは，ありのままの奇妙な出来事に関する調書に還元されるものではない。持続である限りにおいて，それは知覚され保存されるための条件を備えているように見える。この点では映画的持続と同様である。瞬間的で抵抗しえないオートマティスムである限りにおいて，それは人生と歴史的生成のさまざまな断片に，「今ここ」を与える力を持つ。あたかも無線的時間を横断することで，現在，過去，未来の諸要素が，互いを磁化しあっているかのようである。

映画的持続の主要な寄与は時間の直観であるが，それは演劇と同様に，フィクションの原則によって規定されている。暗闇で凝視するとき，人は現実を目指しているのではない。反対にメディアのミクロ持続は，誤った光のもとに現実的なものを教育し，ましてやそこから組織的に財産を巻き上げようとするのだが，知覚を2つの相反する方向に引っ張って，それを二分することさえある。一方で，知覚は留保なしに与えられる。それはなんらかの着想，なんらかの演出によって楽しまされ，高揚させられ，誘惑されることもある。知覚は動揺させられて，純粋な知覚内容が情動に姿を変える。他方知覚は直接的な環境とメディア化された現実に脅迫されて，これら2つの現実を重ねあわせるか，あるいはそれらを新しいミクロ持続と交換しようと準備する。あたかも誰何の声にさらされることで，知覚がいつでも困惑しているかのようである。結局のところ，メディア化された持続は浮遊する知覚を固定し，注意力の警戒をそらしてしまう。映画的持続とメディア化された持続はあっという間に広がり，世界中の多数者である大衆を手中に収めた。マルコーニとリュミエール兄弟は，メシアや革命家，千年王国の建設者たちを凌駕し，善意と博学な知識に大いなる希望を基礎づけた啓蒙思想家をも越えた。教会や政治制度，心理学者や教育学者たちを追い越して，人工的持続はいうなれば，歴史的生成の流れを惑わし，個人的実存の横糸を消し去った。人工的持続だけでなく，シュルレアリストたちに特有のオートマティックな持続に照らしてみても，もはや人間の時間を評価するために，哲学者の孤独な意識――不幸な意識の法悦，現象学の絶えざる手直し，実存主義者の苦悩――に訴える必要もなければ，資料編纂によって書きなおされる歴史からヒントをうる必要もなく，我らが同時代人の運命について自問する必要などもない。我らが同時代人たちは，滑稽な，あるいは取るに足りない歴史の動因であり，見出しえない社会とうようようごめく人間たちとのあいだで揺れる市民たちであるが，それというのも持続が事物や人々を追い払おうとするだけでなく，現れや消失の様態を主導し，思考のプロセスや，感情の往復運動に烙印を押すのであり，要するに，あらゆる事件を作動させ，照らし出すように見えるからである。

持続とは何か。シュルレアリストにとっては欲望の伝染であり，映画作家にとっては情念の解剖であり，メディア化された多数の人々にとっては喉を締めつけられるような，現実の最初の収穫物のヴィジョン化である。我々はもう，右往左往して事実や資料を集める必要はないし，ある社会の歴史の意味を割り出すこともない。我々は，探偵も死体も犯人もいない推理小説のなかにいるのであり，しかしながら目に見える観念や触覚ではちきれそうだ。我々は自分の基点を離れ，時空を旅するSFのゾンビのマネをしたりはしない。我々が個人として持続を確かめようとするとき，我々はそれらをまるでシュルレアリストたちのように，昼と夜とのうえに接ぎ木し，あるいは我々の言葉と行為のうえに貼りつける。それはまるで，我々が映画の撮影をしており，その監督であるかのようだ。すると誰にも起こるように，我々がメディアの喉元に接触してしまったとき，喜んで，あるいはいやいやながら飲み下すミクロ持続は，人類史というカタログ・レゾネの一章だけを参照しようなどという気にさせることはない。

望もうと望むまいと，我々は事物や言葉を使う以上に，持続の実験を行っている。もはや何ものも死者を生者に，不活性なものを動くものに対立させたりはしない。逆転不可能で断片化された時間を無視しつつ，客観的偶然と自動記述の磁化された持続は，場所と記憶の魔法を混ぜあわせ，伝記上，歴史上の日付を配分しなおしながら，出来事を加速させ，接近させ交差させる。映画的持続は，舞台演出と小説的な語りをはるか後方に置き去りにして，噴出しては消え去る時間を操作しながら，一時的なものを壮麗にし，多くの身体と背景，声と情動を直接に接続する。メディアのミクロ持続とともに，一線が越えられた。習俗とか制度といった現実的なものの権威は，その外在性にもかかわらず，摘発され狩り出されてしまう。想像的なものの貯蔵庫――美術や三面記事，その他の内在性の歓喜――は過度に搾取され，体系的に略奪される。すると，起源や内容を知ることに意味のないような，まき散らされた持続は，メディア図書館の棚に積み上げられ，周囲の空気に浸透し，人々の意識を帯電させるのである。

地球上の大衆は，休みなく持続を直観する。この具体的な普遍に対し，それと取り換えるいかなる抽象的な普遍も持ちあわせていないがために，哲学者はただうろたえることしかできない。社会生活や学校生活という遠い昔の長い迂回が，短絡によって無化されており，待ちきれない気持ちが忍耐力をその場で釘付けにしてしまったなどと，彼は認めることができないだろう。だが実際，市場の法則に適合した総合的持続への自由なアクセスが組織されてしまったのであり，隣人や友人がいなくても，多数の人々を取りこむことができ，以後人々は言葉を理解することなしに聞くのであり，触れることなくオブジェを愛撫し，判断することなく価値と戯れる。しかしながら，欲望し思考する主体を召喚する持続の体制は，技術的装備と直接的効果を組みあわせ，感覚と情動を捉え，魅惑し，苛立たせ，すでに手の加えられている時間的素材を組みなおすのであるが，この体制は，誇大妄想的なメディアが孤立して途方に暮れた無数の諸個人と取り結ぶ曖昧な関係に還元されるものではない。科学上の偉業や何らかの政治的空白を越えたところで，時間に対する能動的かつ予定外の熟視は，非常に大規模に実行されるなら，過去を思い起こさせるもの――堅固な習慣，時間をかけた懐胎，起源の反芻，歴史的な参照――に対し，さらには未来を予告するもの――革命のユートピア，現代的冒険，若者たちの崇拝（カルト）――に対してさえ，ある種の歯止めをもたらす。過去／現在／未来という伝統的な区分は，時間についての時宜を逸した実践には抵抗できない。1つの持続は1度限り知覚されるのではなく，永続し，2枚のページのあいだ，2つの日付のあいだに滑りこむことができるのである。

シュルレアリストたちのオートマティックな持続は，欲望との隠れんぼというよりは，言葉や事物を巻きこむ共鳴の形態や，異なった環境を横断し異なった時代を結びつける結合線，個人やグループによって集められ消費される大量のエネルギーへの電撃的なイニシエーションに属する。かくして，現実主義はむしろ時間の浪費や自己破壊と相性がいいというよくなされる説明とは裏腹に，人生のある部分が細部にわたり批判的に再構成されるのである。間違ってはならない。オートマティックなメッセージと客観的偶然は，例外的な瞬間としてではなく，持続の輪郭を与えるからこそ，不滅なのである。自らに持続が倒れ掛かってくるのを感じる詩人は，その刃先を感知している。映画作家はといえば先手を取って，思うがままに持続を撹拌し，形而上学的な議論やもっとも狂ったオペラの台本が夢見ていたものを実現する。そしてメディアは，湾岸戦争の冬に誰もが目にしたとおり，多数の人々と手を組んで，もはや空白の時間を埋めるのではなく，触知可能な時間を作り出すのであって，そうした時間の触感は，あとに続く日常や出来事のそれと広く比べることのできるものである。

LES LETTRES *françaises*

André Breton

Si mes souvenirs sont exacts

(page 14)

des textes de :
Max Ernst
René Magritte
Matta
Joan Miró
René Lacôte
Georges Sadoul

et des photos de Valentine Hugo

Les somnambules

"Marat-Sade"
"L'Ordalie"

メディア化されたものも映画的なものもオートマティックなものも，およそ持続とは誰にでも知覚し経験することのできる，感性的な構築物だ。唯一違いがあるとすれば，群集は必ずしもシュルレアリスムの宴に正体されてはいないという点だろう。持続についての普遍的な実験は，記憶の時間に背をもたせかけた諸制度を撹乱し，歴史の時間のうえに折りたたまれたさまざまな知を転覆する。信仰と信頼，訓練と行為にもとづいた諸制度に対し，老練で鍛えられた観客は，懐疑主義の色あいを帯びた不信を対立させる。そして知的なものと感覚的なものの結合をつかさどる総合的な持続に慣れ親しんだものは，ちょうどデジタル化された音や色彩によって肉体がエロス化されるようなとき，科学理論や哲学言語が際限もなく，どうやら現実とは隔たったところで純粋な記号と論証の遊戯を展開していることに驚くのである。持続の楽園に入りこんでしまったなら，幾何学者や弁証法論者のままではそこから抜け出すことができないというのが本当だとしても，逆にそこにこそ，形而上学的直観や審美的感覚，あるいは技術的革新に触れるための絶好の機会がある。時間に対する古典的アプローチでは，〈自然〉や言語，社会の変容が，それらの超越的現実性を疑うことなしに認められているが，オートマティックな，あるいは人工的な持続の場合，これとは逆に事物や言葉，人々の内在的な性格を開示しようと務めることになる。ある持続は1つの光，1つの音によって磁極を与えられるが，同様にまた，慎重にあるいは激しく，無数の記号，事物，人物を混ぜあわせることができる。すべてこれらのものは，あるがままの姿ではなく，ある意識のなかで共存しているような姿で示される。既知の世界はもはや存在しない。それはついに括弧にくくられてしまった。精神はある絶対のうえに集中する。書き言葉が話し言葉を摸倣しないように努力したのと同様に，ある総合的持続はいかなる事実を記録するのでもないし，いかなる歴史を再構成するのでもない。持続は自らの知覚と永続の基礎を築く。この鳥たちを解き放ってやる行為，この内在性のデモンストレーションのなかで自らを発見するような意識を，それは導くのである。

恋人たち2人が「同じ時刻に同じことをほとんど同じ言葉で」書きつけるとき，彼らの知らないうちに1つのオートマティックな持続が練り上げられている。アンドレ・ブルトンに襲いかかる前に，客観的偶然はヴィクトル・ユゴーを捕らえていた。彼はレオニー・ドーネーにこう書き送って，そのことを相手に知らせている。「昨日君は私にこんなふうに書いてくれた。私は二重化します。体はここにあるけれど，それ以外の部分はあなたを探し，しばしばそれを見つけるのです。そしてほとんど同じ時刻，私はといえば君への手紙にこう書いていました。私は2つに割れてしまったかのように生きている。体はここにあり，魂は彼方にあるのだと」。ヴィクトル・ユゴーとレオニー・ドーネーは手紙のなかで，魂と身体の苦しい分離について，型通りの言葉を取り交わしているにすぎないと考えることも依然として可能だ。しかしながら，L.A. と V.H. という恋人2人のイニシャルを登場させる水彩画《レオニー・ドーネーのための愛の判じ絵》には，「2つに割れた」詩人の姿に反響するものがある。レオニーのLに真ん中で折れたVが，なまめかしく壊れたヴィクトルがまたがっているからだ。しかしここで愛しあう2つの身体は，そしておそらく2つの魂は完全に結ばれている。たしかに雌ライオンの前に屈服する勝利のライオンというしるしのもとにそうなっているのではあるが。つけ加えるならば，水彩画の署名に先立つ「あなたの足元で」という手書きの書きこみには，レオニー・ドーネーに当てられた手紙のなかに対応する表現が見つかる。すなわち「君は天使だ，私は君の足に，君の涙に口づける」，「私は君の足に口づける」，「君は同時に，私が口づけする女性であり，私がその脚を熱愛する女王であり，私がその羽を嘆賞する天使だ」，「いつでも君の足元で」。さらにヴィクトル・ユゴーは何度にもわたり，「金色の髪の女性」を女王として聖別する。彼はとりわけこんなふうに書く。「もしも私以外の人間たちが，もしも群集のすべてが私と同じように，君のなかにある優美で優れたものを感じ取るなら，彼らは君を女王とし，君の頭に王冠をかぶせて，あらゆる真珠，あらゆる宝石を使って君のための玉座を打ち立てるだろう」。これはすでに詩篇「王権」に見出される，「友人たちよ，私は彼女を女王にしたい！」という，ランボーの宣言ではなかろうか。それはまた1957年1月6日，ブルトンによって「女王たちの祭日」と定められたその日，ネリー・カプランを称えてなされた通知ではなかろうか。アンドレ・ブルトン／ネリー・カプラン，アルチュール・ランボー／レオニー・オーボワ・ダシュビー，ヴィクトル・ユゴー／レオニー・ドーネーという三組のカップルのあいだで機能しているオートマティックな持続は，強制された言語上の慣習やエロティックなポーズに基礎を置いているのではなく，ある瞬間，ある欲望，ある定式の必然性と特異性を，同時に表現しているのである。《レオニー・ドーネーのための愛の判じ絵》を，1937年2月7日のブルトンの夢や，中景に交尾するライオンのメスとオスを配した，ネリー・カプランの映画『愛の快楽』のポスターと比較するだけでよい。オートマティックな持続の形式的だが具体的で，予測不可能だが有無をいわさず，困惑させるとともに謎を解き明かしてみせる，そんな性格を捕らえることができるだろう。

1927年10月，『シュルレアリスム革命』誌上でポール・ヌージェは，19世紀末のもっとも広く知られた犯罪者であった，南東部の切り裂き魔にして放浪の少女殺し，ジョゼフ・ヴァシェ（Vacher）についての記事を流用し，それに「J・ヴァシェ（Vaché）」というタイトルをつけたうえで，ナントのダンディが描いた2枚のデッサンで飾った。デッサンの1枚には「犯罪の軍隊」というキャプションがついている。アンドレ・ブルトン自身がすでに1919年1月13日のコラージュ書簡では受取人のジャック・ヴァシェを，アンドレ・ド・ロルド「赤い舞踏会」に登場する仮面の人物，すなわち強盗殺人者と同一視していた。オートマティックな持続が個人の伝記からエネルギーを汲み取っているとするなら，舞台装置の方は集合的想像力から借り受けることができるのである。世紀の変わり目のころ，度を失ったジャーナリズムの報告する無政府主義者のテロ行為と血なまぐさい犯罪事件は意識を混濁させていた。ラヴァショル，ヴァイアン，ヴァシェ，ジャック・リアブーフ。仕掛け爆弾のように炸裂するか，あるいは血のなかに浸かっているようにも

POÈMES

vrai vagabond ne repasse jamais fois par le même endroit.
oît Labre fut un des plus intéressants s vagabonds innocents ; cinq ou six l entra à la Trappe, à la Chartreuse,

On a vu V. expliquer ses actes pa motifs religieux. »
Il serait vain de nommer ici un médiocre dans le sentiment et la d che, mais peu défiant des retours de

思えるこれらの名前のただなかに，ジャック・ヴァシェの名もまた浮かび上がってくるという印象を，読者は持つだろう。『処女懐胎』の1つの章が，5人の有名な犯罪者に捧げられていたことも思い起こしておこう。すなわち，イジドール・デュカスによって引用されたトロップマン，毒殺者のラ・ブランヴィリエ侯爵夫人，名前が口にされるのはとめようのないヴァシェ，幼女を殺したソレイヤン，そしてハノーヴァーの虐殺者ハールマンである。「理解できないものは何もない」というタイトルがデュカスから借りられたものであるだけでなく，内容の方もまた最良のデュカス的伝統に従って，1930年9月11日の『アントランジジャン』紙から取られたあるコンサート評の，信じがたい流用ないし反転になっている。たとえば「マグダ・タリアフェッロ，ウラジミール・ホロヴィッツ，ヨーゼフ・シゲティ，ミルスタイン，ワインガートナー……　ヨーロッパのあるいはアメリカのいかなる音楽愛好家が，これらスターを1つのプログラムに集めようなどと豪語することができるだろうか」という文は，シュルレアリスムのヴァージョンではまったく違った外観を示す。「トロップマン，ラ・ブランヴィリエ，ヴァシェ，ソレイヤン，ハールマン……　これほどの大スターたちを1つのプログラムに集めて自慢することができるようなチャリティーバザーが，いったいどこにあるだろう」[(9)]。

ブルトンとエリュアールはしたがって，「我々の時代のもっとも偉大な演奏家の幾人か」を偉大な犯罪者たちに取り替えたのである。「夜の静寂のなかでラ・ブランヴィリエは，あれら失われた毒薬を蘇らせる［……］。ヴァシェは恋する娼婦たちの美しさを称え，ハールマンは食べ，ソレイヤンは遊戯をし，トロップマンは目のなかに丸ごと空き地を1つ宿したままで笑う」。そして著者たちが「音楽の頂上」と題された『アントランジジャン』紙の記事を「理解できないものは何もない」というデュカスのセンテンスに取り替えたのも意図的な行為だった。「ポエジーII」で，「理解できないものは何もない」というセンテンスに続き，それを解説するものと見なされているパラグラフは，「首都の門における8人の殺害」に言及しているが，これはカンク家の一家8人を惨殺し，何人もの遺体をパンタンの空き地に埋めたトロップマンを示唆するものである。そのうえ，まさに「ポエジーI」におけるように，1930年の著作でも偉大なる犯罪者のリストはトロップマンの名前からはじまっていた。ブルトンとエリュアールは「トロップマン，ラ・ブランヴィリエ，ヴァシェ，ソレイヤン，ハールマン」と書いたわけだが，デュカスはすでにこう書きつけていたのだった。「トロップマン，ナポレオン1世，パパヴォワンヌ，バイロン，ヴィクトル・ノワール，シャルロット・コルデーのような連中の凶暴な反抗は，私の厳しい視線から距離を置いたところで食いとめられるだろう。きわめて多様な肩書きを持つこれらの大犯罪者たちを，私は身振り1つで追い払ってやる」[(10)]。

INSTANTS

La musique sur les cimes

Quelle attraction a donc réuni sur ce plateau alpestre, à mille mètres au-dessus de Sierre, quelques-uns des plus grands interprètes musiciens de notre temps ? L'endroit est beau, mais plus sportif que méditatif. Nul passé, nulle ombre glorieuse n'y appellent ceux qui recherchent à travers les paysages les grandes confidences d'outre-tombe. Un golf étale entre des lacs et des pâturages ses pelouses rases et ses plaies de sable, entretenues par jeu, près du doux épiderme des *greens*... Les habitués de ce site parlent plus volontiers de *scores* que de concertos. Mais le hasard, cette année, a conduit vers cette montagne de fameux virtuoses.

Magda Tagliafero, Wladimir Harowitz, Joseph Szigeti, Milstein, Weigartner... Quelle philharmonique d'Europe ou d'outremer pourrait se vanter de réunir ces vedettes sur la même affiche ? Ils étaient là, pourtant, sans s'être concertés, par repos, par étude aussi, préparant, dans la paix de cette cime, les programmes dont ils combleront le monde, l'hiver qui vient.

❦ ❦ ❦

Dans le calme des matinées, Szigeti ressuscitait Mozart, avec cette grâce réfléchie qui lui permet une interprétation juste et vraie du plus souple génie de la musique. Magda Tagliafero évoquait Brahms et Ravel ; Horowitz, Chopin.

Au détour de quelques sentiers, effleurant les pins et les mélèzes, des mélodies se mêlaient à l'atmosphère — et jamais peut-être leur vibration ne s'était produite avec plus de liberté. L'attraction mystérieuse, qui avait agi sur ces musiciens, c'était peut-être cette pureté, ce silence de l'altitude, qui permettent à la musique, en quelque sorte, de retrouver sa jeunesse, le point de liberté ou elle est absolument elle-même, sans que rien ne l'entrave ou ne le corrompe.

❦ ❦ ❦

Je n'oublierai plus le soir où, pour la première fois, j'ai entendu Wladimir Horowitz. Le silence s'était peu à peu établi dans l'immense salle lorsoue ce grand jeu-

(Photo Keystone, cliché *Intran*)

UNE HEUREUSE MERE

La princesse Astrid, duchesse de Brabant, qui vient de donner le jour au prince Baudouin, photographiée avec son premier enfant, la princesse Joséphine-Charlotte.

ne homme parut sur la scène, s'approcha du piano et s'assit. Il regarda le clavier où il avait posé ses mains, se recueillit, et c'était comme s'il avait voulu faire passer de son émoi et de son jeu, silencieusement d'abord, dans les touches froides. Nulle affectation dans ce recueillement. On le sentait seul et vraiment nous n'existions plus ou du moins nous étions unis à sa présence. Le phénomène qui lie si étrangement un interprète et son auditoire existe d'ailleurs en dehors de l'autorité, de l'assurance : il est autant une sympathie qu'une force, et il appartient à la communion des âmes...

❦ ❦ ❦

Quand le silence eut encore gagné en profondeur, qu'il fut fixe, Horowitz dévoila cette sonate de Liszt, qui naît dans la surprise et affirme soudain sa vie dans un raccourci violent et magnifique. C'était quelque chose que nous n'avions jamais rencontré : l'œuvre trouvait sa grandeur, sa vérité certaine. Elle est longue : d'un bout à l'autre, l'impression s'accrut d'une interprétation telle qu'on ne pouvait douter d'avoir entendu le langage, l'accent même de Liszt.

Le programme comportait d'autres morceaux : Chopin, Procofieff et un ou deux musiciens contemporains, pas suspects de romantisme. On admira alors la virtuosité parfaite d'Horowitz et combien sa divination musicale était vive. On comprit qu'elle s'affirmait au delà même de l'intelligence, par un de ces dons qui font croire à quelque chose d'autre que les habituelles possibilités humaines.

❦ ❦ ❦

Quand l'ayant connu, par le hasard de cette villégiature, j'ai dit à ce musicien ce que je pensais de lui, il m'a répondu d'une voix juvénile

— Pourquoi me dites-vous cela ?

— Parce que je le pense.

— Mais non !

Il souriait, surpris qu'on pût le tenir pour un des plus grands virtuoses vivants. Et il me pressait de questions pour m'entendre motiver mon jugement ; et bientôt, comme c'était mon tour de l'interroger, il me racontait son enfance, à Kiew, entre son père ingénieur et sa mère, musicienne, qui l'avait, tout jeune, initié à la musique et qui ne doutait pas qu'il dût devenir un jour un « soliste ».

Il travaillait avec joie, et déjà il était pianiste adolescent lorsque de grands troubles secouèrent la Russie. Le piano qu'il aimait fut jeté à la rue par une bande furieuse. Cependant, il put continuer ses études et devenir ce qu'il est devenu. Mais sa mère jamais ne l'aura entendu... Elle est morte quand sa renommée commençait loin de la Russie.

Et maintenant, il est un jeune homme de vingt-sept ans, célèbre dans les deux hémisphères qu'il parcourt sans cesse, ayant connu la gloire avant de connaître les hommes.

Il y a quelque chose de beau et d'un peu triste dans ce destin ; mais celui qui le remplit ne pense pas à lui-même : il habite d'abord le monde de la musique et paraît étonné, d'une façon charmante, de son aventure, ici-bas, lorsqu'on en parle avec lui.

GÉRARD BAUER.

ロートレアモンが犯罪を称揚し，イジドール・デュカスがパスカルやラ・ロシュフーコー，ヴォーヴナルグを修正しながらも，偉大なる犯罪者たちを視線と身振りで押しのけること，ブルトンが仮面をかぶった殺人者の切抜きの下に「ジャック，それはあなただったのだ！」という運命的な書きこみをしたこと，ポール・ヌージェが羊飼いの女たちを殺したJ・ヴァシェに関する記事を彼なりに取り上げなおし，同じ発音の名前を持つジャック・ヴァシェをそれと混同すること，ブルトンとエリュアールがデュカスの「ポエジー」を手がかりとして，ある音楽評のなかの2人のピアニスト，2人のヴァイオリニスト，1人の指揮者の名前を，ひそかに有名な殺人者たちのそれと入れ替えたこと，それらすべては，犯罪を扱った三面記事に惹かれる心境や，デュカスの手法との共謀，そしてジャック・ヴァシェの名前の流通を示している。オートマティックな持続のなかでは，非人称的なものが個人的なものと，日刊紙が日記と，多数の人々の視線を公然と引きつける出来事とおのおのの耳にひそかに語りかける出来事とが競いあっているのである。

19世紀末とベル・エポックにおいて，女性のバラバラ死体についての三面記事は犯罪記事のなかで特権的な位置を占めている。流行のはじまりは1892年のボツァリス街の事件だった。1人の屑屋が建築中の家のなかで，切り刻まれて間もない袋詰めにされた女性の死体，ただし頭部の欠けた死体を見つけたのであった。続く数年間，パリ郊外で，リヨンで，モンテ＝カルロで，グラースで，トゥールーズで，要するにフランスじゅういたるところで新しい事件が持ち上がった。不吉な破片の身元をいかにして突きとめ，殺人者をどうやって捕まえるのか。この頭の痛い問題が，捜査官を興奮させ，ジャーナリストたちの目を曇らせ，世論を騒がせた。もっと稀なことではあるが，男性のバラバラ死体事件が国全体の話題を独占してしまうようなこともあった。1900年12月にベルヴィルあるいはメニルモンタン界隈のプラトリエール通りで起きた事件の場合がそれである。カーテンのようなものに包まれたバラバラ死体は，若い男性のものだった。頭部は激しく損傷していたので，かの有名なベルティヨンが，V字型のやけどを含む傷痕などをもとにして人相書きを作成した。捜査に当たったのは警察庁のコシュフェール氏である。情報やほのめかしや嘲笑やカリカチュアが新聞を埋め尽くす。『笑い（リール）』紙12月22日号や『ココリコ』クリスマス号などを見るとそれがよくわかる。明けて1月，身元についての誤った情報が無数に寄せられる。若いアルベール・ゴタールは死体置き場を訪れた家族によって被害者と断定されるが，実は牢屋のなかにいた。ユダヤ系オーストリア人ルメール，馬具製造労働者オーギュスト・ベルジェ，コルシカ人アントワーヌ・ロヴィジといった人々の消息の調査がなされては，次々に断念されていく。困りはてたコシュフェール氏は300フランの懸賞金をつけ，ついでそれを500フランに値上げした。1901年1月

– Mon bon Monsieur, ayez pitié d'un jeune homme coupé en morceaux à qui les journaux ne font pas de réclame.

N° 320. 7e année. 22 Décembre 1900. 15 centimes.

Le Rire

JOURNAL HUMORISTIQUE PARAISSANT LE SAMEDI

Un an : Paris, 8 fr. Départements, 9 fr. Étranger, 12 fr.
Six mois : France, 5 fr. Étranger, 6.50

M. Félix JUVEN, Directeur. — Partie artistique : M. Arsène ALEXANDRE

La reproduction des dessins du RIRE est absolument interdite aux publications, françaises ou étrangères, sans autorisation

122, rue Réaumur, 122 PARIS
Vente et Abonnement 9, rue Saint-Joseph, 9

AU BUFFET DE LA GARE DE X...

Or, une des premières réflexions que suggéra la pratique des affaires aux administrateurs, fut que les « entreprises contre la propriété », ne rapportant plus rien, occasionnaient d'autant moins de frais généraux qu'elles étaient moins nombreuses.

Elles furent donc réduites au strict minimum. Juste ce qu'il fallait pour tenir en haleine les habitants du lieu, et éviter qu'ils ne prissent la mauvaise habitude de ne plus s'assurer.

Et voilà comment les vols diminuèrent dans Pratical-City.

Un deuxième avantage fut que les habitants payèrent des primes moins fortes. Car la nouvelle compagnie, n'opérant qu'à coup sûr et ne basant plus ses calculs sur des tables incertaines, put se payer le luxe de couler ses rivales.

Elle mit aussi un terme au régime draconien auquel étaient soumis certains objets d'« exceptionnelle » valeur, sous le futile prétexte que ces objets sont *proportionnellement* plus faciles à voler.

Intelligente réforme, que nos Compagnies européennes d'assurance contre le vol feraient bien d'adopter.

Car enfin, s'il est vrai que tel très gros diamant se vole plus facilement que cinq cents douzaines de pendules, il n'en est pas moins abusif, — généralisant à l'excès, — de conclure que tout objet valant à lui seul des millions doive être soumis à un tarif spécial.

Quand on pense, par exemple, à la prime colossale que certaine compagnie allemande d'assurance contre le vol fait payer à la société de la Tour Eiffel, on est scandalisé.

Néchao.

— Avez-vous au moins pris le soin d'antiseptiser l'instrument???

IN THE MEMORY OF MAC-NAB (BLACK PUSS)

— Non, pas de viande; depuis quelque temps il y a trop d'accidents sur votre ligne.

Dessin d'Abel Faivre.

29日号の『ジュルナル』紙第一面では，「ある遺体をめぐって／アヘンのごとき言葉」と題し，ジャン・ロランが切り刻まれた男について，皮肉で冷めた長い一文を捧げている。「我々は犠牲者の身元を突きとめることすらできなかった。事件のはじめから，私はこの犯罪が迷宮入りしてしまうであろうと予測していた」。『ド・ブーグルロン氏』の著者はコシュフェール氏に対し，懸賞金の額を極端にまで上げるよう示唆する。「そうすれば今日明日じゅうにも，男を売り渡した女性が犯罪者の世界のなかで糾弾されることになるだろう」から。「どこでも見かけることのできるメッサリナ[11]」を誘惑しなくてはならないのである。だが1903年5月，バトナの懲治部隊の狙撃兵が罪を認めたとき新展開を見せたものの，結局事件は未解決のままに終わってしまう。いずれにしても，想像力を掻き立て，注意力を発揮させることで，〈切り刻まれた男〉は予想されたよりもはるかに長く，集団的意識に浸透していくことになるのである。

メニルモンタンの不可思議な犯罪，すなわち切り刻まれた若者の死体が発見された事件は，三面記事欄に収まらない広がりを見せていく。1901年1月12日の『ゴーロワ』紙は，ヴィクトル・ユゴーの演劇作品『ルイ・ブラース』をイラスト付き新聞連載小説の形式になおしたものの掲載を予告する際，「切り刻まれた天才」というタイトルを用いている。1901年1月30日，アルフォンス・アレは『ジュルナル』紙で担当していたコラム「奇妙な生活」で，「犯人自身によって明かされた，切り刻まれた男事件の真相」というタイトルのもとに，彼自身が受け取ったものという設定で，「J修道士」の署名がある，煙に巻くような手紙を掲載している。プラトリエール通りの若き犠牲者は，ある修道会の新入りだったのだが，J修道士に対し，自殺の意志を告げていたらしい。哀れな少年の魂を救済するため，J修道士は彼に対し，ひとたび天上に着いたなら，自らを殺したものを弁護してくれることを条件に，彼を殺してもいいと提案した。マルセル・デュシャンはこの迷論を読んでいたろうか。この記事のタイトルを知っていたろうか。切り刻まれた男の事件と切り刻まれた女の事件との重なりあいを認めたとして，デュシャンの〈大ガラス〉のなかに，ベル・エポックの有名な血なまぐさい三面記事の記憶と，そのエロティックで不吉な再構成を見る余地はあるのだろうか。「犯人自身によって明かされた，切り刻まれた男事件の真相」から《花嫁は彼女の独身者たちによって裸にされて，さえも》への移行は避けがたいものではなかろうか。一方では真実が犯人自身の告白によって解き明かされているとすれば，他方では花嫁が彼女の求婚者である独身者たちによって，真実を奪われ，バラバラに解体されていく。切り刻まれた男は事件に同意していたと殺人者が告白するのと同様に，切り刻まれた花嫁の欲望は，犠牲を捧げる祭祀たる彼女の恋人たちによって，厳密に分有されることだったとも考えられる。

切り刻まれた女あるいは男の事件を背景として，アルフォンス・アレは1901年1月30日，「犯人自身によって明かされた，切り刻まれた男事件の真相」を発表した。1903年6月21日，「切り刻まれた男の意見」によってアルフレッド・ジャリ

パリ＝ジュルナル

《切り刻まれた男のために》

切り刻まれた男たちは，世界でもっとも精神的なものたちである。彼らには，実に見事な機転と，比較するものがないほど見事な好機をとらえる感覚が備わっている。さらにはまったく軍隊じみた正確さまでが。彼らはクロノメーターのごとく正確に歩く。常にピッタリ，到着すべきその瞬間に到着する。まさしく模範的な招かれたものたちだ（これはまさに適切な言葉だと思う）。

国際的なレベルの事件，社会に広まる風説，政治的論争によって苛立ち，掻き乱された世論が，グラグラと不安定になって催眠薬のカプセルを欲するようなとき，すぐさま切り刻まれた男は呼び出される。こうした状況で，切り刻まれた男は決して人を待ちわびさせたりはしない。唇に微笑をたたえ，首筋に切れ目を入れて，ほら彼がやってきた！

善良なる切り刻まれた男よ！ お前に突然の手助けがあらんことを！ お前に大規模な攻撃が加えられんことを！ いつでも背中に背嚢を背負った，お前こそはモラルの兵士！

お前のおかげで社会の平穏と国民の健康が守られているとは！ いつでも姿を現すやいなや，お前はあらゆる会話の主題となる。フロイト的な脱線現象によって，あらゆる気がかり，あらゆる恐れはお前に向けられる。幼い売り子たちの幼い想像力はお前たちにかかりきりだ。サロンでは，社交界のご婦人の短くカットした髪が，お前を見ると逆立ち，老婦人たちも＊＊＊［この部分は新聞が皺になっていて読むことができない］恍惚となる。あらゆる大新聞がお前に3段以上の記事を捧げる。男たちは憐れみをもって，女たちは官能の表情でお前を語る。

お前の必要性はあまりに絶対的なので，もしお前が存在しないとしたら，あるいはいざというときにお前の現れるのが多少でも遅れたりするならば，お前を何としてでもでっち上げざるをえなくなるのは確実だ。

お前は感傷の源であり，おそらくは現代における感傷の唯一の源である。ブルターニュの海辺で嵐が吹き荒れ，もっと穏やかで奥まった別の港を探そうとしているせいか，小舟が港に帰り遅れているようなとき，女たちは十字路の巨大な十字架の前にひれ伏し，危難でいっぱいになったその心を涙のなかに溶かそうとする。だが国家という船がひとたび危機に陥るようなとき，社会の不安は感傷の浴槽のなかに溶かしこむべきなのだ。

切り刻まれた男よ，お前こそは新たなる救世主だ！ 人はまだお前に対し，その恩には報いていない。お前はいまだ肩章も勲章も身に着けていないのだから。

少なくとも彼に，レジヨン・ドヌールの与えられんことを。

ジョゼフ・デルテイユ

デルテイユもまた，1925年に『パリ＝ジュルナル』紙に発表した記事で，「切り刻まれた男」という三面記事の話題を扱っていた。

がそのあとを引き継ぐ。1912年にはマルセル・デュシャンが,《花嫁は彼女の独身者たちによって裸にされて,さえも》のための最初のメモをしたためるだろう。1918年11月21日,アンドレ・ブルトンは『切り刻まれた男』と題されたコントを書く計画を立てた。そして1919年1月末,口にできないジャック・ヴァシェの死の日からまもないある日,ブルトンは「窓によって切られた1人の男がいる」という,最初のオートマティックなメッセージを聞いた。1920年,かつて『SIC』誌を編集していたピエール・アルベール゠ビロは,軽業師や曲芸師,綱渡り芸人のための喜劇『切り刻まれた男』を書き上げる。「窓によって2つに切られた男がいる」というオートマティックな持続は,ブルトンの人生とシュルレアリスムの歴史のなかに,幾度にもわたって姿を現すが,世紀初頭のある三面記事をもとにして説き起こされてきたものであるのは間違いがない。さらにはジョゼフ・デルテイユが週刊誌『パリ゠ジュルナル』の1925年1月9日号に掲載したアイロニカルな記事「切り刻まれた男のために」は,一般大衆に知らされることとなった血なまぐさい事件から,政治的でメディア論的な結論を引き出し,〈切り刻まれた男〉という表現を1つの概念の位置にまで引き上げようとするものだった。「〈切り刻まれた男〉たちは世界でもっとも精神的なものたちである。彼らには,実に見事な機転と,比較するものがないほど見事な好機をとらえる感覚が備わっている。[……]国際的なレベルの事件,社会に広まる風説,政治的論争によって苛立ち,掻き乱された世論が,グラグラと不安定になって催眠薬のカプセルを欲するようなとき,すぐさま切り刻まれた男は呼び出される。[……]善良なる切り刻まれた男よ! お前に突然の手助けがあらんことを! お前に大規模な攻撃が加えられんことを! いつでも背中に背嚢を背負った,お前こそは〈モラル〉の兵士!/お前のおかげで社会の平穏と国民の健康が守られているとは! いつでも姿を現すやいなや,お前はあらゆる会話の主題となる。フロイト的な脱線現象によって,あらゆる気がかり,あらゆる恐れはお前に向けられる。[……]あらゆる大新聞がお前に三段以上の記事を捧げる。[……]お前の必要性はあまりに絶対的なので,もしお前が存在しないとしたら,あるいはいざというときお前の現れるのが多少でも遅れたりするならば,お前を何としてでもでっち上げざるをえなくなるのは確実だ。/お前は感傷の源であり,おそらくは現代における感傷の唯一の源である。[……]切り刻まれた男よ,お前こそは新たなる救世主だ!」

たしかにジョゼフ・デルテイユに先立って,週刊誌『ルーユ〔目〕』の1903年6月21日号で,アルフレッド・ジャリは〈切り刻まれた男〉に,自らに深く関わるある質問を投げかけていた。「我らが尊敬すべき友人の〈切り刻まれた男〉は——括弧を開いていうなら,彼は有徳の市民であり,たしかな判断力と見識を備えた人物だが,人はめったに彼に相談をもちかけることがない——自動車に轢かれるのを避けるための最良の方法について，我々に意見を語ってくれた」。[12] そして鋭利な道具の犠牲者であるこの善良な市民への質問は，次の覚めきった受け答えで打ち切られる。

「あなたはひき逃げ犯に対してほとんど恨みの感情をお持ちでないようですが，あなたをこれほどバラバラの断片にしてしまったのは自動車事故ではないのですか」。
「いいえ」と男は沈痛な面持ちでいった。「頭の上に瓦が，スレートが落ちてきたのですよ」。
「飛行船から落ちてきたとかですか。空輸上の事故というわけですね」。
「飛行船じゃありませんよ」と〈切り刻まれた男〉は金切り声を上げた。「このうえ何が必要だというんです。誰か卑怯者がねらっていたとでもいいたいのかね」。

最初の半睡状態でのフレーズを聞いたとき，アンドレ・ブルトンはレルヌ伯爵夫人の暗殺者であるジャック・ヴァシェが極刑に処せられる幻覚を見た。あるいは彼は，半分はジャックのものであり半分はアンドレのものである死体を察知した。この身体的な二重性は「優美な死骸」のデッサンにおいて三重性に姿を変えるだろう。シュルレアリストたちが熱中することになるこの一見無邪気な遊戯は，実のところ3つに切り刻まれた女や男を修繕しようとする驚異的な試み以外の何ものでもない。1950年，明らかに窓によって2つに切られた人物である《子供の脳髄》の上半身を覗かせた男に対してブルトンが施したのも，これと同様，遊戯的で韜晦趣味の，形而上的な操作であった。上半身裸で目を閉じた，恰幅のよい眠たそうなこの男，その体毛は縫いつけられたようだというものもいるこの男は，目を覚まし，大きく目を見開いている。そして1924年の夢と「30年後」を読みなおして以来，我々にはわかっていることだが，ヴァシェはどこか近くで見張っているのだ。1918年11月3日，ブルトンがアラゴンに宛てて，デ・キリコの絵画はヴュー＝コロンビエ座でやじられたところだと報告していたことも，つけ加えてよい。翌日『民衆日報（ジュルナル・デュ・プープル）』紙の文芸欄担当者ジャン・フェガは，ヴュー＝コロ

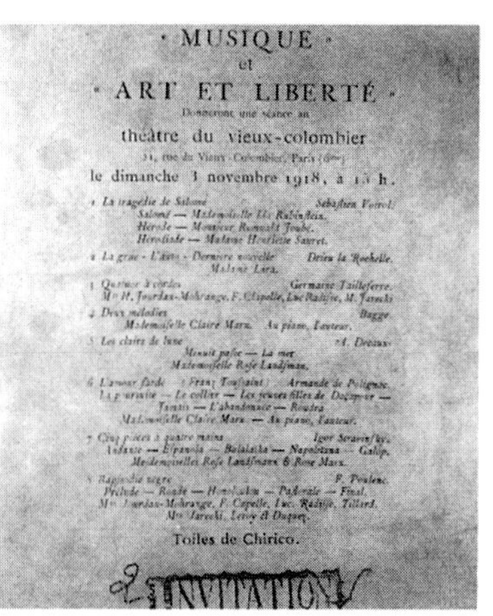
· MUSIQUE ·
et
· ART ET LIBERTÉ ·
[illegible]
théatre du vieux-colombier
[illegible], Paris [illegible]
le dimanche 3 novembre 1918, à [illegible] h.
[illegible]
Toiles de Chirico.
INVITATION

ンビエ座のマチネについて，音楽や詩については無視したままにこの出来事を伝えている。まず彼は，〈芸術と自由〉協会の主導によって，現代絵画がはじめて劇場の舞台で提示されたと記している。ついでポール・ギョームによる次のような紹介の言葉そのものが引用されている。「ジョルジョ・デ・キリコの芸術は啓示にもとづいている。造形的な形態の様相を変えたにせよ，現代絵画はやはり事物の忠実なコピーや，構成においては多少とも変形されたアレンジにもとづくものであり続けているが，デ・キリコは突然の宿命的なヴィジョンが精神にひらめいたときにしか絵を描かない……。我々はここで，批判の可能な事物が含まれているような環境からは遠いところにいる。我々は形而上的空間に入りこむのだが，そこでは生活の常識や知的感覚さえがもはや存在せず，稀に精神に訪れる説明しがたい情動だけが生き続けている……」。観客たちの敵対的な反応を強調しつつ（「ドイツに行け！」，「このごみをどこかへやってくれ！」，「ボナ万歳！」[13]），ジャン・フェガは結論づける。「何にもまして保守的なフランス人たちが，芸術の革命に対して示すのはこんな態度である」。

1918年11月10日，アラゴンに宛てられた真に最初のコラージュ書簡で，ブルトンはヴュー＝コロンビエ座の事件にふたたび触れている。事実ある記事の切り抜きによれば，デ・キリコの絵が掲げられたとき，ルイ・ド・ゴンザグ・フリックが，そしてとりわけラシルド夫人が叫びを上げたのだという。

「彼女［ラシルド夫人］はバルコニーにいる裸の男の絵が現れたとき，怒号をあげた。裸の男は怖気づかなかった。彼は臆面もなく，ラシルドのまわりで声をあわせている息巻いた群衆を，その描かれた目で見つめていた。

——この芸術家は前線にいる。だから我々は彼を敬いはするが，それだけだと，ラシルドは宣言した。そして腕を上げると，それらの絵画を退場させるようにと命令した。絵はゆっくりと退場させられていった。私の記憶が正しければ，そのなかには《奇妙な夜の時刻と謎》を象徴するものも含まれていた」。

争いの中心にあったのは《子供の脳髄》だったのだろう。記事を書いた記者がよく覚えていなかったそのタイトルが，もともとのタイトルだったに違いない。もっとも奇妙なのは，上半身裸の慎みのない男が，観衆に反発を感じさせただけでなく，「その描かれた目で」睨みつけていたという点だ。この切抜きは，1918年11月10日の『週間手帳（カルネ・ド・ラ・スメーヌ）』179号3ページに掲載された，「ゴシップ手帳」という欄の「大騒ぎ！　大騒ぎ！」というコラムから取られている。このおかげでコラージュ書簡の日付を想像できるのだが，ともあれブルトンが記事の結論を無視したことははっきりわかる。結論の記述はこの大騒ぎの原因となった対象を，そしてつけ加えるならその大騒ぎそのものを，忘れがたいものに変えようとする。「G・デ・キリコ氏に栄えあらしめるために，この大騒ぎ以上のやり方があったろうか。彼はまったく無名だったが，ラシルドのおかげで我々は彼の名前を記憶したのである」。

前のものと隣りあったもう1つの切り抜きもまた，『民衆日報（ジュルナル・デュ・プープル）』の場合と同じような結論を提示しているが，これはブルトンがラシルドによる議事妨害に賛同していなかったことを示しているように見える。「そして〈芸術と自由〉の信奉者たちは，昨日の革新者たちが今日の革新者に口笛を吹くのを聞いて，驚いたのだった」。11月21日のコラージュ書簡を受け取ったときアラゴンの目には，イタリアの画家に味方しようとする詩人の態度決定が飛びこんできたに違いない。この手紙には，ジョルジョ・デ・キリコの署名がある，ロネオ刷りの原稿の切り抜きが含まれていた。「我々はここで，［……］から遠いところにいる。我々は形而上的空間に入りこむのだが，そこでは生活の常識や知的な感覚さえがもはや存在せず，稀に精神に訪れる説明しがたい情動だけが生き続けている」。そこには11月4日，すでに『民衆日報』のコラムに収録されていたテクストを見つけることができる。

PEAUX D'ORANGES

On a énuméré un certain nombre de bienfaits que nous a valus la guerre. On a toujours négligé de dire qu'elle nous a débarrassés des peaux d'oranges qui se rencontraient parfois sur le trottoir et causaient maintes chutes.

Mais les tranches d'orange sont aujourd'hui aussi rares que la pelure, si bien que l'on peut justement se demander s'il ne faut pas regretter le temps où, au risque d'un faux-pas, on pouvait, à peu de frais, rivaliser avec Hercule lorsqu'il goûtait aux fruits du jardin des Hespérides ?

Cette réflexion m'est venue en lisant la diatribe d'un critique de mauvaise humeur contre les audaces désintéressées de la jeune littérature et de la jeune peinture.

Il voudrait que l'on empêchât d'écrire et de peindre tout ce que son esprit misonéiste ne saurait approuver d'emblée et il crie casse-cou comme si les lettres et les arts allaient glisser sur une peau d'orange.

Mais, cher Monsieur l'atrabilaire, ne masquez point de mépris cette faculté si répandue que vous avez de ne pas comprendre. Vous vous vantez de votre incompréhension. C'est une infirmité dont il n'y a pas lieu d'être fier.

C'est entendu, du reste, beaucoup de jeunes essais ont tout juste la valeur d'une peau d'orange.

N'oubliez pas, cependant, qu'elle est l'enveloppe d'un fruit délectable.

Et de même que si les pelures disparaissent des trottoirs de Paris, c'est que les oranges n'y parviennent plus, si la jeunesse ne gaspillait pas le talent, il faudrait perdre l'espoir de voir naître désormais ces chefs-d'œuvre des arts et des lettres qui sont les pommes d'or du beau jardin de France, oranges savoureuses que les jeunes gens pèlent en se jouant .

Guillaume APOLLINAIRE.

我々は1918年11月10日のコラージュ書簡に含まれる20の切り抜きのうち，16の出所を突きとめることができた。ギョーム・アポリネールの記事「オレンジの皮」は，切り抜きの2つが手紙裏面にも貼られているが，日刊紙『情報（アンフォルマシオン）』の1918年11月4日号に由来する。「TEL DES GRANDS HO」とあるのは，ブルトンが2カ月前から住んでいたパンテオン広場の「偉人ホテル（Hôtel des Grands Hommes)」の便箋に印刷されたレターヘッドの一部である。メッセージの最初と最後をつなぎあわせると，ちょうど「ホテル HOTEL」という語が現れる仕掛けだ。アポストロフィーと3つの大きな文字は，1918年8月にカルロス・ラロンドが刊行を開始した月刊誌『アール』の1918年10月の第2号の題字から直接抜き出されている。「L」「A」「R」という3つの文字の組みあわせは，おそらく宛先であるルイ・アラゴンに目配せを送っているのだろう。この『アール』誌第2号からブルトンは，「抒情詩に関する試論」というタイトルを別として，そう題されたカルロス・ラロンドによる研究の4つの断片を切り抜いている。シェイクスピアやクローデル，エミール・ヴェルハーレン，ミロシュ，ヴィヨン，ラシーヌ，メーテルリンク，エドモン・ロスタンなどが雑多に引きあいに出されているこの論述から，彼はむしろ自分が評価している詩人や，つきあいのある人物への言及を選択している。最初の断片によるならば，付加形容詞に重きを置いたルイ・ド・ゴンザグ・フリックの文体は「気品がある」。並べられた2つの切り抜きからなる第2の断片によると，リュック゠アルベール・ビロ（sic !）（ママ），マックス・ジャコブ，アポリネールの「電報のような」詩は，抒情を排除するものらしい。『SIC』誌第36号で，ピエール・アルベール゠ビロはカルロス・ラロンドに対し，自分のファースト・ネームであるピエールを元に戻してほしいものだと要求しつつ，この分析に反論している。第3の断片は，象徴主義の継承者ルネ・ギルから，若い詩人ガスパール゠ミシェルへと話題を移していく。カルロス・ラロンドの結論部分から取られた第4の断片となると，これはかなり意外なものである。「カミーユ・フラマリオン氏は幾千という読者たちに，天文学の抒情を感じ取らせることで，天空の世界を開いてみせた」。1923年ブルトンは，月の光という古びた詩的表現を覆し，天文学用語から借用した「地の光〔clair de lune は直訳すると「地の光」だが，月面から見た地球の反射光を意味する〕」というタイトルを自らの詩集に冠することになる。

『週間手帳（カルネ・ド・ラ・スメーヌ）』1918年11月10日号は，ブルトンに意味深長な4つの切り抜きを提供している。3ページ目のゴシップ記事「大騒ぎ！　大騒ぎ！」が利用されているが，そこではヴュー゠コロンビエ座の「狭すぎる舞台に無数の人々が詰めかけて押しあいへしあいしていた」さまが語られており，詰めかけた人々として名が挙げられているなかには，ジョルジュ・ポルティ，サン゠ジョルジュ・ド・ブーエリエ，フェルナン・ディヴォワール，アレクサンドル・メルスロー，シャナ・オルロフ，ルイ・ド・ゴンザグ・フリック，P・G・ロワナール，ジャン・ド・グールモン，そして当然ながらラシルドが含まれている。[14] ブルトンがアラゴンに示して見せた，言葉を交わした人々のリストは，これとははっきり異なっている。それはすなわち，ボニオ夫妻，ファルグ，カザノン，P・ギョーム，クロード・オータン，ベルタン夫妻，コクトー，エラン，ビロ夫妻，フリック，ロワナール，モニエ嬢，ラシルド夫人[15]である。ポール・ギョームやラシルド夫人と対話したブルトンが，ジョルジョ・デ・キリコのタブローが現れたことによって引き起こされた言葉にしがたい大騒ぎについて，まずは微妙な調子で報告したことが理解できる。「キリコのタブローがヴュー゠コロンビエ座で口笛のヤジにさらされた。プレゼンテーションが終わるとラシルドが立ち上がって次のようにいった。タブローを持ち去りなさい。芸術の存在する国，イタリア万歳！　もし画家が軍隊にいるというなら，敬意を払いましょう。でもそれだけのことです。すると人々は，ラシルド万歳，創造者キリコ万歳と叫んだ」。しかし11月10日，この騒ぎに関する2つの切り抜きが示唆しているように，ブルトンははっきりとイタリアの画家の味方をする方向に傾いている。ヴュー゠コロンビエ座の騒々しいセッションは，時代の精神に強い印象を与えた。1918年12月の『SIC』第35号に掲載されたピエール゠アルベール・ビロの

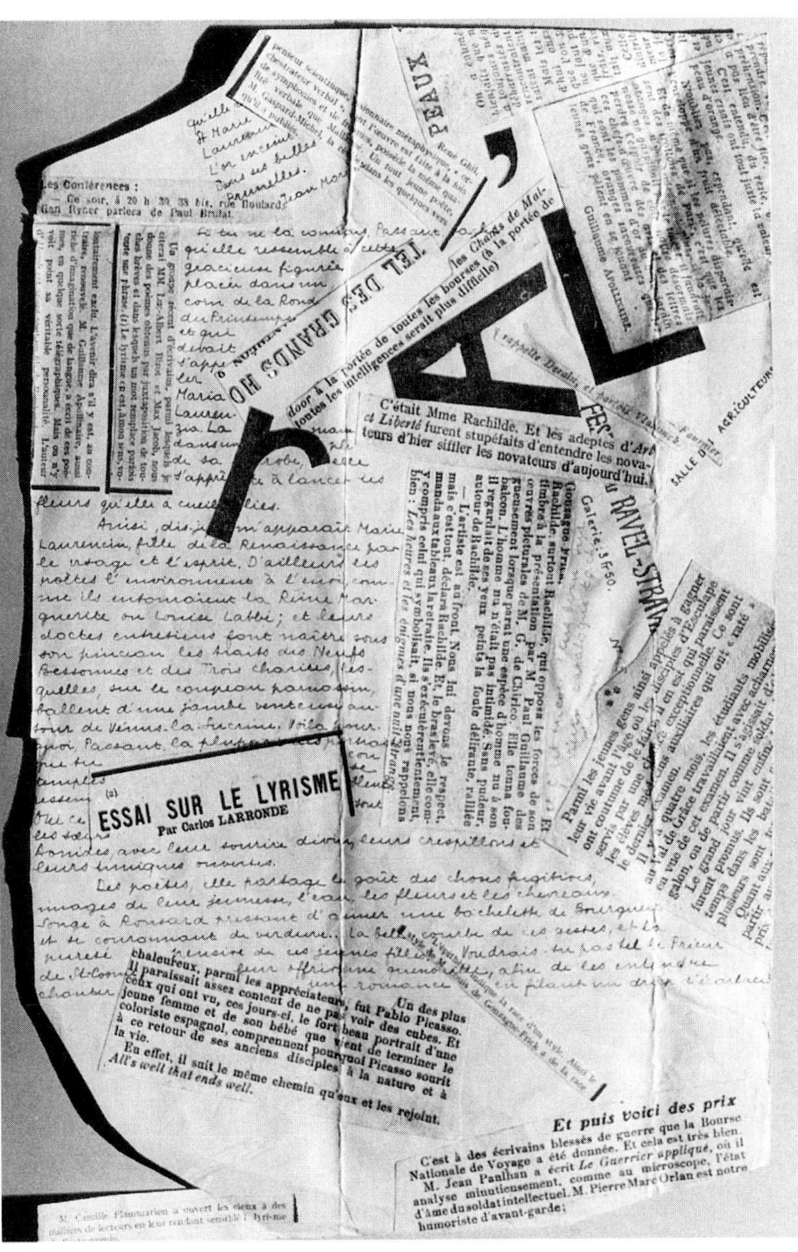

ブルトンはヴァシェだけでなく，アラゴンに対してもまた「コラージュ書簡」を送った。1918年11月10日付け。

Prix : 0 fr. 25.

L'Art

Hiérarchie - Fraternité - Liberté

1re ANNÉE N° 2 | PRIX DE L'ABONNEMENT : Un an ... France 5 fr. Étranger 9 fr. 50 ; Le numéro ... 0 fr. 15, 0 fr. 30 | Bureaux : 5 bis, rue Schœlcher Paris (XIVe) | Abonnements et correspondance : Bureaux de la rédaction : 5 bis, rue Schœlcher Paris (XIVe). Les manuscrits non insérés sont rendus. | OCTOBRE 1918

MAINTENANT...

Allons-nous être obligés de former un mot barbare : l'Artisme? Ce serait la doctrine de ceux qui ne veulent pas voir les Artistes divisés par les *ismes* de la politique et mélanger ces *ismes* à leur art.

Mais non, je renonce à *Artisme*, puisqu'il y a *Art*.

« L'Art pour l'Art »? Tous ceux qui ont cru en quelque chose de plus grand que l'Art, Dieu ou l'Humanité, ont combattu cette formule.

Mais MAINTENANT si on ne trouve pas une raison d'union entre tous les artistes, demain ils s'entre-déchireront pour des opinions politiques, c'est-à-dire **pour des opinions où n'a pas à intervenir leur qualité d'artiste.**

La guerre civile de l'Affaire Dreyfus ne sera qu'un 1870 à côté du 1914 des querelles de demain.

Or il n'y a entre les Artistes, hommes notre temps en disputes, ou faire des œuvres?

La « génération sacrifiée », à qui la précédente n'a pas laissé de maîtres, ou si peu, et que va chasser à son tour l'innombrable et encore amorphe génération montante, **va-t-elle compléter le sacrifice par un suicide?**

Malgré le souvenir des déceptions d'amitié et de camaraderie; malgré l'incorrigible individualisme des intellectuels, ne comprendrons-nous pas que nous sommes une corporation et que notre métier n'est pas de politiquer avec notre plume à écrire?

NOUS SOMMES UNE FAMILLE parce que nous avons une culture commune et que nous seuls pouvons nous comprendre et nous estimer.

Parce que les années de guerre nous ont donné un patrimoine commun d'angoisses et de peines; *un devoir commun* : nos amis morts, leurs gloires tuées à embaumer.

Ne déchirons pas notre famille.

Préférons à toutes les autres les tâches

SYMPHONIE DE NOVEMBRE

à Madame la duchesse O. de Clermont-Tonnerre

[illegible]

UN ARTISTE, OUVRIER D'ART

ARGY-ROUSSEAU

L'artiste dont j'ai la joie de vous parler aujourd'hui, vous est sans doute inconnu; conséquence de la modestie derrière laquelle se cache souvent le vrai mérite et toujours l'art véritable.

M. Argy-Rousseau est un descendant direct de la grande lignée des « maîtres » d'autrefois, des habiles artisans de la Corporation, qui savaient apporter dans leur travail de la conscience, de la compréhension, et donner à leur métier l'élévation d'un art. On trouve dans son œuvre la relation étroite entre l'artisan et l'artiste, une connaissance profonde de la Matière, qui lui permet de la mettre au service de l'Idée, et la possession de cette Idée digne de commander à la Matière.

L'art de M. Argy-Rousseau est bien à lui. De la conception première au dernier geste de la réalisation, il a tout fait, tout créé. Et le résultat de ses patientes recherches est de permettre l'application la plus complète des possibilités de la sculpture et de la peinture à un art jusqu'ici enfermé dans un cadre étroit, par la difficulté du travail d'une matière indocile, à la fois très dure et très fragile : à l'art de la verrerie.

Le mérite de M. Argy-Rousseau est d'avoir reculé les limites de l'expression jusqu'ici permise à cet art, d'en avoir fait un interprète fidèle et souple de l'Idée, dans la persévérance unie à la foi dans le succès, un peu de la ténacité indomptable de Bernard Palissy, pour triompher des mille difficultés du travail créateur.

Je ne dirai rien de la composition vitrifiable, si ce n'est que M. Argy-Rousseau l'imagina lui-même. Comme dans les vieux métiers, il y a un peu de mystère, et cela n'est qu'un charme de plus. Cette matière initiale est colorée par fusion à très haute température avec des oxydes métalliques (chrome, cobalt, étain, fer, or...), suivant la teinte désirée. Cela constitue la « fritte ». La masse fondue est ensuite pulvérisée et transformée par mélanges en une pâte plastique prête à être employée.

Les colorations sont donc infiniment variées et se trouvent répandues dans l'ensemble de la masse.

Comment assembler ces pâtes suivant la forme désirée, leur donner la cohésion? Là, de nouvelles difficultés surgissent. Voici comment procède M. Argy-Rousseau. Il fait d'abord, en cire un modelage de la pièce qu'il désire obtenir — un vase par exemple —, et d'après ce modelage, il fait un modèle en plâtre sur lequel est coulé le moule en une composition réfractaire.

La recherche de cette composition a été à elle seule un long travail; elle doit répondre à trois qualités : ne pas attaquer le verre à la chaleur de la cuisson; posséder le même coëfficient de dilatation que la matière vitrifiable, faute de quoi le moule la casserait au refroidissement; pouvoir enfin se séparer facilement du verre, toujours fragile, quand l'opération est terminée. Puis, le modèle con-

ブルトンがアラゴンへのコラージュ書簡で利用した『アール』紙の記事。題字も使用されている。

Et le théâtre, André Fernet, et Lionel des Rieux, et les autres;

Maintenant que Péguy, Humières, les Bonneff, Lintier, Muller sont morts;

MAINTENANT, allons-nous perdre

ARGY-ROUSSEAU. — *Vases.*

le col d'une urne, semblables aux couronnes des éphèbes de Tibère; tantôt ce sont des papillons aux ailes étendues, des ailes sombres teintées de nuit; ce sont des poissons étranges ou des masques implacables dans la fixité verte de leurs regards...

Il y a à la fois, dans la poésie de M. Argy-

(2)

ESSAI SUR LE LYRISME

Par Carlos LARRONDE

(*Suite et Fin.*)

LE LYRISME DANS LES IMAGES ET DANS LES ÉPITHÈTES

Le rythme vêt l'inspiration, l'image la synthétise et la concentre.

On ne pourrait guère concevoir la poésie sans l'image. Celle-ci est comme la fleur et le fruit de l'arbre merveilleux dont le lyrisme est la sève et dont le rythme ordonne les rameaux. La puissance d'un génie poétique, qu'il soit tout de spiritualité comme Dante ou de virtuosité comme Hugo, se juge en général au nombre, à la force, à la séduction de ses images. Gœthe, dont l'œuvre naît d'une pensée embrasée, peut écrire en style abstrait sans perdre une parcelle de son sublime, mais une telle exception ne saurait rien prouver. Symbole et comparaison, s'ils ne sont pas factices et voulus, mais au contraire chargés d'un sens mystérieux et sûr, sont le seul moyen de rendre communicable cette sorte de révélation innée qu'est le génie poétique, et que le rythme ne transmet qu'obscurément. Écoutons Victor Hugo dans ses chants paternels, où il est supérieur parce qu'il est sincère. Voici comment, après s'être complu gravement à un souvenir douloureux et cher entre tous, il nous ouvre, avec une simplicité d'autant plus puissante, la perspective de l'universelle abolition :

Toutes ces choses sont passées
Comme l'ombre et comme le vent.

Le poète porte en lui un brasier invisible, un inexplicable acide qui consume toutes les formes extérieures que sa perception absorbe et les exhale de nouveau, non pas en fumée incertaine mais en images plus vives, en symboles universels. Expliquer cette alternative serait élucider un des plus grands problèmes de l'âme. Paul Claudel en a tout au moins inscrit les données aux contours de ces phrases majestueuses :

« Je ne parle pas selon ce que je veux mais je conçois dans le sommeil.

Et je ne saurais expliquer d'où je retire ce souffle, c'est le souffle qui m'est retiré.

Dilatant ce vide que j'ai en moi, j'ouvre la bouche.

Et ayant aspiré l'air, dans ce legs de lui-même par lequel l'homme à chaque seconde expire l'image de sa mort,

Je restitue une parole intelligible.

Et l'ayant dite, je sais ce que j'ai dit. »

Et plus loin :

« J'inventai ce vers qui n'avait ni rime ni mètre,

Et je le définissais dans le secret de mon cœur cette fonction double et réciproque

Par laquelle l'homme absorbe la vie, et restitue, dans l'acte suprême de l'expiration,

Une parole intelligible.

Et de même la vie sociale n'est que le verset double de *l'action* de grâces ou hymne,

Par lequel l'humanité absorbe son principe et en restitue l'image. »

Moins essentielle que l'image, puisque celle-ci renferme précisément *l'essence* de toute poésie, l'épithète a, en fait, une importance presque aussi grande. Un style, si ardent soit-il, ne nous embrase pas sans une certaine qualité; c'est même surtout par sa qualité qu'il nous atteindra. Je ne suis moi qu'à la condition de ne point parler la langue des autres. Qu'est-ce qui distinguera mes sentiments sinon l'expression que j'en donne? Le choix de l'épithète, précisément, assurera cette expression, en créera la force et l'originalité. L'épithète indique la race d'un style. Ainsi le style de M. Louis de Gonzague-Frick a de la race. Celui de Baudelaire, pour remonter aux maîtres, possède un caractère hautement aristocratique. La monnaie courante et sempiternelle des mots, le génie la refrappe sans cesse à son effigie. Le maître de l'image est Shakespeare : le maître de l'épithète est Homère. Shakespeare, qui eut tous les dons lyriques à un degré transcendant, possédait particulièrement peut-être celui de faire tenir un monde dans une métaphore. Il faudrait, à ce point de vue, citer la Bible avant tout, puisqu'elle est le langage même de l'absolu dicté par la grâce. Au dire des initiés, les plus belles images du Livre des livres ne nous paraissent telles que par l'écart qui nous sépare de la Réalité. Pour celui qui sait, ce ne sont plus des images, mais d'ineffables désignations, les noms mêmes de l'évidence. Nous entrons ici dans le spirituel et cette étude, qui s'en réclame, se veut simplement poétique. Shakespeare donc possède toutes les images, qu'elles éclatent fulgurantes et tragiques, qu'elles fusent, narquoises et prestes, mais chargées de sens humain; qu'elles s'estompent, comme des sous-bois filtrant les rayons de lune; qu'elles bercent avec suavité ou s'affirment avec une truculence nécessaire; qu'elles aient un relief pittoresque ou une grâce fugitive, elles sont toujours spontanées et toujours intenses. Génie abondant s'il en fut, Shakespeare sait joindre à la suggestion de l'image le raccourci synthétique de la phrase. Voici en quelques mots toute la terreur, toute l'immensité de l'ombre :

La langue de fer de minuit a dit douze.

Ici, Victor Hugo ne pourra égaler l'auteur d'Hamlet :

L'esprit de minuit passe et répandant l'effroi,
Douze fois se balance au battant du beffroi.

L'effet, certes, est beau. Mais il a été préparé, il se poursuivra en s'affaiblissant dans les vers qui suivront tandis qu'un trait aura suffi à Shakespeare.

Homère, avec peu d'images, a le même relief et la même force. Il l'obtient par une transposition partielle qui accuse le sens du mot en le déplaçant un peu et prolonge les gestes dans l'espace.

Le lyrisme et l'image font le poète. L'épithète affirme l'artiste. Or un poète ne peut se dispenser d'être un artiste. S'il a du souffle et que sa langue n'a pas de relief, il sera confondu avec les médiocres. J'augure mal, d'ailleurs, d'une inspiration qui se satisfait de mots usés; une haleine de feu doit les refondre. Là aussi notre définition première nous guide. L'inspiration qui nous ouvre un monde ne prononce pas un uniforme Sésame. Toute originalité a son langage et qu'est-ce qui nous en donnerait un, sinon le privilège de voir et d'entendre ce que n'entendent ni ne voient les autres hommes? Vous habiteriez un pays inconnu, un pays qui est à vous seul et au lieu de nous en apporter une révélation, vous y parleriez la langue de tout le monde? La véritable idée, la véritable émotion poétiques doivent se résoudre en mots particuliers, de même qu'en rythme adéquat et en images suggestives. Le vocabulaire, il est vrai, appelle particulièrement le travail; c'est sur lui surtout que portera l'effort de l'écrivain dans les retouches. Parmi les poètes les mieux doués de ce moment, M. Nicolas Beauduin a des qualités de souffle exceptionnelles. Il chante, après Verhaeren, l'énergie moderne, l'ivresse de conquérir la matière et de la spiritualiser en quelque sorte, ce modelé que lui donne le génie en vue d'accroître la joie et la grandeur humaines. Malheureusement, M. Nicolas Beauduin n'a pas, dans ses épithètes, le relief et l'inattendu qui donnent à la langue de Verhaeren une verdeur, un flamboiement extraordinaires.

Son indéniable puissance s'arrête quelquefois, par l'effet d'une fougue trop grande sans doute, et trop hâtive, à des mots, ou bien savants, ou bien usés, qui la trahissent. M. Beauduin se défend d'être didactique. Il veut donner à la vie moderne une expression *paroxyste*, dans laquelle le lyrisme, en se basant sur la réalité, soit *transfigurateur*. (C'est là, nous l'avons vu, un pouvoir essentiel). Mais M. Beauduin gagnerait à refondre ses dons généreux dans une œuvre plus conforme aux principes mêmes dont il se réclame. Émile Verhaeren nous offre de l'épopée industrielle, de la fièvre éperdue des villes, une vision recréée que son imagination baigne de fantastique. M. Nicolas Beauduin semble à la fois et trop superficiel et trop objectif :

Orgue infernal, le feu gémit et fume,
Le marteau-pilon tonne et, chantres béants,
Les moteurs, de leurs voix de cyclopes géants,
Beuglent tandis qu'en des caves s'allument
La poix dense, le naphte fou et le bitume...

. . . .

Devant eux le bureau examine le cas,
Puis des cris rompent le silence.
On discute à nouveau, le sang bat en démence
Et l'on exalte le pouvoir des syndicats.

C'est en lui-même que M. Beauduin aurait pu trouver des expressions moins descriptives, mais d'un sens plus profond et plus riche. Craindre de rétrécir la poésie en la faisant passer à travers son âme, c'est ne voir que les attitudes vieillies de certains romantiques et oublier que tous les grands maîtres ont porté un monde en eux.

M. Beauduin a, par ailleurs, des accents qui montrent qu'il pourra s'élever s'il refond sa langue. Le lyrisme l'anime. Que l'expression le serve :

Les ports sont pleins de cris, de voiles et de mâts,
Quelque chose va naître et je lui tends les bras,
Quelque chose va naître en la lumière prompte,
Quelque chose va naître et c'est vers nous qu'il monte.

Je crois pouvoir annoncer une évolution nouvelle et très heureuse du talent de ce poète. *L'offrande héroïque* en est un témoignage.

Un jeune écrivain mort à la guerre, M. Louis Sailhan, avait précisément, dans un art d'ailleurs classique et sobre, ce vocabulaire choisi, cette qualité d'épithète qui donnent à une langue distinction et fermeté :

Quand le soleil se meurt par un soir pluvieux
Glaçant d'un rose bref l'ennui des toits humides,
Les autrefois et les ailleurs mystérieux
Devant moi sans effort s'ouvrent et se dévident.

Le deuxième vers et le dernier de ce quatrain sont trouvés. De petits détails suffisent : Le soir « glaçant d'un rose *bref* »; les « ailleurs qui se dévident ». L'originalité n'en est pas violente — elle n'a d'ailleurs pas à l'être — mais le style, d'allure simple, lui doit sa consistance. Émile Verhaeren excelle aux doubles épithètes qui se renforcent, et, comme les deux images d'un stéréoscope, révèlent, en se juxtaposant, quelque chose qu'on pourrait appeler le volume d'une idée. Mais c'est ici le feu de l'inspiration qui, insatisfait d'un premier vocable, s'élance et dans un bond nouveau, s'exprime plus complètement. Voulu, l'entassement des épithètes semble toujours factice. Mme de Noailles, qui ne manque pas de puissance dans ses beaux vers, se plaît dans sa prose à faire succéder trois adjectifs qui forment un assemblage mol et disparate.

En parlant des images, nous n'emprunterons nos exemples qu'aux poètes contemporains, ayant évoqué tout à l'heure les maîtres du passé. Aussi bien, la véritable image lyrique a été introduite dans la littérature française par le symbolisme. Ou plutôt elle lui a été restituée, car la vieille littérature celte et notre folklore abondent en images. La poésie médiévale et la poésie classique obtiennent leurs effets par d'autres moyens. Et justement l'image leur fournit un effet, au lieu que ce soit l'image qui s'impose d'elle-même. Au moins cet effet, chez les classiques, est-il noble et juste, alors que les poètes du XVIIIe siècle, qui furent l'aboutissement — et les parodistes involontaires — de leurs prédécesseurs, tombèrent en l'affreux maniérisme que l'on sait. Seul, Chénier fut grand et d'ailleurs il remonta lui-même à la source grecque, au lieu de vouloir continuer Racine en l'abâtardissant.

La condition essentielle de l'image est d'être belle. Il n'y a pas deux thèses admissibles sur ce point. L'image résulte d'une illumination intérieure qui s'y projette et c'est sa seule raison d'exister et c'est son unique valeur spirituelle. Une conception faussement décorative, une volonté d'embellir ce qu'on peint, l'hérésie de Boileau n'a rien à voir avec cette vérité.

「秋のコラム」は，最初の数行でこのことを証言している。

1918 年 11 月 3 日日曜日
ヴュー＝コロンビエ通り
21 番地で
ちょっとした騒ぎがあった
まともな人々は
キリコのタブローによって
毒を盛られているのではないかと
突然恐怖に襲われた
しかしそれは一瞬の隙間風でしかなかった
人びとはブーグロー万歳と叫び
風邪をひいたものは誰もいなかった

『週間手帳』の 5 ページからは，「文芸手帖」欄の 2 つのコラムが切り抜かれている。「それでお値段はこうなります」という第 1 の記事は，ブルトンと親しく手紙のやり取りをしていたジャン・ポーランに関わる。それは『勤勉な兵士』の著者が章を受章したと伝えている。他方の「もう 1 人のサイレーン」は，サンドラールとコクトーの後押しで，サイレーン出版という若い出版社が新たに出発したことを告知している。ブルトンは出版予告の一部しか残していない。すなわち「誰でも手軽に買うことのできる『マルドオ（ママ）ールの歌』（どんな知性でも手が届く，というのはもっと難しいかもしれませんが)」。よく知られているように，数カ月以来ブルトン，アラゴン，スーポーは『マルドロールの歌』をむさぼり読んでいた。この切り抜きを通して，ラ・シレーヌ出版と未来のオー・サン・パレイユ書店とのライバル関係を予感することができる。1918 年 11 月，想像力にあふれたダイナミックなブレーズ・サンドラールは，ラ・シレーヌの編集者ポール・ラフィットに助言をする。形式の次元でいうと，サンドラールが抱いたアイディアは，表紙をポスター用のレタリング文字

で構成し，そののちに，通常の製版で印刷するというものだ。そのことを『週間手帳』は，「我々はポスターに等しい表紙を手にするだろう」と表現している。サンドラールは，ロートレアモンやアポリネール，コクトーやサンドラール自身を出版するという，革新的なプログラムを支持する。しかしながら『マルドロールの歌』は，デュフィの描いたサイレーンを伴って，1920年2月にならなければ出版されることはない。そうしているうちにブルトンは，『リテラチュール』誌の1919年4月と5月の号に，イジドール・デュカスの『ポエジー』を出版することになるだろう。1920年6月，1925年4月，1927年3月に，サン・パレイユ書店は『ポエジー』，『マルドロールの歌』，『全集』を，順次刊行していくことになる。一方ラ・シレーヌ出版は1922年2月，『未来の書物への序文』という問題含みのタイトルで，デュカスの『ポエジー』を刊行することになるだろう。

『週間手帳』からの，4番目かつ最後の切り抜きは，「アトリエ手帳」の「エピローグ」欄から借りられたものだ。この「エピローグ」は，ブロ画廊に

Carnet des Lettres

Et puis voici des prix

C'est à des écrivains blessés de guerre que la Bourse Nationale de Voyage a été donnée. Et cela est très bien.

M. Jean Paulhan a écrit *Le Guerrier appliqué*, où il analyse minutieusement, comme au microscope, l'état d'âme du soldat intellectuel. M. Pierre Marc Orlan est notre humoriste d'avant-garde; qu'il dévoile, avec M. Francis Carco, *Les Mystères de la Morgue*, ou qu'il entonne, de chœur avec M. Gus Bofa, *Le Chant de l'Equipage*; que seul, il considère *Les Poissons morts* et leur voyage horrible, il se montre prince de l'humour, et jusque dans le tragique. M. Francisque Parn est l'auteur de *En suivant la flamme*, son carnet de route, où il dit quel fut le sacrifice d'officiers intrépides.

Le nom de M. Jean de Lass avait été prononcé. Mais sa plaquette, *Du Bar au Barbelé*, fut jugée un peu mince. On ne pouvait y ajouter le manuscrit de *Du mouron pour les p'tits oiseaux*, celui-ci ayant brûlé au plus fort d'une bataille.

L'autre sirène

Cet éditeur avait lancé sans succès un volume des poésies d'André Chénier, où des illustrations de M. Van Dongen et de feu Boucher voisinaient sans harmonie. Mais il fait mieux : il publie sous la firme de *La Sirène* des ouvrages d'auteurs nouveaux et des rééditions présentées sous une forme nettement moderne.

Les poètes Blaise Cendrars et Jean Cocteau sont ses conseillers. M. Dufy est l'artiste préféré de la maison. Nous aurons les *Alcools* de M. Guillaume Apollinaire, qu'on ne trouvait plus depuis la guerre, et que les *Calligrammes* ne sauraient faire oublier. Nous aurons des couvertures pareilles à des affiches; les *Chants de Maldoor* à la portée de toutes les bourses (à la portée de toutes les intelligences serait plus difficile); et naturellement des livres de Jean Cocteau et Blaise Cendrars.

La crise du papier aura eu pour effet de relever le luxe de l'édition.

Carnet des Ateliers

Epilogue

Le cubisme, à la condition d'en sortir, peut fort bien mener à la peinture. Tels apparaissent la morale et l'épilogue de cette aventure — relatée ici même en ces dernières semaines — et dont Rivera, Lhote, Favory, Corneau et Fournier furent les héros. Nos lecteurs savent que ces jeunes artistes ont plaqué les négociants en rhomboèdres. Ils ne s'en sont pas tenus là. Ils viennent en effet de montrer leurs œuvres récentes à la galerie Blot. Et les amateurs, au vernissage qui fut animé, leur ont pleinement donné raison. Théodore Duret, Tabarant, entre autres, admiraient la fermeté nerveuse de Rivera, portraitiste et paysagiste; la fougue et l'éclat sensuel des ouvrages de Favory; la fraicheur de et le pur dessin des natures-mortes de Lhote; la composition serrée de Corneau, le style de Fournier. (Et l'on associait à ces justes éloges les deux sculpteurs Fisher et Cornet.) Un des plus chaleureux, parmi les appréciateurs, fut Pablo Picasso. Il paraissait assez content de ne pas voir des cubes. Et ceux qui ont vu, ces jours-ci, le fort beau portrait d'une jeune femme et de son bébé que vient de terminer le coloriste espagnol, comprennent pourquoi Picasso sourit à ce retour de ses anciens disciples à la nature et à la vie.

En effet, il suit le même chemin qu'eux et les rejoint. *All's well that ends well.*

おける，リヴェラ，ロート，ファヴォリー，コルノー，フルニエといった，キュビスムと手を切ることに決めた画家たちの展覧会を取り上げている。しかしブルトンはコラムの最後を選び，とりわけピカソがこのキュビスム以後的な示威行動に表明した指示に関心を寄せている。「フルニエはドランを，あるいはときにヴラマンクを思わせる」という1つのフレーズにまで切り詰められた切り抜きにおいてもまた，絵画は重要な位置に置かれているし，事実，詩と絵画はコラージュ書簡を分けあっている。それはちょうど，ジャン・モレアスやフェルナン・フルーレに霊感を与えていた，そしてまたブルトンも，恭しく何行かの詩句と1つの長いテクストを書き写している，マリー・ローランサンにならってのことである。

コラージュ書簡の裏面に，ブルトンは鉛筆で「ギョーム・アポリネールはきわめて病状が重い」と書き加えた。このことはブルトンが，11月10日日曜の遅い時間になって，すでに切り抜きを配置し貼りつけた時点になっても，土曜に詩人が死んでいることを知らなかった証拠であろう。たしかに11月8日金曜日，アラゴンに手紙を書いたとき，ブルトンはアポリネールが病気であることを知っていた。いずれにしても彼の不安は，「オレンジの皮」と題された文章のはしに，大きなLの文字をしっかり固定したそのやり方に現れている。そのことでギョーム・アポリネールの名は，まるで死亡通知におけるように，黒く縁どられることになった。

1966年10月6日，アンドレ・ブルトンの死に際してアラゴンは，『レットル・フランセーズ』誌の第一面で彼にオマージュを捧げている。そこでの彼の言葉は，すべて1918年11月10日のコラージュ書簡に基づいたものとなるだろう。アラゴンはその日付を11月9日としているが，切り抜きの出所を突きとめようとはしなかったようだ。アラゴンに語ってもらうこととしよう。

「まもなく48年が経とうとしているが，1918年11月9日，アンドレ・ブルトンは私に，当時彼がしばしば作成していたコラージュ書簡の1通を送ってきた。彼は1枚の丈夫な紙のうえに，新聞の切り抜きや自ら書き写したテクスト，当時兵士であった私のためのニュースなどを縦横無尽に貼りつけてきた。その端に貼りつけられた，新聞からの2行ほどの引用［『アール』紙から借用された，カミーユ・フラマリオンの抒情を扱っている2行］は，紙からはみ出すような状態だった。私は裏面に，「ギョーム・アポリネールはきわめて病状が重い」と書きつけられているのに気づかなかった。鉛筆の文字はそれほどに色が薄かったのである。だがそれ以上に，すでにアルザスへの道の途中にあった私がこの手紙を受け取ったとき，おそらく10日の朝手紙を投函する直前に封筒に入れられたと思われる小さな紙切れが，それ以外のいかなるものに目を向けることをも，私に禁じてしまっていた。紙切れの真んなかにはこう書かれていた：

しかし
ギヨーム・アポリネールは
死んだところだ。

先週の水曜日，アンドレから送られた何通もの手紙を沈痛な気持ちで読みはじめた私が見つけ出したのは，この小さな紙片であった」。

そしてアラゴンは，11月10日の夕刻であれ，翌日の朝であれ，コラージュ書簡につけ加えられた小さな紙片への返答として，かつて友人だった相手の身振りを繰り返しながら，最後にこう書き加えた。「しかし／アンドレ・ブルトンは／死んだところだ」。よい知らせも悪い知らせも，生も死も，紙切れのはしに書きつけられるのである。

しかしコラージュ書簡は，2つの決定的な切り抜きを通じて，我々をさらに別のオートマティックな持続への道に案内する。1918年11月3日，ヴュー＝コロンビエ座での騒ぎの中心にいたナショナリストのラシルドは，1925年7月2日，クロズリー・デ・リラで開かれたサン＝ポル＝ルーに捧げる祝宴に際しての騒ぎにおいて，シュルレアリストたちの攻撃の的となるだろう。とりわけ大騒ぎになったデ・キリコのタブローのプレゼンテーションについては，次のどちらかだということになる。アンドレ・ブルトンはこのときはじめて《子供の脳髄》を目にし，その驚くべき挑発の力を確認したのだとすると，バスのなかからウィンドーに飾られたこのタブローを見つけたブルトンが抗しがたい誘引力に捉えられたという伝説的な物語は，ヴュー＝コロンビエ座での出来事を見えなくする隠蔽記憶であることになる。あるいはまたアンドレ・ブルトンは，ヴュー＝コロンビエ座で2度目にこのタブローを目にし，その信じがたい衝撃力に捉えられずにいられなかったということだろうか。もしあとの仮定が真実だとすると，ブルトンがバスのなかからウィンドーに飾られた奇妙なタブローに気づいたのは，ポール・ギヨームの新しい画廊がフォーブール・サン＝トノレ108番地に開店した1917年11月と1918年11月のあいだだったことになる。そのすぐ隣り，ラ・ボエシー通りの59番地にポール・ギヨームが画廊を構えるのは，1920年終わりのことにすぎないからである。

最後に，「目を描かれた」，あるいは『魔術的芸術』で用いられている言葉でいうなら「瞼が透明になった」《子供の脳髄》が公の場に姿を現した出来事を，ネリー・カプランに関係のあるちょっとした逸話によって捕捉することもできる。ブルトンは映画作家にポートレイト写真をほしいと要求していたのだが，多くの写真のなかから好きなものを選ぶことになった彼は最終的に，1枚は目を閉じ，もう1枚は目を開けた，2枚連続したネリーの肖像を選んだ。これらのメッセージやこれらの介入を通して，断片が引きつけあっているこれらの集合や，眠りこんでいたのちに目覚めるこれらの器官，出現を誘発するこれらの消失を通して感じ取ることができるのは，三面記事や愛の情熱を，そして偶然をよりどころにするオートマティックな持続の執拗さであり，またその忍耐力である。

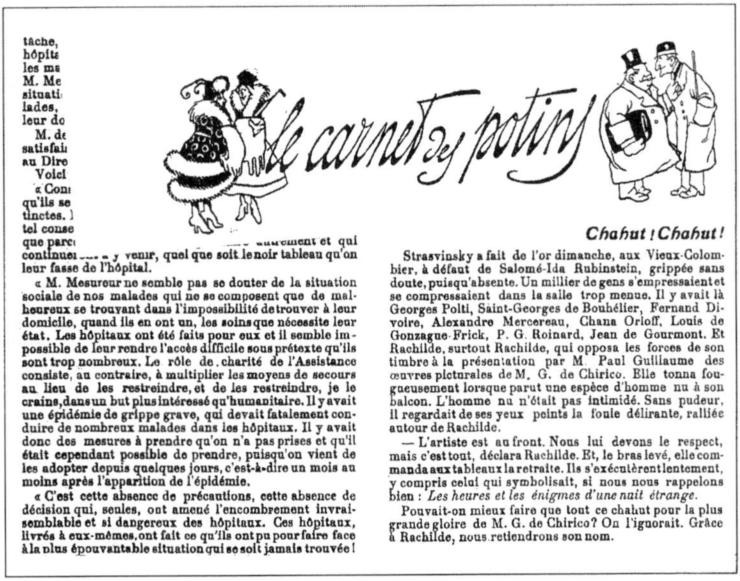

tâche,
hôpit
les ma
M. Me
situati
lades,
leur do
M. de
satisfai
au Dire
Voici
« Con
qu'ils se
tinctes.
tel conse
que parc … autrement et qui
continue… y venir, quel que soit le noir tableau qu'on leur fasse de l'hôpital.

« M. Mesureur ne semble pas se douter de la situation sociale de nos malades qui ne se composent que de malheureux se trouvant dans l'impossibilité de trouver à leur domicile, quand ils en ont un, les soins que nécessite leur état. Les hôpitaux ont été faits pour eux et il semble impossible de leur rendre l'accès difficile sous prétexte qu'ils sont trop nombreux. Le rôle de charité de l'Assistance consiste, au contraire, à multiplier les moyens de secours au lieu de les restreindre, et de les restreindre, je le crains, dans un but plus intéressé qu'humanitaire. Il y avait une épidémie de grippe grave, qui devait fatalement conduire de nombreux malades dans les hôpitaux. Il y avait donc des mesures à prendre qu'on n'a pas prises et qu'il était cependant possible de prendre, puisqu'on vient de les adopter depuis quelques jours, c'est-à-dire un mois au moins après l'apparition de l'épidémie.

« C'est cette absence de précautions, cette absence de décision qui, seules, ont amené l'encombrement invraisemblable et si dangereux des hôpitaux. Ces hôpitaux, livrés à eux-mêmes, ont fait ce qu'ils ont pu pour faire face à la plus épouvantable situation qui se soit jamais trouvée !

le carnet des potins

Chahut ! Chahut !

Strasvinsky a fait de l'or dimanche, aux Vieux-Colombier, à défaut de Salomé-Ida Rubinstein, grippée sans doute, puisqu'absente. Un millier de gens s'empressaient et se compressaient dans la salle trop menue. Il y avait là Georges Polti, Saint-Georges de Bouhélier, Fernand Divoire, Alexandre Mercereau, Chana Orloff, Louis de Gonzague-Frick, P. G. Roinard, Jean de Gourmont. Et Rachilde, surtout Rachilde, qui opposa les forces de son timbre à la présentation par M. Paul Guillaume des œuvres picturales de M. G. de Chirico. Elle tonna fougueusement lorsque parut une espèce d'homme nu à son balcon. L'homme nu n'était pas intimidé. Sans pudeur, il regardait de ses yeux peints la foule délirante, ralliée autour de Rachilde.

— L'artiste est au front. Nous lui devons le respect, mais c'est tout, déclara Rachilde. Et, le bras levé, elle commanda aux tableaux la retraite. Ils s'exécutèrent lentement, y compris celui qui symbolisait, si nous nous rappelons bien : *Les heures et les énigmes d'une nuit étrange*.

Pouvait-on mieux faire que tout ce chahut pour la plus grande gloire de M. G. de Chirico? On l'ignorait. Grâce à Rachilde, nous retiendrons son nom.

何よりもまず詩人であるシュルレアリストは，文学を拒絶する。社会のなかではあくまで受取人の側にあって，エリートとは異なっている。大通りをぶらつき，あるいはカフェのテラスに座っていても，自然の驚異を断念しようとはしない。興奮を探し求めているので，1つの芸術的手法や美学的カテゴリーに自閉することもない。グループのなかで動き回っていても，自らの特異性を断念することはない。現在や過去の有名人に対し懐疑的な態度を取るが，ロートレアモンやランボー，ジャリ，テスト氏，ジョルジョ・デ・キリコやレーモン・ルーセルに会いに行こうとする。彼の手のなかでは，雑誌やビラや，展覧会の設営法は，いわばその本質を変えてしまう。かくして美術からの寄与も技術の助けもなしに，しばしば衆人環視のなかでさえ，正当にもシュルレアリスムのオブジェと名づけられたものたちが開示されるのである。

とはいうものの，よく持ち出されるその奇妙さによって，シュルレアリスムの観念は，人類の多様性に敬意を表わそうとして人々が賞賛するあれら民族誌学的珍品に属すると考えねばならないだろうか。あるいはむしろ，そこから湧き出してくるのは，今日のサラリーマン研究者や助成金需給者のアーティストたちの息苦しい思考とは対照的な，ある極端さではないのか。奇妙にも，シュルレアリスムの心臓はずいぶんと以前から脈打つことをやめているのに，1989年以降メディアの語彙のなかには，「シュルレアリスム的」という語がはっきり入りこんでいる。ものそれ自体の再登場などまったくないまま言葉が大流行してしまう事態は，まるで客観的偶然に対するちょっとした目配せのようだ。シュルレアリスムの冒険には歴史上の日付が刻まれているとしても，それが手を染めた賭け，磁力を帯びたカードとオートマティックな持続を使ってなされる賭けは，遅かれ早かれ再開されるのではなかろうか。しかしそこで偶然が真に役割を果たすためには，2つの条件が結び合わされねばならない。それは交錯しあういくつもの主観性と，持続する欲望である。

1918年初夏，ブルトンは同時期に，コラージュ書簡やコラージュ詩の手法と，第1詩集である『信心の山〔＝公営質屋〕』のタイトルを発見する。借り受けたものの広がりを誇示してみせるそのときに，彼は新旧の債務者たちに対し，感謝の気持ちを表わしてもいるのである。しかし「公営質屋 pont-de-piété」という表現を自らのものとしながらも，そこから語を結びつけているハイフンをあえて取り去ったとき，彼はおそらくやがて避けがたく再転換のときが来ることを予感していただろう。事実早くも1918年11月，まずは称号を手はじめとして，質屋の業務に関する修正案が報道されていた。「公営質屋〔＝信心の山〕」という尊い呼び名の変わりに，

「市営金融業」という表現が選ばれる。ましてやブルトンは切り取りや貼りつけや折りこみの実践を展開していたまさにその時期に,「切り刻まれた男」の執筆を試み,「窓によって 2 つに切られた男がいる」という半睡状態のフレーズを聞き取ったのである。それはあたかも,多かれ少なかれ《花嫁は彼女の独身者たちによって裸にされて,さえも》の航跡のなかに身を置きつつ,パズルを組み立て,バラバラにされたベル・エポックの女たちあるいは男たちの謎を,解読しようとしているかのようだ。他人に借りがあると同時に主観的で,複数的かつ単独で,批判的であるとともにオートマティックな,しかし決して政治参加の態度を示しはしないダダ=シュルレアリスム詩は,好むと好まざるとにかかわらず,その世紀のありふれた,あるいはセンセーショナルな取引に関与しているのである。

映画が持続を客観化したとするなら,ブルトンとその仲間は主観性をフィルムに収めた。あるいはむしろ,彼らはそのラッシュ・フィルムのいくつかを上映してみせたといえる。映画が,それに続いてマスメディアが一般大衆の心を捕らえるために作り出されていったころ,客観的偶然とオートマティックなメッセージの総合であるオートマティックな持続は,シュルレアリスム・グループのあり方に無理やり割りこんでいった。しかしながらこの事態については,運命の横顔が欲望の力を呑みこんでいったと結論してはなるまい。反対にアンドレ・ブルトンが 1957 年 1 月 27 日,ネリー・カプランに宛てた護符のなかで書きつけている通り,「人が見つけるとても貴重なものとは,探し求めていたもの,何としても欲しいと思っているもの」以外ではない。ましてシュルレアリスムの実践的様態――都市のなかの放浪,優美な死骸,会合での除名――は,まさにそれを取り巻く社会的事象に接木されるのだが,集団的な場でよりはむしろ,ときに思考の機能をさらけ出すようにして,作動している主観性のショットやシークエンスのなかでこそ冒険的な役割を果たす。ジョルジョ・デ・キリコは形而上的な風景や室内によって,ニーチェ的アフォリズムにも等しいはるか昔の稲妻の瞬間を突如として啓示しながら,すでにこの道を切り開いていた。

シュルレアリストの耳に,言葉はうつろに響いているのではない。それはたとえば,急流を我を忘れて駆け下ったあと,グランド・キャニオンのふもと,ヴェルドン川との合流地点で落ち着きを取り戻す川の名である,ランボーの用いたバウーという語の場合だ。それはまた,モーレ・アントネリアーナの塔の足元から丸屋根の方へと這い上がっていき,尖塔の先まで駆け上がって星の姿に結晶する,ニーチェのアストゥという語の場合である。高いものと低いものを象徴するこれら 2 つの至福に満たされた語彙,これら 2 つの黒い星のあいだで,空中ブランコ乗りのデーモンであるルルが,ナイアガラ瀑布に吊られた紐のうえで踊るダンサーのブロンダンが,あるいは黒い車両飛行機の運転手であるヴァシェが,より最近であれば,ロートレアモンの銀の筒先のランプ同様に，消しえない炎のような秘めた笑みを浮かべる映画作家ネリー・カプランが飛びまわった。こらえがたい笑いを生み出すこれら2つの装置は，たとえ自然や芸術の驚異のなかに具現化されているとしても，何よりもまず映画的な，あるいはオートマティックな一連の持続に属するのであり，何らかのシナリオのなかにその姿を現す。我々はここで，そのシナリオの何ページかをめくってみたのである。

訳注

3つの紋切り型

(1)　アンドレ・ブルトン『狂気の愛』海老坂武訳，光文社古典新訳文庫，2008年，14ページ。

第1部

第1章　バウーの滝

(1)　『ランボー全集』平井啓之・湯浅博雄・中地義和訳，青土社，1994年，293ページ。
(2)　アンドレ・ブルトン「ラフカディオのために」入沢康夫訳，『アンドレ・ブルトン集成3』，人文書院，1970年，19ページ。
(3)　André Breton, *Œuvres complètes*, I, Gallimard, 1988, p. 43.
(4)　ブルトン「アンドレ・ドラン」入沢康夫訳，『アンドレ・ブルトン集成3』，前掲書，14-15ページ。
(5)　ブルトン「年齢」入沢康夫訳［邦訳題：「時代」］，『アンドレ・ブルトン集成3』，前掲書，11-12ページ。
(6)　『ランボー全集』，前掲書，272ページ。
(7)　ブルトン『ナジャ』巖谷國士訳，岩波文庫，2003年，60-64ページ。
(8)　André Breton, *Œuvres complètes*, I, *op. cit.*, p. 475-476.
(9)　ブルトン「シュルレアリスム第二宣言」森本和夫訳，『シュールレアリスム宣言集』，現代思潮社，1982年，94-95ページ。
(10)　『ランボー全集』，前掲書，230ページ。
(11)　ブルトン「シュルレアリスム第二宣言」，『シュールレアリスム宣言集』，前掲書，164ページ。
(12)　『ランボー全集』，前掲書，228ページ。
(13)　ブルトン『魔術的芸術』（普及版）巖谷國士監修，河出書房新社，2002年，250ページ。
(14)　『ランボー全集』，前掲書，230ページ。
(15)　ブルトン『狂気の愛』，邦訳前掲書，2008年，243ページ。
(16)　マルセル・デュシャン『マルセル・デュシャン全著作』北山研二訳，未知谷，1995年，134ページ。
(17)　André Breton, *Œuvres complètes*, I, *op. cit.*, p. 617.
(18)　ブルトン「現行犯」粟津則雄訳，『アンドレ・ブルトン集成7』，人文書院，1971年，215ページ。
(19)　ブルトン『狂気の愛』，邦訳前掲書，第4章（特に120-121ページ）。
(20)　ブルトン『黒いユーモア選集1』山中散生・窪田般彌・小海永二他訳，河出文庫，2007年，260-261ページ。
(21)　『ニーチェ書簡集II／詩集』塚越敏・中島義生訳，ちくま学芸文庫，1994年，287ページ。ただしここでの訳文は，フランス語訳の文脈に沿って訳しなおしたもの。
(22)　1888年1月，恋人を殺害したのち自殺未遂をして人々の話題をさらった法学生。
(23)　ブルトン「ファタ・モルガナ」大槻鉄男訳［邦訳題：「蜃気楼」］，『アンドレ・ブルトン集成

4』，人文書院，1970 年，170 ページ。
(24) 『ランボー全集』，前掲書，210 ページ。
(25) ブルトン『シュールレアリスム宣言集』，邦訳前掲書，92 ページ。
(26) ブルトン『狂気の愛』，邦訳前掲書，249 ページ。
(27) André Breton, *Œuvres complètes*, III, Gallimard, 1999, p. 1048.

第 2 章　アシュビー

(1) Georges Sebbag, *L'Imprononçable jour de ma naissance 17ndré 13reton* (entre deux jours I), Jean-Michel Place, 1988.（ページ番号は打たれていない。）
(2) Nelly Kaplan, *Le Collier de Ptyx. Ciné-roman*, par les soins de Jean-Jacques Pauvert, 1971, p. 65.
(3) ジェルメール・ベルトンは 1923 年に右翼団体幹部を殺害した無政府主義者，ヴィオレット・ノジエールは 1933 年，父親を毒殺したのち，父親が自分を犯していたがゆえの犯行であると供述した女性で，2 人ともシュルレアリストたちにとって敬意の対象であった。
(4) 『マラルメ詩集』渡辺守章訳，岩波文庫，2014 年，130-131 ページ。
(5) アンドレ・ブルトン「黒い森」入沢康夫訳，『アンドレ・ブルトン集成 3』，前掲書，16 ページ。
(6) ブルトン『狂気の愛』，邦訳前掲書，33 ページ。
(7) ブルトン『秘法十七』入沢康夫訳，人文書院，1993 年，98 ページ。
(8) 同書，36 ページ。
(9) 同書，211 ページ。
(10) ブルトン『ナジャ』，邦訳前掲書，181 ページ。
(11) 小熊座を構成する 7 星の 1 つ。

第 3 章　金の白野牛

(1) アンドレ・ブルトン「日々の魔術」朝吹亮二・巖谷國士訳，『ユリイカ』総特集「シュルレアリスム」，1976 年 6 月，313 ページ。
(2) Le と La は，フランス語では定冠詞の男性単数形と女性単数形であり，また直接目的語人称代名詞の男性単数形と女性単数形であって，それぞれ男性と女性を体現する記号だといえる。
(3) ブルトン「ジャック・ヴァシェ」巖谷國士訳，『アンドレ・ブルトン集成 6』，人文書院，1974 年，68 ページ。
(4) 同書，66 ページ。
(5) アンドレ・ブルトン，フィリップ・スーポー「磁場」阿部良雄訳，『アンドレ・ブルトン集成 3』，前掲書，185 ページ。
(6) 『マラルメ詩集』渡辺守章訳，岩波文庫，2014 年，28-29 ページ。
(7) ブルトン「新精神」巖谷國士訳，『アンドレ・ブルトン集成 6』，前掲書，107-109 ページ。
(8) ブルトン『シュルレアリスム宣言・溶ける魚』巖谷國士訳，岩波文庫，1992 年，81 ページ。
(9) 「扉が揺れる」は詩篇「モ・タ・マント」（『アンドレ・ブルトン集成 4』，人文書院，1970 年，189-190 ページ）の後半部分に当たる。ミレディー・ド・ウィンターの名が登場する詩篇で，セバッグはこれを『口にできない私が生まれた日』で詳細に解釈している。「愛の公現祭」は，ブルトン生前には未公刊だったもの。Breton，*Œuvres complètes*，I，*op.cit.*，p. 511-515.

第 4 章　作者不明のタブロー

(1) André Breton, « Accomplissement onirique et genèse d'un tableau animé », *Œuvres complètes*, II,

Gallimard, 1992, p. 1215.
(2)　アンドレ・ブルトン『狂気の愛』，邦訳前掲書，2008 年，147 ページ。
(3)　シルセトはランボーの作り出した神話的な女性の名。『ランボー全集』の註を参照（前掲書，769 ページ）。
(4)　同書，191-192 ページ。

第 5 章　幾度も幾度も

(1)　アンドレ・ブルトン『狂気の愛』，邦訳前掲書，148 ページ。
(2)　同書，166 ページ。
(3)　同書，168 ページ。
(4)　同書，171 ページ。
(5)　同書，184-185 ページ。
(6)　同書，186 ページ。
(7)　同書，190-191 ページ。
(8)　同書，192 ページ。
(9)　同書，197 ページ。
(10)　同書，186-187 ページ。
(11)　アンリ・ベルクソン『物質と記憶』竹内信夫訳，白水社，2011 年，205 ページ。
(12)　同書，175 ページ。
(13)　同書，230 ページ。
(14)　同書，325 ページ。
(15)　ブルトン『狂気の愛』，邦訳前掲書，196-197 ページ。
(16)　ベルクソン『物質と記憶』，邦訳前掲書，233 ページ。
(17)　ブルトン『狂気の愛』，邦訳前掲書，151 ページ。
(18)　ブルトン「ジャック・ヴァシェ」巖谷國士訳，『アンドレ・ブルトン集成 6』，前掲書，66 ページ。
(19)　ベルクソン『創造的進化』真方敬道訳，岩波文庫，1979 年，22 ページ。
(20)　『市民ケーン』は，新聞王ケーンが死に際にいい残した「ローズバッド（バラのつぼみ）」という謎の言葉の意味をめぐって展開する。実はそれは，幼いころにケーンが遊んだそりの名前である。
(21)　ベルクソン『意識に直接与えられたものについての試論――時間と自由』合田正人・平井靖史訳，ちくま学芸文庫，2002 年，60 ページ。
(22)　ブルトン「近代の発展とそれを分かち持つものの性格」巖谷國士訳，『アンドレ・ブルトン集成 6』，前掲書，169 ページ。
(23)　ベルクソン『物質と記憶』，邦訳前掲書，221 ページ。
(24)　ベルグソン『創造的進化』，邦訳前掲書，282 ページ。
(25)　André Breton, *Œuvres completes*, I, *op. cit.*, p. 908.
(26)　ベルクソン『精神のエネルギー』竹内信夫訳，白水社，2014 年，14-15 ページ。
(27)　ベルクソン『創造的進化』，邦訳前掲書，71 ページ。
(28)　ブルトン『狂気の愛』，邦訳前掲書，14 ページ。
(29)　同書，16 ページ。
(30)　ブルトン「いつかいつかあるところに」菅野昭正訳（邦訳題：「いつかはそうなるだろう」），『アンドレ・ブルトン集成 4』，前掲書，25 ページ。

(31)　ブルトン「幾度も幾度も」入沢康夫訳（邦訳題：「幾千回も」），『アンドレ・ブルトン集成 3』，前掲書，74 ページ。

第 6 章　ブルトンはヴァシェの夢を見る

(1)　André Breton, *Œuvres complètes*, I, *op. cit.*, p. 888.

(2)　*Ibid.*

(3)　アンドレ・ブルトン「ダダのために」巖谷國士訳，『アンドレ・ブルトン集成 6』，前掲書，81 ページ。

(4)　ブルトン「侮蔑的告白」巖谷國士訳，『アンドレ・ブルトン集成 6』，前掲書，19 ページ。

(5)　ブルトン「三十年後」粟津則雄訳，『アンドレ・ブルトン集成 7』，人文書院，1971 年，201 ページ。

(6)　同書，202 ページ。

(7)　ブルトン「侮蔑的告白」，『アンドレ・ブルトン集成 6』，前掲書，21 ページ。

(8)　アンドレ・ブルトン，フィリップ・スーポー「磁場」阿部良雄訳，『アンドレ・ブルトン集成 3』，前掲書，185 ページ。

(9)　André Breton, *Œuvres completes*, I, *op. cit.*, p. 889.

(10)　デ・キリコは 1910 年代の終わりに，いわゆる「形而上絵画」から古典的な絵画技法に回帰するが，それ以降の作品は一般に評価が低い。1914 年は形而上絵画の時代でも最高の時期とされている。

(11)　André Breton, *Œuvres completes*, III, *op. cit.*, p. 579-580.

(12)　ブルトン『黒いユーモア選集 2』山中散生，窪田般彌，小海永二ほか訳，河出文庫，2007 年，221 ページ。

(13)　ブルトン「現実僅少論序説」生田耕作・田村俶訳，『アンドレ・ブルトン集成 6』，前掲書，201 ページ。

(14)　ブルトン『黒いユーモア選集 2』，前掲書，218 ページ。

(15)　ブルトン「三十年後」，『アンドレ・ブルトン集成 7』，前掲書，201 ページ。

(16)　同書，203 ページ。

(17)　ブルトン「侮蔑的告白」，『アンドレ・ブルトン集成 6』，前掲書，19 ページ。

第 7 章　銀の筒先のランプ

(1)　『ロートレアモン全集』石井洋二郎訳，筑摩書房，2001 年，78 ページ。

(2)　アンドレ・ブルトン『秘法一七』，邦訳前掲書，7 ページ。

(3)　ブルトン『狂気の愛』，邦訳前掲書，197 ページ。

(4)　ブルトン『黒いユーモア選集 1』，邦訳前掲書，268 ページ。

(5)　ブルトン『ナジャ』，邦訳前掲書，155 ページ。

(6)　マルセル・デュシャン『マルセル・デュシャン全著作』北山研二訳，未知谷，1995 年，135-137 ページ。

(7)　アンドレ・ブルトン，フィリップ・スーポー「私なんか忘れますよ」豊崎光一訳，『アンドレ・ブルトン集成 3』，前掲書，290-291 ページ。

(8)　『法哲学の原理』序文の終わり近くに現れる，よく知られた表現。

第 8 章　アストゥ

(1)　プラドは売春婦殺人の犯人。レセップスはスエズ運河開発を企てたフランスの外交官だが，ここで名前が出されているのは，自分の著作がドイツで読まれず，むしろ翻訳されて外国で読まれていることを，ニーチェが運河開発に結びつけているからであるらしい。『ニーチェ書簡集II／詩集』塚越敏・中島義夫訳，ちくま学芸文庫，1994年，295ページ。

(2)　『ニーチェ書簡集II／詩集』，同書，209-210ページ。

(3)　「ニュアンス nuance」は単数形では色あい，複数形だと表現の機微を表わすことが多く，「繊細さ finesse」は複数形だと術策を意味する傾向がある。

(4)　ニーチェ『この人を見よ』西尾幹二訳，新潮文庫，1990年，173ページ。

(5)　アレッサンドロ・アントネッリ，建築家（1798-1888）。トリノに建設された，後述のモーレ・アントネリアーナによって名高い。

(6)　ジョルジュ・バタイユ他『無頭人（アセファル）』兼子正勝・中沢信一・鈴木創士訳，現代思潮社，1999年，224，226-227ページ。

(7)　アンドレ・ブルトン「蜃気楼」大槻鉄男訳，『アンドレ・ブルトン集成4』，前掲書，168-169ページ。

(8)　シャルル6世の妃イザボー・ド・バヴィエールが1393年に開いた仮面舞踏会。オルレアン公の持参した松明が変装した貴族たちに燃え移り，死者を出す事件となるとともに，すでに精神を病んでいたシャルル6世の症状はこれを機にさらに悪化する。

(9)　1392年，遠征中のシャルル6世はル・マンの森のなかで謎めいた男に出会うが，これが王の精神異常を引き起こす最初のきっかけになったとされる。

(10)　『ランボー全集』，前掲書，479ページ。

(11)　『ニーチェ』，前掲書，287ページ。

(12)　Friedrich Nietzsche, *Œuvres philosophiques complètes*, t. XIV, Gallimard, 1977, p. 397.

(13)　Friedrich Nietzsche, *Dernières lettres*, Rivages poche / Petite bibliothèque, 1989, p. 124.

(14)　ニーチェ『この人を見よ』，前掲書，196ページ。デ・グロイター版全集での差し換え箇所。訳者解説を参照（214-219ページ）。

(15)　ジャック・ルボーディ（1868-1919年）は，サハラに自らの国家を建設する夢を見て狂人扱いされた，フランスの財界人であり冒険家。

(16)　Belen, *Mémoires d'une liseuse de draps*. *Roman*, Société Nouvelle des Editions Jean-Jacques Pauvert, 1973, p. 180.

第2部

第9章　オートマティックな持続

(1)　Jacques Vaché, *Soixante-dix-neuf lettres de guerre*, éditées par Georges Sebbag, Jean-Michel Place, 1989, lettre 79.

(2)　アンドレ・ブルトン『ナジャ』，邦訳前掲書，29ページ，32ページ。

(3)　同書，32-33ページ。

(4)　ブルトン『黒いユーモア選集』，邦訳前掲書，232ページ。

(5)　ブルトン「三十年後」，『アンドレ・ブルトン集成7』，前掲書，202ページ。

(6)　アンドレ・ブルトン，フィリップ・スーポー「磁場」，『アンドレ・ブルトン集成3』，前掲書，185ページ。

(7)　ブルトン「ジャック・ヴァシェ」，『アンドレ・ブルトン集成6』，前掲書，66ページ。

(8)　ブルトン『狂気の愛』，邦訳前掲書，243ページ。

(9)　同書，18ページ。

(10) Georges Bataille, *Œuvres complètes*,VII,Gallimard, 1976, p. 386.

(11) ブルトンは自分のイニシャル「AB」が「1713」という数字と似ていることから出発し，この年を自らにとっての紋章のようなものとみなしていた。

(12) ライプニッツの用語。いかなる事実も十分な理由がなければ存在しないとする原理。

第 10 章　持続イメージを奪われたドゥルーズ

(1) アンリ・ベルクソン『創造的進化』，邦訳前掲書，1979 年，357 ページ以下。

第 11 章　映画的持続

(1) Christian Janicot, *Anthologie du cinéma invisible. 100 scénarios pour 100 ans du cinéma*, Jean-Michel Place, 1995.

(2) ウッディー・アレン作品が暗示されている。

(3) Georges Bataille, *Œuvres complètes*, I, Gallimard, 1970, p. 198-199.

第 13 章　持続とは何か

(1) オデュッセウスの妻ペネロペは，夫の遠征中，言い寄る男たちを遠ざけるために，今織っている織物が出来上がったら求婚者の 1 人を選ぶといいつつ，昼に織った織物を夜にはほどくという行為を繰り返す。

(2) 『ロクス・ソルス』（1914 年）の主人公である科学者マルシアル・カントレルは，特殊な薬品を死者の脳に注入することで，その死者に人生のなかの忘れがたい瞬間を再現させる技術を開発する（レーモン・ルーセル『ロクス・ソルス』岡谷公二訳，平凡社ライブラリー，2004 年，167 ページ以下を参照）。

(3) André Breton, « Clé de sol », *Œuvres complètes*, I, *op. cit*., p. 14.（『信心の山』所収の詩篇だが，『アンドレ・ブルトン集成』では翻訳されていない。）

(4) アンドレ・ブルトン『黒いユーモア選集 2』，邦訳前掲書，252 ページ。

(5) アルチュール・ランボー「王位」，『ランボー全集』，前掲書，256 ページ。

(6) ブルトン「ムッシュー・V」入沢康夫訳，『アンドレ・ブルトン集成 3』，前掲書，21 ページ。

(7) André Breton, [« Epiphanie de l'amour... »], *Œuvres complétes*, I, *op. cit*., p. 511.

(8) ブルトン「ジャック・ヴァシェ」，『アンドレ・ブルトン集成 6』，前掲書，66 ページ。

(9) アンドレ・ブルトン，ポール・エリュアール『処女懐胎』阿部良雄訳，『アンドレ・ブルトン集成 4』，前掲書，403 ページ。

(10) 「ポエジーⅠ」，『ロートレアモン全集』，前掲書，236 ページ。

(11) ローマ皇帝クラウディスの妃。愛人と陰謀を企て，処刑される。

(12) Alfred Jarry, *Œuvres complétes*, III, Gallimard, 1987, p. 464-465.

(13) レオン・ボナ（1833-1922 年）は 19 世紀後半に影響力を持った画家で，サロンの重鎮。

(14) 数え上げられているのは，どれも当時のモダニズム的な潮流のなかで一定の仕事をした作家・詩人あるいは画家である。

(15) 数え上げられている名前には調べのつきにくいものもあるが，画廊主のポール・ギョームや詩人のピエール・アルベール＝ビロ，書店主アドリエンヌ・モニエなど，アポリネールの交友範囲の名前が多いとはいえよう。

図版一覧

p. 10　アンドレ・ブルトン，イヴ・タンギー『大鳥籠』，ピエール・マティス刊，ニューヨーク，1941 年。1929 年に対応するページ。
p. 15　『ラ・ヴォーグ』誌第 9 号，1886 年 6 月 21-27 日，表紙。
p. 16　アルチュール・ランボー「帰依」，『ラ・ヴォーグ』誌第 9 号，313 ページ（のちに『イリュミナシオン』に収録）。
p. 18　アンドレ・ブルトンからジャン・ポーランへの手紙，1918 年 8 月 3 日，抜粋（Imec, ジャン・ポーラン・アーカイヴ）。
p. 21-22　アンドレ・ブルトン，ポール・エリュアール，ヌーシュ，ヴァランティーヌ・ユゴーがアンドレ・ティリオン夫妻に送ったバウーの滝の絵葉書。日付は 1932 年 8 月 16 日。表面と裏面。写真はイジドール・ブランによる。
p. 23　バウー川とヴェルドン川の合流地点の絵葉書。写真はイジドール・ブランによる。
p. 24　ミシュランの地図，1931 年の 81 番，部分。
p. 25　1930-1931 年版のミシュランのガイド，コート・ダジュール，オート＝プロヴァンス。
p. 26　バウーの滝における著者。1990 年夏。モニック・セバッグ撮影。
p. 27　ヴェルドン峡谷，崇高点。
p. 28　ヴェルドン峡谷，バウー・ベニ。
p. 30　マルセル・デュシャン《花嫁は彼女の独身者たちによって裸にされて，さえも》。ジャン・シュケによるデッサン。
p. 31　アンドレ・ブルトン，レオニー・オーボワ・ダシュビーのための祭壇。1947 年のシュルレアリスム国際展にて展示。ドゥニーズ・ベロン撮影。
p. 34　1937 年 10 月 9 日の講演会プログラムに掲載されたアンドレ・ブルトンのフォトモンタージュ《黒いユーモアとは何か》の人物対応図。
p. 35　アンドレ・ブルトンによる〈黒いユーモア〉をテーマとしたフォトモンタージュ。
p. 38　サン＝シルク・ラ・ポピの記念サイン帳へのアンドレ・ブルトンの書きこみ，1951 年 9 月 3 日。
p. 39 上　ヴェルドン峡谷でガイドをするイジドール・ブラン。
p. 39 下　小学校教師イジドール・ブランとルーゴンの生徒たち。1932 年。
p. 40　サン＝シルク・ラ・ポピのアンドレ・ブルトンの家におけるシュルレアリストたち。
p. 41　ヴェルドン峡谷の地図，部分。『ギード・ブルー〔ブルー・ガイド〕』プロヴァンス篇，アシェット刊，1929 年。
p. 42　ネリー・カプラン監督映画『愛の快楽』のポスター。デザインはミシェル・ランディ。
p. 43　『愛の快楽』撮影で使われた「かちんこ」（開いた状態）。
p. 44　ネリー・カプラン『プティクスの首飾り』，ジャン＝ジャック・ポーヴェール刊，1971 年。手書き文字を含むページ。
p. 46　ムスティエ＝サント＝マリーの絵葉書。
p. 47　ネリー・カプラン，1969 年（ネリー・カプラン所蔵）。
p. 48　ムスティエ＝サント＝マリーの絵葉書。

p. 49　ネリー・カプラン，1979年（ネリー・カプラン所蔵）。
p. 50　ムスティエ＝サント＝マリーの絵葉書。
p. 50　アンドレ・ブルトン『秘法17』草稿，抜粋（個人蔵）。
p. 51　ネリー・カプラン，1990年（ネリー・カプラン所蔵）。
p. 52　『愛の快楽』撮影で使われた「かちんこ」（閉じた状態）。
p. 53　ムスティエ＝サント＝マリーの絵葉書。
p. 54　教育学博物館における「ガリア芸術の永続性」展（1955年2月）カタログ，表紙。
p. 55　アンドレ・ブルトンからネリー・カプランへの手紙，1957年1月6日，20時30分，抜粋（ネリー・カプラン所蔵）。
p. 56　アンドレ・ブルトンが『A音』に書きこんだ，「金の白野牛へ」というネリー・カプランへの献辞（ネリー・カプラン所蔵）。
p. 57　アンドレ・ブルトンが『1947年のシュルレアリスム』（シュルレアリスム国際展カタログ）に書きこんだネリー・カプランへの献辞（ネリー・カプラン所蔵）。
p. 58　ジョルジュ・セバッグ『口にできない私が生まれた日，17ンドレ・13ルトン』，第58章から。
p. 60　アンドレ・ブルトン「マジラマ1957」の手稿（ネリー・カプラン所蔵）。
p. 62上　1956年12月17日に予定されていた，ポリヴィジョンによるアベル・ガンスとネリー・カプランの映画『マジラマ』のプレミア上映への招待状（ネリー・カプラン所蔵）。
p. 62-63　『マジラマ』から。「我がブロンド女性の傍らで」（ネリー・カプラン所蔵）。
p. 64　『マジラマ』から。「私は糾弾する」，音声付きポリヴィジョンのヴァージョン（ネリー・カプラン所蔵）。
p. 65　アンドレ・ブルトンからネリー・カプランへの手紙，1957年1月5日，部分（ネリー・カプラン所蔵）。
p. 66-67　コンタクト書店におけるアンドレ・ブルトン，ネリー・カプラン，アベル・ガンス，バンジャマン・ペレ，1957年。
p. 68　アンドレ・ブルトンからネリー・カプランへの手紙，1957年1月6日，14時45分，抜粋（ネリー・カプラン所蔵）。
p. 70　アントワーヌ・カロン《古代ローマの公告粛清》〔《三頭政治下の虐殺》〕，部分。『ドキュマン』誌第7号（1929年）に掲載。
p. 72-73　アンケートの題材として利用され，『シュルレアリスム・メーム』誌第3号（1957年秋）に掲載された作者不明のタブロー。
p. 74　アンドレ・ブルトンからネリー・カプランへの手紙，1957年7月15日，部分（ネリー・カプラン所蔵）。
p. 75-76　アンドレ・ブルトンがネリー・カプランに送った手書きの護符。1957年1月27日，日曜日の日付。表面と裏面（ネリー・カプラン所蔵）。
p. 79　ヴィクトル・ユゴー《レオニー・ドーネーのための愛の判じ絵》，水彩。
p. 80　アンドレ・ブルトン「ある動く絵の夢における成就と生成過程」冒頭部。『夢の軌跡』（G.L.M.刊，1938年3月）所収。
p. 82　アンドレ・ブルトン，バンジャマン・ペレ「許容しうる発明品の世界一周カレンダー」。『半世紀のシュルレアリスム年鑑』所収。「12月」の部分。
p. 83　「世界一周カレンダー」のタイトル・ページに書かれた，アンドレ・ブルトンからネリー・カプランへの献辞（ネリー・カプラン所蔵）。
p. 84上　レオニー・ドーネーの肖像。

p. 84 下　ラポニー川の急流を下るレオニー・ドーネー。

p. 85　レオニー・ドーネーの 20 歳のときの肖像。シャルル・ソーニエの油彩画から抜き出したもの。ルイ・ガンボー『ヴィクトル・ユゴーとビアール夫人』に口絵として掲載。

p. 86　ルイ・ガンボー『ヴィクトル・ユゴーとビアール夫人』，オーギュスト・ブレゾ刊，1927 年。

p. 87 上　アンドレ・ブルトンからネリー・カプランへの手紙，1957 年 1 月 6 日，部分（ネリー・カプラン所蔵）。

p. 87 下　アンドレ・ブルトンがネリー・カプランに宛てた手紙の封筒。住所は「リヴォリ通り 186 番地」（ネリー・カプラン所蔵）。

p. 88　「……快楽の短剣の稲妻」というキャプションを伴ったマックス・エルンストのデッサン。『ミノトール』第 8 号（1936 年 6 月）にアンドレ・ブルトン「星型の城」のイラストとして掲載。

p. 90　アンドレ・ブルトン，イヴ・タンギー『大鳥籠』。1936 年に対応するページ（テクストは「星型の城」末尾）。

p. 91　アンリ・ベルグソン『物質と記憶』，1896 年。

p. 95　マルセル・デュシャン《ローズ・セラヴィよ，なぜくしゃみをしない？》1921 年。

p. 99　アンドレ・ブルトン「黒いユーモアとは何か」，フォトモンタージュ，1937 年，部分。

p. 100　アンドレ・ブルトンの「空飛ぶ小便器」の夢のイラストとして用いられたマン・レイの写真。『シュルレアリスム革命』第 1 号（1924 年 12 月），4 ページ。

p. 105　ジョルジョ・デ・キリコ《子供の脳髄》。『リテラチュール』誌には 1922 年 3 月，『ミノトール』誌には 1939 年 5 月にそれぞれ掲載。ストックホルム近代美術館所蔵。

p. 107　《1950 年：“子供の脳髄”の目覚め》。『半世紀のシュルレアリスム年鑑』に掲載。

p. 108　ジョルジョ・デ・キリコ《ある夢の純粋性》。『夢の軌跡』（1938 年 3 月）に掲載。

p. 110-111　アンドレ・ブルトン《夢＝オブジェ》。夢の記述を伴った解説用模型が『カイエ・ダール』第 5-6 号（1935 年）に掲載。

p. 115　「大通りの光り輝く「マズダ」のポスター……」。写真はジャック＝アンドレ・ボワファール。『ナジャ』（1928 年）に掲載。

p. 116　アンドレ・ブルトンからネリー・カプランへの気送速達，1957 年 7 月 30 日ごろ（ネリー・カプラン所蔵）。

p. 118　コンタクト書店におけるフィリップ・スーポーとネリー・カプラン，1957 年（ネリー・カプラン所蔵）。

p. 120　『シュルレアリスム・メーム』第 2 号，1957 年春。

p. 121　マルセル・デュシャン，「重力の操作者」のデッサン，1911-1915 年。

p. 123　『黒いユーモア選集』に書きこまれたアンドレ・ブルトンからネリー・カプランへの献辞（ネリー・カプラン所蔵）。

p. 124　マルセル・デュシャンのデッサン「ボクシングの試合」，1913 年。マン・レイによって清書されたもの。

p. 125　アンドレ・ブルトンとフィリップ・スーポー作の「私なんか忘れますよ」で演技するポール・エリュアール，スーポー，ブルトン，テオドール・フランケル。ガヴォー・ホール，1920 年 5 月 26 日。

p. 127　『シュルレアリスム簡約辞典』の「ランプ」の項目でイラストに使われた子供のデッサン。

p. 128　『革命に奉仕するシュルレアリスム』（1930 年 10 月）に「アストゥ」というタイトルで

掲載された，ニーチェ最後の手紙。

p. 130　アンドレ・ブルトン『黒いユーモア』（G.L.M. 刊，1937 年）で引用されたニーチェの言葉。

p. 131　アルフォンス・ドーデ『不滅の人』，アルフォンス・ルメール刊，1888 年，表紙。

p. 134　アンドレ・ブルトン，イヴ・タンギー『大鳥籠』。1940 年に対応するページ。

p. 136　アルチュール・ランボーからエルネスト・ドラエへの 1875 年 10 月 14 日の手紙。

p. 137　トリノのモーレ・アントネリアーナの絵葉書。

P. 139　トリノのモーレ・アントネリアーナの絵葉書。

p. 140　ジョルジョ・デ・キリコ《無限へのノスタルジー》。『パリの芸術』第 3 号（1918 年 12 月 15 日）に掲載。

p. 141　トリノのモーレ・アントネリアーナ。ジョルジュ・セバッグ撮影。

p. 143-144　アンドレ・ブルトン，ポール・エリュアール，ヴァランティーヌ・ユゴーがオルガ・ピカソとパブロ・ピカソに宛てた，1932 年 8 月 15 日付けの絵葉書。表面と裏面。ピカソ美術館所蔵。写真は国立美術館連合のもの。

p. 147-148　アンドレ・ブルトン，イヴ・タンギー『大鳥籠』。1938 年と 1937 年に対応するページ。

p. 150　ネリー・カプラン（カプラン本人所蔵の写真）。

p. 157　父親を運ぶアエネアスになぞらえられたマンドラゴラの根。『狂気の愛』に掲載。撮影はマン・レイ。

p. 158　アントニオーニ『赤い砂漠』から。

p. 160　C・ドライヤー，L・ブニュエル，F・ラング，『マジラマ』に現れる目，A・ヒッチコックの写真を用いたフォトモンタージュ。

p. 163　ジャン・ルノワール『小間使の日記』の撮影風景から。

p. 164　ウィリアム・ワイラー監督『嵐が丘』のポスター。ミシェル・レリス『日記』に収録されたもの。

p. 167　クリスチャン・ジャニコ『見えない映画選集』，表紙。

p. 168　ギョーム・アポリネール，アンドレ・ビイ『ブレア島の女』草稿。

p. 173　ピーター・グリーナウェイ『枕草子』。

p. 174　シュジー・エンボの写真，部分。『アルシブラ』第 1 号に掲載。

p. 190　アンドレ・ブルトン，レオニー・オーボワ・ダシュビーのための祭壇，1947 年。ドゥニーズ・ベロン撮影。

p. 193　目を閉じたネリー・カプラン（ネリー・カプラン所蔵）。

p. 194　目を開けたネリー・カプラン（ネリー・カプラン所蔵）。

p. 197　フランシス・ピカビア《二重の世界》あるいは《LHOOQ》，1919 年。

p. 198　アンドレ・ブルトンと《子供の脳髄》，1956 年ごろ。撮影パブロ・ヴォルタ。

p. 201　『熾火』に書きこまれたアンドレ・ピエール・ド・マンディアルグのネリー・カプランへの献辞，1959 年（ネリー・カプラン所蔵）。

p. 205　『レットル・フランセーズ』第 1151 号，1966 年 10 月 6-12 日，第 1 面。

p. 207　ジャック・ヴァシェ《犯罪の軍隊》。『シュルレアリスム革命』（1927 年 10 月）に掲載されたデッサン。

p. 209　ジェラール・ボエールによる，『アントランジジャン』紙の音楽時評，1930 年 9 月 11 日。

p. 210　『ココリコ』誌（1900 年クリスマス号）掲載のデッサン。

p. 211　『笑い』誌（1900 年 12 月 22 日号）掲載のデッサン。

p. 213　ジョゼフ・デルテイユ「切り刻まれた男のために」。週刊誌『パリ＝ジュルナル』に掲載されて以来，どこにも再録されなかった記事。『パリ＝ジュルナル』第39巻，新シリーズ，通算2517号，1925年1月9日金曜，1ページ，第6段。ジャック・ドゥーセ芸術・考古学図書館にて閲覧（整理番号244U6）。

p. 215　ヴュー＝コロンビエ座における催し「〈音楽〉と〈芸術と自由〉」への招待状。1918年11月3日日曜日15時より。デ・キリコの絵画のプレゼンテーションを含むプログラム。

p. 217　ギョーム・アポリネール「オレンジの皮」，『アンフォルマシオン』誌1918年11月4日。ブルトンによって切り取られ，11月10日のアラゴン宛て書簡に貼りつけられた記事。

p. 219　アンドレ・ブルトンからルイ・アラゴンへのコラージュ書簡，1918年11月10日（CNRS, アラゴン・アーカイヴ所蔵）。

p. 220-221　『アール』誌第2号，1918年10月。（ブルトンがシャルル・ラロンドの記事から切り取った2カ所を囲んである）。

p. 222　『週刊手帳』第4巻第179号，1918年11月10日，表紙。

p. 223　『週刊手帳』1918年11月10日号から。「で，これが値段になります」および「もう1人のサイレーン」は『文学手帳』への論評。「エピローグ」は『アトリエ手帳』への論評で，ピントゥリッキオという署名あり。

p. 226　『週刊手帳』1918年11月10日号の「カルネ・デ・ポワン」3ページ目に掲載された論評「大騒ぎ！　大騒ぎ！」。

p. 229　崇高点を臨む著者。

p. 241　ヴェルドン峡谷，崇高点。

p. 248　ヴェルドンの大峡谷，プラニオル・ディサーヌでのイジドール・ブラン。写真はイジドール・ブランによる。

p. 253　マルセル・ジャンによって描かれ，『半世紀のシュルレアリスム年鑑』に掲載されたブルトンの紋章，およびルーゴン村の紋章。

表見返し　ヴェルドン峡谷，崇高点。

裏見返し　ヴェルドン峡谷。

カバー表1　アンドレ・ブルトン《切り裂きジャック》，1942-1943年。

カバー表4　アンドレ・ブルトン《無題》，1937年。

＊

以下の方たちに深く感謝します。
貴重な所蔵資料の参照と，その一部の掲載を許可してくれたネリー・カプラン，友情に満ちた援助を与えてくれたジャクリーヌ・イド，ロベール・アルドゥーヴァン，そしてジョジュエ・セッケル，また同じくアルレット・アルベール＝ビロ，エリザ・ブルトン，オーブ・エレウエット＝ブルトン，クレール・ポーラン，ミシェル・アペル＝ミュレール，ミシェル・ランディ，クロード・オーテレロー，ドミニック・ラブールダン，クリスチャン・ヴィヴィアーニ，さらには種々の資料の閲覧と掲載を許可してくれたピカソ美術館と『デバ』誌に，心からの感謝を。

人名索引

ア行

アエネアス　Énée　155

アシュビー（『プティクスの首飾り』のヒロイン）Ashby, héroïne du *Collier de ptyx*　45, 46, 48, 49, 52, 194

アシュビー，シビル　Ashby, Sybille　45

アスティエ＝レユ，レオナール　Astier-Réhu, Léonard　132

アセロ，ホセ　Acero, José　45, 47, 142

アポリネール，ギヨーム　Apollinaire, Guillaume　104, 170, 217, 218, 223, 224

アラゴン，ルイ　Aragon, Louis　18, 20, 23, 26, 32, 65, 192, 215-218, 222, 224, 225

アリストテレス　Aristote　39

アルベール＝ビロ，ピエール Albert-Birot, Pierre　214, 218

アルマン，ルイ　Armand, Louis　39

アレ，アルフォンス　Allais, Alphonse　192, 212

アントネッリ，アレッサンドロ　Antonelli. Alessandro　132, 138-141

イヴ　Ève　50, 52

イェンゼン，ヴィルヘルム　Jensen, Wilhelm　20, 29, 32

イオネスコ，ウージェーヌ　Ionesco, Eugène　61

ヴァイアン，オーギュスト　Vaillant, Auguste　207

ヴァシェ，ジャック　Vaché, Jacques　11, 17, 43, 56-59, 61, 62, 64, 66, 68, 69, 93, 101-104, 106, 108-114, 119, 129, 137, 138, 141, 142, 149, 151-153, 156, 194, 196, 199-201, 207, 208, 210, 214, 215, 228

ヴァシェ，ジョゼフ　Vacher, Joseph　103, 141, 207, 208, 210

ヴァナーン・ド・ヴォーリンゲン，ルイーズ　Vanaen de Voringhem, Louise　17, 29, 30, 52, 53, 81

ヴァレリー，ポール　Valéry, Paul　17, 18, 137, 141, 199

ヴィスコンティ，ルキノ　Visconti, Luchino　161

ヴィットーリオ・エマヌエレ　Victor-Emmanuel　33, 132, 135, 136, 141, 199

ヴィトラック，ロジェ　Vitrac, Roger　19

ヴィヨン，フランソワ　Villon, François　217

ウィルト，オズワルド　Wirth, Oswald　50

ウェルズ，オーソン　Wells, Orson　94, 161

ヴェルハーレン，エミール　Verhaeren, Émile　217

ヴェルレーヌ，ポール　Verlaine, Paul　19, 52

ヴォーヴナルグ侯爵　Vauvenargues, marquis de　209

ヴラン＝リュカ（文書偽造者）　Vrain-Lucas, faussaire　132

エキュゼット・ド・ノワルーユ（オーブ・ブルトン）　Écusette de Noireuil (Aube Breton)　26, 36, 37, 155

エラン，マルセル　Herrant, Marcel　218

エリュアール，ポール　Éluard, Paul　20, 29, 125, 138, 154, 208, 210

エルンスト，マックス　Ernst, Max　94

オータン，クロード　Autant, Claude　218

オフュルス，マックス　Ophuls, Max　161

オーボワ・ダシュビー，レオニー　Aubois d'Ashby, Léonie　17, 18, 20, 23, 26, 29, 30, 32, 33, 41, 43, 45-49,51, 52, 77, 81,86,121, 122, 126, 137, 141, 142, 194, 196, 207

オルロフ，シャナ　Orloff, Chana　218

カ行

カヴール伯，カミッロ・ベンソ　Cavour, Camille Benso, comte de　104

カエサル，ユリウス　César, Jules　140

ガスト，ペーター　Gast, Peter　131, 139, 140

ガスパール＝ミシェル，アレクサンドル　Gaspard-Michel, Alexandre　218
カプラン，ネリー　Kaplan, Nelly　1, 43, 45, 46, 48, 49,55-57,59, 61-64, 66-69,71-74, 77, 87, 119, 120-123, 125-127, 141, 142, 194, 200-202, 207, 225, 228, 229
カヤパ　Caïphe　129
カルヴィーノ，イタロ　Calvino, Italo　172
カルロ＝アルベルト　Carlo Alberto　132, 133, 138, 139
カロン，アントワーヌ　Caron, Antoine　70
ガンス・アベル　Gance, Abel　62-64, 122, 200
カントレル，マチアス　Canterel, Mathias　135, 188
ガンボー，ルイ　Guimbaud, Louis　78
ギトリー，サシャ　Guitry, Sacha　166
キートン，バスター　Keaton, Buster　170
ギョーム，ポール　Guillaume, Paul　108, 216, 218, 225
ギル，ルネ　Ghil, René　218
金の白野牛　Bison blanc d'or　43, 55-59, 61, 62, 67-69, 71, 72, 77, 152, 153, 200, 201
グラディーヴァ　Gradiva　20, 23, 26, 29, 30, 3, 45, 141
クレール，ルネ　Clair, René　161
黒澤　明　Kurosawa, Akira　172
クロソウスキー，ピエール　Klossowski, Pierre　132
クローデル，ポール　Claudel, Paul　19, 55, 59, 172, 217
ケプラー，ヨハネス　Kepler, Johannes　49
コクトー，ジャン　Cocteau, Jean　165, 218, 222, 223
コシュフェール（警察官）　Cochefert, policier　210, 212
ゴダール，ジャン＝リュック　Godard, Jean-Luc　161
ゴメス・デ・ラ・セルナ，ラモン　Gomez de la Serna, Ramon　172
コルデー，シャルロット　Corday, Charlotte　208
ゴンザグ＝フリック，ルイ・ド　Gonzague-Frick, Louis de　216-218
ゴンブローヴィッチ，ヴィトルド　Gombrowicz, Witold　156, 169

サ行

サヴィニオ，アルベルト（アンドレア・デ・キリコの偽名）　Savinio, Alberto, pseudonyme d'Andrea de Chirico　108, 109
サド侯爵，ドナシアン・アルフォンス・フランソワ　Sade, Donatien Alphonse François, marquis de　172
サドゥール，ジョルジュ　Sadoul, Georges　20, 23
サムソン　Samson　39, 41, 61
サルトル，ジャン＝ポール　Sartre, Jean-Paul　172
サルマン，ジャン　Sarment, Jean　58
サン＝ゴバン夫人（「黒い森」）　Madame de Saint-Gobain, « Forêt-Noire »　49, 52
サンソン，ジャン＝ポール　Samson, Jean-Paul　65
サン＝テグジュペリ，アントワーヌ・ド　Saint-Exupéry, Antoine de　169
サンドラール，ブレーズ　Cendrars, Blaise　222, 223
シェイクスピア，ウィリアム　Shakespeare, William　171, 172, 217
ジオノ，ジャン　Giono, Jean　165
シクロフスキー，ヴィクトル　Chklovski, Viktor　166
シゲティ，ヨーゼフ　Szigeti, Joseph　208
ジッド，アンドレ　Gide, André　17, 169
シーブルック，ウィリアム・B　Seabrook, William B.　69
ジャコブ，マックス　Jacob, Max　18, 218
ジャック・ドール（ヴァシェの偽名）　Jacques d'Or, pseudonyme de Vaché　57, 58, 69, 200
ジャニコ，クリスチャン　Janicot, Christian　165, 166
ジャネ，アルマン　Janet, Armand　39
シャルル6世　Charles VI　136, 141
シャルル9世　Charles IX　69, 70
シャンビージュ（殺人者）　Chambige, assassin　33, 130, 132, 133, 138, 141

十字架に掛けられたもの　Le Crucifié　132, 133, 136
ジューベール，アラン　Joubert, Alain　63
シルセト（「帰依」）　Circeto　53, 81, 84, 86
スウィフト，ジョナサン　Swift, Jonathan　19, 154
スタイン，ガートルード　Stein, Gertrud　172
スターンバーグ，ジョゼフ・フォン　Sternberg, Josef von　161
スーポー，フィリップ　Soupault, Philippe　51, 55, 59, 63, 117, 119, 122, 123, 125, 126, 149, 201, 202, 222
スラッジ（霊媒）　Sludge, médium　112
セリーヌ，ルイ＝フェルディナン　Céline, Louis-Ferdinand　169
ソクラテス　Socrate　177
ソフォクレス　Sophocle　172
ソレイヤン，アルベール　Soleilland, Albert　208

タ行

ダヌンツィオ，ガブリエーレ　D'Annunzio, Gabriele　172
ダリ，サルバドール　Dali, Salvador　94
タリアフェッロ，マグダ　Tagliafero, Magda　208
ダリラ　Dalila　41, 61, 65
タンギー，イヴ　Tanguy, Yves　106, 108
ダントン，ジョルジュ＝ジャック　Danton, Georges-Jacques　135
チャールズ１世　Charles Ier　68, 141, 200
チョーサー，ジェフリー　Chaucer, Geoffrey　172
ツァラトゥストラ　Zarathoustra　136, 139
ツヴァイク，ステファン　Zweig, Stefan　172
ディオニュソス　Dionysos　129, 132, 133, 140, 141
ディヴォワール，フェルナン　Divoire, Fernand　218
ティリオン，アンドレ　Thirion, André　20, 50, 194
ティリオン，カティア　Thirion, Katia　20, 50
デ・キリコ，アンドレア　De Chirico, Andrea　108, 109
デ・キリコ，ジョルジョ　De Chirico, Giorgio　104, 106, 108, 109, 112, 114, 138-140, 154, 194, 196, 215-218, 222, 225, 227, 228
テスト氏　Monsieur Teste　227
デストレ，ガブリエル　D'Estrées, Gabrielle　43
デスノス，ロベール　Desnos, Robert　19, 103, 154
デュカス，イジドール　Ducasse, Isidore　122, 208-210, 223
デュカス，ステファヌ　Ducasse, Stéphane　45, 46, 48, 49, 51, 52, 194
デュシャン，マルセル　Duchamp, Marcel　29, 30, 94, 96-98, 122, 125, 126, 212,
デュブルーユ，ジョルジナ　Dubreuil, Georgina　55, 59
デュラス，マルグリット　Duras, Marguerite　161
デルテイユ，ジョゼフ　Delteil, Joseph　214
ドゥジャン（サーカス）　Dejean, cirque　53
ドゥーセ，ジャック　Doucet, Jacques　192
ドゥルーズ，ジル　Deleuze, Gilles　159, 161, 162
ドス・パソス，ジョン　Dos Passos, John　165
ドーデ，アルフォンス　Daudet, Alphonse　33, 51, 129-132, 137, 138, 142, 199
ドーネー，レオニー　D'Aunet, Léonie　77, 78, 81, 86, 87, 122, 141, 206, 207
ドミンゲス，オスカル　Dominguez, Oscar　78, 80
ドーラ，ピエール　Daura, Pierre　41
ドライヤー，カール　Dreyer, Carl　161
ドラエ，エルネスト　Delahaye, Ernest　136
ドラン，アンドレ　Derain, André　17, 30,32, 65, 224
ドレ，エティエンヌ　Dolet, Étienne　154
トロップマン，ジャン＝バティスト　Troppman, Jean-Baptiste　208

ナ行

ナジャ，レオナ　Nadja, Léona　26, 32, 93, 122, 123, 125
ナポレオン１世　Napoléon Ier　208

ナポレオン3世　Napoléon III　104, 106, 108, 114
ニーチェ，フリードリヒ　Nietzsche, Frédéric　11, 12, 18, 32, 33, 50, 51, 127, 129-133, 135, 136, 138-142, 156, 159, 179, 199, 228
ヌーヴォー，ジェルマン　Nouveau, Germain　19, 33
ヌージェ，ポール　Nougé, Paul　207, 209
ヌーシュ　Nusch　20
ネルヴェル，ジェラール・ド　Nerval, Gérard de　51, 156
ノジエール，ヴィオレット　Nozières, Violette　48
ノルデ，エミール　Nolde, Emil　74
ノワール，ヴィクトル　Noir, Victor　208

ハ行

バイロン卿　Byron, Lord　208
パスカル，ブレーズ　Pascal, Blaise　131, 208
パゾリーニ，ピエル・パオロ　Pasolini, Pier Paolo　172
バタイユ，ジョルジュ　Bataille, Georges　132-136, 141, 142, 156, 170-171
パディウー，アニー　Padiou, Annie　18, 26, 32
パニョル，マルセル　Pagnol, Marcel　165, 166
ハリー・ジェイムズ（ヴァシェの偽名）　Harry James, pseudonyme de Vaché　66, 103, 104, 152, 153, 194
ハールマン（ハノーファーの屠殺人）　Haarman, « le boucher de Hanovre »　208
バレス，モーリス　Barrès, Maurice　19
バロウズ，ウィリアム　Burroughs, William　169
ビアール，フランソワ　Biard, François　77, 79
ビアール夫人，レオニー・ドーネー　Biard, Léonie d'Aunet, Madame　77, 78
ビイ，アンドレ　Billy, André　170
ピエール・ド・マンディアルグ，アンドレ　Pieyre de Mandiargues, André　61, 201
ピカソ，オルガ　Picasso, Olga　29, 50
ピカソ，パブロ　Picasso, Pablo　29, 50, 104, 224
ピカビア，フランシス　Picabia, Francis　94, 97, 166, 196
ビスマルク，オットー・フォン　Bismarck, Otto, prince von　129
ビゼー，ジョルジュ　Bizet, Georges　131
ヒッチコック，アルフレッド　Hitchcock, Alfred　161
ファージュ，アルバン　Fage, Albin　132
ファルグ，レオン＝ポール　Fargue, Léon-Paul　218
フェガ，ジャン　Fegha, Jean　215, 216
フェリーニ，フェデリコ　Fellini, Federico　161
ブーグロー，ウィリアム・アドルフ　Bouguereau, William Adolphe　222
ブニュエル，ルイス　Buñuel, Luis　161, 171
ブラウニング，ロバート　Browning, Robert　112
ブラカ（騎士）　Blacas, chevalier de　50
プラス，ジャン＝ミシェル Place, Jean-Michel　69
プラド（殺人者）　Prado, assassin　130, 132-134, 138
プラトン　Platon　96, 122, 177
フラマリオン，カミーユ　Flammarion, Camille　218, 224
ブラン，イジドール　Blanc, Isidore　23, 37, 39
ブランヴィリエ侯爵夫人　Brinvilliers, marquise de　208
フランケル，テオドール　Fraenkel, Théodore　125
フーリエ，シャルル　Fourier, Charles　117
フリードリヒ・ヴィルヘルム4世　Frédéric-Guillaume IV　140
ブルクハルト，ヤーコプ　Burckhardt, Jacob　32, 33, 129, 132, 133, 139
プルースト，マルセル　Proust, Marcel　156, 159, 167, 179, 188
ブールドー，ジャン　Bourdeau, Jean　139
ブルトン，アンドレ　Breton, André　11, 12,17-20, 23, 26, 29, 30, 32, 33, 36, 37, 39, 41, 43, 45, 48-52, 55-59, 61-69, 71, 72, 74, 77, 78, 81, 84, 87, 89, 91-94, 97, 98, 101-104, 106, 108-110, 112-114, 117, 119, 121-123, 125-127, 129, 133, 135-138, 140-142, 149-156, 192, 194, 199-202, 206-208, 210, 214-218, 222-225, 227, 228

ブルトン，エリザ　Breton, Élisa　51, 119
ブルトン，オーブ　Breton, Aube　26, 37, 55, 155
ブルム，レオン　Blum, Léon　78
ブレッソン，ロベール　Bresson, Robert　171
フロイト，ジグムント　Freud, Sigmund　11, 20, 29, 30, 33, 103, 129, 172, 179, 214
プロタゴラス（ソフィスト）　Protagoras, sophiste　177
フローベール，ギュスターヴ　Flaubert, Gustave　165
ブロンテ，エミリー　Brontë, Emily　165
ヘーゲル，フリードリヒ　Hegel, Friedrich　23, 36, 37, 126, 161
ベズノス，ファニー　Beznos, Fanny　18, 26, 32
ペニョー，コレット　Peignot, Colette　133
ベルグソン，アンリ　Bergson, Henri　12, 91-9, 96-98, 156, 159, 161, 162, 167, 171, 179, 187, 188
ベルティヨン，アルフォンス　Bertillon, Alphonse　210
ベルトン，ジェルメーヌ　Berton, Germaine　48
ベルル，エマニュエル　Berl, Emmanuel　52
ペレ，バンジャマン　Péret, Benjamin　84, 151, 166
ベレン（ネリー・カプランの偽名）　Belen, pseudonyme de N. Kaplan　47, 49, 74, 126, 141, 142,
ホークス，ハワード　Hawks, Howard　161
ボッカチオ　Boccace　172
ボードレール，シャルル　Baudelaire, Charles　32
ボナ，レオン　Bonnat, Léon　216
ボネ，マルグリット　Bonnet, Marguerite　112
ボファ，ギュス　Bofa, Gus　151
ポーラン，ジャン　Paulhan, Jean　18, 222
ポルティ，ジョルジュ　Polti, Georges　218
ホロヴィッツ，ウラジミール　Horowitz, Wladimir　208

マ行

マイゼンブーク，マルヴィダ・フォン　Meysenbug, Malwida von　130-131
マグダラのマリア　Marie-Madeleine　132
マグリット，ルネ　Magritte, René　114
マックス，ガブリエル・コルネリウス・フォン　Max, Gabriel Cornelius von　74
マッソン，アンドレ　Masson, André　132, 135
マッタ　Matta　29, 30
マヤコフスキー，ウラジミール　Maïakovski, Vladimir　166
マラルメ，ステファヌ　Mallarmé, Stéphane　17, 5, 48-50, 62, 64, 137
マルクス・ブラザース　Marx Brothers　169
マルコーニ，グリエルモ　Marconi, Guglielmo　203
マルタン・デュ・ガール，ロジェ　Martin du Gard, Roger　172
マルテル，アンドレ＝エドゥアール　Martel, André-Edouard　39
マン・レイ　Man Ray　94, 104
三ツ星の夫人（「帰依」）　Madame Trois Étoiles, « Dévotion »　48, 49, 53
ミュザール，シュザンヌ　Muzard, Suzanne　52
ミレディー・ド・ウィンター　Milady de Winter　68, 69
ミロシュ，O・V・ド・L　Milosz, O. V. de L.　217
メーテルリンク，モーリス　Maeterlinck, Maurice　122, 217
メリュジーヌ　Mélusine　50, 52
モードーント　Mordaunt　68
モニエ，アドリエンヌ　Monnier, Adrienne　218
モロー，ギュスターヴ　Moreau, Gustave　43

ヤ行

ユゴー，ヴァランティーヌ　Hugo, Valentine　20, 29, 78
ユゴー，ヴィクトル　Hugo, Victor　77, 78, 87, 122, 206, 207, 212

ラ行

ラヴァショル　Ravachol　207
ラザロ　Lazare　132
ラシーヌ，ジャン　Racine, Jean　217
ラシルド夫人　Rachilde, Madame　216, 218

ラフィット，ポール　Laffitte, Paul　222
ラフカディオ　Lafcadio　137
ラ・モット・フーケー，フレデリック＝アンリ＝シャルル・ド　La Motte-Fouqué, Frédéric-Henri-Charles de　71
ラ・ロシュフーコー公爵　La Rochefoucauld, duc de　208, 209
ラロンド，カルロス　Larronde, Carlos　217, 218
ラング，フリッツ　Lang, Fritz　161
ランジエル，ランスロ　Lengyel, Lancelot　77
ランバ，ジャクリーヌ　Lamba, Jacqueline　26, 32, 135, 141, 155
ランボー，アルチュール　Rimbaud, Arthur　11, 17-20, 23, 26, 29, 32, 33, 36, 47-52, 56, 64, 67, 81, 84, 87, 122, 126, 129, 136-138, 142, 156, 194, 201, 227, 228
ランボー，イザベル　Rimbaud, Isabelle　19
ランボー，ヴィタリー（ランボーの母）　Rimbaud, Vitalie, mère de Rimbaud　19
リアブーフ，ジャック　Liabeuf, Jacques　207
リスタ，ジョヴァンニ　Lista, Giovanni　138
リュミエール兄弟　Lumière, les frères　203
ルーセル，レーモン　Roussel, Raymond　167, 188, 227
ルソー，アンリ（税官吏）　Rousseau, Henri, le Douanier　43
ルソー，ジャン＝ジャック　Rousseau, Jean-Jacques　149, 156
ルノワール，ジャン　Renoir, Jean　161, 166
ルル（軽業師）　Lulu, gymnaste　53, 81, 84, 86, 228
レセップス子爵，フェルディナン・マリー　Lesseps, Ferdinand Marie, vicomte de　130, 132, 133
レトワール（探偵）　Létoile, détective　51
レネ，アラン　Resnais, Alain　161
レリス，ミシェル　Leiris, Michel　69, 70, 166
ロートレアモン伯　Lautréamont, comte de　33, 52, 61, 117, 121, 122, 125-127, 154, 194, 201, 202, 208, 223, 227-229
ロビラント伯　Robilant, comte　130, 132, 138
ロブ＝グリエ，アラン　Robbe-Grillet, Alain　161
ロメール，エリック　Rohmer, Éric　161
ロラン，ジャン　Lorrain, Jean　210, 211
ロール（コレット・ペニョーの偽名）　Laure, pseudonyme de Colette Peignot　133, 141
ロルド，アンドレ・ド　Lorde, André de　207
ロワセ（サーカス）　Loisset, cirque　81, 84

ワ行

ワーグナー，リヒャルト　Wagner, Richard　131

地名索引

ア行

アシュビー　Ashby　29

アマゾン河　Amazone, fleuve　47, 194

アルゼンチン　Argentine　198

アンゴの館　Ango, manoir d'　78, 154

偉人ホテル　Grands Hommes, hôtel des　151, 154, 217

ヴェスヴィオ火山　Vésuve　30

ヴェルサイユ　Versailles　112

ヴェルドン（川、峡谷）　Verdon, rivière, cañon, gorges du　23, 26, 36, 37, 39, 41, 46, 49, 50, 87, 194, 228

ヴュー＝コロンビエ通り　Vieux-Colombier, rue du　222

エヴァーリンガム　Everingham　29

エレウシス　Éleusis　51

オロタヴァの谷　Orotava, vallée de la　89, 92

カ行

カステラーヌ　Castellane　23, 26, 39, 50

ガスペジー　Gaspésie　50, 87

カナリア諸島　Canaries　81, 89, 91, 135

カリニャーノ宮　Calignano, palazzo　139

カルチェ・ラタン　Quartier Latin　103

カルロ＝アルベルト広場　Carlo-Alberto, piazza　133

クロズリ・デ・リラ　Closerie des Lilas　225

紅海　Rouge, mer　175

サ行

サハラ　Sahara　141, 199

サムソン回廊　Samson, couloir　39

サン＝シルク・ラ・ポピ　Saint-Cirque La Popie　36, 37,41, 87, 119

サン＝トゥーアンの蚤の市　Saint-Ouen, puces de　18, 26

サン＝ミシェル大通り　Saint-Michel, boulevard　101

シャトー街　Château, rue du　20

シュヴァルツバルト（黒い森）　Forêt Noire　19, 45, 52

シュトゥットガルト　Stuttgart　49

信心の山〔ブルトンの詩集の題名〕　Mont de piété　17, 18, 227

崇高点　Point sublime　23, 26, 29, 36, 37, 39, 41, 43, 46, 49, 50, 52, 53, 86, 87, 119, 121, 127, 194, 196, 200

スカーボロー　Scarborough　29

ストックホルム　Stockholm　84

スピッツバーグ　Spitzberg　77, 81, 87, 122

セーヌ川　Seine, fleuve　117, 121, 122, 125, 132, 202

ソマリア　Somalie　183

タ行

チネチッタ　Cinecittà　189

テイデ山頂　Teide, pic du　81, 84, 87, 89, 92, 93

テネリフェ島　Tenerife, île de　81, 84, 87, 89, 93

トリノ　Turin　32, 132, 133, 138, 139, 141

トレド　Tolède　81

トロイ　Troie　155

ナ行

七重奏の丘　Septuor, colline de　45, 46, 48

ナント　Nantes　17, 18, 26, 32, 56, 87, 93, 101, 112, 113, 151, 153, 207

ニューヨーク　New York　104, 169

ネヴァダ砂漠　Névada, désert du　104, 106, 108, 110, 194

ハ行

バウー（川および滝）　Baou, torrent et saut du　11, 17, 20, 23, 26, 29, 32, 33, 36, 37, 41 45-47, 49, 50-53, 77, 86, 121, 126, 137, 142, 194, 196, 228

バウー・ベニ　Baou béni　26
バクー　Bakou　47
バトナ　Batna　212
ハラール　Harrar　19
パ　リ　Paris　53, 65, 66, 98,101, 103, 112-114, 138, 151, 153, 192, 194, 210
ハリウッド　Hollywood　169, 170, 189
バルセロナ　Barcelone　19, 94
パンタン　Pantin　208
パンテオン広場　Panthéon, place du　151, 217
日の出ホテル　Levant, hôtel du　23, 39, 50
ブエノスアイレス　Buenos Aires　45, 47, 141, 142, 169
フォンテーヌ街　Fontaine, rue　52, 71, 74
プラトリエール通り　Plâtrières, rue des　192, 210, 212
フランス・ホテル　France, hôtel de　101, 109
ブルーセー病院　Broussais, hôpital　101, 103
プロセ公園　Procé, parc de　87
ベチューヌ　Béthune　68, 69
ペルー　Pérou　201
ベルヴィル界隈　Belleville, quartier　210
ボカージュ通り　Boccage, rue du　102
ボスニア　Bosnie　183
ボツァリス通り　Botzaris, rue de　210
北海　Nord, mer du　17, 29, 30, 53
ボナヴァンチュール島　Bonaventure, île　119
ポーランド　Pologne　169

マ行

マルセーユ　Marseille　33, 50, 133, 199
ムスティエ＝サント＝マリー　Moustier-Sainte-Marie　26, 29, 50, 142
メニルモンタン　Ménilmontant　210, 212
モーレ・アントネリアーナ　Mole Antonelliana　138-142, 228

ラ行

ラ・ボエシー通り　La Boétie, rue　106, 108, 225
リヴォリ通り　Rivoli, rue de　63, 71, 87
リオデジャネイロ　Rio de Janeiro　169
リシュリュー通り　Richelieu, rue de　65
ル・マンの森　Mans, forêt du　136
ルーゴン　Rougon　37, 39, 41
ルワンダ　Rwanda　183
ロシェ・ペルセ　Rocher Percé　50, 87
ロット河　Lot, rivière　37
ロワール川　Loire　112, 114, 153, 194
ロンドン　Londres　33

日付索引

79年8月24日　30
999年　94
紀元1000年　94
1649年1月30日　68
1713年　11, 156
1798年　139
1839年　77
1844年10月15日　140
1845年　77, 78, 81
1848年　29
1851年　81
1854年　81
1860-1870年　81
1863年　139
1870年7月　53
1874年　19
1874年3月25日　33
1874年8月　29
1875年　19, 136
1877年　81, 84
1878年　139
1882年　29
1888年　130, 131
1888年10月15日　140
1888年10月18日　139
1888年11月4日　140
1888年11月13日　140
1888年11月18日　131
1888年12月29日　139, 140
1889年　96, 141, 199
1889年1月3日　132
1889年1月4日　129
1889年1月6日　32, 33, 129, 136, 138, 199
1892年　210
1895年　101, 167, 176
1895年9月7日　43, 57, 110
1896年　35, 91
1896年2月18日　155
1896年2月19日　41, 155
1898年　39
1900年　93
1900年12月　192, 210
1900年12月22日　210
1901年1月12日　212
1901年1月29日　210
1901年1月30日　212
1903年5月　212
1903年6月21日　192, 212, 214
1905年8月　39
1911年　138,　141
1911年5月29日　97
1912年から1915年　30, 96, 212
1913年　96, 123, 138
1914年　106, 108, 109
1915年　18, 106
1915年9月25日　113, 114
1916年　102
1916年1月1日あるいは2日あるいは3日　17
1916年2月11日　18
1916年2月19日　18, 26
1916年9月30日　113
1917年　106, 170
1917年3月23日　17
1917年4月29日　113
1917年6月　103
1917年6月4日　113
1917年6月23日　102, 103
1917年11月　227
1918年　49, 52, 109, 110, 112, 151
1918年夏　18, 227
1918年6月-7月　17
1918年6月18日　17
1918年7月　126

1918年8月　217
1918年8月3日　18
1918年10月　217
1918年11月　138, 222, 225, 227
1918年11月3日　215, 222, 225
1918年11月4日　217
1918年11月8日　224
1918年11月9日　224
1918年11月10日　216-218, 224-226
1918年11月21日　192, 214, 217
1918年12月　199, 218
1919年　50, 57, 59, 61, 93, 152, 154, 196, 199-201
1919年1月6日　43, 68, 101, 103, 109, 110, 137, 138, 199
1919年1月13日　68, 119, 151, 207
1919年1月16日　149, 194
1919年1月19日　101
1919年1月末　68, 192, 214
1919年はじめ　149
1919年5月　223
1919年8月　113
1920年　51, 125, 214
1920年1月　109
1919年2月　223
1919年5月　125
1919年5月26日　125
1919年6月　223
1919年8月　101, 103
1921年　30
1921年1月15日　192
1922年　104, 112
1922年1月16日　32, 65
1922年2月　223
1922年3月　106, 138
1922年9月30日　103
1922年11月17日　19, 94
1923年　98, 101, 153, 199, 200, 218
1923年8月19日　155
1923年8月26日　32
1923年11月　112
1924年　101-104, 106, 108-110, 112, 113, 153, 196, 199, 200, 215
1924年6月8日　67, 68
1924年8月　19
1924年10月　101
1924年12月　101, 104, 106
1925年　97
1925年1月9日　214
1925年1月10日　155
1925年4月　223
1925年7月　225
1926年　93
1927年　125
1927年3月　223
1927年8月　78
1927年10月　207
1927年12月27日　52
1928年　39, 52
1929年　136
1929年10月　170
1929年末　37, 39
1929年12月　70, 114
1930年　19, 20, 33, 39, 55, 98, 112, 137, 208
1930年4月10日　69
1930年4月12日　69
1930年9月11日　208
1930年10月　32, 129
1931年　20, 26, 36, 52
1931年4月21日　39, 65
1931年8月　23, 26, 37, 50
1931年8月22日　23
1932年8月　20, 23, 26, 36, 50
1932年8月15日　29
1932年8月16日　20, 23, 26, 29, 30, 36, 41, 50,77, 194
1933年2月5日　94
1933年3月9日　37
1934年　30, 97, 155
1934年5月29日　32, 155
1935年5月　89
1935年7月　110
1935年8月16日　30
1936年　26, 37, 132
1936年2月19日　155
1936年秋　36, 155

1937年　30, 194
1937年2月7日　78, 106, 207
1937年10月　33
1937年10月9日　32, 129
1938年　106, 125, 138, 169
1938年11月8日　133
1939年　106, 132
1939年1月3日　132
1940年　32
1940年12月　33, 133, 136, 141, 199
1941年　156
1941年8月　104
1944年　50, 52, 171
1945年　106, 108
1945年7月　106, 110
1946年　20, 30
1947年　29, 30, 48, 121, 194, 196
1947年9月26日　110
1948年　101, 102, 106
1948年2月24日　156
1949年　32
1950年　37, 84, 106, 215
1951年9月　37
1951年9月3日　37, 119
1952年春　26, 155
1953年12月1日　106
1954年　77
1954年6月　201
1955年2月18日　55, 59, 63, 77
1955年2月21-26日　55
1955年12月8日　202
1956年　71, 196, 200
1956年3月17日　55, 59, 62, 63
1956年4月11日　55, 56, 57, 62, 63, 71
1956年4月11-12日　43, 55-57, 59, 62, 63
1956年4月12日　56, 59
1956年12月17日　62
1956年12月31日　62, 64
1957年　20, 61, 71, 125, 199-201
1957年1月2日　71
1957年1月4日　65, 66
1957年1月5日　64, 65
1957年1月6日　43, 55-57, 61, 64, 66, 68, 71, 72, 87, 119, 141, 199, 207
1957年1月27日　77, 228
1957年春　119
1957年4月10日　71
1957年4月11日　71
1957年5月25日　71
1957年夏　123
1957年7月14日　71, 72
1957年7月15日　71-74
1957年7月30日　117
1962年12月10日　61, 201
1966年8月16日　41
1966年10月6日　224
1966年末　41
1967年　184
1967年1月6日　43
1971年　194
1979年　169
1985年　161
1989年　194
1991年4月　45
1991年4月8日　43
1991年4月24日　43
1991年4月25日　43
1992年1月12日　71
1997年　184
2014年　169
2016年10月15日　288

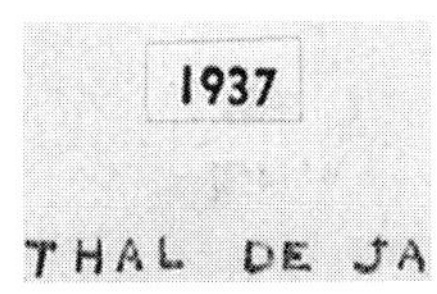

ジョルジュ・セバッグへのインタビュー

鈴木雅雄

グループとのコンタクト

鈴木雅雄（以下 MS）――今回はあなたのお仕事を日本の読者に紹介する機会を得て，たいへん嬉しく思っています。あなたの本は，シュルレアリスムについてまったく新しいヴィジョンを与えてくれるというだけではなくて，歴史上の運動としてのシュルレアリスムが発見したり発明したりしたものにあらたな有効性を付与して，機能させるような仕事だからです。『崇高点』は間違いなく，こうした意味でもっとも特徴的な刊行物の一つでしょう。

この機会を利用して，あなたがこれまでやってきたことの全体像を，読者に伝えられればと思います。あなたはシュルレアリスム・グループのメンバーだったわけですが，グループの元メンバーがそうしがちであるように，自分はシュルレアリストだったからシュルレアリスムを理解しているといういい方は決してされませんね。しかしむしろだからこそ，私としては他のシュルレアリストたちとあなたの関係がどのようなものだったか，知りたいと思うのです。はじめはどのようにグループとコンタクトを取ったのでしょうか。

ジョルジュ・セバッグ（以下 GS）――ソルボンヌで勉強をはじめたころ，すでにアンドレ・ブルトンの主要な著作はほぼすべて読んでいましたが，だからといってグループに加わろうといった考えが頭に浮かぶことはありませんでした。グループにコンタクトすることを示唆してくれたのはある友人だったのですが，それは映画愛好家（シネフィル）だった彼が，すでにジェラール・ルグラン[1]とつながりがあったからです。そしてあるとき私たちは一歩を踏み出し，ブルトンに手紙を書いたというわけです。

グループに入るために，私は一種の保証となるものを持って行きました。それは『アレテイア』[2]という雑誌に発表されたばかりの，レーモン・ルーセルに関する記事でした。シュルレアリスムに対する私の関心を知らせるためのわかりやすい方法だったのです。会合場所のカフェでは，そこにいた大部分の人たちと，とてもスムースに打ち解けましたね。この時期，というは1964年の話ですが，ボーブール広場のすぐ近くのサン＝マルタン通りに住んでいたので，当時グループの会合が開かれていたカフェである「女神の散歩道（プロムナード・ド・ヴェニュス）」のあるレ・アールの界隈とも近かったのです。日曜日以外は夕方の5時か5時半以降，ほとんど毎日通っていました。最初にやって来るうちの一人はブルトンでしたね。少なくとも10人から12人くらいがいて，土曜日にはもっとふえるのです。クリスマスや復活祭のころには，地方の人たちもやって来ますから。

MS――その時期に，グループ内で一番親しかったのは誰ですか。

GS――ジャン＝クロード・シルベルマン〔1935-〕やホルヘ・カマチョ〔1934-2011〕，ジャン・ブノワ〔1922-2010〕といった画家たちとはとても親しくしていました。アニー・ル・ブラン〔1942-, 作家，批評家〕やアラン・ジューベール〔1940-, 詩人，作家〕，それにいつでも精力的なロベール・ベナユーン〔1926-1996, 作家，映画評論家〕とも仲よくしていましたし，ジャン・シュステル〔1929-1995, 批評家〕のようなリーダーたちともそうでした。それであるテクストを渡したところ，それはすぐに『突破口』[3]に掲載されたのです。

グループの終わりなど，雑報欄の記事にすぎない

MS――しかしブルトンの死後，シュステルやその他幾人かが，活動の端的な終結というのではないにしろ，その様式を変えることを選択したとき，その方向性に同調はされませんでしたね。

GS――グループに加わったころ，私は大学で，「中立性［＝無関心］（アンディフェランス）」という問題について，哲学の論文をまとめる準備をしていたのですが，この概念が，いくらかは私のグループ内での位置を表していたというわけです（笑）。戦闘的な態度に対しては，批判的な距離を取っていました。自分がシュルレアリストでありそれ以外の何ものでもないことを，行動によって示そうとする人たちもいましたが，私は違ったのです……　ですから『クリティック』誌にゴンブローヴィッチに関する記事を発表したりもしました。個人的には，誰ともいい関係を保っていたのですが。

ブルトンの死までは，万事かなりうまくいっていました。1966年夏のスリジーでのシンポジウム[4]のころは，グループ内に一定の均質性があったとさえいえます。それから『アルシブラ』[5]の時期がやって来ます。ええ，私もそこに，ゴンブローヴィッチやドゥルーズに関する文章を書きました……

68年の5月は，ブルトンとグループ全体が着想した「絶対の偏差」というシュルレアリスム精神を強固にするものだったと，私は思います。それに先立つ1965年12月，シュルレアリスム国際展に際しては，シャルル・フーリエの思想と日常生活批判という発想が強調されていました。ですからシュルレアリスム・グループは，マルクス主義や純粋に政治的な精神状態とは距離を取っていたわけです。しかし逆説的なことに，68年5月以後，グループはうまくいかなくなってしまいました。68年5月は持続することのできない特権的な瞬間でした。そして似たような何かがグループのなかでも生じたのです。グループの終わりは，68年5月が時間的に

は延長されえなかったことと符合するものだと思うのです。

もはやグループのなかには，発見も発明もありませんでした。おそらく私たちが，生じたばかりの事態をうまく取り入れられなかったからなのでしょう。解散のあとで，ヴァンサン・ブーヌール(6)はグループの終結に関するアンケートを実施しました。それに私はこう答えたのです。「グループの終わりなど，雑報欄の記事にすぎない」のだと。

ブランショ，ヴィリリオ，ペレック

MS――ですが68年の5月には，おそらく他にも出会いがあったのではないですか。

GS――ええ，もちろん。たとえば学生・作家行動委員会ではモーリス・ブランショに会いました。ブランショはあまり話しませんでしたね。私は『レットル・ヌーヴェル』誌に学位論文の一章を，「ブランショ，中立性」というタイトルで掲載したのですが，出会ったときすでに，彼は私の論文を知っていました。委員会の会合は頻繁で，一日おきくらいだったでしょうか。雑誌の方の『委員会』にも記事を書きました。他の記事同様に匿名でしたけれど。この時期に，私はリセで哲学を教えはじめたのです。パ＝ド＝カレー県で3年，パリ郊外で2年，それからエタンプ〔パリ近郊の町〕にやって来ました。でもこの期間も，いろいろな形で自分の考えを表現しようとは試みていましたが。

MS――ええ，シュルレアリスム以外でも，たとえば「クワンド Quando」の試みのような活動をされていましたね。

GS――クワンドを作ったときは，1968年5月に行動委員会で知りあった，マルク・ピエレ〔1929-, 小説家〕やジャック・ベルフロワ〔1935-, 小説家〕といった友人たちに呼びかけました。1973年以後，時間の観念は私にとって，ますます重要なものになっていきましたが，そこからクワンドのアイディアが生まれたのです。翌年にはポール・ヴィリリオ，次いでジョルジュ・ペレックとの出会いがありました。彼らは『共同の大義 Cause commune』(7)という雑誌に誘ってくれて，私は二つのテクストを発表したのですが，そのつながりで私の方も，この計画に参加してくれないかと彼らに依頼したわけです。いろいろ事情があって，ペレックは協力してくれることはできませんでしたけれど。

MS――ペレックとのご関係はまったく知りませんでした。でもたしかに，言語とか時間といったあなたの考察の軸は，ペレックにとっても本質的な問題ですね。

GS――ええ，そうです。それにペレックは，著作のなかで私の最初の本である『日常のマゾヒズム』を引用してくれているんですよ。この本のときから私は，日

常生活における時間性の概念を掘り下げようとしていましたから。

日常性，すなわち朝から晩まで常に更新されていく日常的時間性は，マゾヒズムによって構造化されているというのが，その本の中心的な考え方です。一般的な次元でいうと，私はすぐに，権力とか支配といった概念はすべて放棄すべきだと考えるようになりました。問題は，上から支配するサディズムではなく，下から支配するマゾヒズムなのです。そういうわけでクワンドでは，時間の問題を扱う必要を強調したのです。

MS――時間という概念が常に中心にあったわけですね。

GS――そういうことです。私はジューベール，ピエレ，ヴィリリオを誘って，『執行猶予つきの 8 カ月』と題されることになる集団的な日記帳を作り，1978 年の 8 カ月に起きることを予想するという遊びをやってみました。時間の先取りという問題については，私は 1977 年にジャン・ボードリヤールの雑誌『トラヴェルス』のために記事を書いたのですが，それは結局この雑誌ではなく，『時間の咬み傷』に収録されています。私はそこで一つのカレンダーを兼ねた一覧表を作ったのですが，それには時系列的な時間はまもなく終結し，一種の無線的時間がこれに取って代わるだろうという見通しがはっきり示されています。1977 年すでに私は，時間という次元を再考する必要を感じ取っていました。この予感はそれ以後，十分に証拠立てられてきたわけです。

ですから『無線的時間』は，日常的時間の修正実験の描写であるといえますね。そこには朝も昼も夜もありません。この表を見ると 80 年代のはじめには，もはや昼間の終わりごろの光しか知覚できなくなっているわけです。時間性についてのこうした理解は，その後シュルレアリスムを考えるなかで，大きな助けになってくれました。

モチーフの一貫性，シュルレアリスムへの回帰

MS――『日常のマゾヒズム』に含まれる次のような一節を読むと，あなたの問題系の一貫性には本当に驚かされます。

> ここで重要なのは，革命的な道を見つけることではない。日常的なものの革命は，たしかに日常のマゾヒズムの破壊を通してなされねばならないが，理論的解明の力によって遂行されはしないからだ。理論にできるのは，せいぜい脱神話化し，関心を逸らすことだけである。
>
> 能動的思考は行為者自身によって発見される必要がある。それはまた伝播するものでもある。能動的思考は未来を予期することはあるのだが，今度はその

実験によって不意を突かれることになる。[8]

マゾヒズムとは，必要な変更を加えるならば，あなたが『崇高点』のなかで「メディア化された持続」あるいは「物質化された持続」と呼んでいるところのものだし，「能動的思考」とはほぼ「オートマティックな持続」に対応するものだと思います。ところであなたは「無線的時間」という表現を使われますが，これは当然ブルトンの表現を思い起こさせますね。でも 70 年代にはまだ……

GS――ええ，当時私は，この点にまったく気づいていませんでした。ブルトンが『現実僅少論序説』で展開した議論に注目したのは，ずっとあとになってからのことなのです。『無線的時間』のなかには，シュルレアリスムへの参照は事実上ありません。

MS――『口にできない私が生まれた日』の刊行以後は，哲学的な著作のなかでも，はっきりとシュルレアリスムに言及されるようになりましたね。シュルレアリスムに関するお仕事は，なぜ，どのようにして再開したのですか。

GS――まあ要するに，時代が変わったのでしょう（笑）……　私は「無線」という言葉がシュルレアリスムのなかに存在していたことに気づきました。そしてブルトンの誕生日に関する小さな発見――2 月 18 日なのか 19 日なのか――が，この書物の出発点にあったのです。

MS――すると 70 年代には，ご自分の哲学的省察とブルトンの思想のこんなに直接的な関係は予想していなかったのですね。

GS――そうです。おそらく私が自分自身で研究を進め，さしてブルトンの思考に頼ってはいなかったからでしょう。それ以来，事態はずいぶんと変化しました。シュルレアリスムのなかに，真の哲学的企図があったことに気づいたのは，ほんのここ数年のことなのです。ええ，たしかにフェルディナン・アルキエ[9]はシュルレアリスムの哲学を語りましたが――ちなみに私は彼の講義を受けていました――，まったく違った文脈，デカルト的な文脈でのことでした。もっともアルキエには，シュルレアリスムの哲学はヘーゲル的なものではないと発言した功績はありますけれど。

『口にできない日』――新しいエクリチュール

MS――シュルレアリスムに関する仕事を再開したころは，シュステルやジョゼ・ピエール〔1927-1999, 作家，批評家〕のような人たちとはあまりつきあいがなかったのですか。

GS――そうですね，でもシュステルやジェラール・ルグランには本を送りましたよ。ルグランは日付の問題に関心を持ってくれました。でもよく顔をあわせたりはしていませんでした。

MS——ルグランについてどう思われますか。彼も哲学者なわけですが。

GS——彼がすごいと思うのは詩人としてですね。哲学という面から見ると，彼にはヘーゲル的な傾向がありますが，それでも大胆な部分もあって，ありきたりのヘーゲル主義者でないのはたしかです。彼は，私が本のなかでアレクサンドル・デュマをめぐって展開した考察にも関心を持ってくれました。

MS——ええ，私も『三銃士』の周囲で展開するさまざまな連想のつながりには興奮しました。『口にできない私が生まれた日』を最初に読んだとき，これが哲学分野で仕事をしてきた人の本だとは想像しませんでしたよ。「口にできない……」のシリーズでは，言葉本来の意味での哲学は前面に押し出すことをされませんでしたね。

GS——要素としてはあるんですけど，ここで大事なのは形式だったんです。

MS——ええ，これはとても変わった形式の本ですね。まずページが打たれていない。

GS——そう，ページがないんです。わざと奇抜にしたところがあります（笑）。

MS——つまり意図して別の形式のエクリチュールを選んだということですね。明確な戦略だったわけですか。

GS——いえ，まったく。『嫌悪，粗野』はすでに，分析的な部分をはさみつつも詩的エクリチュールでした。『無線的時間』はもう少し分析的ですが，やはりエクリチュールへの配慮があります。ただ『現在の咬み傷』以来，それは少し変わりました。おそらく『デバ』のような雑誌に文章を載せはじめたからでしょう。たとえばそこに人口動態に関する文章を掲載しましたが，それは私にとってたいへん重要なものです。社会のなかでの生存様式といった問題を扱うとなれば，「口にできない」のシリーズのような表現はできませんから。
『崇高点』についていうと，第2部の文章は分析的です。それがネリー・カプランの反応の理由でもありました……　彼女はもちろん，第1部の自分に関係する部分を読んでくれましたが，第2部には少し驚いたようでしたね……　私としては，前半と後半はぴったり貼りあわされていると確信しています。私は第2部にとても執着があるのですが，そこではより説明的な展開が，第1部で実演された方法を補強し，かつ解き明かしているのです。本の最後では，ブルトンがアラゴンに送ったコラージュ書簡を語りながら，この方法をさらに前進させようとしました。

1972年以来私は，多少は個人的で，多少は分析的で，多少は哲学的でもある，そんな研究をし続けてきました。別の面から見ると，1985年に『口にできない私が生まれた日』を書きはじめたとき，私のシュルレアリスムに対する興味はあらためて呼び覚まされたといえます。すると，これら二つの課題が，いつ，どんな風に一つに収斂したかということが問題になるわけですが，それが実現したのがまさに『崇高点』だったと，私は思っているのです。

ジル・ドゥルーズと映画的持続

MS——ええ，『崇高点』はそれが収斂する地点をよく示しています。しかし私が思うに，日本の読者が第2部を読むとすると，ジル・ドゥルーズの『シネマ』に対する非常に独創的な解釈にも，とても強く興味を引かれるのではないでしょうか。

GS——その部分は以前雑誌に発表したものです。[10] ドゥルーズ本人にも送ったんですよ。

MS——ずっと前からドゥルーズとはお知りあいなのですか。

GS——ええ。1964年に，ロワイヨーモンでニーチェに関するシンポジウムがあったときに知りあいました。意気投合しましてね，シンポジウムのあとは，ドゥルーズが車でパリまで送ってくれました。学位論文の審査員としてミケル・デュフレンヌを呼んではどうかと提案してくれたのも彼でした。デュフレンヌは『美学雑誌』を編集していたので，そこに博士論文の一部を掲載することになりました。もっとあとで，ドゥルーズに『口にできない彼が死んだ日』を送ったときも，とても好意的な手紙を送ってくれたのです。

MS——この映画に関する部分ではドゥルーズの思想に対し，なんというか，友情に満ちた批判をしておられますね。結局のところドゥルーズは，映画の歴史を多少とも目的論的に捉えたとおっしゃっています。ドゥルーズは運動イメージから時間イメージへと向かう歴史を語った。あなたはむしろ「持続イメージ」を語っておられますが。

GS——私は映画に，途方もないほどの重要性を見ています。それについて，『シネマ』上下2巻は，あまりに時系列的な区分をしていると思えたのです。私の批判はたしかにやや漠然としていますけれど，一つの急所を突いているのではないでしょうか……　映画自体のなかに，すでに時間の組み直しがあると思うのです。運動イメージとか時間イメージとかを語る必要は感じません。我々はすでに時間的要素の構築作業のなかにいるのですし，映画作家は時間ないし持続を製造する以外のことなど，何もしていないのですから。

MS——つまり，戦前の映画と戦後の映画のあいだに断絶はないとお考えなのですね。

GS——事実，私に本当に強い印象を残すのは無声映画ですし，それこそが持続の観念を与えてくれるのです。

MS――とはいえあなたは，現在における時間イメージの危機について語っておられます。もちろん，あなたもイメージの歴史を目的論的に捉えているといいたいわけではないのですが，持続イメージというのを，時間イメージのあとに来るものとして語っておられるわけではないのですか。

GS――いえいえ，私にとって，持続イメージは最初から存在しています。持続イメージが3番目ということではないのです。

MS――わかります。でもたとえば，持続イメージとは何であるかを驚くべきあり方で見せつけてくれる，そんな映画がいつかやって来るといったことは想像されないのですか。

GS――いえ，もっとも凡庸な映画でさえ，我々に持続イメージを与えることができるのです。映画こそは，万人の手が届くはじめての形而上学的体験であるというのが，私の考えです。だからこそ，映画的時間の構築は，メディア化された時間のそれとは異なっているのです。

フィクションそして／あるいは資料

MS――少し乱暴な質問をしてみたいと思います。シュルレアリスムに関する仕事のなかで，本や雑誌に出版されたいわゆる文学テクストと，手書きのメモや，ページの端に書き記された何らかの記号のようなものを，あなたは区別していないように見えるのですが，するとテクストは，本来の意味での作品とも，純粋に歴史的な資料ともみなされていないわけですね。これはだから，通常の文学研究でも純然たる歴史研究でもないと思うのです。だとするとあなたのしていることは何であるのか，あえてお尋ねしたいのですが。

GS――詩的なアプローチだということは可能でしょうが，同時にある種の言表や資料にもとづいた歴史研究でもあるわけです。なんにせよ，読者が私の考えていった流れを追うことができるといいのですが。たとえば「バウーの滝」についていうと，さまざまな時間性に属する要素が少しずつ結びついていくのを，読者は目にすることになるでしょう。要素とはつまり，ブルトンの絵葉書や手紙の内容，等々ですね。私が発見したものを，読み手にも発見してほしいのです。これはいわば，展覧会を組み立てるような作業といえるかもしれません。

私の幸運は，資料の支えがあることでした。結局それは，いくらかはブルトン自身が『ナジャ』においてしていることなのです。彼はいっていますね。私には写真その他の資料があるから，どれそれの通りや広場を描写したりはしない。資料が代わりになってくれるのだから，と。そう，一つの物語があるのですが，それはグラフィックな，あるいは造型的な要素に支えられた物語なのです。

MS――つまりいつでも，さまざまな水準の混合，撹拌があるわけですね。

GS――ええ，ここでもまた私は，音声とイメージという異なった要素に呼びかける映画のことを思い浮かべます。

MS――私としては，少しミシェル・フーコーのことなども考えます。あれほどの綿密な歴史的研究，資料調査のあとで，彼は結局のところ自分はある種のフィクションを作り出しているのだといういい方をしました。

GS――ええ，そのフィクションという概念には同意します。映画を分析するとき，私が強調したい本質的な点は，それが資料のフィクションであり，フィクションの資料だというところです。いくらか弁証法的な表現にはなりますけれど（笑）……　私はこのドキュメンタリーの役者なのです。私が実行しているのは，生じたままの事柄を語る本来の意味での歴史的な語りではなくて，私がオートマティックな持続と呼ぶものの追求ですし，決して生じなかった要素で構成された物語，ドゥルーズなら純粋な出来事と呼んだであろうような物語であって，それは通常の意味で生じた出来事ではないのです。私の語りは同時に報告でもありますが，これらの要素を組織して，意味を与えるわけです。

これはある時点で綜合のなされることを要求するような，実証的ないしヘーゲル的な物語ではありません。そうではない。人はいつでも，中心からずらされていると思うのです。もはや，自分たちがどこにいるか正確に教えてくれる，時系列的な要素を我々は手にしていませんが，そこにはおそらく，私が内面的な要素と接触できるというメリットもあります。それこそが，私の理解しているフィクションなのです。

でもたしかに，こうしたことはすべてとても微妙ですね。何しろ私は，過度な理論化をせずに行動することのできた，シュルレアリストたちの位置にはいませんから。それはたとえば，『ナジャ』のなかで「オートマティックな持続」を作動させたブルトンのケースですが，私はそれを，まったく別の時代から取り上げているにすぎないのです。

MS――たしかに微妙な問題ではありますね。ブルトン自身が，自分のしていることに，自分が作動させているこれらの「持続」にどこまで意識的であったかは，決めるのが難しいというか，もしかすると，結局は決められないことですから。

GS――でも，普通思われているより意識的だったとは思うのですよ。『ナジャ』を書きながら，ブルトンは自分が差し出そうとしているさまざまな時間性に，ある種の意識を持っていたと考えることは可能なのです。客観的偶然という実践が自分をどこまで連れて行くものか，たしかに彼は知らなかったでしょう。しかしオートマティックな持続に対してこれほどにも好適な土壌を開拓することに，彼はこだわっていたのです。

MS――なぜこの質問をしたかというと，ブルトンがこの点について何がしか意識的であったからこそ，あなたはこの仕事をすることができたと，私には思えるからなのです。原則として，どんな作家についてもオートマティックな持続を探そうとする可能性はあるはずです。それでもあなたは，この作業をブルトンのテクストから出発して行わなければなかなかった。それこそがブルトンの特殊性ではないでしょうか。

GS――そう，この創造様態は，ブルトンにおいて非常に強力です。出会って凝集する持続，互いのために作られているようなこれらの「持続」の存在についてブルトンは確信を持っていたと，私は思います。

MS――別にブルトンがバタイユやアルトーより重要だというつもりはないのですが，やはりここにこそ，シュルレアリスムの特殊性があるとはいえるでしょうね。

GS――ええ，それは決定的です。シュルレアリスムの，それに近かった人々と比べた場合の独創性はそこにあります。この作業は，ブルトンから出発することによってしか，可能ではありません。このことに，グループの重要性ということもつけ加えなくてはなりませんね。とはいえ私は，今はグループのなかにはいません。孤立しているのです。ただ私の目的は，一つのグループを立ち上げたいなどというのではなく，このダイナミズムが可能にしていたものを理解するための要素を差し出して見せることなのですが。

シュルレアリスムの哲学的企図

MS――あなたのシュルレアリスムに関する仕事の，別の側面についても話したいと思います。2年ほど前（2012年）に『避雷針のついた絞首台』を刊行されましたが，そこであなたは，シュルレアリスムには真に哲学的な企図が存在するといっておられます。非常に印象的な指摘の多く含まれる著作ですが，たとえば「至高点 point suprême」という表現が，ミシェル・カルージュ[11]の本に端を発するある種の取り違えから来ていることが指摘されていました。

GS――その点に気づいてくれて嬉しいですよ。それは1997年に私が「崇高点」という表現を選ぶことにしたその選択を，正当化してくれますし。至高点というのは，秘教的であるとともにヘーゲル的な概念なのです。

MS――あなたはシュルレアリスムから，ヘーゲルやマルクスのような哲学者，あるいはフロイトですら，遠ざけてみせたわけです。

GS――ええ，というかむしろ，彼らを本来の場所に置きなおしたという感じでしょうか。

MS――この本の大きな発見の一つは，ブルトンのヘーゲルがモーリス・バレスから来ているというものでした。

GS――バレスがブルトンやアラゴンにとって，哲学的問題での仲介者だったというのは，驚くべき事実です。バレスはカントをはじめ，ヘーゲルやプルードンなど19世紀の哲学者たちについて，きわめて仔細に論じていたのです。

MS――あなたはまた，ブルトンにとってバークレーの読書が持っていた重要性も指摘しておられます。

GS――ええ，それにシェリングについてもです。まったく別の文脈ですが，言語の問題についてはジャン・ポーランとの出会いも鍵になっています。それからまた，イジドール・デュカスの『詩学断章（ポエジー）』の発見が持っていた，真に決定的な重要性も強調しました。それはほとんど，哲学上の宣言文だったのです。そこにあるのはモラルの論理だけではなくて――たしかにそこには，モラリストの格言の書きなおしが含まれているわけですが――，一つのエクリチュールの論理なのです。これは本質的な寄与であって，そのおかげで私は「中立点 point d'indifférence」という概念を導入することができました。それは私にとって，『第二宣言』がいうところのある「精神の一点」の翻訳なのです。すでに1919年，ブルトンとアラゴンは，『マルドロールの歌』と『詩学断章』のそれぞれをどのように価値づけたらいいいか，自問しています。両者ともに彼らには必要と思えた，そんな二つの平行する体制が存在するのです。

MS――つまりあなたは，博士論文のテーマであった中立性［＝無関心 indifférence］の問題を再発見したわけですね。

GS――ええ，私は学位論文を，1964年の秋から65年の春にかけて，すなわちまさにグループのなかにいたその時期に執筆したのですが，当時はグループのなかで，この問題について意見をいおうとは考えなかったのです。

フーコー，ルーセル，言語についての問いかけ

MS――でも今はまた別の本を計画しておられますね。今度は第二次世界大戦後のシュルレアリスムに関するもののようですが。

GS――〔前の本が30年代までを扱っていましたから〕40年代，50年代に起きたことをたどるようにして語っていくこともできたかもしれません。この時期にグループに参加してきた人々，ジョルジュ・エナン(12)やジェラール・ルグランを取り上げてもよかったでしょう……　しかしそうする代わりに，私はこの時期に生まれつつあった，あるいは露わになりつつあった思考の運動に注意を向けました。考察の領域を二人の思想家に限定することにしたのです。すなわち，ミシェル・フーコーとジル・ドゥルーズです。50～60年代においてシュルレアリスム・グループの輝

きは非常に微弱なものだったので，シュルレアリスム的な観念はフーコーやドゥルーズには存在しないと，一般には考えられているかもしれませんが，まったくそんなことはないというのが，私の仮説なのです。

フーコーは50年代はじめ，戦闘的コミュニストでしたが，同時に現象学や精神分析にも関心を持っていました。彼の最初のテクストの一つは，ビンスワンガーの『夢と実存』への序文だったことを思い起こしてください。シュルレアリストたちと同様に，彼は夢の解釈には焦点を当てませんでした。大切なのは別のことです。フーコーはそこで，著者の名前は明示することなしに，「打ち砕くことのできない夜の核」というブルトンの言葉を引用しました。これはブルトンが死んだときにフーコーが，よく知られたインタヴュー(13)で取り上げた表現ですし，そのインタヴューもまた，単なる状況的なオマージュには還元できないものです。

MS——つまり60年代を通じてフーコーには……

GS——そう，フーコーにはある種のシュルレアリスムがあるのです。でもそれがはっきりするのは，1963年に刊行されたレーモン・ルーセル論からですね。このルーセルに対する理解は，フーコーの思考に一つの襞をあたえることになるのです。

たしかにこのルーセル論のなかでフーコーは，ブルトンがルーセルに施した秘儀伝授的な解釈を多少とも批判しつつ，レリスに対してより好意的な態度を取っています。でもそれはみな副次的なことなのです。大切なのは，彼がルーセルを読みながら，思考し，書くことの訓練をしたという事実です。フーコーは，ルーセルがどういう手法を用いて思考しえたかを追求するという方向に導かれました。

MS——言語に対する問いかけがフーコーの中心にあって，その思考がルーセルによって，そしておそらくはシュルレアリスムによっても決定されていたというお考えはよくわかります。ただ問題を複雑にしているのは，70年代以来，ルーセルやマラルメといった書き手たちを参照することで遠くまで推し進められていった言語に関する問いかけが，シュルレアリスムに抗するものとして，とりわけ自動記述と対立するものとして考えられてきたという事実です。これはまずテル・ケルの世代によって提示された発想でした。あなたはですから，そのような対立は存在しないとお考えなのですね。

GS——ええ，対立はありません。まさにそれを示したいのです。この問題において非常に重要な人物は，私が思うにモーリス・ブランショであり，彼が自動記述を分析したやり方です。ブランショは，「つぶやきにそなわる汲めどもつきぬ性質を信じたまえ」(14)という，第一『宣言』の非常に有名なフレーズを引用しました。そしてこれこそは，フーコーに何度でも見つけることのできるフレーズなのです。ですから今あなたが話題にされたような対立は機能していないわけです。自動記述と「手法」とは，言語に優位を与えるための，二つの異なった方法にすぎません。

ドゥルーズ，ジャリ，二人での作業

MS――もう一人，ジル・ドゥルーズも登場させましたね。

GS――80年代にドゥルーズは，「ハイデガーの知られざる先駆者，アルフレッド・ジャリ」[15]という記事を書きました。しかし彼はすでに60年代，ジャリはハイデガーの先駆者だという見方を表明しているんです。私はこの考えに感銘を受けましたし，そこから発想して，今回の本でも「未来主義者およびシュルレアリストとしてのハイデガー」という章を作りました。『存在と時間』のいくつもの要素は，未来主義が先鞭をつけたものです。ハイデガーのシュルレアリスムとの関係についていうと，たとえばマッタが「dasein〔世界内存在〕」の訳語である「être au monde」という表現を用いていました。1960年に描かれたマッタのタブローの一枚は「Être hommonde〔人間＝世界であること〕」と題されています。これは一例にすぎません。でも私はジャリ以外にも，ハイデガーには未来主義あるいはシュルレアリスムからの寄与があると考えています。さらに私は，ジャリの思考がドゥルーズにおいて作動していることに気づきました。『夜々と日々』には〔リゾームという言葉を思わせる〕「リゾモロドダンドロン」という概念まで見つかります。[16]ジャリの多くの概念が，とりわけ『千のプラトー』には現れるのですよ。そしてもしドゥルーズがジャリに関心を抱いていたのであれば，当然シュルレアリスムからもさして離れてはいなかったのです。

私はこの本のなかで，フーコーはルーセルの代役であり，フーコーとドゥルーズは六〇年代に，一つのカップルを作っていたといいました。しかしそれは，表には現れなかったのです。

MS――『千のプラトー』の話題が出ましたが，ちなみにこうしたことにおいて，ガタリの寄与はどの程度のものだったと思われますか。私はわりとガタリに興味があるのですが。

GS――ガタリはいくらか，シュルレアリスムにおけるフィリップ・スーポーの役を果たしたとは思いませんか。冗談のように聞こえるかもしれませんが……　ドゥルーズ＝ガタリという二重性も，シュルレアリスムにとってはとても重要です。二人で仕事をしなくてはなりません。自分たちの思考が二人一組で機能すると考える人たちは，私にはシュルレアリストだと映るのです。『避雷針つきの絞首台』のなかで私は，シュルレアリスムの哲学的企図はブルトンとアラゴンというデュオによって打ち出されたことを示しましたが，アラゴンが離れていったとき，この企図は多かれ少なかれ硬直してしまいました。私が思うに，この物語はフーコーとド

ゥルーズによって引き継がれたのです。だからこそ私は，『フーコー，ドゥルーズ，新シュルレアリスムの印象』というタイトルを選びました。

MS――最後にもう一度『崇高点』に戻ると，「口にできない」のシリーズでもそうですが，とりわけこの本の大きなメリットの一つは，こうした二人での仕事を，シュルレアリストたちと分け持つ可能性を与えてくれるところにあります。もちろんそれは，ブルトンとアラゴンが行った二人での作業そのものではないでしょうが，少なくともブルトンのランボーに対する関係のような何かだとはいえるように思います。繰り返しますが，そこにはシュルレアリスムの寄与を私たちにとって有効性のあるものにするための方法が見出されるのです。

GS――ブルトンが崇高点とバウーの奔流を見つけたとき，彼はレオニー・オーボワ・ダシュビーを出現させました。ランボーの詩「帰依」のヒロインのために祭壇を立てたのです。次にはまたネリー・カプランが，レオニー・ダシュビーを甦らせることになるでしょう。「ジャック・ヴァシェの化身」たるスタニスラス・ロダンスキー(17)が，ランボーのバウーとニーチェのアストゥを航路標識として用いていくことも，つけ加えていいかもしれません。この無線的時間のパースペクティヴのなかで，東京にいるあなたとパリにほど近いところにいる私もまた，一つのデュオを形作り，障壁を越えていくのです。そうして私たちは，オートマティックなものであるにしろないにしろ，シュルレアリストたちによって発明された手法を有効性のある，生きたものに変える作業に，貢献することになるのです。

（2014 年 3 月 18 日 -19 日，オートン＝ラ＝プレーヌのセバッグ氏自宅にて／翻訳：鈴木雅雄）

註

(1) 1927-1999. ブルトン晩年の著作『魔術的芸術』の共著者でもあり，ブルトンの死後はシュステルやピエールとともに，中心的な役割を果たしたが，あとで話題になるグループ「解体」のときには，必ずしも彼らと行動をともにしなかった。哲学者でもあり，映画評論家としても知られる。

(2) ミニュイ社の傘下にあった人文科学系の季刊誌。

(3) ブルトンが生きていた時期のものとしては運動の最後の機関誌（1961-1965 年）。全 8 号。

(4) シュルレアリスムを学問的研究の対象として取り上げた本格的なシンポジウムとしておそらく最初のものであり，多くのシュルレアリストも参加していたことで記憶される。次の論文集として刊行。Ferdinand Alquié, *Entretiens sur le surréalisme*, Mouton, 1968.

(5) ブルトンの死後，シュステルらが中心になって発行した機関誌（1967-1969 年）。全 7 号。

(6) 1928-1981. シュルレアリスムの「解散」に反対して活動を維持しようとしたグループの中心人物。

(7) ジャン・デュヴィニョーやペレックの作っていた雑誌。1970 年ごろから。

(8) Georges Sebbag, *Le Masochisme du quotidian*, Le Point d'Être, 1972, p. 123.

(9) 1906-1985. デカルト研究などで重要な仕事をした哲学者。日本では『シュルレアリスムの哲学』（巖谷國士・内田洋訳，河出書房新社，1975 年）で知られているほか，ドゥルーズの師の一人として名前が口にされることもある。

(10) ほかの章は，初出や原型となる文章がある場合でも 90 年代のものがほとんどのようだが，この章だけは 1985 年の文章。

(11) 1910-1988. シュルレアリスムと近しい関係にあった思想家。一般に知られているのは『独身者機械』（新島進訳，東洋書林，2014 年）の著者としてであろう。

(12) 1914-1973. エジプト出身のシュルレアリスト。次のモノグラフィーを参照：中田健太郎『ジョルジュ・エナン　追放者の取り分』，水声社，2013 年。

(13) ミシェル・フーコー「彼は二つの単語の間を泳ぐ人だった」松浦寿輝訳，『ミシェル・フーコー思考集成 II』，筑摩書房，1999 年，386-391 ページ。

(14) アンドレ・ブルトン『シュルレアリスム宣言・溶ける魚』巖谷國士訳，岩波文庫，1992 年，54 ページ。

(15) ジル・ドゥルーズ「ハイデガーの知られざる先駆者，アルフレッド・ジャリ」，『批評と臨床』守中高明・谷昌親・鈴木雅大訳，河出書房新社，2002 年，183-198 ページ。

(16) Alfred Jarry, *Œuvres complètes*, I, Gallimard (Bibliothèquw de la Pléiade), 1972, p. 828.（第 5 の書，第 4 章）

(17) 1927-1981. 第二次大戦後にグループに加わったシュルレアリスト。万能の間投詞のようなものとして，「アストゥ」という語を繰り返していたと，アラン・ジュフロワが証言している。

解釈の彼岸——解説に代えて

鈴木雅雄

『口にできない私が生まれた日：17 ンドレ・13 ルトン』という奇妙なタイトルの本をはじめて読んだときの印象は忘れられない。アンドレ・ブルトンが，自分のイニシャル「A・B」から作ったサインが「1713」という数字に似ていることに気づき，1713 年に起きた出来事に関心を向けていたことを，知らなかったわけではない。またブルトンが自分の誕生日を，ある時期から 1 日ずらしてしまうという奇怪な行動を取っていたことも，ジョルジュ・セバッグがはじめて指摘したわけではなかった。だがブルトンが日付や数字をめぐって張りめぐらせた意味の網の目を，これほど徹底的に，これほど豊かな想像力を駆使して顕在化させようとした試みは前例がない。たしかにこうした解読作業は，いつでも解釈妄想に陥ってしまう危険と隣りあわせだし，事実セバッグの読者のなかには，ときにその解釈が，ブルトン自身の意識していたであろうレベルをあまりに思い切って踏み越えていると感じるものは少なくないかもしれない。だが，たしかにそれはそうだと認めたうえで，ここには間違いなく，ブルトンから出発してだけ可能になる，めまいのするような体験がある。あえていうのだが，結局のところシュルレアリスムに魅入られる感性とは，セバッグのそれのような解釈を提示されたとき，たとえ半信半疑のままだとしても，やはりそこから目を離すことができなくなってしまう，そうした感性なのではあるまいか。

なんといっても重要なのは，まずブルトン本人が，自分の誕生日を変更してしまったという事実である。『シュルレアリスム宣言』の時点では自分は双魚宮のしるしのもとに生まれた（つまり 2 月 19 日以後に生まれた）と公言していた彼は，1930 年代前半のある時期以降，友人のあいだでも自分は 2 月 18 日生まれだと語るようになり，それ以後この姿勢を生涯変えなかった。だとすると，彼のテクストに現れる，一見ただの間違いのような日付や数字の変調もまた，何かの必要に従って変更されたものではないのかと，疑うことにも根拠がありそうに思えてくる。『通底器』第 2 部のあからさまな日付の矛盾，『野を開く鍵』の目次で一つのテクストが欠けていること，その他もろもろのわずかな異常は，やはり意図されたものではなかったか。セバッグが『私が生まれた日』のなかで展開した解釈は，そうした要素を一つひとつ積み重ね，やがては読者の多くにも，少なくとも提示された解釈のうちのある部分までは確実にブルトンの意図したところに違いないと，認めさせるに足るものだった。しかもそうなると，それまでは特別の意味を持たなかったブルトンのテクストの細部までが，特別な意味を担ったものかもしれないと思えてくるし，『私が生まれた日』が取り出したイメージ連鎖のなかでもひときわ鮮やかな『三銃士』をめぐる物語は，たしかにブルトンや周囲の（初期）シュルレアリストたちの想像力を実際に規定するものであったことを，少なくともこの文章を書いている私自身は疑うことができない。

その書物の著者と知りあうことができたのはしたがって，私の研究生活の非常に幸運な出来事の一つだった。留学中にバンジャマン・ペレ全集の最終巻に収録するための書誌を作成する機会をえたが，このとき「ペレ友の会」から渡された関係者の連絡先のなかに，セバッグ氏の住所も記されていたものと記憶する。当時「友の会」は，まだ存命中だったジャン＝ルイ・ベドゥアンやジャン・シュステルといった，元シュルレアリストたちを中心に運営されていたが，ペレについての情報を持っていそうな作家や研究者などには広い人脈があったので，かつてグループのメンバーであり，ふたたびシュルレアリスムについて文章を書きはじめていたセバッグの名前がそこにあること自体はごく自然だった。ただ，シュステルやベドゥアンらとつきあうなかで，彼の名前を聞いた覚えはほとんどない。もちろん敵対しているわけでもないのだが（シュステルのグループにもっとも敵対的な感情を抱いていたのは，ミシェル・ジンバッカなどを中心とする別のグループであろう），おそらく私がセバッグ氏をはじめて見かけた 1991 年のポンピドゥー・センターにおけるブルトン展関連のシンポジウムの際にも，ほかの発言者たちと何か発言がかみあっていないような，漠然とした印象を抱いたのを覚えている。2003 年にブルトンのアトリエの資料が競売にかけられたときなども，明らかに彼の態度はほかの元シュルレアリストたちとは異なるものだった。それらの資料が，至聖所とみなされたフォンテーヌ街 42 番地にとどまるかどうかよりも，その競売を機にブルトン所蔵の資料が一部の特権的な友人の手から離れ，広く共有される情報となる可能性をセバッグは予見し，かつ重視していた。要するに彼は，シュルレアリスムに近い書き手のなかで，何か「異なる」存在なのである。

ではすでに言及した『私が生まれた日』など一連のブルトン論，シュルレアリスム論についての「研究者」の反応はどうかといえば，それもまた距離を置いたものだったように思う。たしかにセバッグの書物はいわゆる「研究書」ではないのだから，それも当然かもしれない。だがブランショやグラックなどのブルトン論がいまだに援用されるだけでなく，ジェラール・ルグランやジョゼ・ピエール，違う人脈でいえばアニー・ル・ブランといった元メンバーの著作がそれなりに言及されるような事例と比べてさえ，セバッグの書物に対する研究者のとまどいは，やはり異例のものではなかろうか。それでいてセバッグは実に多作で，直接シュルレアリスムに関係するものに限っても，ジャン＝ミシェル・プラスをはじめとする複数の出版社からコンスタントに書物を発表し，パリ第 3 大学のアンリ・ベアールを中心とし

16. - Le Grand Cañon du Verdon
Planiol d'Issane - Sentier du T. C. F

CARTE POSTALE

MAIRIE DE ROUGON * (Alpes de Hte Provence) *

04-ROUGON-ALPES-DE-HAUTE-PR 19-2

RÉPUBLIQUE FRANÇAISE ANDRE BRETON 1896 1966 MAN RAY LA POSTE 1991 2,50 +0,50

Cher Monsieur,
Voici Isidore Blanc (et son chien) le photographe et explorateur des gorges du Verdon
Très respectueusement,
Serge Lebbrun

Moriyuki HOSHINO
Université de Tokyo
3-8-1 Komaba, Meguro-ku
TOKYO 153-8902
JAPON

た研究者グループの運営する研究誌『メリュジーヌ』をはじめとする研究者の発表媒体にも頻繁に登場し続けている。この20年くらいを見た場合，おそらくシュルレアリスム研究の世界でもっとも多くの仕事をこなしてきた一人であろう。いささか極端ないい方をするならば，シュルレアリスムが話題になるときいつもそこにいて，誰ともそれなりに良好な関係を保ち，知識やアイディアの豊富さをある程度は認められているにもかかわらず，誰も彼の書く内容そのものには触れることがない，セバッグはそんな奇妙なポジションにい続ける書き手なのである。

そう，たしかに誰もが，セバッグの書物の前で一瞬とまどう。だがそのとまどいはおそらく，繰り広げられている連想があまりに唐突だからではない。たとえばジャン・ベルマン＝ノエルの「研究書」が『通底器』に対して施した解釈は，解釈妄想的なイマジネーションという意味ではセバッグの著作よりもはるかに突拍子もないとさえいえる。ではなぜセバッグのテクストだけが読み手をとまどわせるのかといえば，それは扱われている対象が文学テクストという枠を，あまりに軽々と乗り越えていくからだろう。人は文学テクストへの解釈に対してはいつでも寛容である。いかに妄想的な解釈であっても，テクスト解釈者の共同体のなかでなら，たとえ「正しい」とは認められない場合でも，その存在は許容されうる。だが解釈の対象が「作品」ではなく，手紙やメモなど書き手自身によっては公刊されなかった文字情報に（そしてその文字情報と「作品」との関係に）及ぶとき，誰もが突然懐疑的になる。そしてこの差異にまったくもって無頓着であることこそが，研究者にとっても多くの元シュルレアリストたちにとっても，セバッグの書物が手に負えないものに見える理由であるに違いない。

ブルトンがある日友人たちに送った絵葉書の裏で，バウーの滝と呼ばれる場所の写真の下にあった誰ともしれない撮影者の署名「I・B」を消し，「L・A」と書き直していること，その事実をセバッグは発見する。そしてそれが「バウー」という謎の言葉を含むランボーの詩「帰依」に現れる「レオニー・オーボワ・ダシュビー」というやはり謎めいた女性のイニシャルであると指摘する。そこまでならまだよい。1947年のシュルレアリスム国際展でブルトンが，この女性への祭壇を作ろうとしたことも，シュルレアリスムに関心を持つものの多くが知る通りだ。だがそれがブルトンの実人生全体を覆う意味の網の目の鍵とみなされるとき，多くの読み手は何か飛躍があると感じはじめる。ジャック・ヴァシェの死がブルトンにとって，生涯を通じてのもっとも悲痛な出来事であったこと，それが自動記述の試みと『磁場』執筆の契機になったこと，ブルトンの読者ならみなそれを知っている。さらにヴァシェが世を去った「口にできない日」の日付，1月6日がブルトンにとって特殊な価値を担ったものであった事実にしても，さほど認めにくいものではなかろう。「ヴァシェは私のなかでシュルレアリストだ」と断言したブルトンであってみれば，ニーチェ最後の手紙に含まれる「アストゥ」という謎の言葉が彼にとって，ランボーの発した「バウー」というそれと対をなすのが，その手紙の日付が1月6日という運命の日のそれだったからだとしても，了解できないことはない。しかしこの日付の系列が，ブルトンが作品のなかではただの一度も顕在化させることのなかったネリー・カプランとのあいだの出来事や，その出来事と『A音』収録のフレーズとの関係に幾重にも結びつけられていくとき，読者のすべてが即座に説得されるとは考えにくい。しかしそこでこそ，セバッグの賭けはなされているのである。

たしかにここでは，なんの方法論的な手続きもなしには踏み越えられるはずのない，作品と実人生との境界がこともなげに踏み越えられている。だが重要なのは，ブルトン自身がそうすることを私たちに許している，あるいはそうするよう誘惑しているとすら見えるという事実である。誕生日の日付をずらしたうえで，それに「日々の魔術」のようなテクストで意味を担わせるのも，ヴァシェの死の日付をニーチェの手紙を用いて『黒いユーモア選集』のなかでマークするのも，バウーの滝のイメージをレオニー・オーボワ・ダシュビーのための祭壇へと昇華するのも，ブルトン自身が行ったことに他ならない。ここにはおそらく秘儀伝授的なメッセージの発信者と受信者のあいだの回路のような何かが，神秘的な内容を抜き取られ，いわば脱中心化された姿で現前しているのではないか。妄想的ともいえる解釈は，しかしそこになんらかの特殊な意味をこめたものがいるという保証が与えられたとき，真実と虚偽との境を踏み破った一つの回路を突如として打ち立ててしまう。表立ってブルトンが口にしていなくても，そこには口にできない意味が隠されているかもしれないのだから。ましてやその意味は，ブルトン自身にとってさえ，決して自ら恣意的に発明したものではなかったのだから。誕生日の変更はともかくとして，こうしたプロセスは常に，意識的には操作できないものとしての夢や「オートマティック」なフレーズによって媒介されているのであって，起源を定めることのできない系列を構成する。だからこそセバッグの解き明かして見せる意味のつながりもまた，真実か虚偽かを決めることのできる時間の外部に位置づけられることになるだろう。

セバッグはだからテクストについて，メッセージを語るのでも構造を語るのでもないし，エクリチュールの質や，直接的な意味では主体に対する機能をすら語ってはいない。それはここで，なんらかの仕掛けが存在する可能性とともに作動しはじめる，虚構の時間といわゆる現実の時間とを区別することのない装置の部品として機能させられるのみである。価値を持った「作品」の存在を暗黙の前提にする限りでの文学研究にも，実人生における実験の効果を神秘化する多くの元シュルレアリストたちのディスクールにも，それは回収されることがない。もちろんそのことが，セバッグの実に不可思議な，敵対関係なき孤立を説明しているといい切るのはいさ

20. - ROUGON. - Vue générale et le Château féodal
(dernier propriétaire Brun de Caille)
Souvent l'aigle se trompe et te prend pour son aire
Ce qui des poulaillers n'est point du tout l'affaire
I. B.

CARTE POSTALE

MAIRIE DE ROUGON
(Alpes de Hte Provence)

RÉPUBLIQUE FRANÇAISE
ANDRÉ BRETON
1896
1966
MAN RAY
2,50
+0,50
LA POSTE 1991

04-ROUGON - ALPES DE HAUTE-PROVENCE
19-2
1991

Chère Atsuko Nagai,
le village de Rougon
est situé au-dessus
du Point Sublime,
qui surplombe le
Saut du Baou
Bien à vous Jean Sibbo

Atsuko NAGAI
Université Sophia
7-1 Kioichô, Chiyoda-ku
TOKYO 102-8554
JAPON

さか乱暴ではあろう。だが彼の仕事の特異性をなすのは間違いない，テクストとテクスト外との境界に対するこの素晴らしい無頓着さこそは，私がこの書物を日本の読者にも紹介したいと考えた理由であった。

これは文学批評でも文学研究でもないだろう。セバッグはテクストが「よい」か「悪い」かをいかなる意味でも語らないし，テクストにそれがあからさまには語っていない何かを語らせようとするわけでもなければ，テクストそのものの構造や意味を掘り下げもしない。だがそれでいて彼は，テクストと端的に無関係なメッセージを――まるで「ダ・ヴィンチ・コード」を解読するかのように――探し当てているのでもない。いや，何らかの意味に到達することが目的ではないという点で，それは「解釈」ではないというべきなのだろう。彼はブルトンのもとに訪れたさまざまな出来事，出自のわからない言葉やとりわけ注意を引く夢，誰かとの印象的な出会い，等々がブルトンにとってかくも重要な価値を帯びることを可能にしたかもしれない条件を，際限なく見つけ出していくだけだ。かといってこれはまた，いわゆる精神分析的解釈でないこともいうまでもない。症状を解消するために原因を意識化するのとは反対に，むしろブルトンに現れた症状と呼んでよい何かを追体験させることで，それを私たち自身にとっての症状に変えるのである。ましてセバッグはときに，ブルトン自身の生きた時間の枠をすら乗り越えて，ブルトンの死んだ日の日付や，自分自身とネリー・カプランのあいだで生じた出来事にすら言及していくだろう。そのことが持つ理由や価値などはとりあえず括弧に入れて，偶然の一致が存在することにまずは驚いてみよう，そしてそこから何が生み出されていくか，ともかくも実験してみよう。――この書物はそう語り続けることで，一冊の誘惑の書物となるのである。

多くの著作のなかから，どれを紹介すべきかについては多少の迷いがあった。何度も言及してきた『口にできない私が生まれた日』は個人的に思い入れのある書物だが，形式的にかなり特殊な本であるし，ブルトンのテクストと人生とを縦横無尽につなげる解釈が，この書物以上に生のままで放置されていて，ブルトンのテクストに相当慣れ親しんでいる読者以外にもわかるようにするには厖大な注が必要になるだろう。これと，新発見のものも含めたジャック・ヴァシェの完全版書簡集，それに『崇高点』本文でもたびたび援用される，ブルトンがヴァシェに送ったが後者の急死のため送り返されてきたブルトンの驚くべきコラージュ書簡を，隅から隅まで追跡し分析してみせる『口にできない彼が死んだ日：ジャック・ヴァシェ』の3冊は，「2つの日付のあいだで」と題された3部作をなしている。このテーマを引き継ぎ延長しつつ，そこで展開された追跡作業の哲学的価値づけをも行おうとしたのが，ここで翻訳された『崇高点』である。セバッグの解釈を支える驚異的な連想力は健在だし，第 2 部の理論編はある程度独立した価値もあるので，1 冊だけを紹介するならこれだろうと判断した。

またこれは，さまざまな意味でセバッグの複数の関心や方法論が収斂する地点に位置する書物でもある。彼が最初に発表した著作の多くは，とりあえず「思想的エッセー」と呼んでおく以外にない分類の難しいものだが，そこで展開されていた独自の社会論，時間論は，ときに詩的，ときにより純粋に思想的な形を取りながら，現在にいたるまでセバッグの仕事の根幹をなす。これと 80 年代になって再開されたシュルレアリスムについての論考との交差点に位置するのが『崇高点』である。第 2 部で展開される時間論・メディア論は，無数の時間がコラージュされたようなあり方に慣れ，メディアに呑みこまれてしまった社会の現状を告発するものだが，シュルレアリストたち自身がそうしたように，異なる時間どうしの出会いに驚き続けることで可能になるものを指し示そうとするときセバッグのなかで，思想家とシュルレアリスム研究者とが合流するのである。この書物によって二つの関心を短絡させることに成功した彼は，その後ブルトンとアラゴンが抱いていた哲学的計画というべきものの姿を，2 冊の大著によって捉えようと試みた。同時に絵画論の領域でも仕事は量産されつつあるが，それらでの発想の根幹がすでにこの書物に存在するとまではいわないものの，『崇高点』が一種の決算であればこそ，これ以降のさらに自由なセバッグの執筆活動が可能になったとはいえるだろう。

だがそれ以降の著作，とりわけ『避雷針のついた絞首台』と『フーコー，ドゥルーズ，新シュルレアリスムの印象』については，巻末のインタビューで著者自身が語ってくれた以上のことをつけ加えようとは思わない。ハイデガーではなくベルグソン，デリダではなくドゥルーズの近くで展開されてきた思想家としての彼の仕事の価値については，いずれ別個に論じる機会があればと思う。ブルトンをヘーゲルから遠ざけようとする態度についていえば，現在の状況のなかでは決して意外でも例外的でもないが，いずれにしても 60 年代以降の現代思想のなかでシュルレアリスムをどう評価すべきかという問題は，ここで結論的なことを述べるにはあまりに複雑な課題であるだろう。

ただし，このようにセバッグの著作の結節点をなす『崇高点』は，その複合的な性格のために捉えにくいものになっている側面もあるかもしれない。中心概念である「オートマティックな持続」にしても，とりあえず概念規定はなされているのだが，それは定義というよりも個別例の集積のような規定である（ブルトンにおける「客観的偶然」概念のように，あるいはドゥルーズ＝ガタリにおける「リゾーム」のように）。文学研究と哲学的著作のどちらでもあるとともにどちらでもなく，詩的エッセーと呼ぶのもためらわれるこの書物は，必然的に形式上も不可思議なものとなっている。著者自身が語ってくれたことでもあるが，原著のデザイン・コンセ

4. - Le Grand Cañon du Verdon. - Le Saut du Baou vers le Confluent
Ayant hâte de voir son puissant camarade,
Il court, il roule, il saute et finit en cascade. I.-B.

Cliché I. Blanc

CARTE POSTALE

MAIRIE DE ROUGON
(Alpes de Hte Provence)

RÉPUBLIQUE FRANÇAISE
ANDRE BRETON
1896
1966
MAN RAY
2,50
+0,50
LA POSTE 1991

Cher Masao,

SAUT
BAOU
ASTU
AUTHON
TOKYO

amitiés,
Serges

à Masao SUZUKI
c/o Editions SUISEI-SCHA
2-10-1 Koishikawa
Bunkyô-ku
TOKYO 112-0002
JAPON

プトはミシュランの観光ガイドのような，いわば「崇高点」という実在の土地をめぐる，シュルレアリスム的な観光ガイドの体裁を取ろうとするものである（したがってタイトルは「ポワン・シュブリーム」とカタカナ表記してもいいのだが，ここでは意味を優先して「崇高点」とした)。縦長の形態と無数のイラストがその印象を支えているが，つまり読者は自らこの風景のなかに入っていくように誘惑されている。イラストはだからテクストを補う付属的要素ではなく，私たちがそのなかを経めぐるとき，自らテクストで語られている以上の何かを見出す可能性を持った，境界のない（現実のヴェルドン峡谷につながれているという意味で，文字通り書物の境界に縛られない）フィールドを構成するだろう。索引もまた特殊なもので，人物名や場所の名前だけでなく，文中に現れる日付の索引までがつけられている。ここでも私たちは，テクストに現れる無数の固有名詞や日付を自らの記憶と想像力を駆使して結びあわせ，「持続」を作り出すよう誘われていると考えねばならない。人物名の索引が「実在」の個人と虚構の登場人物を区別していない点や，地名のインデックスで拾われているのが言及されたすべての場所ではなく，おそらくは著者によって，「持続」を作り出す磁場の支点となりうると認められたそれに限られているらしい事実もまた，同じ誘惑に加担するものだろう。翻訳ではそうした形式上の特異性を原著そのままに再現できたとはいいえないが，そうした誘惑が日本語版でもいくらかは感じ取れるものであればと思う。

巻末のインタビューについても簡単にコメントしておこう。ジョルジュ・セバッグがどのような経歴の人物であるかは，シュルレアリスムに関する辞典の類を見てもまとまった情報はないが，彼の特異な発想がどのような経歴のなかで生まれたものなのか，私自身も以前から気にかかっていた。セバッグのはじめての日本語訳でもあり，この機会に著者の紹介にもなるようなインタビューを依頼したが，彼はいつもの気安さで応じてくれた。内容に踏みこむというよりも思い出話を引き出すようなインタビューになってしまったが，ブルトンの死の少し前にグループと接触したころから，他のメンバーとは友好関係を結びながら一定の距離を保っていたことや，哲学者としての出自がどのようなものだったかなどを確認できる。ヴィリリオらとの活動のあと再びシュルレアリスムへの関心に回帰していくプロセスについては，正直にいってそれほど明確な経緯を聞き出せたわけではないが，彼の発想の根幹にいつでも特異な時間論が存在することの確認などは無駄ではないと信じたい。

＊

いつの間にかセバッグ氏は私にとって，フランスに行くたびにもっとも頻繁に家を訪ねる相手になってしまった。パリから郊外線で1時間ほどのドゥールダン駅から，さらに自動車で15分ほどかかる小さな村にある彼の美しい家は，訪れるたびに画家でありパートナーのモニック・セバッグが庭の木を鮮やかな絵の具で覆っていくのにあわせ，毎回少しずつ姿を変えていく。彼らのもてなしは，いつでも飾り気のない，心のこもったものだ。2人ともに高校で哲学の教師をしていた彼らの振る舞いも考え方も，奇をてらったような部分を一切持たない。それは素晴らしいことだと思う。自分がシュルレアリストだったという事実がなんらかの特権を保証するという意識からかなう限り遠いところにいるセバッグ氏こそが，まさにシュルレアリスムについてしか繰り出すことのできないディスクールを操ることができるという事実には，いかなる逆説もない。シュルレアリスムはいつでも，日常の時間とともにあるのだから。

セバッグ氏は何度でも，さまざまな質問に丁寧に対応してくれた。これは非常に特異なイラストを伴う書物であるが，オリジナルの資料を多く含むファイルを，今回の作業のためにまるごと借りだすことができた。原書の見返しページに印刷されているのは，本文でも扱われているイジドール・ブランによるヴェルドン峡谷の写真だが，日本版のイラストについて相談したときセバッグ氏は自分のコレクションしている絵葉書から3枚を取り出して，私自身と，数年前の日本滞在で知りあった私と同世代のシュルレアリスム研究者である星埜守之，永井敦子両氏への宛名を書き入れてくれた。これをどこかに収録してはどうかという彼の提案は，つまりはこの書物が常に誰かに宛てられた，具体的な誰かにとって機能するものであるはずだという確信の表現なのだろう。

翻訳という作業をどこまでも苦手とする訳者としては，編集者の廣瀬覚氏に多大な迷惑をかけてしまったことを申しわけなく思っている。またすでに述べたような理由で，原著の持つ形式的な特異性を再現する必要があったわけだが，この困難な作業を廣瀬氏は，嫌がるふうもなく最後までみごとにやり遂げてくれた。このあとに続くはずの「シュルレアリスムの25時」第2期においてもまた，水声社の編集部にはご迷惑をかけてしまうのではないかという予感にさいなまれつつも，ひとまずこの訳書が遅ればせながら完成にこぎつけたことについて，鈴木宏社主をはじめとする水声社のみなさんに，とりわけ廣瀬氏に，感謝の言葉を捧げたい。

シュルレアリスムとは何よりもまず，私たちにとって重要なのは作品でもいわゆる現実の人生でもなく，想像的なものと現実的なものとの境界を見失ってしまう体験であり，それが「私」の生み出した幻想か客観的な事実かをいえなくしてしまうような出来事だと考える態度であった。だからこそそれについて語るためのディスクールもまた，その境界を問題化するための戦略を含むものでなくてはならない。もちろんセバッグのそれが唯一可能な戦略なわけではないし，ましてテクストを「解釈」すること，書き手の思想を解明すること，書き手の人生の細部を調べ上げることが無価値であるはずはない。だがそうした作業の正当性が保証されるための思考のレベルが足場を失ってしまう瞬間の困惑と驚異とが，私たちの地平から失われてしまうなら，おそらくもはやシュルレアリスムを語ることに意味はない。この書物を手にした読者の反応を予測するのは難しいが，ここでセバッグがその精神と身体とを通過させてみせた困惑と驚異とを，自らのそれに接続してくれるような読者がいることを，心から願っている。

装幀　宗利淳一

著者／訳者について——

ジョルジュ・セバッグ（Georges Sebbage） 1942年，モロッコのマラケシュに生まれる。作家，思想家。主な著書に，本書のほか，『口にできない私が生まれた日』（*L'imprononçable jour de ma naissance: 17ndré 13reton*, Jean-Michel Place, 1988），『避雷針のついた絞首台』（*Potence avec paratonnerre. Surréalisme et philosophie*, Hermann, 2012），『フーコー，ドゥルーズ，新シュルレアリスムの印象』（*Foucault Deleuze. Nouvelles impressions du surréalisme*, Hermann, 2015）などがある。

*

鈴木雅雄（すずきまさお） 1962年，東京都に生まれる。東京大学大学院地域文化研究科博士課程満期退学。現在，早稲田大学教授。専攻，シュルレアリスム研究。主な著書に，『シュルレアリスム，あるいは痙攣する複数性』（平凡社，2007年），『ゲラシム・ルカ——ノン・オイディプスの戦略』（水声社，2009年），訳書に，エルネスト・ド・ジャンジャンバック『パリのサタン』（風濤社，2015年）などがある。

崇高点——ブルトン，ランボー，カプラン奥付著者ジョルジュ・セバッグ訳者鈴木雅雄発行者鈴木宏発行所株式会社水声社東京都文京区小石川2-10-1郵便番号112-0002電話03-3818-6040 FAX03-3818-2437郵便振替00180-4-654100印刷製本モリモト印刷乱丁落丁本はお取替え致します。http://www.suiseisha.net/ ISBN978-4-8010-0146-6
第1版第1刷……………………………2016年10月15日印刷2016年10月25日発行